Necessary Condition of BOSS

갑의 조건

지은이 | 라임별
펴낸이 | 권순남
펴낸곳 | (주)마야·마루출판사

1판1쇄 인쇄일 | 2015년 10월 21일
1판1쇄 발행일 | 2015년 10월 23일

등록일자 | 2008년 1월 7일
등록번호 | 제310-2008-00001호

주소 | 서울시 노원구 상계 1동 1049-25 신영산업 BD 602호
대표전화 | 02-2091-0291
팩스 | 02-2091-0290
이메일 | marubooks@hanmail.net

978-89-280-6457-1(03810)

값 9,000원

• 저자와 협의하여 인지를 붙이지 않습니다.
• 잘못된 책은 교환하여 드립니다.

「이 도서의 국립중앙도서관 출판시도서목록(CIP)은 서지정보유통지원시스템 홈페이지(http://seoji.nl.go.kr)와 국가자료공동목록시스템(http://www.nl.go.kr/kolisnet)에서 이용하실 수 있습니다.」
(CIP제어번호:CIP2015027847)

MAYA&MARUROMANCE

라임별 지음

갑의 조건

◆목차◆

프롤로그 …007

1. 흣, 그까짓 계약 …029

2. 대박, 대박, 대박 사건? …055

3. 이게 최선인 건가. 확실해? …078

4. 갑의 조건 …098

5. 어서 출동 …124

6. 너의 목소리가 들려 …155

7. 익숙해진 거지 …192

8. 이상해 …225

9. 정들지, 안 정들고는 못 배기지 …254

10. 사이 갱신 …301

11. 비밀번호 283 …340

에필로그 하나. 그 전 이야기 …364

에필로그 둘. 그 후 이야기 …392

작가 후기 …424

프롤로그

밖으로부터 안으로 밀리거나 안으로부터 당겨지는 문은 소리 없는 소란을 무척이나 싫어한다. 특히 누군가의 인기척이 꽤 중요한 영업장에서는 더더욱 말이다. 그럼에 미리부터 그 존재를 알리기 위해 인위적으로 '종'을 매달아 놓았다. 문이 밀리거나 혹은 당겨질 때, 종은 부러 수고의 값어치를 톡톡히 하기 위해 '딸랑' 하는 경쾌한 소리를 냈다. 누군가가 들어올 때도 딸랑, 누군가가 나갈 때도 딸랑.

대개 그 소리는 규칙적이지 않다. 일정한 시간을 두고 약속이라도 한 듯 울리는 경우는 극히 드물기 때문이다. 드나드는 사람들이 칼같이 시간을 맞춰서 방문을 하진 않으니 말이다. 하지만 요즘은, 그러니까 얼마 전부터는 1초의 오차도 없이 정확한 정도는 아니더라도 어느 정도 일정한 표준 편차를 내는 종소리가 울리기 시작했다. 이 시간쯤이다, 이 시간쯤에는 어김없이, 정도로 유추가 가능한. 그리고 그 '요즘'을 증명할 요량으로 오늘 또한 어김없이 어제와 엇비슷한 이 시간쯤 문이 열렸다.

딸랑.

"하아, 하아……. 없어요?"

"없어요."

없지, 당연히.

"아, 나. 완전 달려왔는데."

그러거나 말거나. 묻지도 않았고 그 속사정 따위 알고 싶은 마음도 없었는데도 불구하고 전속력으로 달려왔기에 목구멍을 타고 비린 맛이 올라온다고 그는 덧붙였다. 이마에 맺힌 송골송골한 땀방울과 여전히 평정을 찾지 못하고 오르락내리락하고 있는 가슴께가 그의 긴박했던 전속력의 뜀박질을 대변해 주는 것 같았다. 하지만 재이의, 짜증이 한 20퍼센트 섞인 심드렁한 눈길이 그걸 오래도록 보고 있을 리는 만무했다. 달려올 만큼 애타게 찾던 게 없다는 걸 확인했으니 다시금 나가려니 싶었다. 그에 재이는 잠시 일으켰던 몸을 이만 의자에 앉힌 채 그리고 있던 콘티를 마저 완성하려고 펜슬을 고쳐 쥐었다.

"부탁 하나만 합시다."

'부탁'이라고 했지만 마치 은밀한 거래를 권하는 것처럼 그는 친히 계산대에 납작하게 몸을 붙인 채 재이와 시선을 나란히 하며 말을 건넸다. 발음이 새거나 호흡이 차지 않는 숨소리를 보아하니 이젠 좀 진정이 된 것 같았다.

"뭔데요?"

뭔지 몰라도 뭘 이렇게 가까이서 부담스럽게 얘길 하는지, 원. 제 귀는 그다지 어둡지 않은데도 말이다.

"하나…… 아니다."

혼자만의 내적 갈등이 일어난 건지 검지만 반쯤 들어 올리던 그가 이내 고개를 좌우로 세차게 저었다. 그러더니 이내 검지뿐만 아니라 중지까지 합세시켜 V 자 모양으로 만들었다. 사진을 찍기 위해 취하는 포즈의 V가 아닌 숫자 2를 일컫는 손 모양이었다. 어렵지 않게 뜻하는 바를 알아차렸지만 그는 기어이 그것을 대변할 요량으로 목소리를 냈다.

"두 개. 두 개만 좀 맡아 줘요. 나 매일 이 시간에 오잖아요."

"안 돼요."

"왜 안 돼요?"

"그쪽 말고 맡아 달라는 손님들 많아요. 그런 거 일일이 맡아 주면 나머지는 뭐가 돼요?"

"대신 나는 단골이잖아요."

왜 서두에 '대신'이라는 말이 붙는 걸까. 부러 문장을 해체해 일일이 다 따지고 볼 만큼 저도 대단한 어휘 구사력을 가진 건 아니라지만 굳이 따지지 않아도 말이 안 된다는 것쯤은 대번에 알 수 있었다. 한마디로 이건 무슨 말도 안 되는 억지 논리인 거지? 그것도 저렇게나 당당한 표정으로 말이다. 입매의 끝으로 조소 비슷한 것이 나오려고 했지만 재이는 차마 그것까진 하지 않았다.

"동네 편의점에 단골이 한둘이겠어요?"

"너무한다, 진짜."

"다른 거 필요한 거 없으시면 이만 가 보세요."

기다렸다는 듯이 사람들이 들이닥치는 그 '러시아워'만 지나면 재이가 있는 시간에 편의점은 꽤 한산한 시간대에 속했다. 요즘도 한창 핫한 그것 때문에 사람들이 일정 시간만 되면 붐비는 거지 평소 같았으면 더 휑했을 거다. 이렇게 해서 매출이 올라가긴 하는 건가, 하는 고민이 절로 들 정도로 말이다. 늦은 시간엔 간간이 담배를 찾거나, 남은 도시락을 사서 나가는 손님들 정도. 그것도 매번 같은 손님이라지만. 물론, 지금 앞에 있는 손님도 매번 같은 손님 축에 속하고.

"물건 들어오는 시간은 확실해요? 오전 10시 반, 저녁 10시 반. 두 번."

"네."

"지금 11시 조금 넘었는데 다 나간 것도 확실하고?"

"네."

물음표로 문장에 마침을 하기가 무섭게 짧고 간결하게 떨어지는 대답에 그는 조금 짜증스럽게 앞 머리칼을 넘겼다.
 "아, 나. 그럼 두 개 말고 하나는 안 돼요?"
 무슨 대단한 타협이라도 되는 양 물었다.
 "글쎄, 안 된다니까요."
 "여기 시급 얼만데요?"
 "시급이 갑자기 왜 궁금한데요?"
 "두 배. 두 배로 줄게요, 내가."
 "⋯⋯네?"
 이 사람이 뭐라는 거야, 진짜. 이번엔 재이가 짜증스러운 손길로 본인의 앞 머리칼을 쓸어 넘겼다.
 "그러니까 하나만 맡아 줘요. 어려운 부탁 아니잖아."
 "금붕어예요?"
 "뭐?"
 "안 된다고 몇 번을 말해요? 저희도 물량 달려요. 그나마 몇 개 들여오는 수준인데."
 귀찮아 미칠 지경까지 올랐다. 한창 몰두하고 있던 중에 들이닥친 것도 유쾌하지 않은 마당에 별 시답잖은 걸로 실랑이까지 벌이고 있으니 말이다. 정말 그까짓 과자 하나가 뭐라고 그거에 시급 2배를 준다고 하면서까지 매달리는 건지. 뭐, 사실, 좀, 맛있긴 하더라만. 그래도 전국적으로 이렇게 열광할 정도까진 아니지 않나? 항간에서는 프리미엄까지 붙여서 팔기도 한다던데. 안 팔리는 상품 끼워 팔기도 부지기수라고 하고.

"후, 그래, 알았어요, 알았어."

같은 말 두 번 다시 되풀이하지 말라는 듯 잔뜩 모난 눈으로 쳐다보고 있자, 손님은 제가 오히려 봐준다는 식으로 고개를 대충 성의 없이 아래위로 끄덕였다. 드디어 뒤돌아 나가나 싶더니 뭔가 더 할 말이 남은 모양인지 손님은 다시금 재이 쪽으로 휙, 몸을 돌렸다.

"근데, 너."

"……네?"

어허. 짧네요, 말이?

"이 시간에 일하는 거 불법 아니냐?"

"뭐라고요?"

"고딩이 이 시간에 알바할 수 있어?"

"저 학생 아닌데요? 게다가 고등학생은 더더욱 더 아니고요."

"아아, 그래. 아니라고 하겠지."

"이봐요."

"잘 생각해 봐. 두 배."

손님은 검지와 중지를 V자로 만들어 흔들더니 재이가 무어라 말을 덧붙이기도 전에 문을 나서 버렸다. 문이 열고 닫힐 때 들리는 특유의 딸랑딸랑 소리가 끝나자 재이는 목구멍까지 차올라 있던 숨을 꽤 거칠게 뱉었다.

"참 나. 기가 막혀서. 뭐, 저런."
미친놈이 다 있어?

[재이야, 꿀버터 과자 두 개만 미리 맡아 주라.]

 왜 하필 제가 있을 시간에 꿀버터 과자는 들어오는 걸까. 그도 고작 반 박스의 감질 나는 물량이라 미리 빼 두기도 쉽지 않은데 말이다. 그래도 메시지를 확인하며 재이는 고도의 스킬을 발휘해야 한다고 생각했다. 무려 편의점 점주께서 맡아 달라고 하는데 따로 챙겨 둬야지 제가 뭐 별수 있나.
 "다 나갔어?"
 진열대에 놓기가 무서웠다. 빛의 속도로 사라진다고 표현해야 맞을 만큼 순식간에 한 줄이 휑해지기 때문이었다. 그렇게 오늘도 어제와 같이 한차례의 폭풍이 지나가고 찾아온 평화를 만끽하려고 하는데 그 평화를 초치게 하는 손님이 헐레벌떡 안으로 들이닥쳤다. 언젠가부터, 아니 사실은 거의 처음부터 제게 미친놈으로 낙인찍힌 그 손님. 그는 이제 진열대에 가서 확인도 안 하고 습관처럼 재이를 찾았다. 주어를 명확히 붙이지도 않고 대뜸 상품의 유무를 묻는 것도 아주 습관적으로 말이다.
 "네."
 "하나 정돈 맡아 달라니까."
 "저기요."

"왜."

"왜 갑자기 반말하세요?"

기초적인 예의범절도 잘라 먹었나, 이 양반은. 재이가 매우 날이 선 눈빛으로 손님을 위로 똑바로 쳐다보며 말했다. 그랬더니 한다는 소리가,

"안면 있잖아. 벌써 보름도 넘었는데."

아아, 이 말도 안 되는 억지 논리.

"저 학생 아니라고 했죠."

그리고 설사 진짜 학생이라고 해도 함부로 말을 놓으면 안 되는 거지.

"고딩이 꼭 고딩이라고 해야 아나. 얼굴에 쓰여 있는데, 뭘."

"기가 막혀서."

"알바, 너 좀 불친절해. 여기 사장은 그거 알아? 너 손님 이렇게 불친절하게 대하는 거?"

"뭐가 어쩌고 어째요?"

"나름 봐주고 있는 거라고. 불법 알바에, 불친절. 그러니까 하나만 맡아 주, 어? 저거 꿀버터 과자 아니야?"

열심히 잠재우고 있던 신경질이 머리 꼭대기까지 올랐다. 더 이상 맞장구 쳐주는 것도 입 아프겠다, 생각하고 있는 와중에 손님은 대뜸 계산대 안쪽 수납함을 검지로 콕 가리켰다. 그걸 따라가자 종이 가방에 미리 확보해 둔 꿀버터 과자 두 개의 귀퉁이가 아주 조금, 약 1센티 정도 삐져나와 있었다. 그

는 쓸데없이 유리알처럼 투명하고 새까만 동공을 잔뜩 확장시킨 채 고집스럽게도 안쪽 수납함을 견주고 있었다. 와. 귀신이네, 이 양반.

"아, 아닌데요?"

"맞는데?"

"찾는 거 없으면 이만 나가시죠? 이거 영업 방해예요."

"와, 나, 진짜 섭섭하다. 안 맡아 준다며? 안 맡아 준다면서 저건 뭔데?"

끈질기게도 손님의 검지는 꿀버터 과자로 향했다. 아니, 정말. 대체 저게 뭐라고 제가 이런 말도 안 되는 손님을 상대하고 있어야 하는지 모르겠다. 모르긴 몰라도 빨리 물량이 풀려서 여기저기 널린 흔한 과자가 되었으면 좋겠다. 진심으로.

"아니라니까요?"

"너 진짜 의리 없다. 어쩜 이래?"

"전 손님한테 의리니, 뭐니 들을 필요 없는 것 같은데요? 그리고 저거, 진짜 그 과자 아니에요."

"그럼 뭔데."

"그냥 다른 거예요."

왜 반짝이는 기지가 안 나오는 거니, 재이야. 너 많이 당황했구나.

"그냥 다른 게 뭔데, 그러니까."

"꼭 말할 필요 없잖아요. 계속 이렇게 있을 거예요? 영업 방해라니까요?"

 재이는 급기야 바를 올리고 나와서 손님을 막무가내로 출입구 쪽으로 밀어 댔다.
"그냥 여기 말고 다른 데 알아보세요. 아님 직접 공장을 찾아간다든가, 뭐."
"여기가 집 앞인데 여길 놔두고 다른 데 왜 가."
 손님의 논리는 하나도 들어맞는 게 없었다. 그렇게 꿀버터 과자가 먹고 싶으면 굳이 한 곳 말고 여러 곳을 다녀야 되는 거 아닌가? 그러니까 멀리 돌아다니면서 고생하기는 싫고 그렇다고 남들이 다 난리라는 그 과자를 안 먹어 보기도 뭣해서 지금 제게 이 억지를 피우고 있는 거다. 재이는 정말 황당하다는 듯 손님을 올려다보았다. 내가 진짜 부탁만 아니었어도 이깟 편의점 당장이라도 때려치우는 건데.
"알바, 너. 내가 지켜본다."
"지켜보긴 뭘 지켜봐요?"
"불법 알바로 확 신고하려다가 참는 거야, 내가. 그러니까 내일은 꼭 맡아 놔. 간다."
 이번에도 혼자서 말을 마친 손님은 뒤를 돈 채로 재이를 향해 팔랑팔랑 손을 흔들었다. 그에 재이는 코웃음을 픽, 하고 내뱉던 찰나였다.
"아, 그런데."
 문을 향해 뻗던 손을 거두고 별안간 손님은 재이를 향해 휙,

돌아섰다.

"너 왜 명찰 안 달아?"

편의점 유니폼만 입었을 뿐 왼쪽 가슴팍이 휑한 채로 있는 재이였다.

"네?"

"그 흔한 교육생이라는 명찰도 없고. 야, 학생이 명찰 다는 건 기본 중의 기본 아니냐?"

"네에?"

아니, 나도 알지. 요즘 알바생들 다 명찰 달고 있지, 맞지. 그래, 하다못해 교육생이라는 명찰 정도라도 달고 있고 말이야. 그런데 나는 그런 게 필요 없다, 이거지. 아, 왜냐면 난 정식 아르바이트생이 아니니까. 이건 그저 부탁 때문에…….

"이 편의점은 진짜 여러모로 문제네, 문제. 특히 네가 제일 문제고."

한창 속으로 장황하게 '명찰 유무'에 대한 이유를 정리하고 있던 와중에 훅 들어온 손님의 핀잔 아닌 핀잔에 재이가 눈을 깊이 감았다가 떴다. 구태여 제가 왜 그런 걸 이 손님에게 구구절절 일일이 다 설명해야 하느냔 거다.

"……문제 있는 편의점 군이 안 오셔도 돼요."

"지켜본다고 했잖아, 내가. 나 빈말하고 그러는 사람 아니야."

"……."

일일이 대꾸하기도 지쳐서 재이는 그냥 입을 합죽이로 다물고 눈으로만 맹렬히 나갈 것을 종용했다.

"하여튼 내일 보자."

그리고 드디어, 마침내 그가 편의점 유리문을 열고 나갔다. 문이 닫히는 반동으로 인해 종소리가 몇 번 딸랑딸랑 울리고 멎을 때쯤 재이는 힘 빠진 고개를 좌우로 절레절레 저었다.

"길쭉길쭉 허우대만 멀쩡했지, 저거 진짜 미친놈이야."

상종을 하면 안 돼.

11시 1분, 2분, 3분. 어김없이 이쯤이 되면 들려오는 소리. 이제는 아주 그냥 일상이다, 일상.

딸랑.

아, 그의 등장을 알리는 저 청아한 종소리. 재이는 거의 반포기 상태였다. 들이닥칠 시간을 알고 있다고 해서 그를 막을 수 있는 방법은 없다. 막말로 문을 걸어 잠근 채 버틸 수도 없는 노릇이니 말이다.

"없어요."

그렇게 원하는 거면 말이야, 10시 반 딱 맞춰서 오든가 해야지. 매일같이 30분이나 넘게 지각하는 주제에 있는지, 없는지 살피는 배짱은 대체 어디서 생기는 걸까. 재이는 손님이 제게 다가와 입을 벙긋하기가 무섭게 먼저 서두를 낚아챘다. 그러자 손님은 언제나 지었던 허탈한 표정은커녕 오히려 재이를 보면서 피식, 하며 한쪽 입매를 올려 웃었다. 꼭 놀리는 모양새로. 아, 진짜 기분 나빠. 왜 웃어?

"뭐가 없는데?"

물음표를 붙이는 짙은 속눈썹이 정말로 나는 정말 아는 게 없다는 듯 어지럽게도 파도쳤다. 아래에서 위로 올려다보는 재이에겐 그 속눈썹의 그림자마저 다 보일 지경이었다. 뭔 남자가 속눈썹이 이렇게 길어? 맘에 안 들게.

재이는 그늘이 지는 손님의 속눈썹을 힘껏 노려보며 대답했다.

"없다고요."

꿀버터 과자.

"있는데?"

"네?"

"딱 봐도 있는데 지금 나한테 사기 쳐, 알바?"

오늘은 따로 빼놓은 것도 없는데 대체 어디에 있다는 말이지? 재이는 괜히 눈만 또르르 굴려서 안쪽 수납함 전부를 둘러보았다. 혹여나 제 시간 전에 아르바이트생이 따로 빼놓거나 한 게 있는 건가, 싶어서. 하지만 아무리 봐도 꿀버터 과자 비슷한, 그러니까 과자 봉지도 보이지 않았다.

"진짜 없어요."

이번엔 정말 자신 있었다. 완벽하게 없는 걸 확인한 재이가 확신이 실린 말투와 표정으로 쏘아붙였다. 하지만 손님은 별안간 한 번 더 피식, 하면서 웃더니 대뜸 유제품이 진열된 냉장고로 걸어가 초코우유 2개를 가지고 나타났다.

"있잖아, 여기."

"……."

"계산 안 해? 이거 원플원이니까 어설프게 계산할 생각은 말고."

"자동으로 할인되거든요?"

"어쨌든."

역시 이 양반은 상종할 가치가 없다. 괜히 머쓱해진 재이가 빠른 속도로 초코우유 바코드 2개를 찍었다.

"800원이요."

"여기, 만 원. 잔돈 제대로 거슬러 줘. 확인한다."

"예, 예."

재이는 보라는 듯이 천 원짜리 네 장, 5천 원짜리 한 장, 그리고 100원짜리 동전 두 개를 꺼내 손님의 앞으로 챙겨 주었다. 그러자 손님은 거스름돈과 초코우유 하나만을 챙길 뿐, 나머지 하나는 마저 가져가지 않았다. 아까 분명 원 플러스 원을 강조할 땐 언제고 칠칠맞게.

"안 가져가요?"

"너 마셔."

"네?"

"난 하나만 마실 거거든. 그거 계산된 거니까 문제없지?"

"이거 저한테 왜 주는데요?"

"초코우유 좋아하게 생겨서."

또 이상한 논리.

"너 키가 몇이야?"

"키는 또 왜요."

"그렇게 굽 높은 운동화 신으면 척추 망가져. 웬만하면 적당한 높이로 신으라고. 간다."

더운 콧김이 나오기 일보 직전이었다. 남이야 키가 작아서 높은 걸 신든 말든 자기 키 크다고 지금 유세야, 뭐야. 재이는 손님이 사라진 곳을 끈질기게 노려보면서 스트로를 꺼내 비닐을 벗겼다. 그러곤 네모난 우유팩에 콕, 하고 꽂아 그것을 쭉쭉 빨아 당겼다.

"재수 없어."

미친놈, 너도 오늘이 마지막이다. 이건 내가 너를 꼬박 한 달하고도 보름씩이나 상대해 준 보상이라고 생각하고 마시련다. 영 약 오르고 억울하니까.

◆ ◆ ◆

"그것보다는 이거."

"……?"

맥주, 맥주, 소중한 맥주. 요즘은 맥주도 참 현란하고 예쁘게 잘 나온단 말이야. 그래도 사는 건 변함없이 늘 같았다. 한 캔이면 섭섭하니까 두 캔 정도? 이미 꺼낸 한 캔을 가슴에 안고 나머지 하나를 더 꺼내려고 하는데 대뜸 다가온 길쭉한 손이 재이에게 맥주 대신 그 옆 냉장고에 있던 오렌지 맛 소다수를 쥐여 주었다.

"옛날엔 어땠는지 몰라도 요즘은 엄격해."

"……네?"

"그렇게 후드 뒤집어써도 다 티 나, 알바."

이런 데서 다 보네, 싱긋.

알바. 재이는 그에 등골에 오소소 소름이 돋는 것만 같았다. 여기서 저한테 '알바'라고 부를 수 있는 사람이 몇이나 될까. 친구의 부탁, 정확히 말을 하자면 편의점 젊은 점주인 제 친구의 아르바이트생의 사정 때문에 잠시 그 시간 동안 대타를 해 주었었다. 절친의 부탁이기도 했고 그 부탁이 그리 까다롭지도 않아서 말이다. 그 짧았던 대타 시절 동안 가장 싫은 기억 하나를 꼽자면, 아니 가장 싫은 손님 하나를 꼽자면 꿀버터 과자에 미친 웬 이상한 놈이었는데 그는 정말 제가 딱, 편의점을 나온 이후로 본 적이 없었다. 당연하지. 그런 사람이랑 다시 마주칠 일은 없을 테니까. 그런데 웬걸, 일주일 만에 그를 다시 마주치게 되었다. 어째서인 거지? 여긴 본인 동네도 아닌 제 동네인데!

"한동안 안 보인다 했더니. 이제 동네 옮겼어?"

어쩌다 보니 가슴 안쪽엔 맥주 캔이, 한 손엔 오렌지 맛 소다수가 있었다. 재이는 그렇게 갑자기 훅 끼어든 남자를 못마땅한 표정과 함께 아래위로 훑어보았다. 이 사람은 진짜 상종하면 안 될 사람이야.

"그것도 마저 내려놔. 요즘은 엄격하대도? 아니면 저 알바가 네 친구야?"

"저기요."

Rrrr. Rrrr.

저 고등학생 아니거든요? 반말은 그만하시죠? 라고 목구멍까지 차오른 말을 여과 없이 그대로 쏘려고 딱 겨냥하는 순간 시끄럽게도 휴대폰 벨소리가 울렸다. 물론 벨소리는 재이 본인 것이 아닌 이상한 손님의 것이었고. 그는 막무가내로 검지를 세우더니 '잠깐'이라는 제스처를 취했다.

"네, 부장님. 아, 지금 갑니다. 네, 알겠습니다, 네."

재이는 너무 황당하고 어이가 없어서 가만히 있었더니 본의 아니게 그 '잠깐'이란 제스처에 정말 그의 통화가 종료될 때까지 잠깐 기다린 꼴이 되어 버렸다.

"저."

"이건 압수. 그거 마셔, 그거. 어쨌든 반가웠다, 알바."

그리고 또 순식간이었다. 팔꿈치 안쪽에 있던 맥주 캔이 홀랑 남자에게로 넘어가 버리고 남은 것이라곤 음료수가 다였다. 다급한 듯 계산대로 휘적휘적 가면서도 마지막까지 음료수를 콕, 콕 가리켰다. 너한텐 딱 그거야, 알바.

"뭐, 뭐 저런!"

미친놈! 상종해서 하등 좋을 게 없는 놈!

"계산이요."

사나운 우연이었다고 치자. 저런 사람과의 우연은 백 번이 반복되어도 달갑지 않을 것 같다. 재이는 이만 고개를 절레절레 흔들곤 다시금 맥주 두 캔을 빼내어 계산대 앞으로 내밀었다.

"저기, 신분증 좀 보여 주시겠어요?"

특유의 삑, 바코드 찍는 소리가 나지 않기에 주머니에 넣어 둔 신분증을 꺼내려던 것도 잠시, 아르바이트생을 보았다. 정확히는 제게 물음을 던지기 전에 말이다. 그녀는 굉장히 의심스런 눈길로 저를 보고 있는 게 아닌가. 아까 그 남자의 목소리가 작진 않았던지라 고스란히 그와의 대화를 다 듣고 있었을 거다. 안 그래도 순순히 내밀려고 했던 신분증이 이상하게 찜찜해졌다.

"여기요, 됐죠?"

재수가 없으려니. 이제 정말 두 번 다신 마주칠 일 없겠지.

◆ ◆ ◆

"어?"

"네?"

휴무인 건가. 근 한 달하고도 반 동안 주말 하루 정도를 제외하곤 늘 이 시간이었는데. 편의점에 들어서자마자 보이는 익숙한 낯이 없자 재경은 저도 모르게 눈을 키울 수밖에 없었다. 불친절 고딩 알바는 어디 가고 키만 멀대같이 큰 웬 남자 종업원이 멀뚱히 저를 반기고 서 있었기 때문이다. 물건을 고른다거나 별다른 요청 없이 그저 한참이나 가만히 멈춰서 있는 재경에게 종업원은 뭐 따로 찾으시는 거 있느냐고 물었지만 재경이 찾는 건 '뭐'가 아닌 어떤 '사람'이었다.

"아르바이트 바뀌었나요? 원래 이 시간에 다른 사람이 있었는데."

"아, 네."

"아예, 영영?"

"네? 네. 아예, 영영이요."

이 귀여운 고딩이 그냥 학업에만 집중하기로 마음을 먹었나. 하긴. 그렇다면 정말 잘 생각한 일이고. 밤늦게 편의점 아르바이트는 위험할 수도 있으니까. 그래도 술자리에 있다가도 시간이 되면 자리를 박차고 나와 습관처럼 들렀던 편의점이었는데. 재경은 아쉬움 가득한 표정으로 그냥 편의점을 나섰다. 아, 말꼬리 붙잡고 놀려 주는 재미가 꽤 쏠쏠했는데. 통통 튀는 게 별사탕 같기도 하고. 이게 겪어 보지 않은 사람은 모를 만큼 은근 중독성이 강해서 한번 빠져들면 헤어 나올 수가 없었다. 조막만 한 얼굴에 곰돌이 인형 같은 새까만 눈을 달고 조목조목 하는 말마다 대꾸를 하는데 그 표정이 진짜.
"완전 귀여웠었지."
아, 그런데 이젠 없다니. 이렇게 아쉬울 수가 있나.

그 이후로 재경은 습관처럼 향하던 편의점에 발걸음을 뚝, 끊었다. 아, 완전히 뚝 끊었다는 건 아니고 물론, 간간이 필요한 게 생기면 들르곤 했지만 매일같이 드나들었던 그때에 비하면 거의 안 가는 거나 마찬가지였다. 그렇게 일주일 후, 뜻밖의 곳에서 재경은 알바와 재회를 했다. 횟집으로 술자리를 옮겨 가던 중 부장님의 여명 심부름 때문에 들른 다른 동네의 편의점이었다. 처음엔 긴가 민가 했지만 가까이서 옆얼굴을 보니 그 알바가 맞았다. 토끼 모양의 캐릭터가 등판에 가득 차 있는 꼭 자기 같은 후드티와 무릎이 다 늘어난 트레이닝팬츠를 입은 채 냉장고에선 자기 같지 않은 맥주 캔을 꺼내고 있었다. 이 알바가 제 동네 편의점을 관두더니 남의 편의점에 와서 술이나 사고 있다니.
"그것보다는 이거."
이미 제 몫의 여명을 하나 꺼낸 후 재경은 그 밑에서 오렌지맛 소다수를 꺼내 알바에게로 대뜸 내밀었다. 한 캔으론 부족한지 나머지 하나도 마저 빼려던 동작이 갑작스레 끼어든 제 목소리로 인해 멈추었다. 머리 위를 뒤덮고 있던 후드가 천천히 재경이 있는 쪽으로 움직일 준비를 했다.

"옛날엔 어땠는지 몰라도 요즘은 엄격해."

"……네?"

"그렇게 후드 뒤집어써도 다 티 나, 알바."

알바는 재경의 얼굴을 확인하자마자 금세 표정을 굳혔다. 잔뜩 힘을 준 눈에서는 곧 레이저라도 나올 기세였다.

"한동안 안 보인다 했더니. 이제 동네 옮겼어?"

대답을 바라고 물은 건 아니었다. 그저 이 우연이 신기하고 반가워서 덧붙인 말이었을 뿐이다. 품 안엔 맥주 캔이, 한 손에는 소다수가 들린 어정쩡한 상태가 매우 잘 어울렸다. 어디 캐릭터로 썼으면 딱, 좋겠다 싶을 정도로 깜찍하기까지 했다. 요즘 고딩들은 다 이렇게 귀엽나? 아니지. 요즘 고딩들은 대부분 포스가 남다르던데.

"그것도 마저 내려놔. 요즘은 엄격하대도? 아니면 저 알바가 네 친구야?"

당당하게 통과할 자신이라도 있는 건지 품 안의 맥주가 고집스레 느껴졌다. 재경은 그걸 콕 가리키며 말했다. 그러자 뭐 씹은 듯한 표정으로 짤막하게 숨을 한 번 뱉더니 꽤 불만 가득한 목소리가 제 귓전을 울렸다.

"저기요."

Rrrr. Rrrr.

그러나 제 대답보다도 먼저 울리는 휴대폰 벨소리였다. 아차, 반가움에 잠시 잊고 있었던 부장님.

"네, 부장님."

-뭐 이렇게 오래 걸리나?

"아, 지금 갑니다."

-빨리 와, 빨리. 벌써 메인도 나왔다고.

"네, 알겠습니다, 네."

"저."

통화를 종료하자마자 알바가 뭔가를 말하고 싶은 듯 입을 벙긋거렸지만 부장님의 재촉에 더 이상 지체를 할 순 없었다. 저도 몇 마디 더 섞고 싶은 마음은 굴뚝같았지만 일단 아까부터 거슬리던 맥주 캔을 쏙 빼앗아 카운터로 향했다.

"이건 압수. 그거 마셔, 그거. 어쨌든 반가웠다, 알바."

황당한 눈길이 저를 끈질기게 보면서 뭐 하는 짓이냐고 묻고 있기에 재경은 문을 열며 알바의 손에 남은 소다수를 가리켰다.

"너한텐 딱 그거야, 알바."

덕분에 예정에도 없던 맥주 한 캔과 여명을 쥐고 횟집으로 달려가며 재경은 잠시 생각했다. 이제 정말 두 번 다시 마주칠 일이 있을까?

1. 훗, 그까짓 계약

"좋은 아침입니다, 박 팀장님."

"네. 좋은 아침이에요, 윤 대리."

썩 괜찮지 않은 표정이었지만 그래도 썩 괜찮은 표정으로 탈바꿈해서 인사를 건네는 윤 대리였다. 입사 동기에다가 나이도 같아 입사 초기 때까지만 해도 서로 편하게 불렀는데 어느새 누구는 대리고 누구는 팀장이다. 배알이 꼴리는 아니꼬운 시선이 뒤통수로 느껴졌지만 재경은 개의치 않았다. 그러게, 능력은 곧 실력이라니까.

"그럼 수고하십시오."

"그래요, 수고."

반쯤 고개를 숙이며 엘리베이터에서 내리는 윤 대리에게 재경은 편안한 미소를 하고 손을 짧게 흔들었다.

상사에게 예쁨 받는 수완도 좋고, 또 일처리 능력은 얼마나 뛰어난지. 이런 덕택에 재경은 서른한 살이라는 비교적 어린 나이에 팀장까지 고공 승진을 찍었다. 그러나 사촌이 땅을 사도 배가 아픈 사람의 묘한 심리가 그렇듯, 저의 행보가 아무리 공을 치하받아 이뤄진 것이라지만 아무래도 좋은 말만 돌긴 힘들었다. 때문에 한때는 친한 사회 친구였던 윤 대리도 제게 시샘 아닌 시샘을 드러내는 것이겠고. 게다가 능력만 좋으면 될 걸, 미끈한 외모까지 받쳐 주니 여직원들의 애정 어린 관심마저 한 몸에 받고 있었다. 하여 여러모로 재경은 공공의 적 반열에 드는 걸 벗어날 수 없는 처지였다.

"팀장님, 오셨어요?"

제 팀 사무실에 재경이 들어서자마자 하트 눈을 쏘아 대며 여직원들이 가장 먼저 인사를 건넸다. 뒤이어 하나둘 재경의 등장을 보고 똑같이 인사를 했고 재경 또한 웃으면서 한 명 한 명의 인사를 모두 받아 주었다. 아, 저 눈빛 어쩌지? 재경의 인사에 역시 팀장님은 젠틀하시기까지 해, 하는 여직원이 속마음으로 읊는 소리가 너무 생생하게 귓가를 울릴 지경이었다.

"팀장님, 여기 커피 드세요."

제 방으로 들어와 재킷을 벗어 두고 자리에 앉기가 무섭게 들렸던 노크 소리였다. 재경은 그 익숙하면서도 청아한 '똑똑똑'이 무엇을 위한 소리인지 어렵지 않게 유추할 수 있었다.

커피, 오, 커피. 제가 사랑해 마지않는 커어퓌.

"고마워요, 은영 씨."

모락모락 연기를 피워 내고 있는 커피 잔을 재경이 조심스럽게 건네받아선 살짝 웃어 주었다. 그에 양 볼을 수줍게 붉히며 뭘요, 제법 귀여운 목소리를 곁들이는 은영이었지만 사실 그러거나 말거나 재경이 관심 있는 건 오로지 커피뿐이었다.

"안 나가 보고 뭐 해요?"

'고맙다'는 인사를 전했으니 충분한 거 아닐까? 굳이 따로 부탁을 한 것도 아니니 제 선에서의 역할은 아주 충분했다고 보는 재경이었다.

은영은 사무를 볼 때 조금은 불편할 것 같은, 몸매가 확연히 드러나는 원피스를 입고 치열한 '커피 가져다주기' 경쟁에서 승리를 거머쥐며 여기까지 왔건만 돌아오는 대답은 그것뿐이었다. 고마워요. 안 나가 보고 뭐 해요? 야, 그래도 사람이 이렇게 차려입고 대령한 성의가 있지. 오늘 예쁘네요, 빈 말이라도 어렵냐?

"아, 네. 나가 봐야죠. 그럼 나가 보겠습니다."

"그래요."

1분도 채우지 못한 간결한 독대였다. 아쉽다는 표정이 잔뜩 묻어나는 얼굴을 하고 은영은 이만 팀장실의 문을 나섰다. 구태여 작정을 하고 요즘 말로 '철벽'을 치는 주의는 아니었지만 널리널리 제 젠틀함을 뽐내며 매너는 베풀지언정 혹여 오해의 소지를 줄 여지는 주고 싶지 않기에 재경은 나름 제 행동에 굉장한 타당성을 느꼈다. 오히려 그런 덕분에 여직원들의 하트는 더욱이 짙어져 갔지만 말이다.

"오전엔 카페인이지."

온전히 혼자가 되자 등받이에 몸을 느긋이 기댄 후 재경은 커피를 한 모금 했다. 혀끝을 데우는 쓴 커피의 맛이 잔재했던 피곤을 조금이나마 가시게 하는 것 같아 아주 만족스러웠다. 손에 든 컵에서 시작해 은은하게 퍼지기 시작하는 커피 향이 제 공간과 몹시 잘 어울린다는 생각을 하며 업무를 시작하기 전, 잠깐의 여유를 만끽했다.

우후죽순 쏟아지는 웹콘텐츠계에서 우뚝 솟아 있는 기업을 하나 꼽으라면 그건 재경이 속한 M소프트였다. 특히 M소프트 웹콘텐츠 편집기획부에서 제일 잘나가는 팀을 꼽으라면 그것도 당연히 재경이 속한 2팀이었다. 더 나아가 2팀 중 작가 콘택트 계약 성사율 100프로를 꼽으라면 그건 바로 재경 본인이었다. 사실 100프로라는 수치가 좀 놀랍긴 하다만 원체 감각이 좋고 사람을 구슬리는 능력까지 좋으니 그에게 일을 맡겨서 대박이 나지 않은 건 현재까진 전무했다. 한마디로 믿고 보는 박재경이랄까.

"부르셨습니까?"

"어, 박 팀장."

두둑하게 늘어난 뱃살을 아주 여유로이 두드리며 재경을 반기는 유난히 느린 말투를 가진 부장님이었다. 동네 아저씨 같은 푸근한 인상에 서글서글하니 웃는 얼굴을 보면 누구라도 인상 좋고 인자한 사람, 이라고 생각하겠지만 그건 그저 외적인 것에서 주는 단순한 '이미지'일 뿐이었다. 실적의, 실적에의, 실적에 의한! 능력이 없다면 보수도 없다. 대충 일하려거든 내치기 전에 스스로 관둬라, 라는 말을 모토로 가진 그는 직원들이 조금이라도 무능한 걸 견디지 못했다. 그런 부장에게 재경은 그야말로 눈에 넣어도 안 아픈 능력쟁이였고, 어려운 일도 척척 해내는 믿는 구석이기도 했다.

"유재이 작가, 알지?"

"네, 그럼요."

요즘 믿고 보는 아무개, 라는 말이 있는 만큼 이름 하나로 드라마며 영화며 광고 등등, 기본적인 수익을 보장하고 보는 사람들이 여럿 있다. 그건 웹콘텐츠 세계에서도 별반 다르지 않은 법칙이었다. 웹툰계에서 무섭게 떠오르고 있는 신예, '그저 그런 평범한'의 작가이자 웹투니스트 유재이, 가 그중 하나였다.

"꼭 데려와야 해."

"U미디어랑 재계약하는 거 아니었습니까?"

"안 한대. 여기저기서 장난 아니게 노리고 있어. 그러니까 이번 건 박 팀장이 맡아."

"알겠습니다."

"듣자 하니 만만한 상대는 아니래. 어떻게든 조건 맞춰 주고 우리랑 계약하도록 잘 꼬셔 봐. 대박은 보장 아니겠어?"

듣자 하니 만만한 상대는 아니라지만 너한테는 문제 될 것 없겠지? 넌 우리 M소프트 기획편집부의 믿는 구석이니까! 라는 장황한 뒷말이 내포된 멘트였다. 그 의중을 어렵지 않게 알아차린 재경이 100퍼센트 신뢰 충만한 미소로 고개를 끄덕였다.

"네, 제가 맡아 보겠습니다."

이거 왜 이래, 나 박재경이야. 훗, 그까짓 계약쯤이야.

◆ ◆ ◆

낮인지, 밤인지 혹은 아침인지도 모를 그야말로 암흑의 세계였다. 마감에 쫓기는 혹독한 스케줄로 인해 이미 정상적인 생활의 궤도를 한참 벗어나서인지 조금이라도 수면을 취할 시엔 무조건적인 어둠이 필요했다. 그게 낮이든, 밤이든 혹은 아침이든 말이다. 작위적인 조성이라 해도 단 1퍼센트의 빛도 스며들지 않아야 아, 잘 시간이다, 자야지, 하고 잘 테니.

직업적인 요소에 포함되는 갖가지 툴은 그 중요도를 입 아프게 따질 필요도 없으니 제외키로 하고 재이가 특히 까다롭게 구는 건 딱 다섯 가지였다.

첫째, 커피. 그렇다고 한 치의 결점도 없는 고급 생두를 확보해 갓 로스팅되어 내려진 걸 고집한다는 게 아니라 그저 제 입맛에 맞는 커피를 고수하는 것이었다. 이를테면 브라질 옐로 버번, 정도? 구수함과 고소함이 꽤 흔하다곤 하지만 신맛을 내는 원두를 주로 사용하는 카페가 훨씬 더 많다.

둘째, 킬힐이 종일 편안한 착화감을 주리라는 건 아귀가 좀 안 맞는 느낌이 있지만 그래도 꼭 비교하자면 안정적인 균형감도 곁들여 주면서 발바닥이 편안한 착화감을 선사하는 킬힐. 이것은 머스트 해브 아이템이다. 여자가 슈즈를, 그것도 아찔한 굽 높이에다가 아름다운 디자인을 가진 킬힐을 사랑하는 건 꽤 보편적이라지만 재이는 156센티의 제 키를 그나마 160 초입까지라도 올려 주는 킬힐이 세상에서 가장 혁신적인 아이템이라고 생각한다.

그리고 셋째는 노트. 아직 포장 비닐도 뜯지 않은 새 노트가 책장 두 줄은 거뜬히 차지하고 있는데도 불구하고 팬시점에 들를 때마다 잊지 않고 구입하는 것이 바로 노트였다. 삭업을 위해 스케치를 하거나, 아이디어를 구상하는 용도와는 별개였다. 그냥 뭐랄까, 수집 취향이라고 해야 하나. 남들이 동전이나 우표를 수집하는 것처럼 저도 눈에 띄는 노트가 있다면 그냥 지나치지 않는다. 당연히 겉표지의 품질과 디자인은 최상이어야 하고 속지의 상태는 말할 것도 없다.

넷째, 컵. 잔 아니고 머그컵. 프린팅이 가미된 싸구려 말고

장인의 정성이 들어가서 탄생한 머그컵은 제게 그만한 값을 줄 가치가 아주 충만하다. 작업을 할 때 책상 한편에 놓인 완벽한 머그컵-빈 컵이 아니라 차라든지 음료가 담겨 있는-은 정말 중요한 요소 중에 하나다.

마지막은 바로 암. 막. 커. 튼! 원래 리스트는 4번이 끝이었지만 '암막'커튼이라고 해 놓고 도통 제 기능을 하지 못하던 커튼 구매에 다섯 번의 실패를 거듭하자 대망의 다섯 번째로 리스트에 오르게 되었다. 창으로 쏟아지는 햇살이 눈부셔서 자동반사적으로 팔을 들어 올리고 아, 눈부신 태양, 이라는 말이 절로 나오는 쨍쨍한 날이라고 할지언정 암막커튼만 치면 한 치 앞도 분간할 수 없는 동굴 같은 어둠을 주어야 비로소 암막커튼이라고 할 수 있지 않을까.

"으, 선샤인."

어기적어기적 일어나서 그렇게 까다롭게 골랐던 커튼을 걷어 내니 눈이 아플 정도로 햇빛이 쏟아졌다.

"대체 몇 시지."

명순응을 겨우 마친 후 재이는 탁상 위에 놓인 시계를 확인했다. 오후 1시 27분. 딱 여섯 시간을 잤다. 충분한 수면은 아니었기에 아직까지 남아 있는 뭉근한 피로감으로 인하여 지끈거리는 관자놀이를 검지로 꾹, 꾹 눌러 줘야만 했다. 양손으로 머리를 감싼 모양으로 재이는 눈을 바쁘게 굴려 어딘가에 두었을 휴대폰을 찾아 나섰다.

"질기다, 진짜."

연락의 태반이 이전에 작업을 같이했던 U미디어 쪽이었다. 재계약 의사가 없다고 그렇게 못을 박아 뒀는데도 왜 자꾸 귀찮게 이러는 건지. 일부러 회사 근처까지 찾아가서 종지부를 찍기까지도 했는데 말이다. 그 나머지는 그래도 한 번쯤은 이름을 들어 봤을 법한 곳들로부터 온 전화 확인을 하면 답신을 달라는 식의 연락들과 지인들의 시답잖은 메시지 몇이 섞여 있었다.

"다 귀찮."

아, 까지 맺기도 귀찮아서 미완성된 채로 한마디를 뱉곤 다시 쓰러지듯 침대 위로 누웠다. 밀린 잠을 꼬박꼬박 적금 붓듯이 넣어 둔 데다가, 얼마 전까지 밤늦게 편의점 대타 생활을 해서 그런지 한꺼번에 밀린 잠 적금을 타려니까 좀처럼 자도 자도 개운함을 느낄 수가 없다.

"……영화나 보러 갈까."

베개를 더욱 가까이 끌어서 머리를 편안하게 받치며 재이는 영화관 어플을 연동시켰다. 사실 이렇게 휴식기를 가질 유효도 얼마 남지 않았다. 차기작 계약도 없이 계속 이렇게 쉬기만 할 수도 없으니 남은 시간을 조금이라도 더 만끽해야겠다.

지피지기면 백전백승이라고 했다. 부장실에서 돌아오자마자 재경은 팀원들에게 웹툰 작가 유재이에 대한 정보는 구름

같이 뜬소문이라도 놓치지 말고 싹싹 긁어 오라고 시켰다. 게다가 차기작 계약을 놓고 가장 유력한 경쟁사가 어디 어디인지, 담당자는 또 누구인지까지 모조리, 전부, 다.

"인센티브 어마어마하겠지? 아, 나 정말 쉴 수가 없다니까."

이놈의 회사는 나 없으면 어찌 돌아가려고 이래? 까지 붙이고 싶었지만 겸양의 미덕을 알고 있기에 재경은 여기까지만 하기로 했다. 그러곤 발을 놀려 회전의자를 빙그르르 돌리며 유재이 작가에 대한 보고가 올라올 때까지 있는 대로 김칫국을 퍼마셨다.

똑똑똑.

"네, 들어와요."

"말씀하셨던 유재이 작가 보고서입니다."

"분명 모두 기술했겠죠?"

만약 하나라도 놓친 게 있다면 젠틀맨 박재경의 젠틀하지만은 않은 잔소리 폭풍을 들을 준비가 되어 있느냐, 하는 눈빛을 가감 없이 보내며 물었다. 그러자 재경을 고작 한두 해 겪는 초짜는 아닌지라 팀원 중 가장 재경을 잘 아는 주원이 상당히 자신 있는 모양새로 제 목소리에 힘을 주어 대답했다.

"네. 관련한 자료는 하나도 빠짐없이 첨부했습니다, 팀장님."

"알았어요."

고개를 끄덕임과 동시에 보고서를 들지 않은 다른 손을 휘휘 저었다. 짤막하게 묵례를 마친 주원이 재경의 방을 나서고 재경은 펜슬 케이스에서 형광펜을 하나 꺼내 보고서 가장 첫 페이지를 열었다. 자, 어디 한번 볼까?

"이름, 유재이. 나이……."

"스물여덟이에요, 저."

제가 필요로 하는 모든 편의시설이 살고 있는 집에서 반경 500미터 내에 있는지라 밖을 나설 때 굳이 이것저것 챙겨서 손을 무겁게 만들긴 싫었다. 하여 재이는 휴대폰 케이스에 체크카드 하나만 넣은 채로 집을 나섰다. 바쁘지 않은 걸음으로 걸었는데도 불구하고 상영 시간보다 30분이나 일찍 도착해 'COMING SOON' 포스터들을 꽤 진중한 눈길로 살폈다가 스낵코너에서 팝콘을 살지 말지, 커피를 살지 말지, 나쵸를 살지 말지, 한참 망설였더랬다. 그렇게 따분하지 않게 20분여를 보내고 나니 제가 예매한 영화의 입장 시간이 훌쩍 다가왔다. 그럼에 현대인의 필수품, 스마트폰을 스마트하게 이용해 무려 eco티켓으로 입장을 하려고 하는데 변수가 발생하고야 말았다. 이유인즉슨 미성년자 관람불가 등급을 받은 영화 때문이었다. 휴대폰 화면으로 티켓을 한 번 보는가 싶더니 재이의 얼굴을 확인한 영화관 스태프가 고개를 갸웃하며 신분증 제시를 요구했다. 달랑 휴대폰과 체크카드 하나만 들고 주머니 가볍게 나온 재이에게 신분증이 있을 리는 만무했다.

"성인이 아니시면 관람이 안 되거든요. 그러니까 신분증을 좀…….."

"아니, 이거 예매자도 저예요. 이걸론 확인이 안 돼요?"

평일 오후. 극히 이용객이 드물기에 망정이었다. 재이를 제외하고 대기를 하고 있던 열 명은 이미 입장을 마쳤고 남은 건 꿋꿋하게 버티고 있는 스태프와 주구장창 휴대폰 화면만 들이밀고 있는 재이뿐이었다.

"네. 신분증을 보여 주셔야 해요."

"아, 나 미치겠네."

스무 살, 스물한 살, 그래, 스물셋, 넷도 아니고 스물여덟이나 되었는데도 아직까지 신분증이 없으면 제약을 받아야 하다니. 재이는 날카롭게 스태프를 노려보는가 싶더니 이내 오만상을 찌푸렸다.

"멤버십은요? 여기 멤버십 뭐, 회원정보 조회 같은 거 하면 되잖아요."

무슨 대단한 발상이라도 된 듯 눈을 반짝였지만 융통성 없는 스태프는 여전히 요지부동, 가로로 고개를 절레절레 저었다. 사진과 주민번호가 있는 신분증을 주세요, 신분증.

"제가 나이 속일 것처럼 생겼어요?"

이렇듯 과하게 어려 보이는 재이의 최강 동안 외모는 주변인들이 늘 한입 모아 부러워했지만 정작 본인은 달가워하지 않았다. 더군다나 키까지 작은 탓에 더러는 저의 겉모습만 보고 만만이로 낙점시켜 버리는 게 부지기수였고, 이와 같이 미성년자 관람불가 영화를 볼 때나, 주류를 구입하거나 할 때 발급 일자도 가물가물한 신분증을 내놓아 보라는 짜증 나는 상황 또한 그러했다. 게다가 대타 시절엔 묻지 마 고딩 알바생 취급을 당하지도 않았던가.

"아뇨. 이 영화가 미성년자는 관람할 수 없기 때문에 그렇습니다."

뭔 일을 이렇게 열심히 하는 건지. 재이는 교육받은 멘트만을 철저하게 반복하고 있는 스태프를 보고 시간을 한 번 확인했다. 얼추 상영 전 광고도 끝나 갈 것 같은데. 아, 참. 그러고 보니 좀 이상하다.

"아니, 근데. 저기 들어간 사람들은 왜 일일이 신분증 검사 안 했어요?"

"아, 그건……."

"들어간 사람들도 공평하게 다 해요, 그럼. 다 나오라 그래. 나만 붙잡고 이러는 거 생각해 보니 너무 억울하네, 진짜?"

"저, 손님, 그게……."

슬쩍슬쩍 액면가만 보고 평가를 했다, 이거지. 하얗고 뽀얀 피부에 새까맣고 동그란 눈. 꼭 사탕을 달라고 조를 어린아이처럼 생겼지만 성격은 절대 그러하지 않았다. 이미 모난 모양으로 만든 눈에서 레이저를 가감 없이 쏘아 대며 재이는 팔짱을 꼈다.

"다 나와서 다시 검사해요. 그게 공평하지. 안 그래요?"

어차피 상영 시간이 임박했기 때문에 취소도 안 되고, 재이의 신분증을 보지 않고서는 그녀를 들여보내 줄 것 같지 않은 스태프에 재이도 물러나 주지 않았다. 물론 신분증을 챙겨 오지 않은 제 잘못이 7할은 차지하고 있음에도 불구하고 저는 당당하고 떳떳했다. 왜냐고? 다른 사람들은 검사하지 않고 저만 붙잡고 실랑이를 펼치고 있는 나머지 3할이 이 스태프에게 있으니까.

늘씬하게 뻗은 검지와 중지 사이에서 형광펜이 원을 그리며 어지럽게 놀아났다. 종이를 넘기고, 넘기고, 또 넘기는 불편함이 없도록 낱장 두 장만을 차지하고 있는 웹투니스트 유재이에 관한 보고서는 사진도 하나 없이 생각보다 휑했다. 그 탓에 호기롭게 뽑아 든 형광펜이 제 역할을 충분히 하지 못한 채 재경의 손가락 사이에서 멀미를 하듯 어지럽게 돌 뿐이었다.

"이거 하나 있네, 커피."

콘테스트 대상을 탔던 작품이 단번에 히트를 쳤고, 그 후로 내놓은 정연재도 줄줄이 대박 행진을 이어 갔다. 그러한 대박으로 말미암은 광고의 수요라든지, 자체 실적이라든지 가져오는 부수 효과가 엄청나서 웹툰계에선 어느새 혜성처럼 등장한 아이돌급으로 통하는 재이였다. 하지만 건져지는 정보가 그 유명세에 반해 너무 미미했다. 인터뷰 푸시도 대단했을 것 같은데 응한 곳도 없고 그나마 하나 있는 건 대상을 탔을 때 했던, 그러니까 기한이 좀 오래된 그것이 다였다. 그래도 뭐 하나라도 있겠지, 하면서 눈에 불을 켜고 읽어 내리던 찰나, 드디어 손에만 있던 형광펜이 종이 위로 발색이 되었다.

「아, 커피를 무지 좋아해요. 특히, 브라질 옐로 버번이요.」

"취향 한번 별로네."

 브라질 옐로 버번은 너무 평범하잖아. 커피는 자고로 산미가 일품이어야지. 케냐나, 에디오피아 예가체프 같은. 뭐, 그래 넘어가서. 커피 말고는 또 뭐가 없나. 예민하게 구는 부분이라든지, 이건 정말 싫다, 하는 거라든지. 딱 한 줄만 형광색으로 빛이 나고 있고 나머지는 암전이었다. 쓸 만한 정보거리가 너무나 부족해 한숨이 먼저 나올 지경이었다. 하지만 그렇다고 풀이 죽거나 할 재경은 아니었다. 저는 그야말로 능력쟁이니까. 그럼에 조금은 특별하게 인맥 네드워크를 가동시킬 필요가 있다. 일을 함에 있어서 웬만하면 남의 어드바이스를 그것도 타사, 타 경쟁사에 있는 사람에게서 얻는 걸 유쾌해하진 않지만 이런 케이스엔 무조건 어드바이스를 얻고 봐야 제겐 득이다.
 형광펜을 다시금 내려놓고 이번엔 메모지를 제 앞으로 펼친 재경이 휴대폰을 찾아 들었다. 많고 많은 사람들이 저장된 연락처 목록에서 이름을 검색해 이내 통화 버튼을 눌렀다. 신호는 오래 걸리지 않았다.

"여보세요, 형? 잠시 통화 가능할까?"

어디 한번 선택해 보아라. 이쯤 하고 나를 들여보내 줄지, 아니면 이미 자리를 차지하고 영화 볼 준비를 끝마친 나머지 사람들을 죄다 불러내 일일이 검사를 할지. 양자택일 하지 않고 여전히 저만 닦달한다면 왜 다른 사람들은 검사도 안 하고 들여보내고 나만 이렇게 붙잡아 놓는지 모르겠다, 일을 왜 이런 식으로 하느냐, 하며 따질 사유가 하나 더 생기는 것이니 손해 볼 건 없었다. 그럼에 아차, 싶은 스태프가 결국 본드라도 붙여 놓은 것처럼 꿈쩍하지도 않던 발을 움직였다.

"다음부턴 꼭 신분증 지참해 주세요. 너무 어려 보이셔서."

그래, 진작 그럴 것이지.

대답도 없이 고개만 두어 번 끄덕인 재이가 드디어 상영관에 입장을 했다. 마침 스크린에선 별들이 산을 감싸는 모양으로 나오는 배급사 광고가 나타났다. 정말 딱, 영화가 시작하기 일보 직전인 셈이었다.

"재미없으면 안 될 텐데."

이 자리에 앉기 위해서 꽤 많은 소모를 밖에서 벌이고 왔던 터라 영화는 그에 비등할 만한 재미를 가져다주어야 마땅하지 않을까. 휴대폰을 진동으로 바꾼 후 의자에 더욱 깊숙하게 몸을 파묻으며 재이는 심각한 표정을 하고 스크린에 집중하기 시작했다.

-재계약할 건데, 우리랑.

지금 통화하고 있는 사람은 재경이 가진 황금 인맥 중의 하나였고, 예전부터 잘 알고 지낸 형이었으며, 오늘은 동지이나 내일은 적이 될 수 있고 내일은 적이었으나 훗날 동지가 될 수 있는 경쟁사 U미디어 직원이기도 했다. 전화를 받을 때부터 이미 용건을 알아챈 아는 형은 쉬이 재경의 요구에 응해 주지 않겠다는 듯 불퉁한 말투로 일관했지만 재경은 개의치 않고 펜을 잡고 뭔가를 적을 준비를 마쳤다.

"파투난 거 다 알아."

재계약할 가능성이 0.00001퍼센트도 없으니 제가 이런 전화를 한 게 아닐까. 조금이라도 가능성이 있었더라면 애초에 연락을 하지도 않았겠지. 이 세계에서도 룰이 있으니.

-어디 한번 잘 해 봐라.

"뭐 아는 게 있어야 잘 해 보지. 아, 형. 내가 진짜 술 한번 거하게 살게, 이거 맡게 되면. 응? 덕 좀 보자."

재경은 괜히 더 넉살 좋은 목소리를 내면서 쥐고 있던 펜을 아까보다 더욱 확실히 쥐었다. 무얼 써 내려 갈 때 훨씬 편하도록.

-별거 없어, 진짜.

"에이, 그러지 말고."

-으음, 유재이 작가? 글쎄. 그냥 뭐, 연재 반응 기막히게 나오고 인기 상승 그래프 잘 찍어 주는 거?

"후우, 형. 이렇게 나올래? 저번에 전시 개최 장소 섭외, 그거 내 덕이었던 거 벌써 잊었어?"

이런 것까지 일일이 나열하자면 끝이 없다는 거 잘 아는 사람이.

-좀, 뭐랄까……. 이런 일 하는 사람들 잘 알잖아, 너도. 그 특유의 분위기가 있어.

"특유의 분위기?"

-어. 그러니까 좀 까칠한?

"그게 다야?"

까칠한 부분이야 누구나 다 가지고 있는 셈이니 뭐 딱히 계약 전 '특별 사항'에 포함되는 부분은 아니다. 굉장한 기대감을 안고 귀를 기울이다 금방 시큰둥해진 재경이 휴대폰을 반대로 옮겨 받으며 다시금 입술을 열었다.

"말고 좀 더 핵심에 가까운 것들, 그런 것들 있잖아, 왜. 거 알 만한 사람이 정말."

-뭘 기대했는지 모르진 않는데, 한번 겪어 봐. 그럼 내가 말한 특유의 까칠한 분위기가 뭔지 잘 알게 될 거다.

"뭐?"

-나도 의리가 있는데 괜한 소리 하겠냐?

야심차게 준비해 뒀던 메모지가 무안해졌다. 유능한 무당처럼 100퍼센트 완벽하게 사람의 목소리가 뜻하는 바를 다 알아챌 수는 없었지만 이 형이라면 그래도 89퍼센트는 가능했다. 정말 훑려 줄 게 없다는 것이었다. 그래도 예의상 고맙다는 인사로 전화를 마무리하며 재경은 낮게 한숨을 쉬었다. 지피지기에서 지피, 단계의 수행이 가장 중요한데 이게 황무지 같으니 원.

'한번 겪어 봐. 그럼 내가 말한 특유의 까칠한 분위기가 뭔지 잘 알게 될 거다.'

"그런 거야 누가 못하냐고."
 부딪쳐 보면 딱 사이즈 나오는 거야 당연한 건데 말이지.

 이 영화가 어떤 영화일까? 하는 사소한 호기심에서부터 이 영화 정말 보고 싶다! 로 완벽한 흥미가 동할 수 있도록 만든 광고 디렉터는 정말이지 개인적으로 만나서 제 웹툰 광고를 맡기고 싶을 정도로 욕심났다. 그 유능함에 제 발걸음이 이리로 향하게 되었으니 당연히 박수를 받아야 마땅하지, 암.
 상영관에 입장을 하기도 전, 예상치 않게 무려 10여 분 동안 실랑이를 한 것 플러스 러닝타임 장장 150분을 버텨 낸 결과는 참으로 참혹했다. 게다가 힘들게 입장을 했는데 사실, 이게 왜 굳이 미성년자 관람불가 빨간 딱지가 붙은 건지도 잘 모르겠다. 한마디로 돈 낭비, 시간 낭비, 체력 낭비. 좀 거친 말로 병맛. 짜증스러움과 허무함을 한가득 안고 자리에서 일어났다. 얼마 안 남은 휴식 시간을 이런 데 투자했다니 아까워서 견딜 수가 없다.

"원두나 사서 가야겠다."

얼마 전까지만 해도 불어오던 바람이 미세먼지와 황사가 섞여서 제법 매캐했는데 이틀 내리 비가 내리더니 맑은 공기가 썩 반가웠다. 덕분에 오후 4시로 향하는 이 길목에서도 이렇게 화사한 색감을 만끽할 수 있겠지. 재이는 그간 못했던 광합성을 지는 햇살에 뒤늦게 하며 역시 집에서 5분도 걸리지 않는 카페로 향했다.

"어서 오세요. 아, 오셨네요!"

"네. 옐로 버번 있어요?"

"그럼요. 200그램 맞으시죠?"

"네."

"금방 분쇄해 드릴게요. 잠시만 기다려 주세요."

미리 계산을 마친 후, 재이는 습관처럼 늘 앉던 자리가 빈 것을 확인하고 의자를 빼내어 앉았다. 앉자마자 또 금세 나른해진 모양인지 절로 하품이 입술 사이를 비집고 나왔다.

"여기요."

"아, 감사합니다."

"꼭 이거만 찾으시네요?"

"네. 제 입엔 이 원두가 제일 맛있더라고요."

더러 신맛이 나는 그런 원두들이 있는데 그건 영 별로라.

"그럼 또 오세요."

"네, 수고하세요."

한쪽 손에 들린 원두가 든든했다. 은은하게 퍼지는 원두 향에 방금까지 축, 축 늘어졌던 기분이 말끔하게 날아가는 것만 같았다. 얼른 가서 한 잔 딱, 내려 마셔야지. 콧노래까지 흥얼거리면서 집으로 향하던 도중 원두를 들지 않은 나머지 손에서 벨소리가 울렸다. 혹여 또 전 회사에서 연락이 온 건 아닐까, 하다가 발신자를 확인한 재이가 이내 표정을 풀었다.

"응, 세인아."

-뭐 해? 할 거 없으면 우리 편의점 놀러 와.

"할 게 왜 없어. 그리고 할 거 없어도 네 편의점 가는 건 보류."

-왜, 멀어서 그래?

"뭐, 멀기도 멀고."

그 미친놈 마주칠까 지레 겁나기도 해서.

-참, 차기작 계약은? 전 회사랑 재계약?

"아니. 슬슬 다른 곳 알아보려고."

-그래? 어떤 곳이랑 하게?

"음, 뭐, 그냥. 느낌이 좋은 곳. 그런 곳이랑 하려고."

봤을 때 딱 사이즈 나오는 그런 곳?

 유재이 작가의 차기작 계약을 놓고 혈안이 된 경쟁사들의 리스트야 빤했다. 그 담당들까지 일일이 알아낼 수는 없었지만 대충 유추해 볼 수는 있을 것 같았다. 재경처럼 각 회사에서 밀어 주는, 그리고 믿고 보는 능력쟁이들일 테니까. 게다가 저는 어제 부장의 특식까지 얻어먹지 않았던가.
"그래, 뭐."
 여태 저의 빛나는 인맥까지 동원해 유재이 작가와의 계약 진행에 대해 득이 될 만한 사항을 알아보려 했지만 실상 별 소득이 없이 초읽기가 끝나고 말았다. 남은 건 실전뿐이었다. 뭐, 사실 실전에 바로 들어간다고 해도 긴장이 된다거나, 걱정이 앞선다거나 하는 건 없었다. 다만 뭐든 완벽하게 준비를 해 두는 게 좋았을 뿐. 재경은 유재이 작가에 관한 보고 파일의 제일 앞장을 내려다본 뒤 이만 수화기를 들었다. 그러곤 번호를 흘끔흘끔 보며 똑같이 다이얼을 눌렀다. 공일공칠일…….
 신호 대기음은 그리 길지 않았다. 뚜루루, 뚜루루, 가 한 서너 번 반복된다 싶더니 이내 육성이 흘러나왔다.
―네…….
 그 흔한 여보세요, 도 없이 들려온 초성은 매우 맥이 없었다. 힘이 없다는 표현보다 역시 매가리가 없다는 표현이 확실히 걸맞았다.

"안녕하세요, 유재이 작가님 번호 맞나요?"

-그런데요.

"아, M소프트 웹콘텐츠 팀, 팀장 박재경이라고 합니다."

-그래서요.

오호라. 만만치 않은 상대이며 까칠하다고 하더니 그래, 초전부터 그리 다정하고 공손하지만은 않다. 말꼬리가 뚝, 뚝 아래로 떨어지는 무심함으로 일관하는 대답이었지만 그렇다고 당황할 재경은 아니었다.

"아하하, 다름이 아니라 작가님 차기작 계약에 대해서 논의 좀 하고 싶어 연락드렸습니다."

-아.

짧다, 짧다, 했더니 이젠 달랑 한 음절뿐이다. 대답을 하는 것도 아닌, 감탄사와 같은 아.

"아무래도 뵙고 논의하는 게 좋을 것 같은데, 어떠세요?"

-흐음.

이건 뭐지? 재경은 수화기를 한 빈 귀에서 떼어 그걸 쳐다보다가 이내 다시금 귀에 가져갔다.

"저희는 최대한 작가님 편한 시간에 맞출 테니까요, 시간을 좀 내주실 수 있을까요?"

-글쎄요.

"어려우실까요?"

-것보단 언제가 괜찮을지, 흐음…….

정말 진지하게 고민을 하는 듯한 긴 호흡이 수화구를 타고 그대로 전해졌다. 그럼에 재경은 고이 저쪽에서 무어라 다음 말이 이어질 때까지 기다리는 수밖에 없었다. 물론, 그 '흐음'이라는 게 언제 끝이 날지도 장담할 수 없었고 말이다.

-그쪽은 일단 네 번째예요.

책상 위에 손가락을 올려 따닥, 따다닥, 교차하는 별 의미 없는 행동을 하고 있을 무렵 다행히 상대의 답은 빠르게 들려왔다. 하지만 이번 건 조금 당혹스러웠다. 아주 대놓고 타사와 견줘 보겠다, 하는 심리를 이렇게 직설적으로 드러낼 줄이야.

"네?"

-앞 세 번이 언제, 어떻게 이뤄질지 몰라서 확답을 지금 당장 드리긴 어렵겠어요. 이 연락처로 저장해 두면 되나요? 아, 죄송한데 어디라고 했죠?

"네, M소프트 웹콘텐츠 팀, 박재경 팀장입니다."

뭐, 그래 이런 것쯤이야. 재경의 표정은 뭐 씹다 버린 표정이었지만 목소리만큼은 사근사근했다. 얼마든지 다시 물어도 괜찮다는 듯이.

-아, M소프트.

그러나 돌아오는 반응이 영 시큰둥하다. 웹투니스트로 일을 하다 보면 대형 회사들 이름 정도는 꿰고 있을 텐데. 하물며 이전에 활동했던 U미디어보다 파워로 치면 제 회사가 훨씬 그 우위에 있었다.

바늘구멍 뚫기를 당당하게 뚫고 입사한 회사이니만큼 회사 부심도 막강한 재경은 부러 흘려듣거나 발음 한 자도 새지 않도록 매우 또박또박 강세를 실어서 대답했다.

"네, M소프트입니다."

-그럼 연락드릴게요, 수고하세요.

전화를 하는 상대방까지도 힘이 빠지는 것 같은 특유의 맥 빠지고 간결한 어조는 맺음 또한 한결같았다. 계약을 앞두고 컨택을 진행할 시에 이랬던 적이 있긴 했었나? 다른 사람은 몰라도 재경 본인에게선 없었다. 그래도 지금 상황에서 아쉬운 건 제 회사 쪽이니 알겠다, 기다리겠다, 라는 말을 끝으로 통화를 종료하긴 했지만 첫 단추부터 허탈하게 꿰어진 기분은 도무지 피할 수가 없었다.

"흠."

그리 순탄하지만은 않을 여정이라는 건 그저 느낌적인 느낌에 기분적인 기분일 뿐이겠지? 아, 마, 도?

잘못된 자세로 잠을 잔 모양인지 어깨 쪽이 뻐근하기 그지없었다. 여과지 안에 원두 가루를 넣으려던 것을 마저 넣고 어깨를 한 번 돌려 보았다. 윽, 하는 단말마의 신음이 터졌지만 잘못 뭉친 근육이 그 한 번으로 풀릴 리는 만무했다. 한숨과 함께 재이는 까먹기 전에 포스트잇을 찾았다. 네 번째 회사, M소프트 박재경.

"보자보자."

산뜻하고 새로운 시즌의 출발을 함께할 회사는 과연 어떤 회사가 좋을까. 꾸르, 꾸르르, 와 비슷한 특유의 소리를 내며 커피메이커가 열심히 커피를 내리기 시작했다. 온 집 안 가득 퍼지는 고소한 커피의 향을 맡으며 재이는 책상에 앉아 중요한 통화를 할 때마다 메모했던 것들을 한데 모아 보았다.

I사에서 일단 제일 먼저 연락이 왔었지. 약속도 그만큼 빨리 잡혀진 상태고. 다음이 N사, 그다음이 E사, 그리고 마지막. 방금 통화를 마친 M사.

"다들 쟁쟁한 회사들이네."

뭐, 나쁘지 않아. 아주 마음에 들어. 그녀는 양손으로 꽃받침을 만들어 턱을 괴곤 꽤 만족스러운 표정을 지어 보였다. 이 중에 어느 회사가 저와 인연이 될까. 당장 내일 있을 I사와의 미팅이 벌써부터 설레어 온다.

2. 대박, 대박, 대박 사건?

 첫 번째, I사. 가히 패션에 일가견이 있는 건 아닌지라 남의 룩look이나, 코디 아이템에 대하여 코멘트를 할 입장은 아니라고 스스로 생각을 해 왔다. 그럼에도 불구하고 재이는 궁금했다. 요즘에도 나비 모양의 프레임을 가진 안경을 쓰는 사람들이 있나? 그래, 간혹 한두 사람 정도 보긴 했다지만 이토록 강렬한 나비 뿔테는 또 처음이다. 그것도 무난한 검은색이나 갈색이 아닌 파란색으로. 와우, 도무지 범접할 수 없는 감각이다.
 "작가님?"
 양쪽으로 예리하게 솟은 테만큼이나 뾰족한 목소리를 가진 담당자였다. 신스틸러 수준의 그 아이템 때문에 테이블 위에 가지런히 내민 계약 제안 조건 같은 건 눈에 들어오지도 않았다. 펜촉이 가리키고 있는 문장은 애초에 보기를 포기한 지 오래다. 환기를 시키듯 저를 부르는 목소리 때문에 재이는 그제야 초점을 옮겼다.
"아, 네."
통상적인 끝맺음이 그러하듯 조금 생각을 해 보겠다, 라는 말을 끝으로 카페를 나서며 재이는 고개를 절레절레 저었다. 이미 결론이 났다.
"여긴 나랑 맞지 않아."
단연코 담당자의 파란 나비 안경이 이유인 것은 아니다. 뭐랄까. 필이 꽂히지 않는다고 해야 하나?

두 번째, N사.
"저희는 무조건 작가님께 맞춰 드리려고 해요."
라고 시작했던 서두는 몹시 마음에 들 수밖에 없었다. 게다가 작가님 커피 좋아하시잖아요. 핸드드립커피 원두는 브라질 옐로 버번으로 미리 시켜 두었습니다, 라고 했던 멘트도 정말 좋았다. 서글서글한 인상에 악수를 먼저 건네고 초면에 그것도 일적인 대화라 살짝은 어색할 수도 있는 분위기를 매우 유들유들하게 풀어 나가는 N사의 담당자를 보며 재이의 갈대가 약 70퍼센트까지는 기울었었다.
"요일 연재 부분은 현재 선점하실 수는 없어요. 이쪽 일 해 보셔서 잘 아시죠? 아, 그리고 그림체를 살짝 손봤으면 해서요. 물론 지금도 훌륭하신데 살짝, 아주 조금만? 음…… 그러니까 a little?"

버터 좀 먹어 본 발음을 과시함과 동시에 검지와 엄지 사이를 벌렸다가 다시금 좁히며 딱 '요'만큼, 이라고 나름 앙증맞은 표정까지 지어 보이는데 재이는 그런 그를 보면서 가장 첫 상황을 되짚어 보았다. 기억이 틀리지 않았다면 무조건 맞춰 준다고 했던 것 같은데. '무'조건이란 정의가 제가 알고 있는 정의와 다른 걸까?

결론은 패스.

세 번째, E사. 함께 일하고 싶은 생각이 들진 않았지만 그래도 사람 일은 모르는 거라고 딱 잘라서 앞 두 회사를 거절할 순 없었다. N사도 I사와 마찬가지로 고민을 좀 해 보겠다는 말로 마무리한 뒤 재이는 세 번째는 좀 괜찮지 않을까, 제발 괜찮았으면 좋겠다, 하는 생각으로 자리에 나왔다.

"정말 미인이시네요."

상당히 이지적이면서도 도시적인 분위기를 풍기는 그야말로 21세기를 대표하는 신여성처럼 생기신 분께서 저러한 말을 하니 재이도 마냥 한일자로 입을 다물고 있을 수만은 없었다. 받아 둔 명함으로 시선을 옮겨 이름을 확인한 후 다시금 상대방의 얼굴을 보며 입을 열었다.

"윤 주임님께서 더 미인이신데요, 뭘."

하하, 호호. 화기하고 애애한 여자들끼리 전하는 형식적인 안부 인사가 끝나자, 신여성 주임님께선 차분하게 목소리를 가다듬었다.

"우선 저희 회사에 대해서 간략하게 설명을 하고 본론을 하는 게 좋을 것 같아요."

"아, 네."

"저희 E콘텐츠 커뮤니케이션은······."

함께 작업했던 작품들을 나열하며 꽤 좋은 성과를 거둬 냈다고 그러니 이번 기회에 작업을 같이해 보면 좋을 것 같다는 매우 담백하면서도 간결한 브리핑이었다. 중간중간 매우 비즈니스적인 미소를 곁들여 주는 건 옵션이었고 말이다. 어쨌든 앞서 만나 보았던 두 회사보단 좋았다. 요점만 귀에 쏙, 쏙 들리게 전달을 해 주고 계약을 한다면 저의 모든 작업을 함께 할 신여성 담당자의 이미지도 썩 괜찮으니 말이다. 흠, 뭐, 일단은 90퍼센트. 아직 네 번째가 남아 있으니까 나머지 10퍼센트는 그때 결정하는 걸로.

"그럼 긍정적인 연락 기다릴게요, 재이 씨."

단기 속성 친해짐 절차를 밟은 것처럼 '작가님'에서 친근하게 '재이 씨'로 호칭을 옮겨 간 주임이 차에 오르기 전 한 번 더 인사를 건넸다.

"운전 조심해서 가세요."

스틸레토 힐로 길바닥을 도도하게 또각또각 찍은 후, 차 문을 열고 가볍게 운전석에 안착하는데 어쩜 그마저도 도시적이었다. 대체 어떻게 하면 저런 이미지를 풍길 수 있는 건지. 재이는 쇼윈도에 반사된 제 모습을 들여다보며 살짝 한숨을 내쉬었다. 저 또한 무려 12센티 힐에 탑승을 했음에도 불구하고 흉내조차 낼 수 없는 분위기였다. 계약을 하게 되면 이렇게 진행할 거고, 저렇게 대우를 해 줄 거다, 라고 했던 건설적인 부분은 이미 뇌리 한편에서 비중을 잃어 감과 동시에 오로지 그녀의 세련된 이미지만이 강력하게 각인되어 재이의 어깨를 아래로 처지게 만들었다. 넘볼 수 없는 클래스의 차이란 이런 것인가.
"치, 부럽게."
아, 이럴 때가 아니지. 마지막 회사가 M소프트였었지?

"팀장님, 5번이요. 유재이 작가님이세요."
"유재이 작가?"
"네."
"알았어요."
'유재이'라는 이름에 팀원들이 하던 일을 일제히 멈추고 최초로 전화를 받은 사람에게 이목을 쏟았다. 드디어 그녀에게서 연락이 왔다. 재경은 절대 급하지 않은 척 평소와 같이 상대의 이름을 한 번 더 확인하고 차분하게 고개를 끄덕인 뒤 제 방으로 돌아와 수화기를 들고 숫자 5를 꾹, 눌렀다.
"전화 바꿨습니다. 박재경 팀장입니다."
-유재이예요.

그래요, 유재이. 내가 네 전화를 얼마나 오매불망 기다렸는지 아시나요? 앞서 진행했다고 들려온 N사, I사, E사와는 비교도 안 될 우리 M소프트 그와 동시에 나, 박재경이란 상대가 당신을 얼른 만나고 싶어 한답니다.
"네, 작가님. 연락 기다리고 있었습니다."
-말씀하셨던 제 차기작 계약, 아직 관심 있으신 거죠?
"물론입니다."
-그럼 약속을 잡고 싶은데요.
"그러실까요?"

사전 조율 미팅에서 아예 계약까지 따냈던 횟수가 몇 번이었더라. 제가 맡은 프로젝트에서 못해도 다섯 번은 넘었던 것 같은데. 재경은 부드러운 미소를 얼굴에 그리며 수화기를 귀와 어깨 사이에 고정시켰다. 손만 뻗으면 닿을 수 있는 곳에 비치해 둔 볼펜과 메모지를 뽑아 들고 상대방 목소리에 더욱 귀를 기울였다.
"언제가 괜찮으신가요, 작가님?"
빠르면 빠를수록 좋을 것 같은데 말이죠.

마지막, M소프트. 앞선 회사들도 나쁘진 않았지만 그렇다고 완벽하게 만족을 준 건 아닌지라 자연스레 마지막 선택지에 대한 기대치가 올라갔다. 제발 괜찮은 조건들이었으면 좋겠다, 싶은 마음으로 밖을 나섰다.

청초하고 여린 분홍의 꽃잎들이 가지마다 만개했다. 바야흐로 봄의 정점, 벚꽃의 시즌이 온 것이다. 그냥 쳐다만 봐도 괜히 기분 좋게 만드는 벚나무들이 길을 수놓고 있음에 괜히 발걸음도 가벼워졌다. 게다가 적당한 햇살의 온도에 절로 배가되어 좋아지는 기분이었지만 택시를 타고선 그 곡선이 확 바뀌었다. 굳이 급하다는 말이 없었는데도 불구하고 택시 아저씨는 뭐가 그리 급한지 마치 카트라이더를 하는 모양새로 열심히 도로를 달렸다. 그 탓에 재이는 약속 장소에 도착하자마자 셀프 바에서 물을 벌컥벌컥 들이켰다. 차가운 물이 식도를 한 번 훑고 지나가자 그제야 울렁거리던 속이 좀 나아졌다.

"어후."

좀 살겠네. 입술 끝에 매달리는 물을 손등으로 훔쳐 내고 이만 카페 안을 둘러보았다. 점심시간을 비껴가서 그런지 카페 안은 빌딩숲이 모여 있는 곳치고는 꽤 한산했다.

"너무 일찍 도착했나."

알맞게 출발했음에도 불구하고 약속 시간보다 30분이나 일찍 도착했다. 아마도 열심히 바퀴를 굴려 주신 기사님 덕분이겠지.

"아이스 아메리카노 작은 사이즈 한 잔이요."

"4,100원입니다."

 밀린 손님이 없어서 커피는 주문과 동시에 나왔다. 그것을 받아 들고 재이는 적당한 자리를 찾아 앉았다. 먼저 도착했다고 연락을 할까, 휴대폰을 꺼내었다가 다시금 넣었다. 숨도 조금 고르고 사람 구경이나 하며 기다릴 겸해서 말이다. 커피를 반쯤 비우며 그렇게 20분 정도가 더 지났을까. 간간이 지나간 테이크아웃 손님 둘을 제외하곤 발길이 없던 카페에 새로운 손님이 등장했다.

"……."

 한눈에 사람을 알아보는 게 재이에겐 살면서 참 드문 일이었다. 절친한 친구 세인을 제외하곤 이렇다 할 아는 사이가 없는 제 협소한 인간관계가 그에 한몫을 했기 때문이다. 그럼에도 불구하고 재이는 자동문을 가르고 들어온 한 남자가 누군지 단번에 알아보았다. 두 번 다신 마주칠 일이 없을 거라고 호언장담하며 지나간 게 큰 실수였다.

 카페엔 새로운 손님이었지만 재이에겐 익숙한 손님이었다. 이 익숙하다는 것도 그다지 달가운 사실은 아니지만 말이다. 얼마 전 묻지 마 맥주 캔 압수 사건이 있었던지라 배로 달갑지 않았다. 등장한 사람의 얼굴을 인식해 식별을 마치자마자 자동반사라도 되는 듯 팍 구겨지는 표정을 하고 재이는 물고 있던 스트로를 놓았다. 그런데 이쪽만 그쪽을 본 게 아니었다. 그쪽도 이쪽을 알아보았는지 한 걸음 한 걸음 가까워지

다가 종국엔,

"알바?"

라며 아는 척을 하는데 정말이지 왜 또 이렇게 마주치나, 오늘 운세를 미리 보고 올 걸 그랬나, 하는 생각도 들었다. 제가 보기엔 매우 얄미운 모양새로 싱긋 입매를 말아 올리며 웃는데 뭐라고 답을 해야 할지 몰랐다. 그야 당연히 이 남자와 마주쳐서 좋았던 적이 단 한 번도 없었으니까.

"여기서 다 보네? 되게 반갑다."

"별로 안 반가워요, 전."

드넓은 카페를 짧게 둘러보고 남자는 자연스레 재이가 앉은 자리 쪽으로 걸어왔다. 여느 때완 달리 멀끔한 차림의 그 모습에 잠시 적응이 되질 않아 재이는 한참이나 아래위로 그를 훑어야 했다. 아, 이 사람도 나름 직장을 가진 사람이구나. 근처가 직장인 모양인지 목에는 아이디카드도 걸려 있었다.

"그런데 이 시간에 왜 여기 있어, 학교에 있을 시간 아니야?"

별로 안 반갑다니까 그러네. 말을 계속 걸거나 말거나 무시가 상책이다, 하며 다 비우지 못한 커피를 한 모금 하려고 하는데 도무지 안 짚고 넘어가려야 넘어갈 수가 없어서 재이는 남자 쪽을 향해 고개를 틀었다. 그는 어느새 제 옆 테이블을 차지하고 앉아 팔을 괴곤 제 대답을 기다리고 있었다.

"학생 아니에요, 저. 그리고 반말은 삼가 주시죠? 아, 하나 더! 그 알바도 이제 안 하니까 자꾸 알바, 알바 하지 말아 주실래요?"

혹시 무어라 말허리를 끊고 들어오기 전에 다다다 쏘아붙였더니 묵었던 체증이 그나마 가라앉는 것 같은 편안함이 느껴졌다.

"학생 아니야?"

"아니에요."

"아니구나."

"또, 반말."

잔뜩 미간을 좁히고서 노려봐도 돌아오는 눈은 똑같았다. 재이는 포기했다는 듯 고개를 절레절레 저었다. 어서 일이나 보고 사라져야지. 말을 더 섞어 봐야 좋을 게 없다. 그렇게 재이는 이제 아예 상대를 안 하겠단 각오로 야무지게 스트로를 물고 커피를 쭉, 쭉 빨아 당겼다. 시간이 얼마 정도 되었나. 이쯤이면 약속했던 2시가 가까워지다 못해 조금 넘은 것 같기도 한데.

"늦는 건가."

옆 테이블에 앉은 작자가 무척이나 거슬렸지만 최대한 신경 쓰지 않으러 애쓰면서 재이는 가방에서 휴대폰을 꺼내었다. 이쯤이면 도착해서 기다리고 있다고 알리는 게 좋을 것 같다는 판단에서였다.

[유재이입니다. 약속 장소에 도착했습니다만, 어디쯤이신가요?]

"알바, 이거 혹시 너야?"

이제 막 휴대폰 화면에서 손을 떼고 답신을 기다리려고 하는데 의외인 곳에서 제 메시지가 떠워졌다. 정확히는 옆 테이블에 앉은 불청객의 손에 있는 휴대폰 화면에서 말이다. 저장된 이름은 '유재이 작가님'이었고, 아래에 나열된 텍스트는 토씨 하나 틀리지 않은 채 방금 제가 작성한 그대로였다. 그런데 잠깐, 이게 왜 이 사람의 휴대폰에서 뜨는 걸까. 저는 분명 M소프트 박재경 팀장님에게로 보냈는데.

"……설마."

그제야 남자의 목에 걸려 있던 아이디카드를 빤히 들여다보았다. 백문이 불여일견이라고, 아이디카드 속에 박힌 사진은 매번 사나운 우연이라며 다신 마주치기 싫다는 그 주인공, 즉 지금 마주 보고 있는 그와 동일했으며 이름은 박재경이었다. 요약하자면 오늘 저와 미팅을 하기로 했던 M소프트의 박재경 팀장이 바로 옆 테이블의 이 박재경이란 말이다.

대체로 사건은 본인의 의지와 관계없이 또는 예고도 없이 일어난다. 우연의 일치, 라는 말이 영 지어낸 말은 아니라는 듯 제법 반복해서 나타나는 일에 어느새 남자는 단순한 편의점 단골손님에서부터 익숙한 그러나 반갑지 않은 낯으로 변해 재이의 일상을 비집고 들어왔다. 게다가 역할의 경중도 이 시점 이후로 꽤 커져 버렸다. 몇 번의 우연은 그저 그렇다, 하며 치부하고 넘어갈 순 있어도 앞으로 계약의 관계가 되면 그저 넘어갈 수 없는 사이가 되는 거다. 두 눈을 크게 확장시키며 다시금 뚫어져라 얼굴을 들여다봐도 이미 난 결론은 변함이 없었다.

"말도 안 돼."

말이 돼, 이게?

미팅에 나오기 30분 전까지만 해도 맥없던 첫 통화를 떠올려 유재이 작가의 이미지를 유추해 보았다. 함께 작업을 해 봤던 아는 형에 의하면 꽤 까칠하고 사람이 좋은 건지, 싫은 건지 감을 잡을 수 없게 만들어 피드백을 요할 땐 조금 난감하기도 했더란다. 그러니 재경의 유추 속의 유재이는 그다지 긍정적인 이미지가 아니었다. 위에서 시키는 일이고 또 맡은 일이다 보니 성실하게 임한다고 하지만 그다지 끌리는 축은 아니라고 해야 할까.

그랬던 마음가짐이 180도 바뀌었다. '알바 이꼴 유재이 작가'라는 사실을 인지하고부터 말이다. 도톰하고 빨간 입술이 스트로를 물었다가, 놓았다가 하는 것을 반복했다. 많이 쳐줘도 스물하나? 정도밖에 보이지 않는 서 얼굴이 어째서 스물여덟이란 말일까. 편의점 알바를 관두더니 대타 알바라도 하는 걸까. 본인 확인을 위해서 민증이라도 까 보라 해야 하는 건지 재경은 진지하게 고심했다.

"여기 일단 제 명함입니다."

누군가 아니라고 말을 해 줬으면 좋겠다. 누군가 이건 꿈이라고 저를 꼬집어 주었으면 아, 이건 현실이 아니구나, 하며 깨기라도 할 텐데 말이다. 제 앞에서 웃고 있는 이 미친놈, 아니 이분이 어째서 M소프트의 박재경 팀장인지 도무지 받아들일 수가 없다. 사나운 우연 몇 번이 반복되나 싶더니 이제 아예 통으로 사나운 인연으로 발전되려나 싶다.

"……."

얼굴만큼이나 하얀 손가락이 내민 명함을 느릿하게 본인 쪽으로 가져간다. 재경은 그 손을 따라 다시 한 번 더 재이의 얼굴을 마주 보았다.

"정말 박재경 팀장님이네요."

베이지색 바탕의 네모난 그것에 새겨진 까만 활자를 뚫어져라 내려다보면서 재이는 조금 모자란 대사를 읊었다. 게다가 팀장급이라니. 까만색 그도 아니면 회색, 아, 그도 아니면 남색 트레이닝복 바지와 함께 헐렁한 긴팔 티셔츠를 입고 편의점을 드나들었던 그 모습만이 지배적으로 선명한 데 반해 이런 갖춰진 모습은 어색하기 짝이 없었다. 아, 품에 있었던 맥주를 어영부영 뺏겼을 때도 제대로 된 차림인 것 같았지만 그건 너무 순식간이라 제외하도록 하고. 어쨌든 재경은 말도 안 되는 논리로 이상하게 말이나 까던 할 일 없는 그저 그런 한량 이미지였는데 말이다. 와, 더군다나 M소프트면 알 만한 사람은 다 아는 대기업인데, 이런 곳에 들어가려면 웬만한 스펙이 아니면 안 될 텐데.

"믿을 수가 없네요."

그야말로 언빌리버블.

"나도 그, 아니 저도 그래요. 통성명이 많이 늦었죠, 우리?"

"명함 위조한 건 아니죠?"

"그럴 리가요."

"본인 맞아요, 이거?"

"그럼요."

단골 편의점 알바에서부터 계약을 따내야 할 작가로 목적어가 바뀌자마자 재경의 짤막했던 말투도 금세 늘어났다. 하지만 씰룩이는 입매와 곧이라도 '알바' 하며 말을 내릴 그 눈은 여전했다. 바뀐 거라곤 형식상 존대를 하고 있다는 것뿐.

주문했던 제 몫의 커피를 가져와 재경은 그것을 여유롭게 홀짝이며 재이의 말에 물음표가 끝나기가 무섭게 대답했다. 간간이 고개를 깊숙이 끄덕이거나 하는 것도 잊지 않으면서 말이다.

"어떻게 팀장씩이나 돼요?"

"거기서 왜 '어떻게'가 붙어요, 작가님?"

차라리 반말이 더 괜찮다고 생각되는 건 순전히 착각일까. 오히려 말끝마다 존대를 다는 게 알바, 알바 할 때보다 더 얄미웠다. 하여튼 재주도 좋아요. 반말, 높임말 모두 다 재수 없게 구사하니.

"저기요, 그쪽, 저한테 잘 보여야 하는 입장 아니에요?"

따져 생각해 보니 또 그랬다. 재이는 양팔을 교차해 팔짱을 끼고 부러 등받이에 몸을 깊숙이 기댔다. 앞서 진행했던 미팅들은 이렇지가 않았다. 대놓고 아부를 떨고, 설탕 발린 말이라고 해도 괜히 제가 듣기 좋은 말만 골라서 늘어놓았지. 잇속을 챙기는 건 그다음 차례였고 말이다.

"뭐, 그렇죠."

전에 어디서 어떻게 만났든지 간에 어쨌든 지금의 저와 재경은 엄연히 갑과 을이었다. 계약서가 아쉬운 사람은 을인 재경이었지 갑인 재이는 아니었다. 하지만 재경은 그다지 신경 쓰이는 문제는 아니라는 듯 말투와 표정을 바꾸지 않았다. 아니, 계약하러 온 사람이 태도가 뭐 이래?

"저 유재이예요."

"누가 다른 사람이래요?"

"아니, 참 비교를 안 하려야 안 할 수가 없네요. 지금 나랑 안면 있다고 계속 이런 식인 거예요?"

이러면 득 되는 게 없을 텐데? 지금 굉장히 밉보이고 있는 중이에요, 그쪽. 어쩌면 처음 만났을 때부터 계속, 쭉, 일관성 있게.

"차례가 여기까지 온 거 보면 빤하니까."

"네?"

"확실히 구미를 당길 만한 회사는 없었나 보죠, 앞 I, N, E 세 회사 다. 아, 놀란 표정 지을 거 없어요. 이쪽 세계에서 뭐, 같은 타깃 노리는 마당에 경쟁사 리스트쯤이야 빤한 거 아니겠어요?"

"그건 모르는 일이죠. 전 일단 다 만나 보고 비교할 거거든요?"

"그래요. 그래야죠."

재경은 상당히 여유로운 표정이었다. 막말로 이 자리에서 당신 마음에 안 들어, 당신 때문에 계약이고 나발이고 다 싫어, 하고 나갈 수 있는 게 제 입장인데도 불구하고 오히려 입 안이 바싹 타게 만드는 건 재이 쪽이었다. 재경의 밑도 끝도 없는 여유로운 태도가 아이러니하게도 재이로 하여금 그렇게 만들고 있었다.

"어차피 유재이 씨는 저희랑 계약을 하게 될 겁니다."

"전부터 생각한 건데 그 이상한 논리는 대체 어느 회로로 나오는 거예요?"

"유재이 씨, 금붕어 아니잖아요."

"네?"

"이런 계약 많이 안 해 보셔서 잘 모르겠지만 저희 M소프트 세안서는 동종 업계 최고입니다. 아마, 나머지 회사들도 지금 벌벌 떨고 있을걸요?"

"대단한 자신감이네요."

"근거가 있으니까."

그와 동시에 재경은 애초에 제가 챙겨 왔던 제안서가 담긴 봉투를 제 명함 옆으로 나란히 내밀었다.

"저희 회사 제안서입니다. 기초적인 틀인데 완벽하게 다듬으면 더 엄청나지겠죠. 그리고 덧붙이자면 이왕 일 시작할 거 초면보단 구면이 낫잖아요?"

"글쎄요. 그건 그쪽 생각이고요."

이런 구면이라면 백번이고 사양하고 싶은 게 제 입장이다.

"시간 얼마나 드리면 되나요? 혹시 궁금한 사항 있으면 언제든 연락해요. 다 대답해 줄 테니까요."

"……이만 일어나죠."

제안서와 함께 재이는 별로 챙기고 싶지도 않은 재경의 명함을 같이 들고서 먼저 의자를 밀고 일어났다.

"역까지 배웅해 드릴게요."

"필요 없어요."

"넘어질까 봐 그러죠."

12센티라는 어마어마한 탑승화를 신었지만 그래도 재경과 시선을 나란히 하기엔 역부족인지라 재이는 하는 수 없이 눈을 들어 올려 그를 마주 보아야 했다.

"안 넘어지거든요?"

별 참견을 다 해요, 아주.

"척추 상한다니까 왜 그렇게 높은 거 신어요?"

"내 척추예요. 신경 끄세요."

재이는 재경 보라는 듯이 코웃음을 치고는 먼저 걸음을 놓았다. 저는 내내 실실 웃음이 나는데 어째 저 알바 작가님은 심기가 편치 않은 모양이다. 일부러 세게 걷는 듯 재이의 도도한 구두 굽 소리는 카페를 나서서도 쩌렁쩌렁 이어졌다. 차라리 저런 신발보다는 운동화가 더 어울릴 것 같은데. 물론, 굽이 낮은 걸로.

"왜 자꾸 따라, 으앗!"

"봐. 넘어진다니까."

저는 정말 순수하게 회사로 향하던 길이었다. 제가 향하던 길 앞에 재이가 먼저 나섰으니 본의 아니게 같은 방향이 된 것뿐이었다. 모양은 재이가 말한 것처럼 그녀를 뒤따라가는 게 되었지만 말이다. 어찌 되었든 신경 끄고 제 갈 길 가면 될 걸 기어이 뒤를 돌아 한마디 하려던 게 어마어마한 참사로 이어질 뻔했다. 재경이 서둘러 붙잡지 않았더라면 볼썽사나운 모습으로 길바닥에 엎어졌겠지. 발목도 무사하지 못했을 것 같고.

재경의 부축 아닌 부축에 중심을 다시 잡은 재이가 이내 그의 손을 제 팔목에서 거둬 내고 괜히 목소리를 한 번 가다듬었다.

"원숭이도 나무에서 떨어지는 법이니까요."

"고맙다는 말은 안 해? 안 잡아 줬으면 너 대단히 창피할 뻔했어."

"노선 하나만 해요. 왜 또 반말해요?"

"아, 그랬나. 그리고 작가님 따라가는 게 아니라 회사가 이 방향이에요. 저기, 건물 보이죠? M소프트. 오해하실까 봐."

"……어쨌든 잡아 준 건 고마워요."

머쓱해진 재이가 길게 늘어뜨린 머리칼을 귀 뒤로 쓸어 넘겼다. 때마침 옅게 불어오는 봄바람에 긴 머리칼이 멜로디를 타듯 짧게 흩날렸다. 그 모습이 계절이 주는 분홍 색감과 참 잘 어울리는 것 같다고 재경은 잠시 생각했다.

"뭐, 꼭 고맙단 말 듣자고 했던 건 아니고."

"고맙단 말은 왜 안 하냐면서요?"

"스물여덟인 건 확실해?"

"동문서문해요?"

동문서답도 아니고, 이 양반이.

"되게 동안이네요."

"알아요."

"계약 잘 부탁해요. 연락 기다리고 있을게요, 유재이 작가님."

재경은 별안간 옷매무새를 다듬더니 패나 정중하게 재이에게 목례를 한 뒤, 먼저 휘적휘적 걸어 나갔다. 아무래도 뒤따라간다고 또 오해를 하실까 봐서. 남겨진 재이가 채 걸음을 떼지 않은 채 그런 재경의 뒷모습을 보고만 있자, 걸어가고 있던 재경이 예고 없이 휙, 재이를 향해 몸을 틀었다. 그 바람에 빤히 고정된 재이의 시선이 급하게도 달리 둘 곳을 찾아 흔들거렸다.

"나랑 계약 안 하면 알바 너, 금붕어 인증."
"뭐, 뭐라고요?"
아오, 저 미친놈이 진짜!

"미쳤냐?"
"왜."
"미친 것처럼 보여서."
자기 혼자서 피식피식 웃고 있는 모양새가 마시고 있던 맥주의 맛을 떨어뜨리게 만들었다. 때문에 창수는 아직 반도 못 비운 맥주를 입에 가져가려다 말고 다시금 테이블 위로 올려 두었다.
"그 뭐, 계약 건 하나 있다더니. 그게 잘돼서 이래?"
"내가 일 잘된 게 한두 번인가."
"재수 없는 놈."
안 그래도 바닥으로 떨어졌던 술맛이 아예 맨틀을 뚫어 버렸다. 표정 하나 바꾸지 않고 나 잘났어요, 하는 제 친구 재경은 매번 봐도 매번 재수가 없다. 이래 놓고 자기 회사 가서는 아니에요, 제가 잘났기요. 여러분들 때문에 이만큼 올 수 있었던 거죠, 하는 갖은 가식을 떨 거다. 창수는 잠시 그 모습을 상상하곤 흠칫 어깨를 떨었다. 생각만 해도 재수 없어서.
"재수 있는 놈이지."
"어련하실까. 그런데 대박 사건 있다면서? 뭔데?"

"그때 내가 말했던 편의점 알바 있잖아."

아, 그 편의점 알바. 같이 술 한잔씩 하려다가도 꼭 시간만 되면 달려가서 웬 과자 타령이나 해 댔던 그 시절 그 알바. 고약한 취미를 가지기라도 한 듯 놀리는 재미가 쏠쏠하다고 근 한 달 반을 주구장창 편의점에 출석 체크를 했었지. 별의별 사람 다 있고, 모두 다 각양각색이라고 하지만 유독 튀어 보였던 그때의 그 편의점 알바 집착. 아, 만날 때마다 미친놈 갱신을 했던 것도 한때였지. 어렵지 않게 재경이 말하는 알바를 기억해 낸 창수가 이내 싱거운 표정을 지었다.

"관뒀다며."

"그 알바 고딩 아니더라."

"그래?"

"내가 계약할 작가가 그 알바였어."

"뭐?"

"어쩜 이런 인연이 다 있냐. 진짜 많이 쳐줘도 스물, 스물하나로 봤는데 여덟이더라. 딱 좋지, 스물여덟."

재경은 손으로 숫자 8을 강조하듯 표현했다.

"대박 사건이네."

그다지 감흥은 없었지만 어쨌든 대단한 인연인 건 맞으므로 창수는 못내 대박 사건에 대꾸를 해 주었다. 그러면서도 또 이상한 집착의 서막을 보일까 싶어 살짝 눈썹을 올리며 물음을 함께 붙였다.

"그래서 그 작가도 너 반가워해?"

"글쎄, 그런 눈치는 아닌데."

방금은 못내 대꾸를 했다면 지금은 마음에서 대꾸가 절로 우러났다. 제가 그 작가의 입장이라도 그랬을 거 같다. 웬 편의점 또라이로 취급하지나 않았으면 다행이지. 그런데 웬걸, 말을 하면서 잠시 멈추었던 재경의 미소가 본격적으로 얼굴에 드리워졌다. 씩, 양쪽 입매를 말아 올리는 그 웃음에 덩달아 웃기는커녕 오히려 더욱더 썩은 표정으로 재경을 마주 보았다.

"그런데 네 표정은 왜 이렇게 더러워?"

아무래도 오늘 술 마시기는 영 틀려먹은 것 같다. 창수는 아예 제 앞에 있던 맥주 캔을 저만치 밀어냈다.

"미성년자 아니잖아."

"아니지."

"나랑 나이 차도 얼마 안 나고."

"안 나지."

"작업할 수 있잖아."

"뭐어?"

"대박 사건이지?"

그렇다고 고딩인 줄 알았던 그때 불순한 마음을 품었다는 건 아니고. 단지 좀 귀여워서. 아니, 많이 귀여워서 매일 말장난이나 몇 번 쳤던 수준이었던 거지, 그땐. 하지만 지금은 애기가 달라지지 않겠어? 미성년자 아니라잖아. 스물여덟이라잖아. 이름도 예쁘잖아, 유재이.

3. 이게 최선인 건가. 확실해?

네 번째, M소프트.

"……."

손가락이 명함과 제안서 위를 까닥까닥 반복해서 놀아났다. 박재경이란 사람을 다시 회상해 보는 것만으로도 양미간이 절로 좁아지는데 계약까지 해서 함께 일을 한다?

"어우, 안 되지."

재이는 벌써부터 질겁한 표정으로 치를 떨었다. 본디 사람은 오래 겪어 봐야 안다고, 몇 번 겪었다고 사람을 판단하겠느냐만 사람이 가진 인상이라는 게 있고 몇 번 안 부딪쳤어도 부딪쳤을 때마다 각인된 느낌이라는 게 있다. 그 모든 것들이 하나같이 재이에게 빨간불을 켜고 경고하고 있는 것 같았다.

사서 엮일 일 만들지 마. 봐서 알잖아. 그는 미친놈이야, 라는 대사까지 읊으면서 말이다.

'나랑 계약 안 하면 알바 너, 금붕어 인증.'

"참 나. 웃기고 있네."
그렇게 말을 마치고 재이는 이만 재경의 명함과 제안서를 멀찍이 치워 뒀다. 접힌 봉투의 입구를 개봉할 일도 없다는 듯이 그대로 말이다. 그 반면 가지런히 챙겨 두었던 나머지 세 회사의 제안서들만 가져와 보기 쉽도록 펼쳤다. 그중에 하나인 I사는 저와는 맞지 않는 것 같아서 제안을 거절하겠다고 방금 통화를 마친 상태고. 그렇다면 실질적으로 제게 남은 선택지는 오로지 두 개였다.
"흠."
웹투니스트로 출발 성적이 꽤 괜찮은 정도가 아니라 뭐, 사실 훌륭한 정도라곤 하나 저는 어쨌든 경력으로 보면 신인 축이었다. 그런데도 불구하고 이름만 들으면 알 만한 회사들이 제법 매력적인 제안서를 들고 제게 러브콜을 넣었다. 때문에 기대 이상의 행복한 비명을 지르고 있긴 했지만 살펴보고 있는 제안서들은 뭔가 2퍼센트 부족했다.
"아, 그림체 변경 요청했었지······."
작가의 시그니처와 같은 그림체를 변경해 달라고 하는 건 뭔가가 마음에 덜 찬다는 뜻이다. 그런데도 계약을 하고자 한다는 건 뭐, 남 주기엔 아깝다는 심리가 내포된 게 아닐까.
"사이즈가 딱, 안 나오네."
 완벽하게 이 조건으로 계약을 하자는 게 아니라 말 그대로 이런 식으로 갈 거다, 하는 제안의 단계라 수정의 여지는 있다곤 하지만 막상 협의를 해 보면 기본적인 틀은 변하지 않을 거다. 눈을 부릅뜨고 세세한 부분 하나하나를 뜯어보았지만 남은 회사 두 곳 다 제 마음에 쏙 차진 않았다. 2퍼센트 정도가 부족하다고 표현해야 맞을까. 월급쟁이가 아닌 이상 팽팽 손 놓고 놀 순 없으니 당장 일을 시작하긴 해야겠고, 그렇다고 아무 데나 계약을 하긴 또 싫고.
"후우."
 펼쳐진 제안서들을 이만 포개어 놓고 비우지 않은 머그컵에 손을 뻗었다. 진즉에 식어 버린 커피였지만 그래도 괜찮았다.
"……박재경만 아니었어도."
 컵을 놓지 않은 채 아까 던지다시피 해 두었던 M소프트의 봉투로 시선을 옮겼다. 그 위로 자연히 겹쳐지는 재경의 얼굴에 새이는 머리칼이 휘날리도록 고개를 가로로 절레절레 저었다. 아니지, 아니 될 일이지, 암, 그렇고말고.

 어김없이 하루는 시작되었고 재경은 회사로 출근을 했다. 제 팀이 있는 사무실에 당도하기가 무섭게 일찍이 출근을 마친 팀원들이 모두 다 약속이라도 한 듯 재경에게로 둥글게 원을 그리며 다가왔다.

"팀장님!"

"어제 미팅은 어떠셨어요?"

무려, 박재경이 아니신가. 공식적으론 이 정도 조건이면 어떠세요, 하는 제안서를 전달하는 자리였을 뿐이다. 그러니까 어제의 그 미팅이 말이다. 그럼에도 불구하고 팀원들은 비약이 있는 물음을 건넸다.

"계약한다고 하죠?"

계약한다고 해요, 도 아니고 하죠, 로 끝나는 건 확신에 기반을 둔 말이었다. 그들의 이러한 비약은 어느 정도 타당한 근거를 바탕으로 한 것이라 그 어떤 누구도 그런 물음에 대해 태클을 걸지 않았다. 당연, 박재경이니까.

"물으면 입 아픈 거 아닙니까, 거."

팀원들 중 재경과 가장 일을 오래 해 온 주원이 '난 당신들과 급이 달라. 계약한다고 하죠, 라니. 그러니 너희들이 하수인 거야.' 하는 눈빛으로 팀원들을 한 번 보았다가 이내 재경을 보았다. 어때요, 제 말이 맞죠, 팀장님?

"글쎄요."

"……네?"

얼음땡 놀이라도 하는 것처럼 다들 동시에 얼음으로 모든 행동들을 멈추었다. 일례에 없던 일이라 어떤 식으로 반응을 해야 할지 몰라 그러는 듯도 했다. 재경의 입에서 나온 글쎄요, 는 참으로 애매모호했다. 글쎄요, 라는 단어가 주는 뜻 자체가 그렇지 않나. 이도저도 아닌 그 어느 중간쯤. 그렇다면 박재경의 글쎄요는 완벽한 중간인가, 아니면 1퍼센트라도 치우쳐진 중간 정도인가. 긍정적으로 흐를 거라는 건가 아니면 천하의 박재경 팀장이 계약 성사 실패의 기운을 끌어안고 온 건가. 하지만 그의 표정은 여느 때처럼 온화했다. 여심을 녹이는 은은한 미소는 또 어떻고.
"저, 팀장님, 그게 무슨……."
결국 선수를 치는 건 주원의 몫이었다. 박재경의 성패는 본인뿐만 아니라 팀원들에게도 중요했다. 나머지들의 시선이 죄다 주원에게로 몰렸다가 떨어졌다. 모두들 같은 물음을 하고 있는 탓이었다. 재경의 저 말은 여태껏 단 한 번도 보지 못했던 반응이었다. 물론 사람 일이라는 게 언제나 잘 닦여진 고속도로처럼 탄탄대로이진 않는 터라 계약이 성사되기도 하면 실패될 경우도 있다. 그런데도 불구하고 재경에겐 실패의 역사라는 게 전무했다. 잘 닦여진 고속도로의 표본이라도 되는 것처럼 그랬단 말이다. 그래서 다들 저 작은 말 하나에 의아함을 감추지 못하고 있었다.
"생각할 시간이 필요하겠죠, 작가가. 물론, 아직까지 연락 온 것도 없고요."
재경은 슬쩍 손목에 있는 시계를 한 번 보았다. 하루가 채 지나가지도 않았네요. 작가에게 시간이 얼마나 더 필요할지 기다려 보자고요, 하면서.

[금붕어 인증 70퍼센트 시간 너무 오래 끄네요, 작가님. -박재경]
한 번의 진동과 동시에 액정에 빛이 들어오자마자 메시지가 함께 비춰졌다. 아무런 조작이 없자 화면이 다시금 어둠을 찾는 덴 몇 초 걸리지 않았지만 그 짧은 찰나에 재이는 활자를 모두 읽어 버렸다.

"하루 됐어, 하루!"

그저 활자일 뿐인데도 불구하고 재경의 표정이 언뜻언뜻 보이는 듯도 했고 목소리 또한 어디선가 귓전을 울리는 것 같았다. 면전에 있지 않고도 이렇게 심기를 어지럽히는 것도 재주라면 재주다. 재이는 살짝 짜증이 섞인 손길로 휴대폰을 뒤집어엎었다.

"……어디다 뒀었지."

거들떠도 보지 않으리라 했지만 거들떠 봐 주는 정도는 괜찮지 않을까. 오래도록 곱씹어 생각하고 비교해도 딱히 답이 나오지 않자, 재이는 어느새 들고 있던 서류를 이만 놓고 어딘가에 뒀던 마지막 M사의 제안서를 찾아 앞으로 가져왔다.

"하아, M소프트."

어디 한번 볼까.

똑똑.

답신을 바라고 메시지를 보냈던 건 아닌지라 재경의 손에서 휴대폰이 빠져나가는 시간은 빨랐다. 걸치고 왔던 얇은 재킷을 옷걸이에 걸어 두고 이제 막 의자를 빼내어 앉으려고 하는데 노크 소리가 그런 재경의 동선을 잠시 훼방했다. 무엇을 위한 노크 소리인지는 뻔했다. 그 어떠한 부탁이나 요구가 없이도 정해진 것처럼 제게 전달되는 커피겠지. 안 그래도 입 안이 조금 텁텁했던 차에 잘됐다, 싶었다.

"네, 들어와요."

"여기 커피요, 팀장님."

"아, 고마워요."

얼마 전까지만 해도 모락모락 김이 올라왔던 커피였었는데, 이제는 얼음이 동동 띄워진 아이스커피다. 무슨 온도의 변화가 이렇게도 빠른지. 재경은 새삼 여름이 한 걸음이 가까워진 걸 모닝커피를 통해 깨달았다.

"저기, 팀장님."

컵까지 들어 보이며 고맙다는 성의 표시는 했다. 게다가 따뜻한 커피가 아니라 아이스커피로 가져다준 센스도 매우 높이 사면서 말이다.

"네, 수희 씨."

오수희 씨. 올해로 입사 1년차이며 재경의 팀에 배정된 지는 세 달쯤 되었다. 그런 오수희를 미리 파악하고 있는 경위는 간단했다. 재경이 제일 아끼는 팀원 주원이 그녀와 자료실에서 우연히 마주친 이후로 그녀의 이름을 귀에 못이 박이도록 읊어 댔다. 제 팀으로 들어왔을 땐 쾌재를 지르기도 했다. 게다가 며칠 전에는 그녀에게 웬 타르트 박스 조공을 하는 것도 목격했다. 주원의 말을 빌리자면 몸매는 바비인형 같은데, 목소리는 이슬을 머금은 듯 청순해서 금단의 열매 같은 느낌을 준다나.

"이거 그냥 커피 아니에요."

"그래요?"

"제가 직접 원두 그라인더로 갈아서 내린 거예요."

"와, 그럼 더 잘 마셔야겠네요."

재경은 진심으로 '더' 잘 마셔야겠다고 생각했다. 원두를 그라인더로 손수 갈아서 커피를 내리는 맛이 그냥 분쇄되어 있는 원두로 내린 맛과는 다르니까 말이다. 그런 재경의 대답이 꽤 만족스러운 모양인지 수희는 저의 긴 머리칼을 느릿하게 귀 뒤로 넘겼.

"더 할 말, 있습니까?"

"……네?"

"안 나가 보고 뭐 하느냔 말의 완곡한 표현인데."

그의 얼굴은 여전히 미소를 짓고 있는 채였다. 며칠 전부터 번갈아서 커피를 들여오기 시작하는데 여사원들 사이에서 내기가 오가고 있는 걸 재경은 모르지 않았다. 커피를 가져다주며 최장기록을 누가 세울 것인지, 독대에서의 사담은 과연 얼마나 주고받을지, 하는.

"아, 네. 나가 보겠습니다."

"참, 수희 씨."

"네?"

과하게 목선을 자랑하며 고개를 돌린 그녀는 무언가라도 바라는 듯한 눈동자를 크게 깜빡였다. 그래, 이게 끝일 리가 없지, 하는 은근한 확신도 있는 것 같고.

"디자인 팀한테 로고 변경 요청한 거 왜 이리 늦는 건지, 그거 알아봐 줘요."

"그게 다인가요?"

"그럼요?"

"뭐, 더 하실 말씀이라든지 그러니까 저한테만 따로 부탁하실 일이라든지 그런 거 없으신가, 하고요."

기대에 찬 눈동자와 함께 입매가 의도적으로 말려 올라갔다, 싱긋.

"지금 업무량이 꽤 헐렁한가 봐요? 일거리를 더 달라는 이런 적극적인 태도는 참 좋아요. 물론, 수희 씨 능력 되는 것도 알지만 쉬엄쉬엄 해요."

"……네, 나가 보겠습니다."

여차하면 정말 일거리 폭탄이라도 안겨 줄 기세라 수희는 더 이상의 도전은 무의미하다는 걸 깨달았다. 괜히 수줍게 들어왔던 미소가 어느새 안면에서 거둬진 후 그녀는 짧은 묵례를 마치고 이만 팀장실을 나섰다.

"김주원은 눈이 좀 낮은 편이네."

재경이 수희를 볼 땐 언제나 같은 생각이었다. 바비인형 같은 몸매도 사실 잘 모르겠고, 새벽이슬을 머금은 목소리라는 것도 잘 모르겠다. 그러니 금단의 열매 같은 느낌은 얼어 죽어도 공감할 수가 없다.

"뭐가 좋다고 매일 노래를 부르는지, 원."

정확히 가늠할 순 없지만 키가 한 160센티 아래는 되는 것 같고, 곰돌이같이 새까맣고 동그란 눈에 찹쌀떡같이 보송보송한 양 볼을 가진 누구라면 또 모를까.

왜 현 상황에서 M소프트가 최선인 것이지, 왜?

"……뭐 이렇게 조건들이 괜찮은 거야."

거들떠도 안 보겠다던 M소프트의 제안서는 개중에 제일 우수했다. 인센티브도 네 개의 회사 중 가장 높이 쳐 주었고, 기타 수익이 발생했을 경우 배분율도 회사보다 제가 더 높았다. 게다가 요일 연재 선점까지. 아직 신인급인 저에게 거의 베테랑 작가들에게 주는 것에 버금가는 조건들이라 더 이상 비교를 하거나 생각할 것도 없었다.

'이런 계약 많이 안 해 보셔서 잘 모르겠지만 저희 M소프트 제안

서는 동종 업계 최고입니다. 아마, 나머지 회사들도 지금 벌벌 떨고 있을걸요?'

'근거가 있으니까.'

제안서를 내밀던 재경은 매우 자만하고 오만방자한 태도였다. 그리고 그렇게 당연한 말투를 구사할 수 있었던 근거를 직접 확인하니 살짝 수긍이 가기도 했다.

"아니지, 유재이. 신중해야 해."

꿀이라도 흐르는 것처럼 단내를 풍기면서 저를 유혹하는 제안서를 황급하게 내려 두고 재이는 제 고개를 세차게 가로로 저었다. 막말로 협상의 여지라는 게 있는 이 시점에서 굳이 이 제안서가 최고라고 해서 당장 선택할 필요는 없지 않은가? 예를 들면, 2퍼센트가 부족한 타 회사와 협의를 해 보는 것도 매우 좋은 방법이고 말이다.

"어디 보자, 메일 주소가 뭐였었지."

꼭 똑같이 완벽하게는 아니더라도 비슷하게는 할 수 있겠지?

하루가 더 지났다. 여전히 이렇다 할 소식을 전해 주지 않는 재이로 인해 재경의 팀원들은 지레 불안감에 술렁이기 시작했다. 아니, 박재경 팀장이 한 일인데 어째서 아직까지 대답이 없는 거지? 때문에 그들만의 채팅창은 몇 초 간격으로 줄

바꿈이 새로이 갱신되고 있었다.

[대표 메일 확인이나 부재중 전화 꼼꼼히 체크하고 있는데 아직 연락이 없네요. -사원 유영환]

[그러게요. 듣기론, I랑 N한테는 확실히 거절 의사 전달했다고 하더라고요. -사원 오수희]

[남은 곳이 E죠? 그쪽에 혹시 연고가 있는 거 아닐까요? 그러면 저희 팀장님도 별 도리가 없겠죠. -주임 백성주]

[고작 이틀 되었는데 뭘 그렇게 호들갑들이에요? 다 때가 되면 연락 오겠죠. 일들 합시다, 일들. -대리 김주원]

메신저 창을 종료한 후 일부러 탁, 소리 나게 의자를 밀고 일어난 주원이 피티 자료를 챙겨 들고 팀장실로 향했다.

"팀장님."

"네?"

"따로 연락이라도 해 봐야 하는 거 아닐까요?"

용무는 짧은 시간 안에 끝이 났다. 알아서 나가 보려니, 하고 다시금 제 할 일에 집중하는 재경을 보고 이만 몸을 돌려 나가려던 주원이 별안간 문고리를 잡던 손을 멈추고 재경을 향해 낮고 은근한 목소리를 냈다. 이미 둘뿐인데도 불구하고 주원의 목소리 크기는 흡사 귓속말을 하는 듯한 데시벨이었다.

"누구한테 말입니까?"

"그, 유재이 작가님 말입니다."

"왜요?"

"제가 듣기론 현재 I사, N사한테 거절 통보한 상태라고 하던데 나머진 E사와 저희 아닙니까. 혹시 그쪽으로 마음이 기울어 있을 수도 있으니까 저희 쪽에서 미리……."

미리 좀 끌어당겨야 하지 않겠느냐, 라고 말을 하려던 게 재경이 갑자기 고개를 휙 돌리는 탓에 뚝 끊겨 버렸다.

"김주원 대리."

"네, 팀장님."

"신중한 모양이겠죠, 작가가. 뭐 더 추가했으면 하는 조건이라든지 그런 걸 생각하고 있을 수도 있겠고요."

재경의 목소리는 매우 부드러웠지만 어째 말투에는 날카로운 촉이 서 있는 듯했다. 그 탓에 머쓱해진 주원이 애꿎은 제 뒷머리만 벅벅 긁었다.

"아, 네. 죄송합니다. 그냥 연락이 더딘 느낌이라서 말입니다, 하하."

"그런데 일리는 있어요."

"네?"

"셈이 느리지도 않을 텐데 연락이 더딘 느낌은 있단 말이죠. 흠, 이럴 때에 필요한 게 뭔지 알아요?"

경쟁사가 내민 조건들을 낱낱하고 세세하게 읊을 수는 없지만 그래도 대충 어느 정도 선인지는 빤했다. 하지만 기존의 틀을 깨고 파격적인 조건을 재이에게 내건다면 얘기가 조금 다르게 흐를 것도 사실이다. 그럼에도 재경은 조급하지 않았다.

그날, 재이의 표정은 그간 받았던 제안서들이 썩 마음에 차지 않았다는 걸 그대로 보여 주고 있었으니 말이다. 승리의 깃발을 줄 확률이 재경 쪽에서 아무리 높다고 할지언정 시간을 질 질 끄는 건 또 원하는 바가 아니다. 이틀이면 제가 생각하는 선에선 꽤 많은 시간을 할애한 셈이다.

"뭐, 뭔데요?"

"뻥카."

얍삽하긴 해도 서로 시간과 고민을 덜어 줄 수 있으니 좋은 거 아니겠어요?

그래도 저의 마지막 남은 한 줄기와도 같은 E사에게 의견을 정리한 메일을 보낸 후, 재이는 수신확인을 위해 메일함을 수시로 확인했다. 보냈던 메일이 '읽지 않음'에서 '읽음'으로 바뀐 지는 대략 3시간여가 지났고 다른 일을 하다가도 계속해서 메일함을 확인한 지도 똑같이 세 시간 즈음이다.

"어!"

왔다. 부러 알람까지 설정해 놓은 덕에 메일은 개봉되지 않은 편지지 모양과 함께 딸랑거리는 소리를 냈다. 안녕하세요, 작가님. 이라고 시작되는 메일을 고민 없이 클릭하려던 찰나였다. 팔꿈치 뒤편에 놓인 휴대폰이 몸을 부르르 떨며 미세하게 자리를 옮기기 시작했다. 하는 수 없이 마우스를 쥐고 있던 손을 떼 휴대폰을 들었다. 발신자, 박재경 팀장.

"네."

-유재이 작가님?

"네."

재이는 말투뿐만 아니라 표정까지도 합세해 재경의 연락에 대해 잔뜩 유쾌하지 않음을 표하고 있었다.

-계약에 대해선 아직 고려 중이신가요?

"뭐, 그렇긴 해요."

이제 곧 결론이 날 것 같기도 하고. 재이는 여전히 읽지 않은 새 메일을 물끄러미 보며 대답했다.

-그래도 옛정을 생각해서 고급 정보 하나 드리려고요.

옛정? 옛정이라니? 옛정의 정의를 알기나 하남? 하여튼 이 양반이랑은 말을 오래 섞을 게 못 돼.

"뭔데요."

문장 속에서 언급된 고급 정보, 라는 단어가 귀를 솔깃하게 하긴 했다. 뭐에 관한 것인지는 몰라도.

-회신이 늦으면 늦을수록 다른 작가한테로 기회가 넘어갈 수도 있다는 얘기예요.

"네? 그게 무슨 말인데요?"

-4시에 심예진 작가와 미팅이 잡혀 있거든요.

심예진 작가. 웹툰계에선 네임벨류가 상당한 만큼 모를 수가 없는 이름이었다. 그에 재이는 저도 모르게 침을 꿀꺽 삼켰다. 아니, 일을 뭐 이렇게 긴박하게 진행해, 이 회사는?

"그, 그래서요?"

-금붕어 인증 99퍼센트다, 이 말이지, 알바.

"뭐라고요?"

-말 그대로 옛정이 있어서 흘려주는 거야. 아, 물론 나한테 최고는 알바 너지만. 생각 잘 해 보고 옳은 선택하길 바란다. 그럼 수고.

"이봐요. 여보세요? 여보세, 아이 씨! 박재경!"

작가님으로 시작했다지만 종국엔 알바, 로 끝난 통화는 그렇게 종료되었다. 기가 막히고 코가 막혀서 정말.

"하, 그래. 알았어. 내 대답이 궁금해? 곧 알려 줄게, 조금만 기다려."

짜증스러운 손길로 휴대폰을 거둬 내고 재이는 아까부터 클릭하려고 하던 새 메일을 드디어 클릭했다. 여기다. 여기랑 계약을 해 버릴 테야.

안녕하세요, 작가님. 두 가지 문의 주셨는데요. 먼저, 마감 기한에 대한 답을 드리자면, 저희 시스템상 어려운 부분입니다. 통상 회차 업데이트는 제 날짜보다는 그보다 하루 전에 업데이트되어야 하기 때문에 꼭 지켜 주셔야 하고요. 두 번째, 배분 부분은 정책상 작가님께서 신인작가로 분류되시기 때문에……

죄송합니다만, 양해를 부탁드리며, 등등 최대한 문장을 유하게 만들 수식어들이 곳곳에 보여 메일의 길이가 꽤 길었다. 어쨌든 결론은 제가 언급했던 수정 부분에 대해 모두 안 된다, 라는 답을 하는 것이었지만 말이다. 더 읽어 보고 말 것도 없이 재이는 이만 창을 끄고 눈을 깊이 감았다가 떴다. 애초에 이 제안서를 M소프트와 비등하도록 만들고자 했던 제 의도가 무리였던 것 같다. 그래. 메일에서도 언급했던 것처럼 시스템, 정책이 모두 상이하니까.

"……다 해 줄 듯 그래 놓고서."

계약을 해 버릴 테다, 했던 호기는 어디로 가 버리고 재이는 어느새 불안함과 두려움에 두 동공이 흔들렸다. 이렇게 되면 남은 건 M소프트다. 아니, 박재경이다.

"꿈일 거야."

그러면서 재이는 다시 한 번 안경을 고쳐 쓰고 다신 보지 않으리라 다짐했던 M소프트의 제안서를 펼쳤다. 사실 한 번 볼 때 얼마나 꼼꼼하게 그리고 여러 차 신중하게 봤던지, 종이의 모퉁이가 넘기기 좋은 모양으로 구겨져 있기까지 했다.

"안 돼."

이게 최선인 건가, 확실해? 흡사 유명 드라마 남자 주인공이 자주 말했던 대사처럼 심각한 표정으로 스스로에게 자문했다. 담당자는 박재경이야. 박재경을 생각해도 확실해? 그럴듯하게 떨어지지 않는 답에 가슴이 콱 막히는 것처럼 답답했다. 눈앞에 이익을 두고도 왜 가지질 못하니, 하면서. 그러다가 문득 방금 전 통화 내용이 섬광을 그리며 뇌리 속을 지나갔다.

'고급 정보 하나 드리려고요. 4시에 심예진 작가와 미팅이 잡혀 있거든요.'

"……."

머리를 굴려라, 재이야. 아무리 궁지에 몰려 있기로서니, 아무리 선택권이 없어졌기로서니 이대로 순순히 계약을 할 순 없잖아.

"이거 봐요."
눈썹을 씰룩이면서 꽤 흥미롭다는 듯 재경은 울리고 있는 제 휴대전화를 주원에게 보란 듯이 보여 주었다. 그에 밥을 한 숟갈 입에 넣으려던 걸 관두고 주원은 눈이 동그랗게 커진 채 재경을 마주 보았다. 연락 왔네요? 유재이 작가!
"그래도 뚜껑은 열어 봐야 아는 거 아닐까요?"
혹여나 다른 회사와 하기로 했으니 당신네들의 제안은 거절한다, 라는 의사 전달을 위한 전화일 수도 있으니 주원은 이내 눈 크기를 본래대로 돌려놓았다. 하지만 재경은 검지를 들어 절도 있는 각도로 좌우 각 한 번씩 꺾어 보였다. 아니, 내 촉은 확실해요. 이건 100퍼센트 제안에 응하겠다는 전화입니다.
"박재경입니다."

-유재이예요.

"네, 작가님."

-좀 뵙죠. 계약 관련해서 논의하고픈 게 있어서요.

"물론입니다."

-4시에요.

"괜찮습니다, 4시."

-이건 그냥 노파심에서 말하는 건데. 심예진 작가 말고, 저랑 봐요.

"그럼요, 작가님. 그래야죠."

-……뭐예요?

"뭐가 말입니까?"

-줄곧 공손하잖아요.

설마하니 주원을 앞에 두고 있는데 알바, 알바 하는 짧은 말이 튀어나올까. 재경은 속으로 간질간질 웃음이 피어나오려고 하는 걸 간신히 참으며 여전히 젠틀하고 예의 바른 말투를 구사했다.

"그야 당연히 저는 작가님을 존중하니까요."

-거짓말.

"그럴 리가 있겠습니까."

-됐어요. 이런 영양가 없는 통화는 이쯤 하자고요.

"네, 작가님께서 원하신다면 그러겠습니다."

-시간은 4시, 장소는 그때 그 카페 J로 해요. 늦지 말아요!

"천재지변이 없는 한, 무조건 맞춰 가겠습니다. 걱정 마세요, 작가님. 이따 뵙도록 하겠습니다."

통화를 종료한 후 휴대폰을 내려놓기가 무섭게 아까부터 귀만 쫑긋 세우고 있던 주원이 부산스럽게 뭐라고 해요? 계약한다고 해요? 하는 물음들을 빠른 속도로 건넸다. 그에 재경이 느릿하게 고개를 위아래로 끄덕였다. 뭘 그런 걸 입 아프게 묻고 그러나요. 내가 누구예요, 박재경 아닙니까.

"와, 역시 팀장님! 저희 팀 이번에도 1등 먹겠네요."

"다들 잘 따라와 주니 그런 거죠."

"참, 아까 말씀하셨던 그 뻥카는 뭐예요?"

"그런 게 있습니다. 김 대리도 경험 많이 쌓으면 자연스레 생기는 지략이에요."

얍삽한 거짓말이 경험을 기반으로 한 지략으로 바뀌는 건 한순간이었다. 뭐가 어찌 되었든 주원은 오늘도 팀장님은 존경스럽다는 둥, 배우고 싶다는 둥의 입 발린 말을 밥풀을 여러 번 튀겨 가며 점심시간 내내 떠들어 댔다. 중간중간 양 엄지를 과하게 들어 보이는 것도 잊지 않은 채 말이다.

4. 갑의 조건

"제가요?"
"네."
 넘기려던 갈색 액체를 조금은 허둥지둥한 모습으로 뿜어 대면서 뒤늦게 캑캑거리며 호흡을 정돈했다. 꼭 얄미운 모양새로 알바, 알바, 하던 히죽이는 표정이 어두운 낯빛으로 굳어 가는 건 정말이지 삽시간이었다. 그렇게 온몸을 들썩이면서 반응하던 박재경이 어느새 뭔가를 잘못 듣지 않았을까, 하는 의중으로 검지로 본인 방향을 가리키며 다시 한 번 눈짓으로 제가 말입니까? 하는 물음을 했다. 아! 이 얼마나 통쾌한 순간인가. 본 게임은 시작도 안 했는데 벌써부터 약한 모습을 보이니 손가락 한 마디만큼의 동정과 연민이 느껴지긴 했다만 단지 그만큼이 다였을 뿐이다.

"네, 박재경 팀장님이요. 뭐, 문제 될 거라도?"

안 그래도 동그란 눈을 더욱 동그랗게 뜨며 확인사살.

"저, 작가님, 뭔가 착오가 있으신 것 같은데…… 그, 어시라는 게 말입니다. 당연히 완벽한 전문가는 아니더라도 어쨌든 일을 도울 수 있는, 그러니까 그쪽 계통의 관련 전공자이거나 그에 비등한 커리어를 가진 사람이어야 하지 않을까요?"

에이, 아무리 그래도. 그냥 일개 사원도 아니고 무려 팀장급인 본인이 '어시스턴트'를 해야 한다는 게? 설마, 여태껏 쌓아놓은 아니꼬운 감정들을 이렇게 돌려받는 건가? 생각이 표정 위에 그대로 드러나듯 난색을 있는 대로 표하는 재경을 앞에 두고 저는 어깨를 으쓱하며 유유하게 커피를 홀짝이기.

"굳이 그런 일을 맡길 생각은 없어요. 어시라고 해서 거창할 거 있나요? 말 그대로 하는 일이 좀 수월하게끔 거들어 주기만 하면 되는데."

"저, 그러니까 그게…… 저희와 계약을 하겠다는 단, 하나의 조건이란 말씀이시죠?"

"네, 맞아요. 마찬가지로 제 쪽에서도 생각할 시간 드릴게요."

그렇지, 이거지. 새삼 자세를 고쳐 앉아 두 손을 가지런히 모은 채 최대한 바른 태도를 보이고 있는 재경이라니.

……상상만으로도 이렇게 속이 후련한데 실제로 보는 모습은 얼마나 장관일까! 절대로 밋밋하게 계약에 응할 수는 없지. 암, 그렇고말고. 재이는 스스로가 생각해도 본인의 기지는 놀라웠다. 벌써부터 신이 나는 건지 두 발이 테이블 아래에서 동동 굴려졌다. 양팔도 신나는 기분에 가만히 있질 못해 마구 들썩여졌고 말이다.

"그래, 나도 신나요."

"……어, 언제 왔어요?"

"방금."

앞에서 의자를 빼내는 기척도 제대로 듣지 못했는데 어느새 재경은 테이블과 간격이 맞도록 의자를 당겨 앉고 있었다. 타이밍도 참. 본의 아니게 쇼를 한 것 같아 재이는 괜히 목소리를 가다듬고 앞에 놓인 물을 한 모금 했다.

"볼 때마다 느끼는 거지만 사람이 참 왔다 갔다 하는 게 빠르네요."

통화할 때만 해도 꼬박꼬박 작가님, 작가님 하더니.

"볼 때마다 느끼는 거지만 알바 너는 참 불친절해."

"내가 왜 친절해야 하는데요? 그 알바 관둔 지가 언젠데."

"알바 할 때만 친절하나? 사람이 매사에 사근사근하고 상냥해야지요, 작가님."

지금 누가 누구보고 할 소린지.

"차암 나. 지금 그쪽이 할 말은 아닌 것 같은데요? 특히나 저한테."

그에 재경은 별말 없이 눈썹을 움직이며 고개만 위아래로 두어 번 끄덕였다. 그게 대답을 하니만 못한지라 더 재이의 가슴에 이글이글 불을 지폈다. 이건 이래서 얄밉고 저건 저래서 얄밉고.

"차 마시면서 얘기하죠. 오붓하게."
"거기서 오붓하게, 는 왜 붙어요?"
"그럼 단란하게?"
"오붓하게, 로 하죠."

여기서 끊어 내지 않으면 저 능글맞은 미소로 또다시 어떤 말꼬리를 붙일지 몰랐다. 마지못해 전자를 선택하고는 음료 고르기를 마쳤다. 차는 제 쪽에서 산다며 철저히 영업용이긴 했지만 어쨌든 여심 정도는 충분히 흔들고도 남을 젠틀한 미소를 보이며 재경이 카운터로 향했다. 그런 그의 펄럭이는 롱 재킷을 따라 재이의 시선도 옮겨졌다. 테이블 밑으로 가지런히 모여 있던 발목이 구두를 힘껏 위로 들어 올렸다가 다시 내리는 걸 반복했다. 그러면서 재이는 흘끔흘끔 재경의 표정을 엿봤다.

웃고 있네. 행복한가 보다, 아주.

컨디션이 상당히 괜찮아 보이는 저 얼굴이 머지않아 처참하게 망가지겠지, 훗.

"여기요, 커피."

잔 밖으로 커피가 흐르지 않게 조심조심 재이의 앞으로 커피를 내민 재경이 나중에 쓰기 편하도록 냅킨도 두어 장 옆으로 놓았다.
"감사해요."
"뭘, 이 정도로요."
이깟 커피보다 더 중한 일을 코앞에 두고 있는 우리 사이에.
"마셔요, 마시면서 하죠."
스트로를 가볍게 물어 한 모금 빨아들이면서 재이는 재경도 입 안을 축이길 권했다. 제 얘기를 듣고 커피를 마시면 커피가 입으로 넘어가는지, 코로 넘어가는지 모를 테니까 말이다.
"계약 관련해서 논의하고 싶다는 게 뭔가요, 작가님?"
재경은 미리 준비한 작은 수첩과 펜을 꺼내 메모할 준비를 마쳤다.
"조건이 하나 있어서요."
"그래요? 뭐든 말씀해 보세요."
말을 꺼내기에 앞서 재이는 조용히 호흡을 골랐다. 사실 꽤 모험적인 발언인지라 저쪽에서 싫다고 할 가능성을 완전히 배제할 수는 없기 때문이었다. 그래도 일단 주사위는 던지기로 했으니 어디 한번.
"저, 먼저 몇 가지 설명드릴 게 있어요."
"네. 뭔가요?"
"뭐, 저한테 제의를 하셨으니 저에 대해서 조사는 충분히 하셨을 것 같지만 그래도 혹시나, 해서 덧붙이는 건데요."

작은 입술이 오물조물 움직이기 시작하더니 곧 조곤조곤 문장들을 만들어 갔다. 막강한 입지를 가지고 있는 다른 웹투니스트들을 제치고 연재 시작도 전에 순위 선점, 마지막 컷 아래에 실리는 광고 홍보를 위해 걸려 오는 러브콜들, 회차별 평균 별점이 9.6 아래로 떨어진 적 없는 위엄, 게다가 현재 만 명에 육박하는 팬카페 회원 수, 인기 급상승을 달리고 있는 무서운 신예 등. 재이는 제 앞에 붙는 수식들을 빠짐없이 나열하면서 저와의 계약 가치에 대해 찬찬히 되짚었다.

"그래서 말인데요."

"네."

"제가 걸고자 하는 조건은 말이죠."

제 회사에서 정한 상한 이상의 페이를 원하는 건가? 그도 아니면, 뭐 얼마나 대단한 조건을 걸고 싶기에 전조가 이렇게도 장황할까. 그것도 이렇게 깜찍하게 말이다. 피식 웃은 재경은 그래도 차분하게 말이 이어지길 기다렸다. 부러 목소리를 내는 대답 대신 눈으로 듣고 있는 중이라는 신호를 하면서.

"어시를 두고 싶어요."

"아, 어시스턴트요?"

"네."

"굳이 조건으로 말씀하시는 걸 보면, 따로 작가님께서 뽑으시는 게 아니라 저희 사측에서 알맞은 사람으로 지원을 해 줬으면 한다, 이 뜻인가요?"

생각했던 것보다 그리 까다로운 조건은 아닌지라 금세 안심한 재경이 얼마든지 더 말을 해 보라는 듯 아까보다 더 다정한 목소리를 했다.

"비슷하긴 한데 생각해 둔 사람이 있어요."

"그러세요?"

"네."

아휴, 계약을 하신다는데 뭐가 됐든 다 맞춰 드려야죠, 암요. 재경은 들고 있던 펜을 쓰기 쉽도록 다시금 고쳐 쥐었다.

"생각해 둔 분이?"

"박 팀장님이요."

"아, 박 팀…… 네?"

박 팀장, 어느 박 팀장을 얘기하는 건지 가만 받아 적다 낌새가 이상한 재경이 느릿하게 고개를 들어 의문스런 표정을 지었다. 그러자 재경이 고개를 들어 마주 보길 기다렸다는 듯 재이가 한 번 더 입을 벙긋거렸다. 바로, 바로,

"박재경 팀장님이요."

"저요?"

"네."

"제가요?"

그래요, 너요.

"네. 박 팀장님이요. 뭐 문제 될 거 있나요?"

오히려 어깨를 한 번 으쓱, 한 재이는 그제야 제 앞에 놓인 잔을 들어 작은 소리로 허밍을 하며 입술로 가져갔다. 꽤 즐겁게 차를 마시는 재이를 보며 재경이 뭔가 생각을 하는 듯 잠시 눈을 굴렸다.

 제가 여태껏 잘못 들은 게 아니라면 어시를 원한다고 했는데 그 생각해 둔 어시가 어째서 제가 되었을까? 두 눈을 요리조리 굴리던 재경이 아무래도 차후 오해의 소지가 없도록 재이가 한 말을 제대로 짚어야겠는지 두 손을 가지런히 모아 깍지를 낀 다음 더욱 나지막이 재이에게 시선을 맞췄다.

"전 관련 전공자도 아닌데."

 이 바닥에 오래 있어 봐서 만화가들의 어시가 하는 일은 대충 재경도 잘 아는 바였다. 그림의 'ㄱ'자도 모른다고 봐야 편안한 제가 그녀의 어시로 있다면 뭐 대단한 도움이 되거나 하긴 힘들 텐데, 그런데 어째서 왜, 구태여, 저를?

"네, 알고 있어요."

"그런데도 결정 사항엔 변동 없으시고요?"

"물론이죠."

"아."

"굳이 뭐, 제가 하는 작업에 직접적으로 관련한 그런 일을 맡길 생각은 없어요. 지금 그 부분 때문에 부담스러워하시는 거죠? 사실 어시라고 해서 거창할 거 있나요? 말 그대로 하는 일이 좀 수월하게끔 거들어 주기만 하면 되는데."

하는 일이 좀 수월하게끔 좀 죽어 나가기만 하면 돼, 라는 속뜻을 가진 마지막 문장이었다. 하지만 구태여 그걸 투명하게 밝힐 필요는 없었다. 재이는 싱긋, 입매를 올려 다분히 비즈니스적인 미소를 지었다. 정말 별거 아니야, 어렵게 생각할 것 없어, 하는 뉘앙스가 곁들어져 있었다.

"흠."

긴 재경의 손가락이 고민이라도 하는 듯 본인의 턱 끝을 살짝 잡나 싶더니 이내 입술을 열었다.

"그러니까 그게 작가님께서 내거는 단 하나의 조건이다, 이 말이죠?"

"네."

다 왔다. 곧이어 난처함에 망가질 표정을 기대하며 재이는 속으로 미리 쾌재를 불렀다. 아무래도 들어주기 쉽진 않겠지? 사원도 아니고 팀장한테 잡일을 시키는 거나 마찬가지인데. 재경은 서둘러 답을 하진 않고 펜을 뒤집어 펜촉이 아닌 펜의 뚜껑 부분으로 하얀 종이 위를 탁, 탁, 탁, 가볍게 두드렸다.

"지금 당장 답을 바라는 건 아니에요. 생각할 시간 드릴게요, 충분히."

어우, 벌써부터 저렇게 깊이 받아들일 건 또 뭐야. 재이는 괜히 선심을 쓴다는 듯 덧붙였다. 살짝 숙여진 고개 안 재경의 표정이 제 쪽에선 쉬이 드러나진 않아서 지금 어떤 얼굴인지 정확히 파악할 순 없었다.

"괜찮으시겠어요?"

"······네?"

분명 제가 잘못 들은 게 아니라면 옅은 웃음기가 섞인 목소리였다. 그러니까 누가 괜찮겠느냐는 말이지? 설마, 제가?

"저한테도 이 계약, 상당히 중요하거든요. 여태까지 한 번도 실패해 본 적 없었던 커리어에 오점을 남길 수도 없으니까요. 작가님이 이렇게 밀고 가자, 하면 저는 그에 관해서 오케이, 라고 답할 수밖에 없습니다. 그걸 아시고 조건을 걸고 계신 걸 테고요."

"아, 네. 그렇죠."

뭐야, 이 역전된 것 같은 분위기는? 조금 떨떠름하게 고개를 끄덕인 재이를 보며 재경이 다시 한 번 더 강조하듯 물었다.

"더 추가할 조건 같은 건 없으신 거죠?"

"네, 뭐."

"알겠습니다."

제가 예상했던 시나리오대로라면 지금쯤 재경은 뭔가 억울한 표정을 짓고 있어야 마땅했다. 하지만 반쯤 숙여져 있던 고개를 들어 올린 후의 표정은 오히려 아까보다 더 즐거워 보였다. 당혹스러운 건 재경이 아니라 재이 쪽이었다.

"알겠다고요?"

"네."

"다른 누구도 아닌 박재경 팀장님 본인이 하셔야 하는 거예요. 제 조건은 그거예요."

"네, 알아들었어요."

그것도 매우 정확하게 말이죠.

"무슨 반응이 이래요?"

이러면 제가 고심해서 준비한 카드가 무용지물이 되어 버린다. 별 메모할 걸 찾지 못했는지 이만 꺼내 놓았던 수첩과 펜을 다시 넣는 재경을 보며 재이가 성급하게도 물음을 붙였다. 이렇게 미지근하다 못해 쿨내가 진동하는 반응은 아무래도 만족스럽지가 않았다.

"작가님께선 조건을 걸었고, 저희 사측 수용 범위 내이니 그 조건을 받아들이겠다고 하는 건데 뭐, 문제 될 게 있나요?"

"아니, 그런 게 아니라……."

"내일 오전 중으로 처리해서 오후쯤 정식 계약서 나올 겁니다. 팩스로 드릴까요, 등기로 드릴까요? 아, 아니다. 직접 가지고 찾아뵐게요. 이제부터 제가 유 작가님 어시니까요."

뭔가 사서 고생을 할 것 같은, 그러니까 조건은 제가 걸었지만 제가 건 조건이 덫이 되어서 발목이 붙잡힐 것 같은 건 단순한 기우겠지? 그래. 어쨌든 재경과의 관계에 있어서 저는 갑이고 재경은 을이었으며 저는 작가이고 박재경은 박 어시가 될 테니까.

"뭐, 네. 그러세요."

재이의 말에 가볍게 미소를 지으며 고개를 끄덕인 재경이 앞에 놓았던 나머지 커피를 전보다 더 느릿하게 음미하면서 들이켰다. 음, 향긋해라. 오늘따라 커피의 풍미가 더 깊고 진하네요, 작가님.

◆ ◆ ◆

갑(유재이), 을(박재경) 어시스턴트 협의 세부 사항 첫 번째. 일주일에 두 번, 갑의 원고 인도는 을이 직접 받는다.
"직접이라니요?"
"말 그대로예요. 직접."
"원고를 메일도 있고, 메신저도 있는데 직접?"
"네, 직접."
"오호라, 직접."
"뭐예요, 그 웃음은?"
두 번째. 을은 갑을 돕기 위한 어시스턴트의 입장이니 웬만하면 항시 대기하도록 한다. 휴대전화는 무조건 켜 놓을 것.
"내가 무슨 24시간 콜센터도 아니고 항시 대기는 뭡니까?"
"에이, 말이 그렇다는 거지. 설마 24시간 항시 대기겠어요?"
"설마가 사람 잡는다는 말도 있는데."
세 번째. 을은 갑의 원활한 작업 진행을 위해 작은 일이라도 마다하지 않고 도울 것.
"웬만한 작은 일은 스스로가 해야죠. 이런 건 기본 중에 아주 기본적인 거 아닌가? 심지어 스스로어린이 노래 가사도 있는데."

"여기 있잖아요. 원활한 작업 진행을 위해서, 라고."

"그러니까 작은 일은 그때그때 스스로 하는 게 더 원활하지 않나?"

"자꾸 토 달 거예요?"

"아니, 그냥 궁금해서 그러죠. 대체 얼마나 원활하게 진행하려고요?"

네 번째. 갑과 을의 계약은 6월 1일까지로 한다.

"지금부터 6월 1일이면, 한 달하고도 반이란 얘긴데. 왜 하필 한 달하고도 반인 거죠? 딱 떨어지지도 않게."

"그야……."

"그야?"

"그냥 그런 게 있어요."

"그냥 그런 게 뭔데요?"

"아, 넘어가요. 더 늘리기 전에."

"그래요? 늘려도 나쁠 건 없는데."

……와 같은 별 시답잖은 세부 사항이라고 했지만 이와 같은 세부 사항들을 넣는 데 재이는 나름의 심혈을 기울였다. 그리고 날인이 되면 어쨌거나 저쨌거나 효력이 발생되겠지.

이젠 빼도 박도 못한 채 재경은 재이의 어시스턴트로 보름도 아닌, 한 달 반을 보내야 한다. 무려 팀장인 제가 작가의 집으로 출퇴근 도장을 찍으며 원고를 받으러 다니고 언제 부를

지 모를 콜에 항시 대기를 하고, 작은 잔심부름도 도맡아 해야 하는 아주 굉장하고 버라이어티한 업무를 수행해야 한다. 딱히 노력을 한 것도 아닌데 절로 재이와 쌓아 갈 친목의 시간이 많아진 셈이다.

팀원들은 제일 처음 재이가 제안했던 조건을 들었을 때 다들 입을 쩌억, 벌리고 그 작가 아무리 잘나간다지만 도가 지나치지 않느냐고 의견을 붙였다. 승인을 받기 위해 부장실에 올라갔을 때도 부장은 턱 끝을 매만지며 확실히 전례에 없던 일이다, 라며 살짝 놀라기도 했다. 하지만 정작 재경 본인은 괜찮았다. 괜찮다 못해 반갑기까지 하다면 좀 이상한 소릴까? 작업을 하기 쉽도록 재이가 멍석을 깔아 준 것이나 마찬가지이니 저는 전혀 손해 볼 게 없다. 앞으로 정들 일만 남았다고나 할까.

"잠깐."

"어머."

갑자기 찾아온 목구멍을 벅벅 긁는 듯한 갈증에 재이는 일단 극약처방으로 침을 겨우 만들어 꼴깍 넘겼다. 그러곤 예고 없이 잡힌 제 손목을 한 번 내려다보다 손목을 잡고 있는 손을 지나 팔목을 따라 쭉 올라가 재경을 보았다. 계약서에 너무 집중한 나머지 재경의 두 눈에서는 붉은 실핏줄이, 손목을 너무나도 꽉 붙잡은 팔목에서는 듬성듬성 힘줄이 돋았다. 공기의 온도는 봄을 일찍이 배반해 초여름의 그것처럼 텁텁했다.

카페 안은 음료의 풍미와 수다의 재미를 방해하지 않는 선에서 알맞은 선율이 흘러나와 결코 조용한 건 아니었지만 그보다도 혀를 빼내 잠시 아랫입술을 축이는 소리가 유난히 증폭이 되어 귓가에 맴돌았다. 조금씩 거세어지는 호흡에 씨근덕거리는 가슴께가 육안으로도 훤했다. 그에 눈을 빠르게 깜빡이며 서둘러 입술을 열었다.

"왜, 왜요?"

어느샌가 빼다 박힌 시선은 한곳에 고정이 되어 떨어질 줄을 몰랐다. 끓어오르는 무언가로 가득 찬 그 눈빛이 꼭 피부를 데이게 할 만큼 뜨거웠다. 어쩐지 입매가 조금 올라간 것 같기도 했다. 싫다는 듯 비죽이 웃는 꼴이 아니라 마치 흥밋거리를 찾은 양으로 씰룩거리는 모양으로.

"제가 이 손목을 놓으면 정말 돌이킬 수 없는 거 아시죠?"

"알아요."

"정말 신중하게 생각하고 내린 결론이 맞는지 다시 한 번 묻는 겁니다."

반듯한 눈썹이 의중을 확인하듯 꿈틀거렸다.

"물론이에요."

"후회 안 할 자신 있습니까?"

"그, 그럼요."

답은 어차피 정해져 있었다. 꽤 단호하게 고개를 느릿하게 아래위로 한 번 끄덕인 재이가 제 손목을 붙잡고 있는 재경의 다섯 손가락 중 하나를 들었다.

"이만 놓으셔도 돼요."

조건을 들을 때는 그렇게 아무렇지도 않더니 막상 도장을 찍을 때가 되니 아찔한 건가? 재이는 속으로 고개를 절레절레 흔들었다. 내 결정은 변함이 없다고.

영영 놓아주지 않을 작정으로 붙들고 있던 손목을 재경이 알겠다며 이만 놓았다. 확인차 물었던 건 순전히 저를 위한 게 아니라 재이를 위함이었다. 그러자 서명 칸 위 약 3센티의 허공에서 멈춰졌던 도장이 본디의 목적지를 향해 일말의 망설임도 없이 쾅, 떨어졌다. 빨간 날인이 하얀 종이에 반해 매우 선명했다. 이런, 이런. 이제 정말 빼도 박도 못하게 됐네, 알바.

"자, 됐네요."

"그러게요, 작가님."

재이의 날인을 지닌 서류가 구겨지지 않도록 잘 봉투에 챙겨 넣은 후 재경은 앞에 앉은 재이를 보며 살짝 미소를 지었다.

"잘 부탁드린단 말을 할 차례네요, 이제. 잘 부탁드릴게요, 작가님."

"저도 잘 부탁할게요, 박 팀장님."

아, 이젠 박 어시라고 불러야 하는 건가? 그런데 왜 이렇게 개운한 느낌이 없지? 웃고 있는 저 얼굴 때문인가.

"데려다드릴게요."

"괜찮아요."
"저번처럼 또 휘청거리려고."
"그건 실수였어요, 실수."

신발은 죄다 높은 굽밖에 없는 걸까? 오늘도 어마어마한 높이를 자랑하는 신발에 탑승한 재이를 보며 재경이 살짝 미간을 구겼다.

"별로 예쁘지도 않은데."

무릎에도 힘을 주고, 온몸에 힘을 주며 재이는 절대로 저번처럼 흔들리지 않으리라 결심했다. 바짝 신경을 써서 걸으면 절대 우스운 꼴을 보여 주지 않아도 된다. 때마침 지나가는 택시가 있다면 얼른 잡아타면 그뿐이고 말이다. 그런데 심드렁하게 떨어지는 재경의 시선과 말이 따닥, 스파크를 일으키는 것처럼 따가웠다. 뭣이라? 별로 예쁘지도 않아? 지금 내가 신은 이 슈즈가 말이야? 재이는 콧방귀를 한 번 뀌면서 팔짱을 꼈다. 하여튼, 남자들은 이렇게 뭘 모른다니까.

"보는 눈이 영 별로네요. 이 메리제인 힐, 한정판이거든요?"

신발장을 열 때마다 눈이 부실 정도로 아름다움을 자랑하는구먼.

"그래?"
"그래요."

알아보는 이들은 더러 멈춰서 어디서 어떻게 구했냐고 묻기도 하는 바로 그 한정판 힐. 부러 주변의 부러움을 살 의향은 없었다지만 워낙 고급스런 취향 탓에 구매를 하고 보니 부러움은 어쩔 수 없이 따르는 부수적인 것이었다.

"미적 감각을 좀 높이셔야겠네요."

"키가 정확히 몇인데?"

아찔한 자태를 뽐내며 반짝이는 제 힐로 더욱 도도하게 대지를 마저 찍어 내리려고 하는데 이 양반은 재주가 너무 뛰어나서 그마저도 단숨에 제압했다. 바로 '키' 얘기로. 재이에게 있어서 '키'는 상당히 예민한 부분 중에 하나였다. 재이는 더운 숨이 퍼지는 걸 느끼며 눈을 깊이 감았다 떴다.

"이봐요."

"웬만큼 안 작으면 그냥 작게 다녀."

뭐, 뭐라고요? 이게 지금 말이야, 방귀야?

"이봐요!"

"척추 상한대도."

"내 척추거든요? 내 척추라고, 내 척추!"

짚고 넘어가는 부분이지만 재이는 감정이 얼굴에 쉬이 드러나지 않는 편이었다. 때문에 전에 작업했던 U미디어 측에서도 의견 조율을 할 때 좋은지, 싫은지 잘 모르겠다고 했었고 잘 웃지도 않으니 까칠한 분위기가 배가된다고 얘기를 하기도 했다. 까칠하다는 수식이나 표정이 없다는 말은 여태껏 재이가 가장 많이 듣는 저에 대한 평이었다. 그럼에도 불구하고 하필 재경의 앞에서는 그런 제 평들이 무색했다. 이유는 간단했다. 호수같이 잔잔한 제 속을 들쑤셔서 별로 어렵지 않게 갑자기 몰아치는 성난 파도로 만들어 버리는 저 대단한 얄미움 때문에.

재이는 급기야 얼굴이 붉어지다 못해 두피까지 발갛게 물들 지경인지라 분에 못 이겨 발까지 동동 굴렸다. 뭔 상관이야, 뭔 상관. 내가 키가 작아서 높은 것 좀 신고 다니겠다는데!

"이제 사정이 달라졌잖아, 알바."

"뭐가 달라졌는데요?"

"너 이제 내 작간데 내가 신경을 써야지."

"뭐라고요?"

"아직 계약서에 도장도 안 말랐겠다."

"내가 말한 어시는 이런 게 아니에요. 뭘 착각하시나 본데."

"응. 착각 좀 하지 뭐."

인터넷 서핑을 자주 하는 편은 아니었다. 작품이 올라가면 그 반응을 본다거나, 이슈인 기사를 본다거나 가끔 팬카페에 들러 「TO. 유재이 작가님」이라는 게시판을 찾아 글을 읽어 댓글을 붙인다거나 하는 일이 다였다. 하지만 그러는 와중에도 유행하는 단어의 조합 같은 건 눈에 잘 들어왔다. 그중에 하나가 '어이 상실'이라는 말인데 재이는 그 말 외에 지금 상황을 딱히 설명할 수 없을 것 같다고 느꼈다. 정말 말 그대로 어이 상실. 이 사람은 어떤 식으로 응수를 해야 하는 거지? 심지어 저는 제 어시라는 나름의 강수를 썼는데도 불구하고 그 어떤 데미지도 주지 못했다. 역으로 제가 당하면 당하고 있을 지언정 말이다.

"저기요."

"네."

"그쪽 재수 없는 거 알아요?"

온 진심을 담아 재이는 표현했다. 가장 아니꼬운 말투와 최선의 일그러진 표정을 장전한 채였지만 재경은 그 말이 별거 아니라는 듯 아주 가볍게 받아쳤다.

"아, 작가님. 뭘 좀 잘못 알고 계신데요."

"뭘요?"

"재수 없는 게 아니라, 재수 있을걸요?"

보통 모든 경우가 다 그랬거든요. 재수 없는 편보다, 있는 쪽으로.

"……."

여전히 0의 데미지를 가했고, 어이 상실 상태에선 조금도 벗어날 수가 없었다. 재이는 속으로 내리 한숨을 푹 쉬었다. 조건 따위 거는 게 아니었나, 싶은 안 좋은 감이 스멀스멀 봄의 아지랑이처럼 피어오르는 것 같아 매우 초조해지기까지 했다.

"안 가?"

멀뚱히 눈을 깜빡이던 멀대같은 재경이 가만히 멈춰 있는 재이더러 방향을 재촉했다. 순간, 재이는 미처 깨닫지 못한 게 하나 있다는 걸 알았다. 제멋대로 왔다 갔다 하는 저 반말과 존댓말, 그리고 알바와 작가님의 호칭도 세부 사항으로 넣어서 노선 정립 확실히 하는 건데. 왜 생각을 못했을까. 결국 무덤을 판 건 본인이 되는 건가. 이런, 젠장. 저는 언제나 매사에 분명한 편이라고 여겨 왔는데.

"알아서 갈 거거든요?"

여과를 거치지 않은 띠꺼운 목소리가 잔뜩 불편한 표정을 타고 재경의 귓전을 울렸다.

"또, 또. 천천히 걸어가요, 작가님. 그러다가 넘어져요."

무릎도 깨지고 막 그럴 텐데 뭐가 그리 급하다고 빨리 걸어요?

남이야 빨리 걷든, 천천히 걷든, 기어가든, 뛰어가든 신경 끄시죠.

아이, 참. 저 작가님 어신데 어떻게 그렇게 '남'이라고 선을 그을 수가 있어요?

으아아아아!

어? 같이 가요, 작가님. 택시 태워 줄게요.

제발 본인 갈 길 가세요!

회사가 이 방향이래도 그러네요. 알바 너 진짜 금붕어야?

딱히 음악을 감상하는 취미 같은 건 없었다. 한때는 교양을 좀 쌓아 보겠다며 클래식 CD를 사서 출퇴근길에 듣기도 했다지만 그마저도 오래가지 못했다. 유행하는 가요든, 팝송이든 유명 영화나 드라마의 OST든 일부러 찾아서 뭘 들어 본 역사가 재경에겐 전무했다. 한마디로 이렇다 할 관심이 없으니 흥이 생길 리가 만무했다. 그럼에도 불구하고 재경은 오는 내내 흔쾌히 라디오에서 흘러나오는 봄의 캐럴이라고도 불리는 '벚꽃엔딩'을 중얼거렸다. 라디오 채널을 이리로 돌렸다가 돌아오고 저리로 돌렸다가 돌아와도 꼭 한 번쯤은 나오던 이 노래가 며칠 전까지만 해도 제법 지루했었는데 신호를 받아 기다리는 사이 후크 부분이 혀에서 막 굴러다녔다. 오늘은 특히 더 신나게 핸들에 손가락 리듬까지 타면서 말이다.

"박 팀장, 지금 출근해?"

싱그러움 지수 10점 만점에 8점을 찍고 있던 상쾌한 출근길이었다. 엘리베이터 숫자가 주차장으로 하나둘 떨어지는 걸 기다리고 있는 와중에 옆에서 들린 목소리는 3팀, 서 팀장의 것이었다. 재경은 별 신경도 써 본 적이 없지만 스스로는 숙명의 라이벌이니, 뭐니 하며 죽어라 재경이 하는 일마다 입을 대는 서혁수 팀장.

"아, 네. 좋은 아침입니다, 서 팀장님."

때마침 열리는 엘리베이터의 버튼을 먼저 타라는 뜻으로 지그시 누르며 재경은 고개를 숙여 인사했다.

"또, 또 딱딱하게 그런다."

"제가 뭘요?"

"나잇대도 비슷하고 같은 팀장급인데 그냥 말 놓으라니까."

사내에서 나이가 많든, 적든 직급이 높든, 낮든 무조건 존대를 쓰는 재경인 반면 서 팀장은 따질 거 다 따져서 어떻게 해서든 말꼬리를 짧게 만드는 축에 속했다.

"에이, 아무리 그래도요. 저보다 다섯 살이나 형님이신데."

괜히 손사래까지 하며 재경은 고개를 절레절레 저었다. 그 와중에 저와 서 팀장 사이의 5년을 강조하는 것도 잊지 않으면서 말이다. 언짢은 듯 살짝 미간이 일그러졌지만 어쨌든 대화의 물꼬를 튼 본 목적이 따로 있는지라 서 팀장은 서둘러 원하는 화제를 꺼냈다.

"유재이 작가 계약 따냈다며?"

"네."

"어신가 뭔가 그런 조건을 작가가 붙였다고 하던데."

헷갈려 할 만한 소지가 없었다. 말하고자 하는 바는 뚜렷했고, 묻고자 하는 의중 또한 뚜렷했다. 그림에도 불구하고 재경은 서 팀장 특유의 그 화법이 마음에 들지 않았다. 빤히 알면서도 모르는 척, 돌아가는 척 '어신가 뭔가'라니. 입매 끝으로 픽, 웃음이 샜지만 재경은 부러 티를 내지는 않았다.

"네, 맞습니다. 작가님 어시스턴트를 맡기로 했죠."

"별나다, 별나다 소문만 들었지 정말 별난가 보다, 유 작가. 괜찮겠어? 거 웬만하면 시늉만 하고 밑에 애들 시켜. 박 팀장도 어째 좀 지치나 보다. 위기감 같은 거 느끼기도 하겠고."

"네?"

"아무리 계약이 급해도 그렇지."

생각이라도 해 주는 것처럼 서 팀장은 제가 다 안됐다는 식으로 안타까운 표정을 지었다. 말이 좋아 어시스턴트지 심부름 대기랑 뭐가 다르단 말인가. 팀 막내 때 죽어라 고생하던 잡일이 기억 저편에 아득하다.

"까짓 어시가 뭐 대수겠습니까? 믿고 보는 유재인데요, 뭘. 참, 저도 소식 들었습니다."

"……뭔 소식?"

"강명훈 작가 작품집 출간이 어렵게 됐다죠?"

굳이 남의 아픈 점을 들쑤시는 취미는 없다지만 구태여 안 들쑤실 이유는 없을뿐더러 달갑지 않은 대화의 막을 빨리 맞이하고 싶기도 했다. 박 팀장도 이제 지치나 봐. 그런 조건을 받아들이면서까지 일하는 거 보면 좀 안타깝다, 하며 한껏 비죽이던 서 팀장의 표정이 삽시간에 굳었다. 서 팀장 저 딴에는 그래도 조금 놀리고자 한 건데 그에 죽어 보자, 하면서 초상집을 건드는 이건 좀 비겁하지 않느냐며 구겨진 눈살로 묻고 있었지만 재경은 모른 척 얼굴을 돌려 마침 층에 도착하는 숫자를 가리켰다.

"아, 먼저 내리겠습니다. 그럼 오늘도 수고하십시오, 서 팀장님."

허리까지 숙여 주느라 닫히는 엘리베이터 안 남겨진 그의 표정이 어떤지 미처 보지는 못했다. 하지만 굳이 확인하지 않아도 대충 알 수는 있을 것 같았다.

"그러게 본전도 못 건질 거."

아이 참. 부러우면 부럽다고 말을 해요, 이 사람들아. 이번엔 보란 듯이 닫힌 엘리베이터를 향해 픽, 웃은 재경이 이만 사무실로 걸음을 옮기려다 뭔가 생각이라도 난 듯 주머니에서 휴대폰을 꺼내 들었다.

[좋은 아침입니다, 작가님. 작업 진행은 잘 돼 가고 있겠죠? -어시스턴트 박재경]

여기서 일을 좀 해 보고 작가들도 여럿 상대해 본바, 그들은 대개가 불규칙한 생활 패턴을 가지고 있었다. 8시 47분이 이른 오전의 축은 아니었지만 패턴이 다른 어느 누군가에게는 한밤중일 수도 있었다. 때문일까, 화면을 멈춘 채 잠시 기다려 보니 퍼뜩 '1'이 사라지진 않았다. 그래도 재경은 괜찮았다. 잠시 떨어졌던 컨디션 수치를 다시금 회복시키고 채 흥얼거리지 않았던 콧노래를 작게 흥얼거리며 남은 걸음을 마저 걸었다.

이까짓 메시지 이따가 또 보내면 그만이니까. 그때는 이모티콘도 함께 곁들여야지. 작가님께서 제게 어시라는 역할을 하사하신 만큼 메시지를 이렇게 보내든, 저렇게 보내든 명분은 차고도 넘쳤다.

"좋은 아침이죠?"

"팀장님, 오셨어요? 좋은 아침입니다."

어시스턴트 1일 차, 박재경 팀장의 아침은 이다지도 상쾌했다.

 5. 어시 출동

 짧으면 짧다고 할 수 있고, 길면 길다고 할 수 있던 편의점 대타 생활이었다. 작업을 쉬고 있긴 했지만 나름 고급 인력이라며 한사코 어필을 했던 탓에 팍팍한 최저 임금이 아닌 그보다 몇 퍼센트 더 올라간 로열티를 받고 재이는 세인의 부탁을 들어줬었다. 가장 가까운 친구의 부탁이라도 몇 시간을 공짜로 일해 줄 수는 없으니 계산은 확실히 해야 했다. 처음 일주일은 나름 할 만했다. 궁극의 그 과자난만 아니면 딱히 제가 나서서 뭘 찾아 줘야 하는 것도 없어서 남는 시간은 다음 시리즈 아이템을 쌓는 데 열중했다. 물론, 이 이야기는 오로지 처음 일주일에 대한 얘기일 뿐. 요주의 인물, 박재경이 나타난 후로는 판도가 싹 바뀌었다.

"지금 뭐…… 하세요?"

 조금 과장을 덧대서 표현하자면 진열대를 엉망진창으로 뒤집어 놓았다, 라고 할 수 있었다. 편의점 특성상 한 상품 라인당 많아 봐야 네다섯 개 정도였고 게다가 라인별로 알아보기 쉽도록 정리정돈도 꽤 잘돼 있었다. 아니, 제가 꽤 잘해 놓았었다. 그럼에도 불구하고 여기 있어야 할 상품이 저기로 가 있는 둥 섞여 있기가 부지기수였고 심지어 몇 개는 바닥을 나뒹구는 처참한 신세를 겪고 있었다. 대체 왜? 무엇을 그리 찾기에?

 "어디서 봤는데, 이렇게 구석까지 열심히 뒤지다 보면 간혹 하나씩 나오는 경우가 있다고 하더라고요."

 "……꿀버터 과자 찾으시는 거예요?"

 "네."

 "그게 지금까지 있을 리가 없잖아요. 그리고 상품들을 이렇게 헤집어 놓으시면 어떡해요? 손님이 다 정리할 것도 아니잖아요."

 "아, 그러네."

 아, 그러네? 아아, 그러네에? 박재경의 꿀버터 과자 집착 서막을 알리는 신호탄과도 같았던 그날이었다. 그렇게 스낵코너를 뒤지며 허탕을 한 세 번쯤 치곤 입고 시간을 알아내 갔다. 입고 시간을 알아낸 후론 대체로 카운터에서 볼일을 마쳤기에 다시 진열대를 정리하는 수고를 덜 수 있었다. 하지만 차라리 진열대를 정리하는 수고를 더 원하기까진 얼마 걸리지 않았다. 시간을 알려 줬음에도 불구하고 꼭 한 박자씩 늦게 나타나 되지도 않는 말꼬리 붙잡기를 하는데 그게 여간 에

너지 소모가 필요한 게 아니었다. 사람이 이렇게 머리 꼭대기까지 짜증 나게 만들 수도 있구나, 하는 사실을 새삼 깨달았다고나 할까. 꼬박 출석 체크까지 하면서 얼굴을 비치는데 진짜 돌아 버릴 지경이었다. 그렇다고 박재경이 늘 같은 용건으로 편의점을 찾는 건 아니었다.

"알바 넌 평등사상이 뭔지 몰라?"

웬일로 카운터를 그냥 지나쳐 샌드위치를 하나 골라서 내밀었다. 묻지도 않았는데 출출하다는 본인의 현재 상태를 알리더니 먹고 가겠다며 테이블에 그것을 가지고 가 앉았다. 성인 남자가 고작 샌드위치 두 개를 먹는 데 얼마나 많은 시간이 필요할까. 구태여 먹고 가려는 그가 몹시 마음에 차지 않았지만 또 일일이 간섭할 수 없는 게 저의 입장이라 그냥 내버려 뒀다. 박재경은 최대한 카운터가 제일 잘 보이는 자리를 차지했다. 그러면 자연스레 저의 시야에서도 재경이 잘 잡혔다. 부러 눈길을 주지 않으려 애썼지만 제 쪽으로 쏟아지는 시선을 안 느낄 수는 없었다. 아주 가지가지 하는구나, 속으로 읊고 있는데 마침 샌드위치를 다 먹은 재경이 다가와서 불쑥 하는 말이 기가 찼다. 갑자기 웬 평등사상?

"네?"

"태도가 다르잖아, 태도가."

그러더니 제가 지나간 다른 손님들을 대할 때의 표정을 직접 따라 해 보이기까지 했다.

"제가 언제요? 저 안 그랬거든요?"

"그랬어, 너."

"아, 다 먹었으면 가세요."

딱히 고단할 일이 없는데도 불구하고 재경만 상대하면 심신이 피로했다. 미간을 팍 구기는 것도 일이라 그냥 손만 휘휘 저었다. 순순히 출입구로 가서 손잡이를 잡나 싶더니, 고개를 한 번 갸우뚱한 그가 반쯤 저를 향해 고개를 돌렸다.

"안녕히 가세요. 또 오세요, 는 왜 안 해?"

"그야……."

"그야?"

"또 안 왔으면 좋겠으니까?"

"와, 이거 봐, 이거 봐."

길지 않은 반추를 끝내고 재이는 암전이 되었던 휴대폰을 다시금 빛이 나게 만들었다. 뒤로 가기를 누르지 않은 대화창이 기다렸다는 듯 나타났다.

[좋은 아침입니다, 작가님. 작업 진행은 잘 돼 가고 있겠죠? -어시스턴트 박재경]

"가만 보면 참 긍정적이야."

자, 이제부터 슬슬 지옥의 맛을 보여 주마.

업무 중에 중요하거나 굳이 필요한 일이 아니고서야 휴대폰을 들여다보는 일이란 재경에겐 꽤 드물었다. 그럼에도 불구하고 오늘은 특별히 휴대폰을 책상 위에, 그것도 제 시야에 가장 잘 잡히는 곳에 올려 두었다. 진동이 울림과 동시에 액정에 불빛이라도 들어오면 바로 시선이 가게끔 말이다. 오전에 보냈던 메시지는 읽었지만 답이 없었다. 잠결에 확인을 했을 수도 있겠고 굳이 답신이 필요한 메시지는 아니었던지라 그렇게 섭섭하진 않았다. 그렇게 오후 업무를 막 시작했을 즈음 짧은 진동이 울렸다. 모니터 화면에 눈을 박고 있다가도 시선을 갈취하는 휴대폰으로 인해 재경은 거의 반사적으로 휴대폰을 들어 메시지를 확인했다.

"흐음."

파란색의 링크가 제이의 말풍선으로 도착했다. 열어 보니 웬 베이커리 블로그 포스팅이 떴다. 포스팅 속의 베이커리는 블루베리 타르트가 제일 유명한 곳으로 사람들이 타르트 나오는 시간에 맞춰 줄을 서는 일이 허다했으며 하루에 일정 개수만 만들기 때문에 타이밍을 놓치면 허탕을 친다고 블로거가 친히 설명을 붙여 놓았다. 뭐, 요약하자면 블루베리 타르트 맛집 정도? 느릿하게 화면을 엄지로 밀어 올리며 포스팅을 정독하고 이만 닫기를 눌렀다.

[뭔데?]

그냥 링크만 왔으니 재경은 정말 순수하게 질문을 던졌다. 가타부타 이어진 말이 없었으니 말이다. 잠시 턱을 괴고 있자 숫자 1이 잽싸게 사라졌다.

[어시 출동이지 뭐겠어요?]

어서 출동이라니. 뭐 이런 귀여운 출동 지시가 다 있지? 자연스레 입매가 말려 올라가는 것을 참을 수가 없었다. 얼른 두 엄지를 바쁘게 움직였다.

[아, 이거 사다 달라고? 타르트?]

이름하야 간식 셔틀인 거구나, 이게.

[네.]

[오케이, 접수했습니다.]

[하나 말고, 두 개요, 두 개.]

[작가님 하나, 나 하나?]

1은 사라졌지만 답은 없었다. 기가 차다는 듯 헛웃음을 터뜨리고 있을 게 뻔한 재이의 반응이 굳이 눈앞에 없어도 보이는 듯 선해서 재경은 실소가 터질 뻔했다. 이렇게 놀리는 재미가 좋아서 어떡하나, 진짜.

[내가 다 먹을 거예요, 내가 다.]

3분간의 정적이 흐르고 나서 도착한 답신이었다. 재경은 아예 등받이에 몸을 기대고 휴대폰을 더욱 편하게 고쳐 쥐었다. 열심히 달렸던 노력도 노력이지만 운 또한 타고난 저로서는 승진이 빨리 되었던 게 새삼 이런 데서 감사함을 느낀다. 게다가 팀장급부터 분리된 공간을 주는 이 회사에게도. 그 이유는 바로 남들의 시선을 피할 저만의 방이 있으니 말이다. 팀원들 중 누군가 업무 중에 휴대폰을 붙들고 있었더라면 당장에 근무태만이니 뭐니 잔소리를 붙였겠지만.

[단거 많이 먹으면 살쪄.]

[남이야 찌든지, 말든지 무슨 상관이에요?]

[말했잖아요. 우리 '남' 아니라고. 더군다나 계약서에 도장까지 찍은 사인데.]

그러고는 이번엔 정말로 답신이 없었다. 어깨가 들썩일 정도로 쿡쿡 웃음이 났다. 거의 무방비 상태로 웃고 있는 와중에 들린 노크 소리 때문에 호흡이 금세 일정 수준을 찾지 못하고 흐트러졌지만 말이다. 남이 보아서는 곤란할 어떤 비밀스러운 걸 하다가 들킨 게 아닌데도 불구하고 괜히 머쓱해진 재경이 서둘러 자세를 바르게 해서 앉았다. 마우스 휠을 올려 아까 살펴보던 페이지를 더 잘 보이게끔 만든 후, 노크에 답을 했다.

"네, 들어와요."

아무 일 없었다는 듯 업무 보고를 받으며 저물어 가기 시작하는 오후를 보내기에 돌입했다. 남들이 들으면 거짓말 같겠지만 딱히 퇴근 시간을 기다려 본 적이 잘 없는데 이상하게 오늘은 자꾸만 시계로 눈이 간다. 오로지 제 상상 속에선 블루베리 타르트가 먹고 싶어서 저만 목 빠지게 기다리고 있을 것 같은 누구 때문에.

미션 아닌 미션을 재경에게 던져 놓고 재이는 시간이 종일 어떻게 흐르는지 몰랐다. 세 편 정도의 분량을 미리 뽑아 놓긴 했지만 정식 연재가 시작되면 그마저도 부족해 분량 가뭄에 허덕이게 된다. 날짜를 제대로 맞추고, 업데이트 시간까지 칼같이 지키려면 미리미리 원고를 확보해 둬야 했다.

MAX까지 가득 내려 둔 커피는 한참 전에 비웠고, 건조한 집 안 공기를 촉촉하게 만들기 위해 틀어 놓았던 가습기도 물이 비워지자 어느새 물 부족으로 빨간불이 들어와 있었다. 코끝까지 밀려 내려온 안경을 거듭 걷어 올리며 마무리 작업에 열중했다. 액정 태블릿 위를 왔다 갔다 하는 손이 분주하기 그지없었다.

"아, 목."

찌뿌드드한 목을 좌우로 꺾자, 그게 신호탄이라도 된 듯 어깨며 손목이며 관절이란 관절은 죄다 아우성을 치는 것만 같은 느낌에 절로 인상이 찌푸려졌다. 같은 자세로 장시간 동안 앉아 있었더니 몸이 그간 얼마나 혹사했을까. 생각한 분량에서 마지막 컷까지 완성한 후 재이는 뒤늦게 등받이에 몸을 늘어뜨리듯 기댔다. 손가락 하나 까딱하기 싫을 만큼 몸에 에너지가 없다. 하도 마셔 댄 커피 탓에 머리는 각성 상태로 핑글핑글 도는 착각마저 일었다. 그러자 출출함이 밀려들었다. 밥을 언제 먹었더라, 짜장라면을 하나 끓여 먹긴 했었는데 정확히 언제였었는지 가물가물하다.

"내 타르트는 언제 오는 거야."

눈동자만 또르르 굴려서 벽에 걸린 시계를 확인했다. 6시는 진즉에 지나 시침이 숫자 8로 가까워지고 있는 중이었다.

"아, 나 정말. 독촉은 질색인데."

'독촉' 단어만으로도 호감을 갖기 어려웠다. 제 직업상 더욱이 그러했고. 얕은 한숨과 함께 고개를 작게 절레절레 저은 후 재이는 의자 바퀴를 굴려 소파 테이블에 올려 두었던 휴대폰을 찾아 나섰다. 별수 없이 독촉을 좀 해야겠다. 어시가 빠릿빠릿해야지 말이야. 기본이 안 되었다, 기본이.

왜 이렇게 늦어요? 타르트를 직접 만들어서 오ㄴ, 까지 쳤을 때 차임벨 소리가 귓전을 울렸다. 거의 튕겨 나가듯이 의자에서 일어나 인터폰 화면을 확인하곤 얼른 현관으로 다다다 뛰어갔다. 문을 벌컥 열어젖히니 꽤 지친 표정으로 베이커리 종이 가방을 흔들고 있는 재경이 보였다.

"좀 늦었네요?"

늘 포스팅에서만 봐 오던 것을 실물로 보게 되다니! 얼른 먹어 보고 싶다는 마음이 간절했지만 재이는 괜히 눈을 흘기면서 새침한 목소리를 냈다.

"작가님 생각보다 지능적이시더라."

"왜요?"

재경은 정말 지치는 듯한 기색이었다. 멀리 갈 것 없이 한 시간 전의 상황만 보아도 딱 그랬다. 나름 칼퇴근을 찍고 재이가 요청했던 좌표를 향해 달려갔다지만 이미 입구 바깥까지 늘어선 줄에 적잖이 당황했었다. 그냥 다른 걸 사서 갈까?

굳이 여기 말고도 맛있는 타르트 가게야 얼마든지 있을 것 같은데, 하며 잠깐 고민했지만 재이의 첫 출동 지시이기도 했으며 저의 첫 임무였고 무엇보다 오기가 발동했다. 그럼에 잠자코 줄의 꼬리에서부터 선두가 될 때까지 기다리고 기다리며 기다리다 운 좋게도 마지막 남은 다섯 개 중에 두 개를 사수할 수 있었다.

"일부러 고생시킨 거잖아."

줄 듯 말 듯 앞에서 블루베리 타르트가 든 가방을 흔들기만 하고 정작 내밀지는 않는 재경이었다.

"아, 아닌데요?"

"아니긴. 그러려고 심부름센터 조건 단 거면서."

"심부름센터라뇨? 그거 스스로 비하하는 거예요."

"그게 그거지."

"저 진짜 굉장히 순수하게 이거 먹고 싶어서 그랬어요. 얼른 줘요."

사람이 그래도 끝까지 악하긴 어렵다고 개고생이니 지옥의 맛이니 떠들어 댔다가 이렇게 막상 지친 모습의 재경을 보니 살짝 안쓰러운 마음이 일었다. 저와는 달리 오전부터 업무를 봤을 텐데 좀 심했나, 싶기도 하고. 다른 것을 요구할 걸 그랬나, 하는 생각이 잠시잠깐 스치기만 했다. 생각이 깊어질 새도 없이 대꾸를 하는 재경 덕에 말이다.

"그냥은 안 되지."

……라는 식으로.

"네?"

"나도 뭐 보람이 있어야 하지 않을까요? 이거 기다리는 거 보통 일 아니에요, 작가님."

　뭐라는 거야, 이 양반이.

"계약 사항이잖아요. 난 엄연히 권리를 행사했고 그쪽은 의무를 다해야 하는 거라고요."

　발음 하나 새지 않고 말을 읊은 후 재이는 떳떳하게 고개를 들었다.

"그러니까."

"그러니까, 뭐요?"

"의무를 다했으니 무슨 보상이 있어야죠. 예를 들면, 몇 회 정도는 작가가 직접 회사로 원고를 가져다주러 온다거나?"

"뭔 말도 안 되는 소릴 하는 거예요, 지금?"

"예를 들자면 그런 거예요. 뭐, 몇 회가 부담스럽다면 한 회도 괜찮고."

"싫다면요?"

"여기 기다리면서 본 건데, 꽤 맛있겠더라고요. 아, 먹어 본 사람들도 하나같이 여기 아니면 다른 가게 거 못 먹겠다고 꼭 말을 보태면서 나가더라고요. 별수 없죠. 단거 그렇게 즐기는 편은 아니지만 다들 한입 모아 맛있다고 하는 거 트렌드도 파악할 겸 직접 먹어치우는 수밖에."

얄미움을 수치로 기록할 수만 있다면 10점 만점에 10점을 기록해서 내밀고 싶었다. 고작 블루베리 타르트를 가지고 협박 아닌 협박으로 응수를 하는데 유치해서 원. 재이는 작게 헛웃음을 터뜨렸다.

"그거 알아요?"

"뭐?"

"지인짜아 얄미운 거? 완전, 완전, 완전 얄미운 거?"

"풉."

"왜 웃어요?"

평소에도 동그란 정수리가 내려다보였지만 오늘은 웬일인지 더욱 뚜렷했다. 시선의 거리가 좀 더 벌어져서 그러나? 잠시 고개를 갸우뚱하면서 아래를 봤더니 그냥 실내화를 신고 있는 재이였다. 어마어마한 굽의 탑승화에서 하차한 상태의 키는 이렇구나. 키는 내려갔지만 귀여움은 자란 것 같았다. 게다가 만화에서만 보았을 법한 동그랗고 알이 두꺼운 안경은 또 어떻고. 사람이 본능대로만 살았더라면 당장에 손을 뻗어서 동그란 정수리를 아이 귀여워, 하며 헤집어 놓았을 거다.

여전히 고개를 반쯤 꺾은 채로 올려다보는 두꺼운 안경 너머 눈이 매섭다. 저는 매서우라고 뜨고 있는 건데 정작 아무 위협이 안 되는 게 문제지만 말이다. 왜 웃느냐는 질문에 즉각적으로 답이 없자 고운 미간이 한 차례 일그러진다. 더운 숨을 작게 뿜어 대더니 다시금 눈을 치켜뜨며 저를 똑바로 올려다보는 재이다. 아, 세상에. 취향저격이라는 말이 이런 데서 쓰이나?
"그냥 웃음이 나오잖아요, 절로."
"몹쓸 병이네요."
재이는 진심으로 안타깝다는 듯 고개를 가로로 절레절레 저었다.
"받아요."
이만 재경이 들고 있던 타르트를 재이에게로 건넸다. 또 이것 가지고 장난을 칠까 싶어 재이는 때를 놓칠세라 잽싸게 그것을 가져왔다. 휙, 하고 사라지는 느낌이 재경의 손에 너무나 선명했다. 가만히 재이를 보고 있자니, 그녀는 가져간 봉투를 양쪽으로 벌려 눈을 휘둥그레 키웠다. 아마 저 눈은 맛있겠다, 하는 눈인 것 같았다. 그럼에도 불구하고 벌린 봉투를 가지런히 모은 후 표정을 새침하게 정돈했다. 눈으로 열심히 재이의 표정을 좇고 있던 재경의 얼굴에 또 한 번 웃음이 번졌다. 일각에서는 유재이 작가가 얼굴에 표정이 없다고 그러던데 제 눈에는 이렇게나 훤하다.
"자몽 주스도 샀으니까 먹으면서 같이 마셔. 맛있다고 목 막히게 타르트만 주구장창 먹지 말고."
"안 그러거든요?"
"노파심이지, 노파심. 또 출동시킬 거 있음 연락하세요, 작가님. 항시 대기조잖아요, 내가."

엄지와 약지를 벌려 재경은 제 귀에 대고 두어 번 흔들었다. 그러고서 손목에 있는 시계를 한 번 흘끔 보더니 마주 보고 서 있는 현관에서 한 발짝 멀어졌다. 이만 가 보겠다는 뜻이었다.

"가는 거예요?"

"가지 말까?"

집 구경이라도 시켜 주겠다면 뭐, 환영이고.

"아뇨, 드디어 가나 싶어서 물어본 거예요."

금세 재이가 표정을 싹 바꾸곤 문고리를 잡아당길 준비를 마쳤다.

"가세요, 그럼."

"배웅도 안 해?"

"저 불친절하잖아요. 뭘 바라요?"

"그렇지, 참."

새삼 깨달음이라도 얻은 듯 재경은 짝, 하고 손뼉까지 쳤다.

"아직 안 갔어요?"

"갈 거야."

"얼른 가요."

엘리베이터 쪽으로 뒷걸음질 치면서 재경은 양 손바닥을 펴서 재이를 향해 팔랑팔랑 흔들었다. 그냥 쾅 문을 닫아 버리면 그만인 건데 재이는 또 그걸 끝까지 지켜보고 서 있다. 그런 거 하지 말고 서둘러 떠나라는 듯 대충 손을 휘휘 저으면서 말이다.

"참."

 성의가 조금 없지만 나름의 배웅 격으로 엘리베이터를 타는 것까지 보고 있는데 갑작스레 걸음을 멈춘 재경이 엘리베이터 안에서 버튼을 누른 채 고개만 빠끔 내밀었다.

"왜요, 또."

"되게 달겠더라, 그거. 양치하는 거 잊지 말라고."

"장난해요?"

"진심인데."

 하여간 보고 있어 줄 필요도 없다. 대꾸도 없이 재이는 이만 현관문을 쾅, 소리 나게 닫곤 안으로 들어왔다. 아오, 저 이상한 말발을 대체 언제 이겨 먹지?

♦ ♦ ♦

 직장인에게 있어서 주말이란? 감히 명명할 단어가 없으리만치 귀한 것이다. 습관적으로 금요일 밤이 되면, 굳이 밤이 아니더라도 이를테면 새벽, 그러니까 다음 날로 완벽히 넘어가기 전 그 허리께쯤이 되면 재경은 습관적으로 휴대폰을 무음으로 만들어 멀찍이 두었다. 일상에서 사랑하는 몇 가지 중에 하나가 출근하지 않는 날 즐기는 달콤한 늦잠이니 말이다.

 불타는 금요일까지는 아니고, 오랜만에 만나는 만남 또한 아니었지만 어쨌든 절친한 친구 창수를 만나 재경은 술잔을 기울였다. 시커먼 사내놈들 둘이 만나서 할 만한 얘깃거리가 다채롭진 않은지라 기울이는 잔의 횟수와 어묵꼬치를 해치우는 개수만 증가했다. 물론, 재경 본인이 여기기엔 얘깃거리가 없었다지만 아마도 창수의 기억 속 대부분은 재이의 귀여움에 대한 재경의 예찬일 거다. 그 때문인지 창수는 대답도 건성으로 하며 재경보다 더 빨리 잔에 술을 채웠었다. 그의 지나친 업적 자랑질만큼이나 요즘 한창 반해 있는 그녀의 이야기 또한 듣는 게 좀 고역이라서. 이런 창수의 사정을 알아도 모르는 척하며 제 할 말만 늘어놨던 재경은 하는 수 없이 먼저 테이블에 엎어진 창수를 챙겨 대리까지 불러 주었다. 비용을 대신 지불해 주는 센스도 마침 발휘해 주었고 말이다. 여느 금요일 밤과 다를 것 없이 지새운 후 맞이한 토요일 오전, 아니 오후는 퍼석하고 텁텁했다.

"……."

촘촘하지 못한 천의 짜임 사이로 맹렬한 오후의 기운이 덮쳤다. 그에 실내는 밝아졌고 눈두덩이 위에도 빛이 내렸다. 재경은 느릿하게 눈꺼풀을 들어 올려 익숙한 사위를 천천히 짚었다. 딱 30분이라도 더 자고 일어났다면 좋으련만. 전날의 알코올 섭취로 인해 목을 갉아 대는 갈증과 어둠을 완전히 몰아낸 빛의 거센 공격으로 인해 더 이상 누워 있을 수만은 없어졌다.

"몇 시나 됐나."

몇 시나 되었기에 해가 저리도 쨍쨍한가. 찌푸려지는 눈에 억지로 힘을 주며 손을 뻗어 협탁을 짚었다. 협탁 위 어딘가에 놓여 있을 탁상시계가 이러다 보면 제 손안에 들어오리라.

"아, 11시 40분."

12시도 채 되지 않은 시간인데 이렇게 밝단 말이야? 초여름의 기운이 물씬 느껴지고 있는 지금이라곤 하지만 어쨌든 달력은 5월이었다. 새삼 다가올 정식 여름이 두려워졌다.

시간을 확인했으니 이제 갈증을 해결해 줄 차례다. 허리 아래까지 내려간 얇은 이불을 마저 걷어 내고 재경은 이만 부엌으로 향했다. 딱히 냉장고의 기능에 혹하거나 욕심이 있는 건 아니었는데, 얼마 전 광고에 현혹돼 바꾼 냉장고는 쓸 때마다 만족이었다.

"역시."

탄산수가 바로 뿜어져 나오니 말이다. 용량이 제법 되는 내부는 실질적으로 쓸 일이 별로 없었지만 재경은 오로지 이 기능에 만족했다. 원할 때마다 콸콸 쏟아지는 탄산수 맛이 아주 꿀맛이다. 유리컵을 가득 채운 물을 꿀꺽꿀꺽 끊지 않고 넘기고 나니 그나마 덜 잔 피로가 좀 가시는 느낌이었다. 컵을 내려 두고 소파 테이블에 던져두듯 놓았던 휴대폰을 찾았다. 간밤에 별 연락 같은 건 없었겠지?

앉아 있는 것도 버거운 것처럼 재경은 기다랗게 소파에 누워 휴대폰을 확인했다. 신용 승인 메시지 몇 개와 나날이 발전하는 수법으로 교묘하게 메시지 함의 비중을 차지하는 스팸 메시지 두어 개, 그리고 부재중 전화 두 통과 읽지 않은 톡 메시지 21개가 와 있었다.

"어?"

채 읽지 않은 대화방 여러 개에 촤르르 빨간 숫자들이 들어와 있었다. 미리 보이는 내용만 보아도 정말 시답잖은 거라 가볍게 무시해도 될 정도였다. 그것들이 모두 합쳐서 10건. 무슨 게임의 종류는 이렇게나 많은 건지. 웬만한 것들은 모두 초대 메시지 거부를 걸어 놓았는데도 불구하고 의지의 투혼으로 인해 미개척 영역을 뚫고 새로운 게임 초대가 3건이 와 있었다. 하지만 이런 것들은 별로 중요하지 않았다. 대화방들 중 따끈따끈함의 표시로 가장 위를 차지하는 대화방엔 한꺼번에 8개의 메시지가 도착해 있다. 대화 상대방도 아주 의아스럽다. 제게 메시지를 8개씩이나 보낼 사람이 아니라서 더 그랬다. 재경은 얼른 재이와의 대화방을 열어 읽지 않은 메시지들을 확인했다.

[자요?] 오전 OO:13

[내일 아, 오늘 뭐 해요?] 오전 OO:14

[천재지변을 이길 정도로 바쁜 일 아니면 좀 와 줘요.] 오전 OO:14

[혹시나 해서 말하는 건데, 어시 출동이에요. 권리 행사하는 거예요.] 오전 OO:31

한 번에 8개를 다다닥 보냈을 거라고 여겼던 거완 달리 시간은 제법 간헐적이었다.

[정말 자나 보네요. 모르는 척하고 있는 건 아니겠죠?] 오전 01:02

[와, 마감 이틀 앞두고 누구는 바빠 죽겠는데 어시가 뭐 이래요.] 오전 02:07

[원래 항시 대기, 라는 조건이 있지 않았나요. 24시간] 오전 04:27

[이봐요, 어시. 해가 중천이에요.] 오전 11:18

"에이, 중천까진 아니었을걸?"

밤을 샌 모양인가. 잠을 잤다고 해도 얼추 다섯 시간 남짓밖에 못 잔 것 같았다. 생긴 것처럼 행동한다는 말이 이래서 있나 보다. 그 흔한 이모티콘 하나 찾아볼 수 없이 정직한 텍스트뿐인 말풍선들이었지만 몸이 비비 꼬일 정도로 귀여움이 피어올랐다. 게다가 8개씩이나 보낼 건 또 뭐람.

[지금 가요.]

짧은 답신을 끝으로 재경은 그 어느 주말보다 분주하게 움직였다.

"이게 뭐야."

개똥도 약에 쓸려면 없다더니. 뜬눈으로 밤을 지새우다시피 한 재이는 지금 신경이 매우 곤두선 상태였다.

요즘 독자들은 매의 눈이라 구석구석 신경을 안 쓰려야 안 쓸 수가 없었다. 마우스 휠을 휙, 휙 내리면서 혹여 뭔가 흐트러진 곳이 있는지, 없는지 뚫어져라 살피고 보니 눈이 피로해서 도무지 모니터 앞에 있기가 싫어졌다. 으으으, 소리를 내면서 기대면 기대지는 대로 몸을 받쳐 주며 쭉, 쭉 뒤로 밀리는 등받이에 기지개를 켜듯 기대었다가 다시 제자리로 돌아왔다.

"후우."

재이는 남은 대사 작업이 문득 너무 귀찮아졌다. 말풍선만 뻥, 뻥 뚫린 채로 있는 컷들을 보며 한숨을 푹 내쉰 재이에게 번뜩 생각난 사람은 재경이었다. 이럴 때 부려먹으려고 제가 조건을 달았었지. 비록 부수적인 것들이 좀 얄팍하긴 했지만 이번 건 정말 진정한 어시스턴트의 업무다.

잊지 않고 당위성을 주장하며 당당하게 보낸 요청 메시지였지만 웬일인지 저쪽에선 묵묵부답이었다. 굳이 뜯어보지 않아도 원체가 얄미운 사람이니 설마 메시지를 족족 보면서도 무시하고 있는 게 아닐까, 하며 생각을 해 보았지만 시간이 시간인지라 잠에 취해 있을 수도 있겠다, 싶었다. 그렇게 한 시간, 두 시간을 보내며 재이는 뭔가가 불만스러웠다. 아니, 분명 계약 조건에 24시간 항시 대기라고 했는데 이게 무슨 항시 대기란 말인가. 아무리 피곤하고, 싫고, 힘들어도 제가 부르면 벌떡 일어나야 하는 거 아닌가? 거뭇거뭇한 기운은 어느새 턱까지 내려왔고, 잠은 잠대로 누적되어 있다 보니 괜히 좋은 컨디션이 아니었다. 그럼에 재이는 따지듯이 재경에게 추가적으로 메시지를 더 남겼다. 모르는 사람이 보기라도 한다면 굉장히 집착하는 것처럼.

 그렇게 시간은 흘러 결국 아침이 밝았다. 두 시간 정도 눈을 붙였다가 일어났는데도 불구하고 피로는 가시지 않았다. 고작 두 시간이었으니 말이다.

 눈을 뜨자마자 곁에 두었던 휴대폰을 확인했지만 여전히 읽지 않음 표시는 사라지지 않고 있었다. 숫자 '1'이 이렇게 고집스럽게 느껴지긴 또 처음이다. 원래 잠이 많은 사람인가? 전화를 했더니 받지도 않는다. 이러다간 꼼짝없이 대사 작업까지 스스로 다 마쳐야 하겠지. 급기야 머리에 쥐가 났다. 뭔 어시가 이래. 저한테 좋으라고 달았던 계약 조건인데도 불구하고 정작 필요할 땐 나 몰라라다. 그까짓 간식 셔틀 몇 번에 벌써 시위라도 하는 건가.

 [지금 가요.]

 알림 소리가 이렇게 반갑기는 또 처음이었다. 오전의 유효는 이미 지나 이제 막 오후가 된 그러니까 딱 12시 5분에 도착한 재경의 답신이었다.

 "……이제야."

 가뭄의 단비와도 같은 답신에다 대고 재이는 긴 한숨을 내쉬었다. 항시 대기라고 했건만 출동시키는 게 이렇게 힘들어서야, 원.

 "받아."

팔짱을 꼬아 주는 건 기본이고 살짝 엇나간 듯한 짝다리는 옵션이며 못마땅한 눈빛은 필수다. 아니꼬운 심기를 그대로 드러내 주는 요소 3박자를 고루 갖춘 채 재경을 맞이했지만 대뜸 들이대는 건 뭔가가 가득 차 있는 포장 박스였다. 그에 짝다리를 다시금 바르게 고쳐 세우고, 꼬았던 팔짱은 반사적으로 풀며 잔뜩 힘을 주었던 눈은 들이닥친 상황에 절로 힘이 풀린 채 깜빡였다.

"뭔데요, 이게?"

얼결에 재이가 박스를 받아 들어 움직임이 편해졌다. 재경은 열린 현관문의 각도를 벌리며 아예 안으로 들어섰다. 집주인은 재이인데 본의 아니게 재경이 선두가 되어 휘적휘적 거실로 먼저 입성했다. 그런 재경을 따라 졸졸 따라오던 재이의 양손엔 여전히 박스가 들린 채였다.

"뭐 챙겨 먹으면서 작업해?"

"네?"

"메시지 쭉 보니까 밤샌 것 같던데, 작가님."

"당연하죠."

지금 내 꼴을 보면 모르겠니?

"역시. 끼니 안 챙겼을 것 같아서 사 왔어요. 초밥 도시락."

알아서 부엌을 찾은 재경이 썰렁하다 못해 휑한 식탁에 재이가 든 것을 다시금 앗아서 하나둘 펼치기 시작했다.

"혹시 날것 못 먹고 그런 건 아니지?"

뭐지, 이 자연스런 흐름은? 정지 화면이 아님에도 재이는 가만히 멈춰 서서 재경이 하는 양을 지켜보았다. 마치 매뉴얼이라도 있는 것처럼 제집에 들어와선 제 식탁에 묻지도 않고 도시락 가지들을 차렸다. 차임벨 소리를 듣고 현관문으로 가면서도 어서 수칙을 다시 정해야겠다, 어쩜 그 시간까지 아무 연락이 없을 수가 있느냐, 이런 어시가 대체 어디 있느냐, 엄연히 계약 사항이니 조건을 지켜라, 등등 쏘아 댈 말들을 장전하고 있었는데 머릿속이 어느새 하얘졌다. 잠시 생각해 보건대, 물이 흘러도 박재경보단 덜 자연스러울 것 같다.

"날것 못 먹어?"

상황 파악을 깔끔하게 마치지 못해 황망히 서 있는 재이더러 재경이 재차 확인하듯 생선초밥을 가리키며 물었다. 그제야 재이의 동공에 빛이 돌았다.

"이렇게 얼렁뚱땅 넘기는 거예요? 그쪽 경고예요, 경고. 옐로카드."

짐짓 엄한 표정과 말투로 재이는 검지를 콕 세워서 재경을 가리켰다.

"고작 지각 한 번에 옐로카드라니. 인심 너무 얄팍하다. 앉아, 앉아. 뭘 시키든 군말 없이 다 할 테니까 일단 먹자고. 오케이?"

"……"

센스는 있다고 해 줘야 하는 건가. 맛깔스럽게 자리하고 있는 도시락과 재경을 한 번 번갈아 보다 마지못해 재이는 의자를 빼내 앉았다.

"각오하는 게 좋을 거예요."

"글쎄, 알았다니까. 먹어. 몰골이 아주 못 봐 주겠어."

진심으로 못 볼 걸 보았다는 듯 재경은 인상을 팍 쓴 채 재이의 얼굴을 가리켰다. 피곤이 그대로 묻어나 있는 얼굴은 푸석푸석하기가 그지없었다. 정말 한 끼도 제대로 챙기지 않은 모양인지 원두 찌꺼기 필터들만 곳곳에 널려 있을 뿐, 부엌 이리저리를 둘러봐도 뭔가 끼니를 해결한 흔적은 보이지 않았다.

"집중하는 것도 좋지만 뭘 좀 먹으면서 해."

무서운 속도까진 아니더라도 어쨌든 사 온 사람 기분 좋게 만들 정도의 속도로 초밥 낱개를 하나둘 없애고 있는 재이를 귀엽게, 흐뭇하게 또는 처량하게 마주 보며 말했다. 입 안에 가득 있는 음식 때문에 부풀어 오른 볼이 꼭 개구리의 그 모양 같았다. 재이는 대답할 가치도 못 느낀 건지 아니면 그럴 겨를조차 없는 건지 상관 마라는 듯 손만 대충 휘휘 젓고는 이미 하고 있던 젓가락질에 박차를 가할 뿐이었다.

"다 삼키고 먹어, 다 삼키고."

말끔하게 비워지지 않은 입에 무슨 욕심인 건지 또 낱개를 우겨넣는 걸 보며 재경이 고개를 절레절레 흔들었다. 작정하고 붙어 있자면 손이 안 가는 일이 없겠다, 싶다. 스물여덟이나 되었다지만 그저 영락없는 꼬마 같은 느낌이다.

"이 집 맛있지?"

"뭐."

"반 넘게 다 해치워 놓고서 뭐긴 뭐가 뭐야."

"나쁘진 않네요."

그냥 맛있다고 끄덕이기만 하면 될 걸 그게 뭐가 어렵다고 또 심드렁한 눈길을 보낸다. 그럼에 재경의 입매 끝으로 피식, 웃음이 샜다. 정작 제 몫은 시작도 제대로 못했다. 그냥 입맛에 맞나, 안 맞나 좀 보려고 하던 게 어쩌다 보니 다른 걸 할 수 없게끔 계속 시선을 앗아 가는 게 아닌가.

"안 먹을 거예요?"

"어? 아, 더 먹을래?"

"줘요."

아, 이 작가님을 정말 어쩌면 좋지?

굳이 설명이랄 것도 없었다. 대본은 짜여 있었고, 그걸 알맞은 곳에 타이핑만 하면 끝이었다. 다만 분량이 좀 많아서 문제였지만 말이다. 어쨌든 재이의 요청은 간결하고 담백했다. 이런 작업에 익숙하지 않은 재경이 혹시라도 헷갈릴까 순서 배치도 정확하게 나눠서 내밀었다. 그럼에도 불구하고 재경은 고개를 갸우뚱하며 재차 질문을 했다.

"퇴고하실 거죠? 틀릴 수도 있잖아요, 내가."

"아니, 이게 어떻게 틀릴 수가 있어요? 그냥 순서대로 타이핑만 하면 된다니까요?"

"그게 아니라 자, 봐요. 여기. 여기는 장면 전환이 순식간이잖아요. 여기서 인물들 배치가 앞이랑 다르니까 반대로 대사를 쓸 수 있는 여지가 있고요. 그리고 여기. 이건 속으로 말하는 건데 자칫하다가 그냥 대사 처리가 될 수도 있어요. 게다가 뒷받침 글귀들도 꼭 대사 같아서 섞일 수도 있어요."

일일이 타이핑을 해서 넣는다는 게 조금 고역일 수도 있었지만 뭐. 재이는 그렇게 남은 일거리들을 죄다 재경에게 던져놓은 후 못 잤던 잠이라도 좀 자려고 했다. 게다가 앞으로 타이핑이나 간단하지만 하려면 귀찮은 작업들을 모두 재경을 시키면 되겠다는 부푼 꿈도 가지고 있었다. 그런데 어째서 처음부터 이렇게 삐걱대는 걸까. 이해력이 달리는가? 아니면 정말로 제 설명이 복잡했나? 이 상태로 어떻게 팀장급이나 되셨을까. 일순간 짜증이 난 탓에 고왔던 재이의 미간에 주름이 잡히며 일그러졌다.

"마지막이에요."

최종 작업을 거치긴 할 테지만 그래도 재경이 언급했던 실수가 미리 저질러질까 노파심에 재이는 목소리를 한 번 더 가다듬었다.

"이런 장면 전환들은 몇 개 없어요. 그래도 헷갈리겠다니 지금 표시를 해 둘게요. 여기랑, 그리고 여기. 그리고 생각 대사랑 인물 대사는 폰트가 달라요, 폰트가. 말풍선이 없이 흘러

가는 전개는 보시면 굵게 처리해 놨죠? 크기도 다르잖아요."

지나가는 아무나 불러 앉혀도 할 수 있게끔 다시 한 번 더 정성스레 설명을 해 줬건만 정작 재경은 듣는 둥 마는 둥이었다. 태도가 뭐 이래 진짜? 아오! 이걸 그냥. 꼼꼼하게 짚고 있던 검지를 걷어 내고 그냥 손바닥을 펴서 뒤통수라도 한 대 짝, 소리 나게 쳤으면 속이 후련하겠다, 싶다. 하지만 그래도 저는 지성인이었고 충동을 억누를 수 있는 이성을 가졌으니 참아야 했다. 짙게 깔리는 한숨을 내쉬며 뻗은 검지로 짚어 줘야 할 부분을 계속해서 짚어 줬다. 그런데 재경은 재이가 손으로 표시하는 곳을 눈으로 따라가던 걸 관두고 아예 몸을 틀어 서 있는 그녀를 올려다보았다.

"나 이거 할 동안 너는 뭐 하는데?"

이미 들어야 할 건 다 들었고, 유의 사항 같은 건 재방송을 해 주지 않아도 줄줄 읊어 댈 수 있을 지경이었다. 그러한 사실이 올려다보는 눈빛에 적나라하게 드러났다. 재이는 입술을 안으로 말아 숨을 삼키듯 다물었다. 아, 진짜 미친 척하고 그냥 한 대 때릴까. 말똥말똥 올려다보는 눈이 그럼 금세 앗, 하고 감기겠지.

"……"

"왜?"

참자, 참자. 참을 인. 참을 인. 마지막으로 또, 참을 인.

"일부러 계속 질문했던 거죠?"

헷갈렸던 부분은 원래 있지도 않았으면서 괜히.
"티 났나."
재경은 별 저항 없이 아주 순순히 수긍했다.
"아, 진짜!"
"좀 쉬어. 마법처럼 짠, 하고 해치워 놓을 테니까."
애초에 말도 안 되는 질문 세례로 더 피로를 누적시킨 건 본인이면서 그제야 선심을 쓴다는 듯 바르게 고쳐 앉았다.
"하나라도 틀리기만 해 봐요."
"그럴 일 없을 건데."
아오, 얄미워. 시키는 입장은 분명 본인인데도 불구하고 왜 자꾸만 제가 말리는 듯한 느낌일까. 분주하게 타이핑을 시작하는 재경을 재이는 한참이나 쏘아봤다. 차라리 그냥 하나라도 실수를 했으면 좋겠다. 그러면 그거 가지고 몇 번을 우려먹는 건데 말이다.
"참."
정말, 정말 휴식을 취해야지. 이만 작업실을 나가려는 재이였지만 재경이 갑자기 불러 세우는 탓에 그마저도 쉽지 않았다.
"왜요, 또."
"커피 같은 건 안 줘? 맨입으로 기계처럼 타이핑만 하라고?"
어느새 등받이에 팔을 걸친 채 재이 쪽으로 몸을 튼 재경이 조금 억울한 표정을 지었다. 재이가 꼭 악덕업주라도 돼서 저를 부려먹는 것처럼 말이다. 아, 이렇게 부려먹으려고 부른 것은 사실이지만. 재이는 이가 아득아득 부딪치는 걸 느끼면서 어금니를 꽉 깨물었다.

커피? 커어피이? 가지가지 한다, 정말.

"궁금한 게 하나 있는데요."

이제는 재이도 저를 닮아 가는 건가. 재이에게서 받은 동문서답은 처음인지라 재경이 흥미롭게 눈을 깜빡였다. 그 내용 또한 만족스러웠다. 무려 제게 궁금한 게 있단다. 하나, 라는 게 좀 아쉽긴 하지만 그래도 있는 게 어디야.

"뭔데?"

"나이가 어떻게 돼요?"

이제야 묻는 게 고작 재경의 나이였다. 설마, 저보다 어릴 것 같진 않고. 재이는 진심으로 궁금하단 표정으로 재경을 마주 보았다.

"왜, 궁합도 안 본다는 서른둘이거나 스물넷일 것 같아서?"

"궁합이 또 왜 나와요, 여기서?"

"아쉽지만 궁합은 봐야겠어."

"이봐요."

"서른하나야. 이럴 줄 알았으면 어떻게 해서든지, 무슨 방법을 써서라도 한 살만 미리 먹어 둘걸, 나도 많이 아쉬워."

사람의 머릿속이 훤히 들여다보이는 도구가 하나 개발이 되어 있으면 좋겠다. 만약 그런 도구가 개발되어서 상품으로 출시가 된다면 그 값이 얼마든지 어디 허투루 돈을 쓰지 않고 모으고 모아 기어코 구매를 할 거다. 그런 다음 당장에 박재경을 찾아 그의 머릿속을 들여다볼 거다. 이 말을 하면 어떤 대사를 칠지, 어떤 표정을 지을지, 어떤 목소리를 낼지 죄다 미리 예측을 해서 최선의 방어책을 세울 수 있게끔. 그래야지만 저 이상한 대화 방식에 말리지 않고 당해낼 수 있지 않을까. 정신을 똑바로 차리고 있어도 어느새 말려들기 때문에 재이에겐 그것이 정말 꼭 필요했다. 공상과학엔 1도 관심이 없었는데 제가 원하는 게 정말 실현이 불가한 건지 오늘부터 열심히 검색이라도 해 봐야겠다, 진심으로.

"그런데 나이는 왜?"

"원두는 커피메이커 옆, 밀폐용기에 있어요. 아까 정수기 봤죠? 물은 거기서 따르면 되고, 컵들도 진열대 봐서 알죠? 아무거나 써요. 서른하나면 충분히 가능하겠죠?"

엄청난 속도였다. 최대한 발음이 새지 않도록 주의하면서 재이는 말의 속도를 조금이라도 늦추지 않았다. 틈을 주지 않기 위한 저의 발악이기도 했다.

재이의 긴 설명은 그냥 한마디로 축약해서 네가 직접 가져다 드세요, 였다. 그렇게 재이는 재경이 무어라 말을 하려고 입을 벙긋거리는 순간 다다다 발을 놀려 작업실을 나섰다. 문을 쾅 닫고 아예 분리가 되고 나서야 쾌재가 터졌다.

"으아아아!"

저 입을 드디어 막다니. 물론, 먼저 자리를 박차고 나온 꼴이었지만 어쨌든 속이 뻥, 뚫릴 만큼 후련한 기분이었다.

6. 너의 목소리가 들려

아, USB.

작고 조그마한 이것이 등장했을 때 가히 혁명적이라고 여겼던 때가 있었다. 휴대용 자료 창고라고나 할까. 발표 자료, 영화, 음악, 공인인증서 등등 연결핀에 꽂아 주기만 하면 뭐든 척척 소화를 해내는 재간둥이다. 게다가 진화한 첩보영화의 장면들 중 중앙컴퓨터로부터 자료를 빼낼 때 이 USB가 없었으면 절대로 가능하지 못할 장면들이 꽤 많다. 요즘은 디자인도 기발하고 다양하게 나와서 USB 하나로도 제 개성을 드러내기에 안성맞춤이기도 하다.

이렇듯 다재다능한 녀석이 USB라지만 재경이 친히 재이의 작품 업데이트 담당인 제 자리까지 찾아와서 이 안에 원고가 있다, 마치 이 안에 너 있어, 라고 하는 것처럼 USB를 내밀었을 때 드는 생각은 뭘 굳이 꼭 이렇게 하느냐, 하는 것이었다. 일의 효율과 능률을 중요시하는 게 제가 겪어 본 박재경의 업무 스타일인데 이건 너무 비효율적이며 능률 또한 없는 일이었다. 게다가 USB를 이렇게 적재적소를 못 찾아 사용하는 것도 좀 아닌 것 같고 말이다.

"굳이, 꼭, 이렇게요?"

"네. 굳이, 꼭, 그렇게요."

"아."

순간 번거롭지 않으세요? 라는 물음이 덧붙여지려는 걸 간신히 참아 냈다. 아무리 생각해도 이런 방식은 재경뿐만 아니라 작가인 재이에게도 좀 번거롭지 않나? 피차 왜 일을 사서 만드는 거지? 메일로 보내도 될 파일을 굳이 한 회 한 회 원고마다 이렇게 USB에 고이 옮겨서 주고받으면 말이다.

"참, 백 주임."

그래도 본인들이 구태여 그러겠다고 하는데 제가 말을 보탤 위치가 아니다. 그냥 입 꾹 닫고 시키면 시키는 대로 해야지, 뭐.

백 주임이 이만 바로 포트에 USB를 꽂는 순간, 돌아섰던 재경이 뭔가 생각난 듯 아차, 하는 표정으로 다시금 그를 향해 돌아섰다.

"네, 팀장님."

"그거 파일 옮긴 다음 바로 돌려줘요."

안 그래도 그러려고 했는데. 중요하고 대단한 지시 사항이라도 되는 것처럼 강조를 하듯 재경은 검지로 USB를 콕, 콕 가리켰다.

"네, 알겠습니다."

"바이러스 체크 전후로 꼭 하는 거 잊지 말고요."

그건 자동으로 되는데.

"네, 그렇게 하겠습니다."

"수고해요, 그럼."

엉덩이를 반쯤 뗐다, 앉았다 하는 것을 두어 번 반복하고 나서야 재경은 이만 제 방으로 가기 위해 온전히 방향을 꺾었다.

"뭐야, 갑자기."

못 미덥다는 건가. 일 한두 달 하는 초짜 신입도 아닌데 이까짓 USB 관리도 못 할까 봐서? 괜히 기분이 이상해졌다. 이렇게 팀원에게 이상한 오해만 남긴 채 떠나는 재경의 뒷모습은 그 누구보다 즐거워 보였다.

"주말은 어떻게 보내셨어요?"

착실하고 확실한 대답을 듣고자 던진 질문은 아니었다. 아무리 점심시간에 식사를 하러 구내식당에 와 있다고 한들 각자 식판만 보면서 음식만 씹을 수는 없는 노릇이니 던진 가벼운 서두였다. 답을 해도 그만, 안 해도 그만인 정도의. 아랫사람은 윗사람과 있을 때 그냥 입을 꾹 닫고 있을 게 아니라 내키지 않아도 그 어떤 시답잖은 말이라도 먼저 걸어야 하는 슬픈 존재니까. 참고로 주말이 어땠냐고 묻는 주원의 오늘 컨디션은 나쁨 그 자체였다.

"유재이 작가 말이에요."

"네?"

"아무래도 우리 회사랑 운명인 것 같아요. 너무 잘 맞아요. 안 그래요?"

주말을 어떻게 보냈냐고 한 물음이 어째서 유재이 작가가 회사와 잘 맞는다, 로 귀결이 되는지 영문을 몰랐지만 어쨌든 주원은 고개를 끄덕이며 수긍했다. 재경이 그렇다면 그런 거지.

"아, 네."

아직 통계도 나오기 전인데 감이 그렇게 좋나 보다. 싱글벙글 웃는 낯의 재경을 보며 이와 같이 생각했다. 그리고 주원은 기억 속의 한 목소리를 떠올렸다.

'이상형이요?'

'네, 이상형.'

'전 박 팀장님 같은 사람 멋있다고 생각해요.'

'박재경 팀장님이요?'

'네.'

'아…….'

'웃을 때도 얼마나 멋있는지. 팀원들한테도 자상하시고, 일도 잘하시고, 외모도 훌륭하시잖아요.'

팀원들한테 자상? 그래, 자상하시지. 일도 잘해? 아, 일이야 말하면 입 아플 정도로 능력 좋지. 외모도 훌륭…… 하, 여자들은 저렇게 생긴 얼굴이 좋은가? 기생오라비처럼 예쁘게 생긴 저 낯짝이? 왜 하필 제 연적이 재경일까. 온갖 공연 티켓들까지 공수해 바쳐 가며 수희에게 온 순정을 다하고 있는 저였건만. 그 어떠한 노력도 없이 타고난 장점들로 너무나 쉽게 제가 좋아하고 있는 여자의 마음을 흔들었다. 그런데도 태연하게 밥을 넘기고 있는 꼴이라니. 맛있어, 맛있냐? 지금 밥이 넘어가냐, 박 팀장?

"뭐예요?"

"네?"

"그 주먹 나한테 쓰려고 쥐고 있는 건가요?"

온 힘을 다해 말아 쥔 주먹 속의 숟가락이 애처로웠다. 목소리를 따라 상황을 거스르다 보니 꼭 결투를 신청하는 양으로 주원은 재경을 향해 레이저를 뿜어 대고 있었다. 뒤늦게 그걸 깨닫고 얼른 주먹에 힘을 뺐지만.

"아, 아닙니다. 저, 팀장님."

"네."

"뭐 하나 물어도 될까요?"

뭐 하나 묻는다는 사람이 요즘 왜 이리 많지? 저번엔 굉장히 내켰는데 이번 건 왠지 내키지 않는다. 이유가 무엇일까? 아무래도 화자의 차인 것 같다. 그래도 안 된다고 내칠 수는 없으니 재경은 못내 웃으며 고개를 끄덕였다. 이상한 질문이면 업무량에 차질이 좀 생길 거다, 김주원.

"그…… 어떤 스타일을 가진 여자분이 좋으세요?"

"오수희 씨한텐 관심 없습니다."

"네, 네?"

이래서 인기가 많아도 피곤하다니까. 재경은 고개를 작게 절레절레 저었다. 반면 제 의중을 단번에 파악해 에둘러 말하지 않고 직답을 해 버린 재경 때문에 당황한 주원이 씹고 있던 밥알까지 잘못 삼키며 놀란 표정을 지었다. 그러거나 말거나 재경의 식사는 줄곧 평온함을 유지했다.

"뭐, 그래도 이왕 물었으니까 답을 해 드리죠."

"아, 네."

"먼저 이모티콘 쓰는 걸 아주 병적으로 싫어해야 해요."

'왜 이렇게 이모티콘을 쏴 대는 거예요?'

'그냥 말만 하면 대화창이 메마른 것 같잖아.'

'그냥 말만으로도 충분히 알아들어요.'

'요즘 이게 유행이야, 유행. 막말로, 네 웹툰 캐릭터들도 이렇게 상

품화시킬 수 있는 건데 작가가 벌써 그런 입장을 가지면 못써.'
'그건 별개고요. 전 번잡해서 딱 질색이에요.'

"네?"
"그리고 커피 취향이 좀 별로여야 해요. 예를 들면 나는 산미가 강한 커피를 좋아하는데 상대방은 밸런스가 잘 이뤄진 맛을 좋아한다거나."

'으, 커피 맛 이상해.'
'고소하고 맛만 좋은데 뭐가 이상해요.'
'매력 없어. 산미가 느껴지지 않잖아.'
'어우, 전 그런 신맛이 싫어요. 이게 딱 제 입맛에 맞아요.'

"아."
"새 노트를 모으는 취미가 있는 여자면 금상첨화겠네요."

'이거 다 새거야?'
'네. 하나도 안 줄 거니까 달라고 하지 마요.'
'아니, 하나하나 쓰지도 않으면서 뭘 이렇게 사다만 놓은 거야?'
'예쁜 새 노트 보면 사족을 못 쓰거든요. 그냥 그렇게 하나둘 사다 보니 저렇게 됐어요.'
'아, 그래? 여기서 하나 없어져도 모르겠네.'

'알거든요?'

"그러시군요."
 귀엽다, 섹시하다, 청순하다, 도도하다, 등등 보통 이런 수식을 먼저 떠오르지 않나? 꽤 구체적이긴 하지만 이상하게 형상이 잡히지 않는 재경의 답에 주원은 그냥 대충 고개를 끄덕이며 대꾸했다.
"머그컵이 상당히 많던데, 코스터는 별로 안 보이더라고요."
"네?"
"귀여운 코스터들 잘 나오잖아요, 요즘에."
"네, 뭐. 그렇죠."
"어울리는 걸로 하나 선물해야겠네."
"팀장님, 혹시……."
"혹시, 뭐요?"
"연애하고 계세요?"
 사내특보가 있다면 이건 대서특필감이었다. 굉장한 특종이라도 잡은 것처럼 주원이 제 눈을 있는 대로 크게 뜨며 물었다. 다른 누구의 앞이었다면 호들갑을 떨고 부산스럽게 말도 덧붙였겠지만 그나마 재경의 앞이라 점잖은 격이었다.
"연애요?"
"네, 연애."
"아, 연애는 아니고."

"연애는 아니면 썸?"

"썸도 아니고."

"그럼…… 짜, 짝사랑 중이신 거예요?"

"짝사랑? 아, 짝사랑이라. 짝사랑까진 거창하고, 그 비슷한 어느 선 정도 될 거예요. 혼자 관심 쏟고 있는 건 맞으니까?"

그 비슷한 어느 선, 이라고 말했지만 이미 주원에게 비슷한 선 같은 건 없었다. 말을 마친 후 다시금 식사를 이어 가는 재경을 보며 주원은 제 눈 크기를 좀처럼 줄이지 않았다.

대박. 천하의 박재경이 짝사랑 중이라고? 그럼 박재경의 짝사랑을 받고 있는, 이모티콘 쓰는 걸 병적으로 싫어하고 밸런스가 맞춰진 커피를 좋아하며 새 노트를 모으는 취미를 가진, 게다가 상당한 양의 머그컵을 보유하고 있는 그 여자는 대체 누구일까.

어차피 남의 사생활인데 뭐가 그렇게 또 궁금한 게 있는 건지 사무실로 돌아오는 내내 주원은 귀찮게도 재경에게 이것저것 붙여 묻는 게 많았다. 엘리베이터를 타기 위해 기다릴 때에도, 엘리베이터 안에서도, 엘리베이터에서 내려서 복도를 걷는 와중에도 그는 재경의 옆을 기웃기웃거리며 하나씩 물음을 붙여 왔다.

어떻게 만난 분인데요?

기가 막힌 우연 여러 번으로.

얼마나 만난 분인데요?

두 달 좀 넘어가고 있네요.

뭐 하시는 분인데요?

내가 왜 이걸 일일이 대답해 줘야 합니까, 김 대리.

우뚝 멈춰 서는 재경을 따라 주원도 똑같이 걸음을 멈췄다. 깊숙하고 핵심적인 질문들은 아니었지만 어쨌든 제가 주제넘게 너무 많은 걸 물었나, 싶어 그는 머쓱하게 웃으며 뒷목을 긁적였다. 실상 알아낸 정보가 뭐 얼마 되지 않아서 좀 아쉽긴 하다만 더 이상 말을 붙였다간 웬만해선 짜증을 내지 않는 재경도 곧 짜증을 낼 것 같아 이만 입을 다물었다. 아, 궁금해. 아, 너무 궁금해.

〈'그저 그런 평범한' 유재이 작가의 뉴시즌 연재 스타트! 일상 속 깨알 같은 소소한 재미를 M웹툰에서 만나 보세요. 매주 화요일, 금요일에 업데이트됩니다.〉

불과 며칠 전까지만 해도 제 작품 앞에 'COMING SOON'이 붙어 있었는데 그새 사라지고 없다. 요즘 자정이 채 넘어가기도 전에 새 회차가 올라오는 일명 칼 업데이트라는 게 거의 대세던데. 제 작품의 업데이트 담당자가 부디 엄청나게 부지런하고 센스 있길 바라며 재이는 11시 10분부터 새로고침 단추를 조금의 과장을 보태어 초마다 눌렀다.

"떴다."

1회 UP과 동시에 옆 별점으로 시선이 갔지만 재이는 일단 눈을 질끈 감았다. 서둘러 확인하고 싶은 마음 반, 기대에 미치지 못하면 어쩌나 걱정이 돼 차라리 나중에 확인하고 싶은 마음 반이 한꺼번에 뒤섞였다. 쉬는 동안 뉴시즌 연재를 기다리고 있다며 언제 정식으로 시작하느냐고 묻는 쪽지며 메일들이 우수수 쏟아졌다고는 하나 독자들의 평가는 이와는 별개로 냉정한 것이었다. 어제 기대했다가도 오늘 실망이면 등을 돌리는 데 미련이 없으니 말이다. 그럼에 재이는 좀처럼 떨리는 기분을 가눌 수가 없었다. 혹시나, 만에 하나 독자들의 기대에 미치지 못했을까, 싶어서.

"아, 이게 뭐라고."

열심히 새로고침을 누를 땐 언제고 막상 업데이트가 된 걸 보니 화면을 똑바로 쳐다볼 수가 없었다. 문득 이런 제 모습이 조금 우스워져서 재이는 굳게 마음을 먹었다. 겸허히 받아들이자. 이번이 저조하면 다음번에 만회하면 되니까.

"소수점부터."

아무리 그래도 한 번에 오픈하면 재미가 덜하니 재이는 눈을 뜸과 동시에 손가락으로 숫자를 가렸다. 그리고 가장 뒤부터 서서히 하나하나 읽어 들이기 시작했다.

"점 팔…… 삼. 오, 좋아."

여기까진 매우 순탄하다. 그렇다면 자, 이제 대망의 앞자리.

설마, 앞자리가 5, 6, 7 뭐 이렇진 않겠지?

"구!"

현재 시각 11시 21분. 누적 별점 평균은 9.83이었다. 숫자 9에 온 강세를 실어서 외치며 저도 모르게 자리에서 벌떡 일어났다. 폭발적인 반응까진 아니었지만 댓글들의 반응들도 모두 긍정적이었다. 아, 역시 유재이. 잘했어, 잘했다고. 발까지 동동 구르며 기쁨을 만끽하다 재이는 얼른 휴대폰을 찾아 들었다. 최근 메시지창이며 통화 목록이며 죄다 재경이 가장 우위에 있기 때문에 연락처를 일부러 뒤질 필요조차 없었다.

─여보세.

"확인했어요? 확인했냐고요."

─네, 작가님. 지금 보고 있는.

"봤죠? 첫 회부터 핫한 거?"

─그래도 아직 첫.

"좀 조마조마했거든요. 쉬다가 오면 아무래도 잊히기 쉬우니까."

─나 말 좀 해도 될까?

"아, 미안해요."

들고 있는 휴대폰 건너에서 옅은 웃음소리가 들려왔다. 머쓱해진 재이가 뒤늦게 한 템포 호흡을 느리게 하고 귀를 기울였다.

─이런 전화 매주 두 번 예약인 거야? 것도 이 야심한 시각에.

"야심한 시각까지야."

-12시가 다 돼 가.

"그래서 싫다는 거예요, 지금? 그쪽 내 어시잖아요. 작가의 기쁨은 어시의 기쁨 아닌가?"

-그렇긴 해.

"무슨 반응이 이렇게 미지근해요?"

괜히 김이 새는 기분이었다. 재이는 재경이 보지 않는데도 불구하고 불퉁한 표정으로 입술을 삐죽 내밀었다. 귀가 찢어질 정도까진 아니더라도 그에 비등할 만큼 격렬한 반응이면 어디 덧나나. 별점 확인하자마자 쏜살같이 건 전화였는데.

-모를까 봐 얘기하는 건데, 지금 양손 만세 하고 춤추고 있어.

"양손 만세 하고 지금 받고 있는 전화는 무슨 손으로 들어요?"

-아……. 예리한데? 그래도 뭐, 이어폰이라든가 어깨랑 볼 사이에 껴 놓고 받을 수도 있지. 은근 단순하다, 작가님.

"됐어요."

-정정할게. 왼손으론 전화 받고, 오른손 들고 춤추고 있는 중이야.

"누가 믿어요, 그걸."

-어떻게 알아. 내가 춤을 추고 있는지, 아닌지.

"참 나."

되지도 않는 억지가 어느새 적응이 된 모양인지 이젠 놀랍지도 않았다. 피곤에 감겨 오는 눈꺼풀을 손가락으로 가볍게 문지르며 재이는 편안한 소파를 찾아 깊숙이 엉덩이를 붙이며 앉았다.

-아, 맞다. 작가님, 너 커피 작작 마셔. 원두 맛도 없더라.
"그쪽 입맛에 안 맞는 거겠죠. 맛만 좋거든요?"
-다른 원두도 사다 놔, 그럼. 원두 품종 내가 알려 줄게.
"내가 왜요?"
-갈 때마다 뭐 시킬 거 아냐. 맨입으로 하라고? 손님용 원두 따로 마련해 두고 그러는 건 센스지, 센스. 너 말이야, 어시한테 복지가 너무 안 좋아.
"와, 뻔뻔하다. 뭐 제대로 하는 것도 없으면서 지금 복지 타령이에요?"
-와, 섭섭하다. 뭐 제대로 한 게 한두 가지가 아닌데 지금 이래?
"피곤하네요. 이만 끊어야겠어요."
-이거 봐, 이거 봐.
"끊어요."

화술 학원이라도 좀 다녀야 하나? 아니면 어디 책이라도 사서 공부를 해야 하나. 어째 박재경의 이상한 논리는 나날이 진화하는 것 같다. 어쨌든 지금 제가 최선으로 할 수 있는 건 그냥 전화를 뚝, 끊어 버리는 것이라 재경이 무어라 말을 붙이든 말든 재이는 이만 종료 아이콘을 눌렀다. 혹여 또 전화가 걸려 오면 어쩌나, 화면을 잠시 바라봤지만 다행히 잠잠했다.

"못 당한다니까, 진짜. 복지라니. 그런 생각은 대체 어디서 나오는 거야."

저도 모르게 웃음이 샜다. 서른하나 먹어 놓고서 사람이 이렇게 유치할 수 있다니. 고개를 절레절레 저으며 물이라도 한 모금 할까, 몸을 일으키는데 그 짧은 새를 참지 못하고 휴대폰이 울렸다. 재이는 작게 역시, 라고 중얼거리며 다시금 소파에 안착해 메시지를 확인했다.

[원고 받으러 갈 때 맛있는 거 사 갈게. 첫 회 별점 9.83 축하 턱으로.]

"누굴 먹보로 아나."

말은 그렇게 하면서도 괜히 기분이 좋아졌다. 뭐, 맛있는 거 자기가 사 오겠다는데 굳이 마다할 필요는 없지.

[그래요.]

종일 신경을 쓰며 긴장을 했던 탓일까. 곤두세웠던 신경이 탁 풀려 온몸이 흐물흐물 나른해지는 느낌이 물을 들이켜도 사라지지 않았다. 자석이라도 마련해 놓은 것처럼 물 컵을 내려놓자마자 몸이 자연스레 소파로 이끌렸다. 푹신하게 몸을 감싸는 솜의 느낌에 잔뜩 취하면서 느릿하게 손을 뻗어 반쯤 쳐 놓았던 거실의 커튼을 온전히 걷어 냈다. 그러자 기다렸다는 듯이 온 세상에 내려앉은 새까만 밤풍경이 재이를 맞이했다. 여기저기 색색깔로 반짝이는 도시의 불빛은 언제나 그렇듯 환상적이었다. 이깟 높은 층이 뭐라고 저층보다 몇십만 원이나 비싼 건지 모르겠다고 툴툴거리던 때가 엊그제였는데 왜 그리 가격 차이를 두는지 늘 이렇게 야경을 볼 때마다 새삼 깨닫는다. 앞서 말했다시피 내려다보는 뷰가 환상적이니까. 아마 꼭대기 층은 이보다 더 환상적이겠지?

"어?"

양 무릎을 세워 팔로 감싸고 그 위에 볼을 뉘었다. 여차하면 이대로 졸음이 쏟아질 태세였다. 그렇게 꼼짝하기 싫어 밖을 한참이나 보고 있는데 옅은 물방울들이 창에 스치듯이 부딪쳤다. 아, 가랑비가 올 거라고 하던 예보를 언뜻 본 것도 같다.

"단비가 내리네."

이렇게 흩뿌리듯이 내리는 비도 오래 맞고 있으면 젖겠지. 제 옷깃 또한 옅은 빗줄기에 젖어 들기 시작했음을 재이는 채 깨닫지 못한 듯, 바깥 풍경을 바라보며 무거운 눈꺼풀이 온전히 감길 때까지 느릿하게 깜빡이기만 할 뿐이었다.

간밤에 감질나게 공기만 적셨던 비는 날이 밝자 어느새 굵은 빗줄기로 탈바꿈해 온 대지를 시원하게 적시고 있었다. 빗물이 흥건한 지면에 바퀴를 구르는 차들의 소리가 듣기에 싫지 않은 소음을 만들어 냈고 색깔도, 무늬도 가지각색인 우산들이 듬성듬성 비 내리는 길거리를 수놓았다.

눈을 뜨자마자 재이는 집 근처 카페로 가기 위해 나갈 채비를 마쳐 현관으로 향했다. 비가 오는 날이면 카페 창가에 앉아 콘티 작업을 하곤 하는데 그게 그렇게 집중이 잘될 수가 없다. 빗소리도 좋고, 음악도 좋고, 분위기도 좋고, 은은하게 퍼지는 커피 향도 좋으니 일하기엔 딱 안성맞춤이랄까. 게다가 집에서 작업을 하는 동안 하도 커피를 내려 마셨더니 금세 원두가 동이 나 버렸다. 오는 길엔 잊지 말고 원두도 사서 와야지. 아, 종일 앉아서 사람 구경도 좀 해야겠다. 그러다 보면 또 새로운 아이템이 나오곤 하니까.

"장우산 써야지."

우산을 꺼내기 위해 문을 열려고 했더니 앞에 가지런히 정리해 둔 신발들이 문의 모서리에 살짝 치였다. 무심코 내려다본 흐트러진 신발에 의도하지 않았는데도 불구하고 머리 위로 날아드는 목소리가 있었다.

'무기 컬렉션 수준이다.'

'네?'

'굽들이 꼭 그렇잖아. 죄다 이런 높은 굽밖에 없어?'

'그냥 나가려던 길이나 마저 가요.'

'아니, 가던 길에 얘들이 신스틸러처럼 날 사로잡잖아.'

'뭐요? 신스틸러?'

'너 진짜 조심해. 이런 거 신고 다녀서 하등 좋을 거 없어. 저번처럼 넘어지고 그러면 어쩌려고 그래?'

'저기요, 빨리 가기나 해요.'

'걱정돼서 그러는 거 아냐. 내 작가님 건강 어시가 신경 써야지, 안 그래요?'

"하여튼 자기 키 크다고 유세야, 정말."

이것들이 얼마나 소중한데. 얼른 우산을 꺼낸 후 재이는 흐트러진 신발의 대열을 다시금 가지런히 정돈했다. 빼먹은 것은 없는지 다시 한 번 더 가방 안을 살피고 이만 나가려고 하는데 신고 있는 신발이 웬일인지 눈에 탁, 밟혔다.

"비도 오는데, 좀 그런가."

웨지힐이라곤 하나 그래도 12센티 높이였다. 습관처럼 꺼내 신었던 그 신발을 벗고 재이는 몇 개 되지 않는 운동화를 찾아 갈아 신었다.

"아, 자신감 떨어져."

속 굽까지 해서 그래도 높이가 7센티는 되는 운동화였지만 어째 아까보다 땅이랑 더 가까워진 느낌을 지울 수가 없다. 5센티 더 내려왔을 뿐인데 어깨까지 아래로 축 늘어지는 것 같았다. 그래도 뭐, 빗길에 미끄러지는 불상사가 일어날 수도 있으니 오늘은 이 정도 굽으로 만족해야겠지.

"아, 우 작가님 요즘 저조하네."
"그러게 말이에요. 담당 편집자가 감을 잃어서 그런가?"

"반면에 우리 유 작가님은 첫 편부터 빵! 터뜨렸네요."
"처음에 우 작가님이랑 계약할 때 서 팀장님 1등 먹을 거라고 여기까지 와서 유세를 떠셨는데."
"잠잠한 지 꽤 됐죠?"

재경의 팀원들은 휴게실에서 저마다 식후 커피며 차를 홀짝이면서 잠깐의 수다를 떨었다. 그들의 주제는 오늘 갓 나온 일간 통계표에 집중되어 있었는데 경쟁 팀 작품이 몇 회째 좋은 성적을 못 내자 그게 못내 고소한 모양이었다.

"저 오늘 구내식당에서 밥 먹었거든요. 동기 만났는데, 3팀 분위기 영 안 좋대요."
"한 번 순위에서 완전 떨어진 거는 웬만해선 탑5 잘 안 찍던데 말이에요."
"다들 어디 갔나 했네."

점심시간이 채 끝나진 않았다고 하지만 그래도 마지노는 5분가량밖에 남아 있지 않았다. 그런데 횅한 사무실에 조금 의아했던 재경이 휴게실 문을 열자마자 이내 의아함을 해갈했다. 옹기종기 모여서 꽤 열심히 수다를 떠는 것 같아 보이는데 묻지 않아도 그 주제를 알 수 있을 것 같았다.

"어, 팀장님! 뭐 필요하신 거라도?"
"그냥 시원한 물 좀 가져가려고요."

재경의 컵을 향해 거드는 손길들이 여기저기서 따라붙었지만 재경은 미소를 지으면서 제가 직접 하겠다고 했다.

"3팀은 뭘 잡아도 자꾸 하향 곡선인 것 같아요. 안 그래요, 팀장님?"

아, 우 작가. 전 작품들은 나름 좋았는데 왜 이번 건 이렇게나 저조한지 모르겠다. 요즘 새롭게 마이너스의 손이라고 불리는 서 팀장 때문인가. 속으로 고개를 절레절레 저었지만 재경은 곧바로 표정을 정돈했다.

"그래도 같은 회사 식군데 비교하고 그러지 맙시다. 서로 응원을 해 줘야지."

"얄밉잖아요. 거긴 뭐만 좀 잡았다 하면 저희 팀한테 와서 온갖 난리라니까요?"

"우리도 언제 성적 떨어질지 몰라요. 유재이 작가 거는 아직 첫 회밖에 안 됐으니 너무 김칫국들 마시지 말고요."

"네, 팀장님."

"시간도 얼추 다 됐으니, 다 같이 오후 업무 시작하죠."

"네."

재경이 친히 문을 열어 잡고 있는 사이, 팀원들이 하나둘 휴게실을 빠져나가 각자의 자리를 찾아 앉았다. 마지막으로 문을 닫고 재경은 제 방으로 들어오면서 씰룩이는 입매를 살짝 감추기 위해 물을 한 모금 했다. 아, 물맛이 오늘따라 더 청량하다.

"그럼 코스터 구경을 좀 해 볼까."

블라인드 너머로 팀원들이 제 업무에 집중하고 있는 걸 확인한 후 재경은 의자를 당겨 앉아 디자인 쇼핑몰 페이지를 탐색했다.

"흠."

턱을 괸 채로 천천히 상품들을 보는데 요즘은 정말 코스터들조차도 각양각색이었다. 그중에서 제일 귀여운 게 뭐가 없을까. 재경은 그 어느 때보다도 신중하게 디자인 하나하나를 따져 보았다. 20페이지가 넘는 검색 결과였지만 그렇게 살피다 보니 어느새 16번째 페이지를 누를 차례였다.

"어, 이거 귀엽다."

딱히 찜해 놨던 것들도 없어서 이렇게 뒤지다 없으면 또 다른 사이트를 탐색해야 하나, 잠깐 고민하던 찰나 재경의 눈에 딱 들어오는 코스터가 발견됐다. 곰돌이를 모티브로 한 것이라 양쪽 귀가 동그랗게 솟아 있는 게 정말 귀여웠다. 소재도 우드 소재라 심플함까지 느껴졌다. 생긴 것과는 달리 집에 이렇다 할 소품이란 게 없는 재이의 집이었다. 집 자체만 보면 남자 집이라고 해도 믿을 것처럼 꾸민 구석이 전혀 없었다고 해야 할까. 그럼에 왜 이렇게 휑하냐고 물었더니 아기자기한 걸 별로 좋아하지 않으며 집을 꾸미는 것엔 취미가 없다는 답을 들었다. 아기자기하게 생겨서 아기자기한 건 좋아하지 않는다니. 작은 손으로 꼬물꼬물 집을 꾸미는 모습이 벌써부터 어울리는데 그것도 좋아하지 않는다니.

"딱 알바 거네."

파스텔 색깔이나 물방울무늬의 코스터들도 뭐, 나쁘지 않았지만 여태까지 지켜본 성향으론 별로 반길 것 같진 않다. 어쨌든 귀엽기도 하고 깔끔하기도 하니 제가 원하는 것과 재이가 원하는 것의 딱 알맞은 절충인 것 같아 재경은 몹시 만족스러웠다.

"두 개 구매."

나란히 앉아 차를 마실 때 하나만 컵받침을 하면 서운하니까. 물론 나란히 앉는 사람은 다름 아닌 저와 재이겠고.

주문을 완료한 후 재경은 휴대폰을 들었다. 이렇게 농땡이를 부리는 게 평소답진 않지만 지금 당장 메시지를 보내지 않으면 좀이 쑤실 것 같아서 어쩔 수가 없었다.

[아직까지 자는 건 아니겠지?]

두 모금을 하고 관뒀던 레모네이드 속의 얼음이 녹아 맛이 영 별로로 변했다. 카페에 들어와 자리를 잡자마자 목만 조금 축인 후 바로 콘티 작업에 돌입했기 때문이었다. 차박차박 빗길을 밟아 카페로 오는 중에도 여러 가지 아이디어들이 떠올라 그게 날아갈까 노트를 꺼내기가 무섭게 신들린 작업을 진행했다. 한참을 휘릭휘릭 그려 대다 펜을 잠시 놓고 나니 아무도 알아볼 수 없는 낙서와 비슷한 휘갈김이 여백의 미를 발산하며 종이 위를 심심하지 않게 해 주고 있었다. 처음의 맛을 잃어버린 레모네이드라도 쭉, 쭉 들이켜며 잠시 손목의 시계를 보는데 어째 무언가가 조용했다. 창을 두드리는 빗소리, 카페에 은은하게 퍼지는 음악 소리, 중간중간 음료 머신들 사이로 섞여 들려오는 사람들의 수다 소리 등등 모든 소리들이 있었지만 저 혼자 고요를 지킬 작정인지 휴대폰만 소리 없이 잠잠했다.

"뭐지. 바쁜가."

재이는 스트로를 물고 있는 채로 멀찍이 뒀던 휴대폰을 가까이 가져왔다. 너무 집중하느라 뭐가 왔던 걸 모를 수도 있겠다, 싶어서 화면을 켜 보았지만 그 어떤 부재중 연락도 표시되어 있지 않았다. 우수수 쏟아지는 정도는 아니더라도 매일 빠짐없이 왔었던 연락이 오늘은 이상하게 무소식이다. 그렇다고 딱히 제가 기다리고 있는 건 아니었지만 그래도 갑자기 조용하니까 조금 어색하다고나 할까.

[아직까지 자는 건 아니겠지?]

"그럼 그렇지."

호랑이도 제 말 하면 온다고 절대 양반은 될 수 없나 보다. 기다렸다는 듯 휴대폰을 고쳐 잡고 시간이 몇 신데 아직까지 자고 있겠, 까지 빠른 손놀림으로 작성하다 이내 다 지워 버리고 재이는 카메라를 동작시켜 어지러운 제 노트를 찍어서 보냈다.

[자기 일 열심히 하는 여자가 그렇게 매력 있다던데. 지금 나한테 어필하는 거예요, 작가님?]

"아, 뭐라는 거야."

 전혀 생각지도 못한 재경의 답에 재이가 살짝 당황하면서 미간을 찌푸렸다. 이 양반의 생각 영역은 도무지 따라잡을 수가 없다. 뭐라 답을 써야 하나 잠시 망설이는 동안 덧붙이는 재경의 메시지가 더 빨랐다.

 [나도 일하는 모습 보여 주고 싶은데, 셀카 각도가 안 나와.]

 [사양할게요.]

 [사양해서 아쉽네. 아, 근데 나도 콘티 꽤 많이 봤는데 너처럼 어지러운 콘티는 처음이야. 뭘 그린 건 맞아, 이게?]

 [대신 옮겨 줄 것도 아니면서.]

 [아서라. 나 그림은 정말 젬병이야.]

 [그건 좀 두고 보고요. 그런데 일 안 해요? 뭐 이렇게 대답이 빨라요?]

 [안 그래도 회의 준비해야 해. 농땡이는 여기까지.]

"농땡이 부리는 거 확 걸려 버리지, 에이."

 조금 아쉬운 듯 이만 손에서 휴대폰을 놓고 재이는 잠시 바깥을 바라보았다. 종일 내린다던 비 소식이었는데 어느새 빗줄기는 아까보다 꽤 가늘어졌다. 턱을 괸 채 지나다니는 사람들을 구경하며 의자 아래로 늘어뜨린 다리를 교차해 천천히 흐르는 음악에 맞춰 흔들거리며 잠시 여유를 만끽했다. 어울리지 않게 비 내리는 날의 낭만은 참 좋다.

"슬슬 나가 볼까."

재이가 이만 가져왔던 것들을 챙겨 일어났다. 이 카페는 다 좋지만 오래 앉아 있을 만큼 편안한 의자가 아닌 게 제일 아쉽다.

"원두 좀 사 가려고요."

"아, 늘 드시는 걸로 갈아 드릴까요?"

"네."

고개를 가볍게 끄덕이자 가게의 주인은 금세 손을 바쁘게 움직였다. 볶은 원두를 기계에 넣고 곱게 갈리는 소리를 들으며 지루하지 않게 기다리고 있는데 또 한 번 누군가의 목소리가 귓전을 파고들었다.

'예가체프라도, 좀. 뭐 다양하게 구비를 해 놔야지.'

'맹물 마실래요?'

'악덕 작가다, 너. 기호를 존중해 주지 않아.'

"저기요."

"네?"

"예가체프도 100그램 갈아 주시겠어요?"

"아, 네. 잠시만 기다려 주세요."

하여튼 은근히 까다롭고 말 많은 구석이 있다. 사다 놓지 않았다간 또 하루 종일 툴툴거리겠지. 자연히 그려지는 재경의 모습에 픽, 웃은 재이가 고개를 절레절레 저었다.

"여기 원두 포장이요."

아로마 벨브를 체크하고 로스팅 날짜까지 꼼꼼하게 적힌 스티커를 자랑스레 습관처럼 재이의 앞으로 보여 준 주인이 이내 들고 가기 쉽도록 손잡이 달린 봉투에 담아 주었다.

"감사합니다."

"그런데 갑자기 예가체프는 왜요? 신맛 안 좋아하신다고 들었던 것 같은데."

한때 뭣도 모르던, 그러니까 재이가 이렇게 단골이 되기 전 일이었다. 지나가다 로스팅 카페라며 원두를 사러 온 재이에게 안 그래도 갓 로스팅한 원두가 있다며 케냐를 추천했었다. 그럼에 재이는 그거 신맛 나는 원두 아니냐며 신맛은 생각만 해도 싫다는 듯 인상까지 구겨 가며 고개를 절레절레 저었었다. 얼마나 미간을 꽉, 일그러뜨렸던지 신선한 원두를 추천했다가 괜히 무안만 앉았었다. 그런데 무슨 바람으로 예가체프를 다 사 가실까. 궁금함을 이기지 못해 넉살 좋게 주인은 물음을 붙였다. 봉투를 받아 든 재이가 그것을 편하게 손목에 끼고 나섰을 때 펼치기 쉽도록 우산도 다 고쳐 잡은 뒤에야 답을 하기 위해 입술을 열었다.

"복지가 안 좋다고 해서요."

이거 안 사다 놓으면 커피 마실 때마다 그 목소리가 제멋대로 따라다닐 것 같기도 하고요.

"네?"

"있어요, 그런 사람이."

도통 뭔 소린지 몰랐지만 어쨌든 본인이 마신다는 얘긴 아닌 것 같았다. 대충 고개를 끄덕인 주인에게 수고하란 말을 남기며 재이는 이만 카페를 온전히 나섰다. 나중에 이것도 찍어 보내 줄까. 워낙 성화라서 사 봐 봤다고.

"아니다. 왔을 때 딱, 내려주는 게 낫지."

툴툴거림을 한 방에 멎게 만들 수 있게끔. 이왕이면 호들갑 떨면서 좋아해 주면 나도 덩달아 기분이 좋아질 것도 같고, 뭐.

Rrrr. Rrrr.

"아, 하여튼 타이밍 하나는."

기가 막히지.

좀 전까지만 해도 회의 때문에 메시지를 끊어 냈으면서 금세 전화로 저의 등장을 알리는 재경이다. 우산을 펼치려다 만 재이가 그걸 다시 손목에 걸고 여실히 울려 대고 있는 휴대폰을 귀에 가져갔다.

"회의 안 하고 농땡이 부려요?"

-농땡이가 아니고 일이죠, 작가님. 제가 작가님 어시라 작가님 냉장고 문제에 대해서 급히 생각난 사항이 있어서 말이에요.

"냉장고 문제요?"

-이따가 전화하면 내려와요. 집 앞에서 대기할 테니까. 아,

그럼 진짜로 회의 들어가야 해서 이만 끊을게요.
"대체 무슨 냉장고 문…… 여보세요?"
제 냉장고에 뭔 문제가 있다고 요청도 안 했는데 직접 행차까지 하는 걸까. 말을 다 맺기도 전에 꼭 무엇에 쫓기듯 뚝, 끊긴 전화였다.

"동전 있어요? 줘 봐."
대뜸 재경이 재이를 데려온 곳은 근처 대형마트였다.
"카트까지 끌게요?"
"당연하지."
재경이 지적했던 재이의 냉장고 문제란, 냉장고 속에 있는 내용들이 너무 빈약하다는 것이었다. 제가 여러 번 작가들을 겪어 본바, 대개가 식습관이 좋지 않고 그 기본이 되는 음식들이 본인들의 냉장고에 거의 없다시피 했다. 그건 재이도 별반 다르지 않았다. 커피 외에 뭔가 마실 만한 것들은 많은데 이를 세워 씹을 만한 음식들이 없었다. 안 그래도 작은데 먹는 것까지 부실하면 더 작아지겠다, 싶다. 아예 미니어처로 만들면 또 모르겠지만.

손바닥을 펴고 얼른 내놓으란 식으로 있는 재경에 이기지 못한 재이가 얼결에 주머니를 뒤져 100원짜리 동전을 건넸다. 그걸 알맞은 곳에 끼워 넣으니 '철컥' 하는 시원한 소리와 함께 카트 하나가 무리의 줄을 스스로 끊어 내고 밀려 나왔다.

"자, 여기 잡아."

기다란 카트 손잡이 왼편은 재경 본인이 잡고 나머지 부분을 가리키며 재이더러 잡을 것을 권했다.

"내가 밀라고요?"

"아니. 같이 밀어야지."

꾸물꾸물 이렇다 할 능동적인 움직임이 없자, 재경이 재이의 어깨를 꼭 감싸는 모양으로 잡아당겨 제 옆에 나란히 세웠다. 그에 그치지 않고 친히 그녀의 손을 잡아 남은 손잡이 부분 위에 올려놓기까지 했다. 모르는 누가 보면 연인들이 제법 다정하게 장을 보러 나온 모양이 어렵지 않게 연출되었다. 제 의도대로 된 그림에 재경은 만족스런 미소를 짓는 반면 재이는 한 쌍으로 달라붙어 있는 것처럼 가까운 재경과의 거리에 괜히 온몸이 굳는 것 같았다.

"뭐, 뭘 같이 밀어요? 그냥 누구 하나가 혼자서 밀면 되지."

"그럼 같이 장 보러 온 의미가 없잖아요. 작가님은 드라마도 안 보나 봐."

"네?"

"자, 가 봅시다."

꾸물거리지 말고 얼른 움직이자는 뉘앙스로 재경이 카트를 밀기 시작하니 그에 손잡이를 공유하고 있던 재이도 덩달아 걸음을 재촉하게 됐다.

"아, 방법이 하나 더 있다. 밀기 싫으면 그냥 탈 수도 있어."

"뭘 타는데요?"

한참까진 아니지만 그래도 어느 정도 고개를 숙여야만 보이는 동그란 정수리가 제 목소리에 즉각 반응을 했다. 올려다보는 눈동자가 초롱초롱 빛이 나는 게 재경으로 하여금 절로 웃음이 나오게 만들었다. 원래 생각했던 콘셉트는 함께 장을 보러 나온 신혼부부 같은 느낌이었는데 이렇게 보니 또 삼촌과 조카 같기도 하다. 하여간 쓸데없이 동안이라니까, 이 작가님은.

"뭘 타냐고요."

"잠깐만, 펼쳐 줄게."

재경은 카트의 안쪽에 접혀 있는 간이 받침대를 펴서 그것을 툭툭 두드렸다.

"……."

초롱초롱 빛이 나던 눈이 금세 뭐 씹다 만 것처럼 까칠하게 날을 세운 것으로 변모했다. 하지만 재경은 그게 무슨 뜻인지 모르겠다는 듯 태연하게 입술을 벌렸다.

"왜?"

"몰라서 물어요, 지금?"

"밀기 싫다며. 밀기 싫으면 타라는 건데 왜 그래. 내가 친히 작가님까지 태워 가지고 밀겠다는데."

아, 진짜 이 양반 뭐가 예쁘다고 내가 원두까지 새로 구매했는지!

꼭 뭐에 홀린 것처럼 구매를 했던 그 순간이 이렇게 원망스러울 수가 없다. 재이는 대답 대신 탁, 소리 나게 받침대를 원위치 시켰다.

"그냥 혼자 미는 편이 한 천 배는 낫겠네요."

더 이상 들을 대꾸는 없다는 듯 귀를 닫고 재경이 손잡이를 놓은 사이 재이가 잽싸게 카트를 밀면서 앞서 나갔다. 발등이 얼마나 꺾일지 새삼 궁금증을 유발했던 높디높은 힐은 아니었지만 어쨌든 재이가 신은 것의 높이는 신고 다니던 것들과 비등했다. 완전 납작한 걸 신고 땅에 붙어서 간다면 더 봐 줄 만했을 텐데 뭐, 그래도 총총거리며 가는 뒷모습도 아쉬운 대로 매력이 있다. 재경은 그렇게 재이의 뒷모습을 보며 고개를 두어 번 끄덕이다 멈추었던 두 다리를 얼른 움직였다. 딴에는 거리를 벌린다며 걸음에 속도를 가했지만 성큼성큼 걷는 재경의 보폭에 따라잡히는 건 어차피 순식간이었다.

"같이 미는 편이 만 배는 더 나을걸요?"

불쑥 옆으로 다가선 재경을 재이가 밉지 않게 올려다보았다.

"아, 진짜……."

사실 마트에서 무얼 오래 구경하거나 하는 재미를 재경은 별로 못 느끼는 편이었다. 거창하게 '장'을 본다는 것도 학부 때는 학교에서, 사회에 나와서는 회사에서 다 같이 어디 놀러 갈 때나 우르르 몰려서 이것저것 집어넣는 것으로 다였다. 혼자 살면서 뭐 필요한 건 동네 편의점을 이용하면 그뿐이고, 특별히 먹고 싶은 게 있다거나 할 땐 배달을 시키면 그만이었다. 재이는 그런 재경을 마트로 이끌어 내게 할 만한 동기로 아주 충분했다. 그녀의 빈약한 냉장고도 하나의 이유겠지만 드라마나 영화에서 단골 장면으로 등장하는 알콩달콩 장보기 장면을 가감 없이 연출하고 싶어서이기도 했다.
"오, 두부 좋네."
재이가 부엌에서 직접 두 팔을 걷어붙이고 지지고 볶고 끓여 내는 타입은 아닌 것 같으니 요즘 한 끼 식사대용으로 나오는 두부를 보자마자 재경이 그걸 카트 안으로 집어넣었다.
"두부 별로 안 좋아해요. 묵이라면 모를까."
"좋아하고 안 좋아하고를 떠나서 건강에 신경 써야죠, 건강. 잔말 말고 넣어 둬요."
"이거 내 카트잖아요."
"결제는 내가 하잖아요."
아, 또 그렇게 되는 건가.
"달걀은 이걸로."
사람 일은 모르는 거라고 만에 하나의 경우도 생각해서 칼슘 빵빵 우유 필수, 당 떨어질 때 하나씩 까먹으라고 초콜릿도 사 주고, 슈퍼 푸드로 떠오르고 있는 블루베리도 넣으면서 휑하게 시작했던 카트 안이 하나둘씩 채워지고 있었다. 그러던 중 재경의 눈에 띄는 것은 장보기의 백미, 시식코너였다.

"떡갈비 먹어 볼래?"

"됐어요, 전."

 한입에 넣기 쉬운 크기로 알맞게 잘려져 있는 떡갈비 조각을 이쑤시개로 콕 찍어 재이에게로 내밀자 기다렸다는 듯 재이가 고개를 짧게 저었다. 하지만 그게 곧이곧대로 될 리는 만무했다. 어차피 본인이 먹을 건데 본인이 맛을 봐야 하지 않겠느냐며 재차 내민 재경 탓이었다.

"아."

 안 먹으면 종일 들고 있을 기세로 있는 재경 때문에 하는 수 없이 재이가 그걸 받아먹자 재경도 그제야 제 몫으로 한 조각을 입에 넣어 우물거렸다.

"으음, 맛있네."

 맛있지? 두 동공을 잔뜩 확장시키며 재경은 재이더러 무언으로 동의를 요구했다. 꼭 살 게 아니라면 굳이 시식 같은 건 해 본 역사가 없는데 제가 무엇 때문에 생각에도 없던 떡갈비를 씹고 있는 건지 모르겠다. 아니, '무엇' 때문이랄 것도 없지 사실. 모든 이유는 다 박재경이니까.

"이거 따로 양념은 필요 없는 거예요?"

"네. 그냥 구워 드셔도 충분히 맛있어요. 지금 행사 중이라 구매하시면 모양 어묵도 함께 드려요."

 재경은 그새 한 조각을 더 집어 먹으면서 짧게 대화를 마쳤고 행사 중인 떡갈비를 고민 없이 카트로 옮겼다. 그래 놓고

한다는 말이,
"굽기 귀찮으면 나 불러. 그러라고 내가 있잖아요, 작가님."
 떡갈비가 싫은 게 아니라 일일이 구워서 먹기 귀찮다, 라는 문장의 서두를 막 입 안에서 굴릴 즈음이었다. 그래 놓고 재경은 멈춘 카트를 다시 밀고 가는 게 아닌가. 재이는 망연히 그 뒷모습을 보며 고개를 갸우뚱했다. 저 남자는 어떻게 된 사람이기에 저를 이토록 잘 구슬릴까. 특별한 일이 아니고서야 집에만 틀어박혀 있는 집순이를 이만큼이나 데리고 나온 것만 봐도 용한 일이다.
"미안. 짧은 작가님을 배려하지 못한 채 내가 여기까지 왔네?"
"거기까지가 뭐 대단하다고 내가 짧다는 소리가 나와요? 참 나!"
 시크와 까칠함에 웬만해선 표현도 없이 사는 저를 너무 아무렇지 않게 무장해제 시키기까지.

"뭐, 뭐예요?"
 예정에도 없던 장보기를 마친 후 차에 탔더니 대뜸 다가온 재경에 재이가 제 몸을 최대한 등받이로 밀착시켰다.
"뭐긴. 안전벨트."
"스스로도 해요, 이런 거쯤은."
"팔 짧아서 뒤로 안 닿을까 봐. 아까 탈 때도 낑낑거렸잖아."

"아니거든요!"

"농담이야. 발끈하기는."

마지못해 져 준다는 듯 느릿하게 고개를 끄덕인 재경이 이만 본인의 자리로 돌아가 시동을 걸었다. 그러더니 이젠 재이의 의자 헤드를 잡고 허리를 틀어 목을 쭉 빼는 게 아닌가. 그것도 조금은 과해 보이는 모양새로.

"왜 그래요?"

"후진하잖아."

핸들을 잡고 있는 왼손이 꽤 유려하게 휙, 휙 핸들링을 하기 시작했다.

"뭘 이렇게 바짝 몸을 틀어서 해요?"

여차하면 제 자리까지 침범할 기세다.

"좀 보라고."

"네?"

"작가님 보라고 그러는 거잖아."

후진은 제 날렵한 턱매와 목선, 그리고 시원하게 뻗은 팔을 가감 없이 어필할 수 있는 자세였다. 게다가 어디서 주워듣기로는 남자들이 후진하는 모습이 여자들 눈에 그렇게 매력적으로 보인다던데 굳이 후방 카메라를 보면서 멋없게 후진할 이유가 없다.

"내가 이거 봐서 뭐 한다고."

"뭐 하긴. 난 매분 매초 작가님한테 잘 보이고 싶다고."

"이미 밉보인 게 한참인데 이제야?"

"뭘 또 한참까지야."

"계속 이렇게 반말하는 순간순간도 밉보이는 거에 포함이에요."

"진작 말했어야죠. 그럼 꼬박꼬박 존칭 썼을 텐데!"

뒤늦은 후회라도 하는 것처럼 재경은 진심으로 안타까운 목소리를 냈다.

"이제라도 꼬박꼬박 존칭 붙이도록 노력할게요, 작가님. 점수 더 주시나요, 그럼?"

"건 두고 봐야죠."

"왜요, 계속 밉보인다면서요? 전 작가님 담당으로서나, 어시인 을로서나 무조건 잘 보여야 하는 입장이니까 이제라도 정신 바짝 차리고 시정해야겠어요."

세상에. 꼬박꼬박 '-요'를 붙이는 재경이라니. 오히려 더 능글맞게 느껴지고 있는 건 그저 기분 탓일까? 이 양반은 대체 중간이 없다, 중간이. 재이가 거의 포기한 듯 고개를 양쪽으로 절레절레 저었다.

"그냥 하던 대로 해요."

"아니에요."

"제발요."

"그럴 수가 없죠."

"부탁할게요."

"에이, 안 되죠."

눈은 온전히 앞을 주시하고 있는데 입매는 씰룩씰룩 웃고 있다. 그런 재경의 옆얼굴을 보면서 재이가 혼자 열을 내며 목소리를 높였다.

"아, 이게 더 깐족거리는 것 같잖아요!"

"아, 들켜 버렸네?"

"아오!"

차라리 말을 말아야지, 말을!

 7. 익숙해진 거지

출근하기 전에 짬이 날 때나 그도 아니면 출근하고 나서 업무 시작을 하기 전 이제는 재이에게 연락을 하는 게 마치 일상의 한 순서라도 된 듯 익숙했다. 하지만 오늘은 오전부터 매우 바빴다. K웹 콘텐츠 중국 박람회 준비와 작가들의 밤 행사가 며칠 차로 시기가 겹치는 바람에 재경뿐만 아니라 그의 팀원들도 업무량이 평소의 배였다.

"후우."

브리핑을 마치고 자리에 앉은 재경이 갈증을 해소시키기 위해 먼저 물을 찾았다. 박람회 최종 승인 담당이 이사님인데, 여간 질문이 많은 양반이라 PT 후 세세하게 이것저것 물어 오는 바람에 일일이 답을 함에 따라 자연히 목이 마를 수밖에 없었다.

꿀꺽꿀꺽 숨조차 쉬지 않고 들이켜자 잔을 가득 채운 물이 재경의 목구멍을 쏴, 헹구고 지나갔다.

"먼저 좀 연락하면 덧나나."

나름 작은 휴식을 가지며 휴대폰 부재중 연락을 확인했지만 재이에게서 온 것은 없었다. 그렇다고 제 쪽에서 항상 연락을 하는 건 아니었지만 어쨌든 비율을 놓고 봤을 때 제가 먼저 하는 게 재이보다 훨씬 더 많은 부분을 차지하고 있었다. 재경은 익숙한 손길로 재이에게로 전화를 걸었다. 별 용건이 없이 건 전화가 아닌 다분히 공적인 전화였다. 다음 주에 있을 작가의 밤 행사에 대해 이미 다른 작가들에겐 메일로 고지가 된 상태였지만 재이는 특별하니 제가 직접 통화로 운을 띄운 후 만나서 더 자세한 얘기를 전달할 예정이었다.

-여보세요?

여보세요, 란다. 평소엔 네 아니면 왜요, 가 다였는데.

"이제야 전화 예절을 좀 배우셨나 봐요, 작가님."

-아, 죄송한데 재이가 지금 전화를 받을 수 없어서요.

"네?"

재경은 반사적으로 휴대폰을 귀에서 뗐다가 화면을 확인하고 다시금 고쳐 받았다.

"실례지만 누구시죠?"

-저는 재이 친군데…… 재이가 지금 치료 중이라. 급한 거

아니시면 이따가 다시.

치료? 치료라니, 무슨 치료? 재경은 미간을 구기며 상대방이 채 말을 맺기도 전에 그 허리를 끊어 냈다.

"치료 중이라니요?"

-아, 지금 병원이거든요. 재이가 좀 다치는 바람에…….

"그 병원 위치가 어떻게 됩니까."

앉아 있던 몸을 단번에 일으켰다. 방금 마신 물이 채 완벽하게 소화도 되기 전이었다. 옷걸이에 정갈하게 걸어 둔 재킷을 하도 빠르게 벗겼더니 옷걸이가 버티지 못하고 진동하다 아래로 나뒹굴었다. 볼과 어깨 사이에 휴대폰을 고정시킨 후 재경은 다급하게도 재킷에 팔을 집어넣었다. 그마저도 부족해 완벽하게 그것을 입지도 않은 채로 문을 벌컥 열어젖혔다.

"팀장님, 어디 가세."

평소와는 달리 매우 급하게도 사무실을 나서는 재경을 보며 팀원들이 하나같이 어리둥절한 얼굴을 하고 서로를 보았다. 대체 무슨 일이기에 요, 자도 마저 듣지 않고 쏜살같이 사라진 걸까.

"아, 이게 뭐야."

발목에 칭칭 감긴 붕대로도 모자라 제대로 신발조차 신을 수가 없다. 여기서 제대로 신발조차 신을 수 없다는 말은 원하는 신발을 신을 수가 없다는 뜻이다. 이 붕대를 풀기 전까지는 꼼짝없이 다친 왼발의 높이에 맞는 신발을 오른쪽에도 신어야만 한다. 당장 10센티가 아쉬운 이때에 이런 난쟁이 꼴로 다녀야 하다니. 재이는 다친 발목보다도 그 현실이 더 치명적이었다. 당장은 신고 갈 신발이 없어 아쉬운 대로 급하게 사다 준 슬리퍼 한쪽이 퍽 처량해 보이기까지 했다.

"너 한 번 일 날 줄 알았다, 진짜. 여간 높은 걸 신고 다녀야지."

절뚝절뚝 걷는 꼴이 보는 것만으로도 불편해 보였다. 오만상을 일그러뜨린 채 나오는 재이를 쪼르르 달려와 부축을 하며 세인이 같은 잔소리를 벌써 다섯 번째 읊었다.

원숭이도 나무에서 떨어질 날이 있다지만 오늘은 떨어지다 못해 데굴데굴 구른 수준이었다. 하필 발을 헛디뎌도 그렇게 헛디딜 게 뭐람. 다 컸는데도 길거리에서 넘어지기나 하다니. 그 순간엔 까진 무릎과 접질린 발목보다도 그 부끄러움이 더 컸다. 곁에 세인이라도 없었으면 어쨌을까. 아, 상상만으로도 너무나 끔찍하다.

"참, 아까 전화 왔었어. 박재경 팀장님이라고."

"아."

"여기로 오신다고 그러더라."

재이가 당장에 빚이라도 크게 진 건지, 그것도 아니면 지금이 아니면 안 되는 일이라도 있는 건지 다짜고짜 병원 주소를 읊으란 말이 꼭 저를 채근하는 것만 같았다. 제가 나름 어린 나이에 편의점 점주까지 하면서 사람을 조금 부리긴 해 보았어도 그 사람처럼 깔끔한 명령조는 구사해 본 적이 없던 것 같다. 병원 위치를 묻는 말에 나중에 재이가 시간이 될 때 통화를 하거나 급한 용건이면 대신 전해 주겠다고 했지만 그런 저의 말은 귓등으로도 듣지 않은 건지 싹 무시한 채 그저 다시 한 번 더 대답을 종용했었다. 그것도 어렵지 않게 어딥니까, 단 네 음절로. 그냥 단순한 네 음절로 사람을 가볍게 제압했다. 저도 모르게 순순히 줄줄 병원 주소를 읊고 있었으니 말이다.

"뭐? 여기를?"

세인은 대답 대신 고개를 끄덕이며 입술을 열었다.

"그런데 무슨 사이야? 되게 잘생겼더라."

"아, 이번 작품 담당이야. 그리고 뭐, 잘생겨? 참 나. 그냥 좀 반반한 축인 거지 잘생기긴 개뿔."

그렇게만 대답을 마치려다가 문득 뭔가가 이상했다. 잘생겼더라, 라니? 꼭 봤던 것처럼 얘기를 하네, 애가?

"아까 말했잖아."

"뭘?"

"여기로 오신다고 그랬다고."

"어?"

"그래서 여기로 오셨어. 너 그거 감고 있을 동안."

"뭐라고?"

대체 무슨 소릴 하는 건지 파악이 덜 돼 눈을 동그랗게 뜬 재이인 반면 세인은 어깨를 으쓱해 보였다. 저라고 뭐 별수 있었나. 주소에 마침표를 찍자마자 전화는 뚝, 하고 끊겼고 다시금 걸려 온 전화는 또다시 층을 읊어 보라는 명령 전화였으니.
"일 같이 하고 있으면 막 너 데려다주고 그런 것도 해 주려나? 안 그래도 나 늦었는데."
"의리 없게 지금 다친 날 버리고 가겠다는 거야?"
"버리고 가겠다는 게 아니라 마침 대신해 줄 사람이 나타난 거지. 타이밍 적절하게도. 어, 저기. 맞지? 저 사람?"
  그리고 세인이 검지를 세워 가리킨 곳엔 정말로 재경이 있었다. 한창 일하고 있을 시간에 무엇 때문에 여기까지 부리나케 오셨을까, 저 양반이.
"그럼 먼저 갈게. 지금 알바 한 시간째 추가로 잡아 두고 있단 말이야, 응?"
  다친 건 저인데 더 죽을상을 하고 발을 동동 구르는 세인에 재이가 못내 고개를 끄덕였다. 그래, 가라, 가. 마지못한 재이의 답에 기다렸다는 듯 엘리베이터로 달려가는 세인을 보다가 다시금 정면을 보자 저쪽에서도 저를 발견하곤 앉아 있던 몸을 일으켰다. 그렇게 재이는 의문스러운 표정 반, 당혹스러운 표정 반으로 재경을 맞이했다. 물론 넘어져서 엉망인 바지와 투박해진 한쪽 발목은 보너스로 말이다.

어제만 해도 멀쩡했던 사람이 다쳐서 병원이라고 하는데 가슴이 철렁하지 않을 수가 없었다. 일언반구도 없이 업무 중에 회사를 나섰으면서도 재경은 그 어떤 수습조차 하지 않았다. 병원으로 향하는 도중 팀원에게서 전화가 걸려 왔지만 자세한 자초지종 대신 그저 나중에 이야기하겠다, 라는 말만 전하고 통화를 끝냈다.

평소에 주차의 신이라고 스스로를 칭했지만 급하게 온 병원 주차장에선 그 말이 무색할 정도로 엉망으로 주차를 했다. 눈으로 직접 재이를 확인하는 것에만 온 신경이 가 있었기 때문이었다.

당장에 응급실로 달려가야 하나, 뭘 얼마나 어떻게 다친 건지 걱정이 앞서 휴대폰을 쥔 손이 미끄러웠다. 병원 로비 도착을 알리고 어디로 갈지 알려 달라고 하자, 재이의 친구는 8층으로 오면 된다고 했다.

엘리베이터에서 내려 또다시 전화를 걸려고 하는데 마침 근처를 서성이던 한 여자가 재경에게 말을 걸어왔었다. 혹시 재이 찾는 분 맞으시냐고. 저는 재이의 친구 강세인이라고 한다면서 말이다. 대답을 하는 것조차 아까워 고개를 끄덕이자 목에서 채 빼지 못한 아이디카드는 그대로 달랑거렸다. 그리고 세인은 무슨 볼일인지는 모르겠지만 조금만 기다리라고 했다.

'대체, 얼마나 어떻게 다친 겁니까?'

'넘어졌어요.'

'네?'

'길 가다가 이렇게 꽈당, 넘어졌다고요.'

그 어떤 요청이 없었는데도 불구하고 시늉까지 해 보이는 친구의 말을 듣고 그제야 재경은 8층이 무슨 병동인지를 확인했다. 8층, 정형외과. 일순간 허탈함과 안도가 섞인 자조적인 웃음이 입가에서 일었다. 그렇다고 발목을 다친 게 다행이어서는 아니었지만 어쨌든 제가 그렸던 영화나 드라마에 나올 법한 자극적이고 위험천만한 시나리오는 피했다.

탁, 소리 나게 이마를 짚었다가 그제야 흐트러진 앞머리와 매무시를 조금 정돈했다. 어울리지도 않게 그 높은 걸 신고 돌아다니더라니 기어이 사고를 쳤구나, 이 알바가.

"여기까진 웬일이에요?"

친구의 시늉이 거짓이 아니란 게 반증되었다. 한 번 넘어질 거 작정하고 제대로 넘어진 건지 바지의 무릎 부분이 아주 엉망이었다. 손바닥에 붙인 밴드는 또 어떻고. 제일 가관인 건 붕대를 감은 왼쪽 발목이었지만.

"부러지진 않았대?"

"네."

"다행이네."

뭘까, 방금. 다정함이 뚝, 뚝 떨어지는 말투였다고 해야 하나. 미세하게 평소의 어조와는 조금 달랐다. 게다가 정말 다행이라는 듯 후, 하는 옅은 숨소리도 함께 퍼졌던 것 같다.

"잡아."

"뭘요?"

"걷기 힘들잖아. 잡으라고."

"아."

일단은 그래, 재경의 말이 맞다. 걷기 힘드니까. 재이는 내미는 재경의 팔에 제 손을 얹었다. 제게 알맞도록 높이도 맞춰 힘을 준 재경의 팔은 세인이 잠깐 저를 부축했을 때보다 훨씬 더 안정감이 있었고 걷기도 수월했다.

"아니, 더 꽉."

단순히 부축을 해 주기만 하는 건데 왜 이리 긴장이 되는 건지 모르겠다. 그녀답지 않은 수줍음으로 볼까지 빨갛게 물이 들 지경이었다. 그럼에 재경의 팔을 잡는 재이의 손에 힘이 들어갈 리는 만무했고 그게 그저 정말 '없는 것'에만 끝나자 아예 재이의 손을 잡고 제 팔을 좀 더 세게 쥐게끔 만드는 재경이었다.

"내 팔 부러질까 봐 걱정해 주는 건 고맙지만 이 정도는 잡아야 작가님이 더 걷기 편할 거 아냐."

"아, 네."

대답을 하는 둥 마는 둥 고개만 엉성하게 주억거리고 재이는 아까보다 더 손에 힘을 주어 재경의 팔을 잡았다. 한쪽 발이 다 버텨 내지 못하는 무게를 재경에게 싣게 되니 그게 고맙고 든든하면서도 은근히 떨렸다. 아, 이게 정말 뭐라고 말이다.

"데려다줄게."

재경은 엘리베이터에 타자마자 곧장 지하 주차장이 있는 B2 버튼에 불을 밝혔다. 그에 재이는 갑자기 순종적인 양이라도 된 듯 고개를 끄덕였다. 이 꼴로 괜찮다며 괜히 센 척 고집을 세워서 택시를 타고 갈 수도 없는 노릇이니 말이다. 그리고 그제야 그녀는 재경의 가슴 중앙을 차지하고 있는 그의 아이디카드를 발견했다.

"뭐 때문에 이렇게 급하게 온 거예요? 목에서 그것도 안 빼고."

정말 이유를 모르겠다는 듯이 눈까지 키워 가며 물었다.

"걱정돼서."

"네?"

"다쳤다고 하는데 당장 눈으로 봐야 할 것 같아서 왔어."

"뭘 굳이. 올 정도까진 아닌데……."

장난기가 전혀 묻어나지 않는 목소리라 통 적응하기가 어려웠다. 제 전화를 대신 받을 때 세인이 크게 과장이라도 했나. 이렇게 당장 달려올 정도는 아닌데. 사람이 이렇게 급하게 저 때문에 달려왔다니 한쪽만 다친 게 오히려 민망하기까지 했다.

"그래서 땅바닥에 붙어 있는 기분은 어때?"

아래로 떨어지는 숫자만 바라본 채로 말을 거는 재경의 옆얼굴을 재이가 있는 힘껏 고개를 꺾어 노려봤다. 그럼 그렇지. 이 적응 안 되는 분위기가 절대 오래갈 리가 없지, 박재경.

"기분 째져요."

이를 으득으득 갈면서 대답을 하는 바람에 발음이 살짝 뭉개졌지만 재경이 못 알아들을 정도는 아니었다. 들으라는 듯이 픽, 웃은 재경이 붕대를 감고 있는 재이의 발과 엉망인 바지를 번갈아 보며 말했다.

"앞으로도 쭉 붙어 다녀. 어울리지도 않는 거 신고 다니니까 이렇게 변을 당하는 거 아니에요, 작가님. 대로변에서 대자로 넘어졌다면서요?"

"뭘 대자로 넘어져요? 그리고 대로변도 아니었거든요?"

"무릎 봐라, 무릎. 거지꼴이 따로 없어."

정말 못 봐 주겠다는 듯 재이의 꼬락서니를 한 번 더 빠르게 훑은 재경이 천천히 고개를 좌우로 절레절레 저었다.

"집으로 가는 내내 놀릴 거예요?"

"내내까지는 아니고, 한 반 정도?"

"아, 나 진짜."

발목도 아파 죽겠는데 저 깐죽거림까지 세트로 견뎌야 하다니. 더운 콧김이 절로 뿜어져 나왔다.

"그런데 너."

"왜요, 또."

"앞으로 진짜 조심해."

"어련히 알아서 해요."

"허투루 듣지 말고, 진짜로."

"아, 글쎄 알았다니."

이미 세인에게서 비슷한 잔소리 폭풍을 들을 만큼 들었던지라 화자만 바뀐 똑같은 내용이 어느새 지겨워졌다. 시큰둥한 표정으로 성의 없이 대충 고개만 끄덕이는데 순간 제가 잡고 있는 손을 풀고 역으로 저를 잡은 재경이 정면으로 시선을 맞춰 왔다. 그게 너무 순식간이기도 했고 너무 뚫어져라 보기에 그만 말을 다 맺는 걸 잊었다.

"제대로 대답해, 그렇게 말고."

웃음기가 가득한 눈가가 인상을 찌푸리는 양으로 굳어 있었다. 이거 다친 게 뭐라고 오늘따라 왜 이리 새삼스레 구는 건지 괜히 딥떨해진 혀끝을 입 안에서 축인 후 재이는 좀 더 힘을 싣고 고개를 끄덕이며 대답했다.

"알았어요, 조심할게요."

그와 동시에 엘리베이터는 B2에 도착했다는 음을 알렸고 문이 열리자 꼭 옭아매듯 답을 종용했던 시선도 한 발짝 물러났다.

"내리자."

"네? 네."

금세 자세를 바꾼 재경이 제 팔목에 재이의 손을 얹었다. 천천히 제 보폭에 맞춰 주는 두 발을 따라 재이가 흘끔 그를 올려다보았다. 정작 걷는데 중요한 앞은 보지도 않고 제 걸음에만 온통 두 눈이 박혀 있다. 조심하라고 엄포를 놓았던 사람이 앞을 안 보고 걸으면 어쩌나. 아, 오늘 정말 왜 이러실까, 이 양반이. 괜히……

설레게.

발목을 다친 게 무슨 벼슬이라도 얻은 것처럼 초호화 안락한 생활을 만끽할 수 있었다. 그 이유는 제겐 다친 발목을 대신해 줄 어시, 박 어시, 박재경이 있었기 때문이다.

"얼음이 없잖아요."

"그냥 대충 마셔. 냉수야, 그것도."

"머리가 띵해지도록 차가운 거 마시고 싶다니까요?"

"……기다려요."

물론 처음부터 손가락 하나 까딱하지 않고 재경을 부린 건 아니었다. 그래도 저는 일말의 양심이란 게 있는 사람인지라 조건을 걸어 어시로 써먹을 땐 필히 재경의 회사 업무 시간을 피했었다. 원고를 받으러 오는 일주일 두 번만 딱 평일에 그를 오라, 가라 했고, 대부분은 주말을 노렸었다. 그런데 웬일로 사명감으로 똘똘 뭉친 박재경 어시스턴트께서 직접 퇴근 도장을 이리로 찍는 게 아닌가. 발목이 나을 때까지 지극적성을 다하겠다, 라고 공약까지 걸면서. 그럼에 재이는 굳이 거절할 이유가 없었다. 입이 좀 방정이라 이상한 논리로 말을 할 때면 속에서 아니꼬운 불이 마구 일어나긴 하지만 어쨌든 한번 시키면 똑 부러지게 잘 해내니 말이다.

"자."

얼음 때문에 건네받은 물이 넘실거렸다. 쏟을까 싶어 재이는 얼른 그것에 입을 가져갔다. 정말이지 머리가 띵해질 정도로 차가웠다.

"우리 점심은 뭐 먹어요?"

"뭘 또 시키려고."

"일요일은 요리사가 되는 날 아닌가요?"

"난 금시초문인데."

"아무거나 괜찮아요. 김치볶음밥이라도."

이제는 시키지 않아도 알아서 척척 대사 타이핑을 채우고 있던 재경이었다. 그런데 당최 엉덩이를 어디 붙이고 있을 수가 없다. 발목이 다쳤을 뿐, 손은 멀쩡한데도 불구하고 바로 옆에 있는 리모컨을 가져다달라, 휴대폰 어플을 대신 연동시켜 달라, 잡지 페이지를 대신 넘겨 달라, 등등 별 시답잖은 것까지 다 시켜 대는 통에 말이다. 이제는 심지어 직접 요리를 해 달라신다. 메뉴도 콕 집어서 김치볶음밥으로. 재경은 그만 키보드에서 손을 떼고 작은 한숨과 함께 뒤를 돌아보았다. 한쪽 다리를 소파 테이블에 걸친 채 물먹는 하마처럼 물 한 컵을 비워 낸 재이가 멀뚱멀뚱 저만 뚫어져라 보고 있었다. 아, 뭘 또 저렇게 귀엽게 보고 그러냐. 안 움직일 수가 없잖아.
"너 진짜 갑질 제대로 한다."
"그쪽도 을질 만만치 않아요. 내가 이거 때문에 변명 삼아서 시키는 거지, 평소였으면 뭐, 재깍재깍 했겠어요? 가슴에 손을 얹고 한번 생각해 봐요."
"붕대 언제 푼대?"
의자를 밀고 일어서며 재경은 재이의 발목을 가리켜 물었다. 저걸 빨리 풀어야지 이 종 노릇도 어느 정도 강도 조절에 들어가지, 저래 가지고 어디 움직인다고 할까 봐 대꾸도 몇 마디 못하고 자발적으로 순종하는 재경이다.
"얼마 안 남았어요."
"하, 내가 그날만 기다린다."
"다 되면 이리로 가져다줄 거죠?"
"암요. 여부가 있겠습니까."

쿡방이니 먹방이니 셰프테이너니 맛집 기행이니 하는 말이 우후죽순 생겨나는 그야말로 '요리'가 대세인 이 시국에 이 무슨 네 맛도 내 맛도 없는 음식이 제 앞에 있는 건지 모를 일이었다. 한마디로 시대를 거슬러도 한참이나 거슬러 버린 영문 모를 맛의 김치볶음밥이 박재경의 손에서 탄생한 것이다.

김치도 맛있는 김치고, 밥도 고슬고슬하게 되었던 것 같은데 대체 뭘 얼마나 이상한 방법으로 요리를 하면 이런 맛이 나는 걸까. 재이는 한 숟갈 푸자마자 대놓고 인상을 일그러뜨렸다. 굳이 맛이 있니, 없니 하는 걸 묻지 않아도 될 만큼 명확한 맛의 표현이었다.

"나 요리 잘한다고 한 적 없어요. 만들어 달라고 해서 했을 뿐이지."

"이건 좀 심하지 않아요?"

"알아. 참기름 병이 미끄러졌어."

"참기름만?"

"깨소금도."

김치 본연의 맛이라는 게 그래도 기본은 해야 하는 거 아닐까. 명색이 김치볶음밥인 데 반해 볶아진 밥 속의 김치는 가끔가다가 몇 조각 발견되는 게 전부였다. 무슨 장인이 요리를 하는 것처럼 프라이팬 앞에서 지지고 볶고 하더니만. 매사 완벽하다고 자칭하던 게 요리 앞에서 무너지는 재경이다. 그게 새삼 허당 같은 면이 있다고 해야 하나. 그래도 당당하게 패인을 밝히는 게 참 박재경스러웠다.

"안 먹을 거면 나 줘. 네 건 따로 시키든가 해 줄게."

"저 입맛 까다롭지 않아요. 먹을 수 있어요."

"진짜?"

"다신 요리 안 시킬게요. 제 잘못이 큰 것 같아요."

재이는 깊이 반성했다. 차라리 일요일의 요리사에 걸맞은 짜장라면이나 끓여 달라고 할걸, 하면서.

부엌 요정이 따로 없는 것 같다. 재경은 스스로를 그렇게 생각했다. 제집 부엌을 이만큼 사용해 본 적도 드문 것 같은데 재이의 집 부엌이 오히려 더 익숙해지고 있는 와중이다. 일명 참기름밥으로 무장한 김치볶음밥을 다 먹은 후 저도 재이도 입가심이 절실했다. 물로는 해결되지 않는 그 남은 맛 때문이었다. 그럼에 재경은 서둘러 커피를 내리기로 결심했다. 여과지를 꺼내 필터에 고정시키려고 하는데, 문득 떠오른 게 있어 재경은 손뼉을 짝, 하고 쳤다. 맞다, 코스터.
"너 닮았어."
"이게 왜 절 닮았어요?"
"안 닮았어? 쌍둥이라고 해도 믿겠는데."
"말도 안 되는 소리 마요. 저 외동이에요."
대뜸 내미는 선물은 그저 선물로 마무리 지었더라면 선물에 대한 아름다운 기억으로 제 기억 저장소에 남아 있을 거다. 머그컵은 꽤 많은 편에 속했지만 컵받침은 살 생각도 제대로 하지 않았고 굳이 필요하다고도 느끼지 못한 탓에 단 하나도 가지고 있지 않았다. 그런 제 실정을 나름 센스 있게 파악하고 골라 온 곰돌이 모양의 코스터는 여태껏 땅바닥을 헤매고 있던 재경의 이미지를 나름 긍정적인 수위로 끌어올렸다. 그러나 그마저도 얼마 버티지 못하고 다시 아래로 가라앉았지만 말이다. 여태껏 부려먹은 것도 있고, 선물의 성의도 있어서 커피는 제가 내렸는데 이런 식으로 나올 것 같았으면 그냥 계속 가만히 있을 걸 그랬다.

재경은 기어이 포장을 벗긴 코스터를 들고 팔을 쭉 뻗어 재이의 얼굴 옆에 나란히 두었다, 말았다 하는 것을 반복하더니 결국 위와 같은 한마디를 보탰다. 살다 살다 곰돌이 모양 코스터를 닮았다는 소리는 또 처음이다.

"잘됐네, 그럼. 이제라도 출생의 비밀을 파헤쳐 볼 수 있잖아."

사뭇 진지한 얼굴을 하며 말을 하는 재경을 보며 재이는 한숨도 아까운 양으로 성의 없이 컵을 재경의 앞, 정확히는 코스터 위에 탁, 소리 나게 올렸다. 그렇게 곰돌이는 순식간에 제 얼굴을 감춰 버렸다.

"어이쿠, 쏟을 뻔했잖아요. 이제 보니 조심성도 없구먼?"

곰돌이가 섭섭해하겠어.

"마시기나 해요."

볼이 빵빵하고 얼굴도 동글, 눈도 동글, 귀도 동그랗기만 한 곰돌이가 어째서 저와 쌍둥이라는 건지. 에둘러 귀엽다고 표현한 뜻은 어렵지 않았지만 재이 본인은 정작 귀엽다는 수식을 즐기지 않았다. 특히 귀엽다 앞에 '작고'가 붙을 경우엔 더더욱.

"근데 아직 답을 못 들었네요, 작가님."
"무슨 답이요?"
"나름 선물인데."
"엎드려 절 받으면 좋아요?"
"그래도 절이면 나쁠 건 없지."
어련하시겠어요, 진짜.
"고마워요, 잘 쓸게요."
그렇다고 진짜 엎드려 절 받으라고 일부러 쥐어 짜낸 목소리는 아니었다. 어쨌든 뭐, 재경의 말대로 나름 선물이기도 하고 마음에 안 들지도 않았으니까.
"어?"
재이의 고맙단 말을 듣고 재경은 고개를 깊이 끄덕였다. 그러곤 마주 보며 놓인 코스터 곰돌이들을 흐뭇하게 바라보며 아까부터 저를 기다리고 있던 커피를 한 모금 홀짝였다. 그러더니 별안간 눈을 동그랗게 뜨고 커피를 한 번, 재이를 한 번 번갈아 보았다.
"왜요, 뭐."
어?를 끝으로 아무 말 더 하는 것 없이 계속해서 눈만 크게 뜨고 저를 하도 뚫어져라 보고 있기에 재이가 참지 못하고 그냥 말을 하란 듯이 입술을 삐죽였다.
"작가님 생각보다 유연하시네요. 불평불만의 수용 속도가 이렇게 빠를 줄은 몰랐어요. 새로운 모습인데요?"

재경은 컵을 보란 듯이 살짝 들어 보였다. 아무 생각 없이 마신 커피는 여태 재이의 집에서 맛보았던 커피완 사뭇 달랐다. 그러니까 이를 테면 제 입맛에 딱 맞는 그런 맛의 커피라고나 할까.

"시끄러운 거 싫어서 사 둔 거예요."
"에이, 내가 뭐 얼마나 시끄러웠다고."
"시끄럽잖아요, 지금도."
"다정한 거지, 이건. 도란도란 대화를 나누는 거고."
"하여튼 말이나 못하면."

제 입맛에 맞는 커피라 그런지 재경이 커피를 홀짝이는 횟수가 확실히 전보다 더 많아졌다. 중간중간 아, 맛있다, 하며 조용히 감탄사를 곁들이는데 그걸 지켜보는 마음 한구석이 뜨뜻미지근해졌다. 그냥 원두 하나 맞춰 줬을 뿐인데 되게 행복해하는 표정 같아서 말이다.

"여기 카페 꽤 로스팅 잘하는 곳이에요. 핸드픽도 꼼꼼하게 하기도 하고요."
"오, 그래?"
"맛있어요?"

온 표정으로 나타나는데도 불구하고 굳이 답을 듣고 싶은 마음에 재이는 모른 척 물음을 던졌다. 그러자 입에 머금고 있던 커피를 마저 삼킨 재경이 양팔을 접어 테이블 위로 교차한 후 재이에게 더욱 낮게 눈을 맞추며 대답했다.

"완전."

환하게 접어지는 눈웃음이 꼭 다디단 초콜릿을 한 입 베어 문 천진한 아이 같은 착각을 일으켰다.

"마, 많으니까 더 마실 거면 더 내려 마셔요."

그 바람에 말까지 더듬어 가며 재이는 어색하게 시선을 거둬 냈다. 맞은편에서는 여전히 커피를 홀짝이는 소리가 이어졌다. 저렇게 좋아할 줄 알았으면 진작 좀 사다 둘 걸 그랬나.

"어어, 박 팀장님! 외근 나가시는 거예요?"

엘리베이터 앞에서 딱 마주친 동료 하나가 재경을 보고 인사차 물었다.

"아뇨. 반차 내고 퇴근해요."

"네? 반차요?"

모르긴 몰라도 밀린 월차가 아마 어마어마할 건데. 그에 비등하게 반차 같은 것도 써 본 역사가 전무한 걸로 알고 있는 동료다. 그런데 재경이 웬일로 '반차'씩이나 써 가면서 조기 퇴근을 하는 걸까.

"그럼 수고해요."

"네, 들어가세요!"

파일 철들을 아슬아슬하게 품에 안고 허리를 숙이는 게 보는 사람도 위태해 보여 재경은 얼른 닫힘 버튼을 눌렀다. 그러고는 엘리베이터가 주차장 층으로 당도할 동안 재킷 안주머니에서 작은 수첩을 꺼내 빠른 속도로 낱장을 넘겼다.

"수국? 수국이 어떻게 생긴 거더라."

급하게 내려썼긴 해도 또박또박하며 정갈한 글씨체였다. 요즘 필기가 되는 휴대폰이나 양 엄지만 움직여도 스피디한 메모를 할 수 있는 기기들이 다양하지만 꼭 수첩을 열어 직접 메모하는 것만큼의 효능은 없었다. 무언가를 꼼꼼히 써서 메모하는 습관이 언제부터 기인했을지 까마득할 정도로 오래되어서 그런지 재경은 꼭 어디든 자필로 써 놓는 것을 선호했다. 그래서 늘 수첩과 펜을 달고 다니고 말이다.

지금 펼쳐 놓은 낱장엔 재이에 관한 것들이 빼곡했다. 생일이나 혈액형을 비롯한 취미, 특기, 선호하는 색상과 계절 등등 재이에 관한 건 가리지 않고 긁어모아 둔 것들이었다. 개중엔 좋아하는 꽃 또한 필기가 되어 있었는데 꽃에 대해서 장미, 벚꽃, 코스모스, 안개꽃 정도가 다인 재경에겐 그 이름마저 생소한 수국이었다.

"아, 이게 수국이구나."

뭐 어떻게 생긴 꽃이기에 좋아하는 꽃에 당당히 랭크가 되어 있는지 궁금하던 차였다. 재이의 집으로 가기 전, 꽃가게에 들른 재경은 가게 주인이 가리킨 곳으로 시선을 옮겨 뒤늦은 깨달음에 아, 하는 자조적인 탄성을 냈다.

"어떻게 드릴까요?"

"어떻게 주면 좋아할까요?"

"선물하시는 거죠?"
"네."
"여자 친구예요?"
'여자 친구'라. 아직 그 정도 단계는 아니지만 어쨌든 그 단계가 되었으면 하는 여자인 건 확실하다. 그러니 제가 생전해 보지도 않았던 꽃 선물을 자진해서 하고 있는 것이겠고.
"그렇게 되고 싶은 사람이에요."
옅은 미소까지 그리면서 대답을 하자 괜히 주인의 얼굴이 붉게 달아올랐다. 그녀는 알아듣겠다는 듯 고개를 끄덕인 후 예쁘게 포장해 주겠다며 분주하게 손을 움직이기 시작했다.

예쁜 것을 보면 그것도 꽃을 보면 호수같이 잔잔했던 마음 위로 꽃보라가 치는 것처럼 향기로워질 때가 있다. 게다가 연분홍빛을 머금은 수국일 경우 요즘 하는 말로 '취향저격'이다.
예상치 못한 시간대에 재경의 등장이라 이 시간에 어쩐 일이에요, 라는 물음이 나가기도 전 재이의 두 눈을 사로잡는 수국다발에 재이는 저도 모르게 스르르 미소를 머금었다. 아, 예쁘다.
"갑자기 웬 수국이에요?"
"병실치곤 너무 허전하잖아. 보통 병실에 침대 옆 탁상 위엔 작은 화병이라도 놓여 있는 게 그림인데 작가님 병실은 삭막해서."

두 발을 모조리 움직일 수 있었더라면 그녀답지 않게 방정을 떨면서 두 발을 동동 굴렸을 거다. 그럼에도 불구하고 그럴 수가 없었던 건 한쪽 발이 성하지 않아서가 아니라 제집 전체를 한순간에 '병실'로 만들어 버린 저 멘트 때문이다. 재이는 일단 건네는 수국다발을 한 아름 안아 들면서 눈은 재경을 쏘아보았다.

"사람이 참 한결같이 얄미워요. 그죠?"

요 며칠 잠잠하나 했더니.

"고맙다는 말로 들을게."

불퉁한 표정으로 노려보고 있는 게 재경에게 통할 리는 없었다. 그는 재이의 정수리를 쓰다듬듯 가볍게 툭툭 치고 온전히 안으로 들어섰다.

"수국 좋아한다며. 작가님 덕에 수국다발 처음 사 봤어."

아무렇지 않은 표정으로 별 특별한 제스처도 하나 없이 던진 그 말이 이상하게 가슴 한쪽을 푹, 파고드는 것 같았다. 아니, 대체 왜?

"차, 참 나. 그런 걸 또 어떻게 알아 가지고."

향기로운 꽃바람에 물결치던 마음이 이제는 연분홍 수국을 닮은 것처럼 물들기 시작한다. 이게 꼭 얼굴까지 홍조를 띄울까 싶어 재이는 괜히 더 툴툴거리며 저도 모르게 발걸음에 속도를 가하는데 그 순간 빠르게 다가온 재경이 그런 재이의 팔을 잡아 멈추게 만들었다.

"이제 아물어 가는데 그렇게 힘차게 걸으면 어떡해?"
"아, 아니, 뭐…… 힘차게 걷기는 또 언제 그랬다고."
"줘 봐. 화병엔 내가 꽂을 테니까."
"어디 있는지 알아요?"
"물론이죠. 이 집에서 일을 한두 번 했어야지."

소파에 재이가 안착하는 걸 보고서야 재경이 화병을 찾아 움직였다. 부엌 요정으로 취업까지 할 뻔했는데 화병 정도 찾는 것쯤은 아주 식은 죽 먹기다.

"그런데 보람은 좀 있네."
"뭐가요?"
"좋아하는 모습 보니까 나도 좋아서."
"꼬, 꽃 싫어할 사람이 어디 있겠어요."
"이거 그냥 꽃 아니야. 내 적금이지."
"네?"
"나 지금 차곡차곡 적금 넣고 있는 중이거든."

길쭉하고 늘씬한 손이 조금은 어색하게 꽃을 골라 화병에 꽂고 있었지만 뭐, 그게 못 봐 줄 정도는 아니었다.

"갑자기 웬 적금 타령이에요?"
"내가 겪어 보니 작가님 눈치 좀 느린 편이야. 어디서 그런 소리 안 들어?"

한 번에 이해하지 못한 듯 미간을 조금 일그러뜨리고 고개를 갸웃하고 있는 재이를 흘긋 본 재경이 이만 꽃꽂이를 마무리했다. 노란 개나리꽃이 어울렸으면 더 어울렸을 것 같지만 어쨌든 수국도 나쁘지 않다. 무엇보다 본인이 좋아하니까.

"뭐, 빠르다는 소린 안 들어 봤어요. 그래도 절대 없는 편은 아니에요."

"그래, 그렇다고 하자."

"적금은 뭐고 눈치는 또 왜요."

"아직 만기가 아니라서 안 돼."

"네?"

"만기 때 되면 알려 줄게."

"참 나. 남의 적금 만기엔 관심 없거든요?"

재이는 일부러 입매를 비죽이듯 올려 그 끝으로 바람을 픽, 하고 빼냈다.

"있을걸?"

"아, 거기 놓지 마요. 여기, 여기다가 놔요."

"진짜 인테리어 센스 없다. 딱 봐도 창가에 놓아야 전체가 살지."

"요즘은 거실 탁자에 놓는 게 대세예요. 잡지도 안 봐요?"

한 번 더 창가 쪽으로 이동하려는 재경이었지만 재이가 한사코 탁자를 가리키는 바람에 그럴 수도 없었다. 하는 수 없이 재이의 검지가 가리키는 그 자리 그대로 화병을 올려 두는 재경이다. 하여튼 조그만 게 고집은.

"됐어?"

"네."

그게 또 마음에 드는 모양인지 금세 동그란 얼굴의 입가에 웃음이 번진다. 그걸 보고 있는 재경의 마음에도 스마일 모양 이모티콘 둥둥이다. 딱 기다려 봐요, 작가님. 우리 계약이 끝날 때쯤에 내가 적금 들어 놓은 거 탈탈 털어서 작가님 마음 완벽하게 타 갈 거니까.

"붕대 풀어도 당분간은 무리하지 마. 특히 높은 굽은 절대 안 되는 거, 잘 알지?"
"그럼요. 조심할 거예요."

대충 대답했다가는 또 사람을 꿰뚫을 것처럼 시선을 맞출까 재이는 한 번에 제대로 확실하게 답했다. 그런 재이의 답이 꽤 만족스러운 모양인지 재경이 씩, 하며 잔잔하게 미소를 지었다. 머슴이라고 하긴 너무 과장된 것 같고, 하여튼 붕대를 감고 있던 일주일 동안 원 없이 이것저것 시켰던 터라 막상 붕대를 푸는 게 조금 아쉽기도 했다. 재깍재깍 행동하는 박재경을 보는 게 상당히 드문데 말이다.

"다행이다, 그래도. 내일부터 출장인데 오늘 딱 풀었네."
"네?"
"박람회 때문에 일주일간 중국으로 출장이야."
"내일 당장이요?"
"걱정 마. 인수인계는 확실히 해 뒀으니까. 김 대리 꽤 괜찮은 사람이야. 나 대신이라고 생각하고 마구 부려도 돼."

전화번호도 남기겠다며 필요한 일 있으면 어려워 말고 요청하라고 덧붙였다. 하지만 정작 재이는 그게 내키지 않았다. 애초부터 재경을 부리고자 한 일에 남이 끼어서가 아니라 당장의 부재가 있을 거란 그 사실이 이상하게 서운했다. 그리고 그걸 미리 알려 주지 않은 것 또한.

"그런 게 어디 있어요. 자리 비운 만큼 본인이 더 채워야지. 애초에 그러려고 조건 단 거잖아요. 일주일 연장해요, 그럼."

작정하고 일부러 가는 게 아니라 일 때문이라는 명백한 이유가 있는데도 정체 모를 서운함과 섭섭함은 좀처럼 가시지 않았다. 그 바람에 따지듯 또박또박 듣기 싫은 소리가 제 입술을 통해서 뻗어졌다.

"와, 기어이 일주일을 더 타 먹겠다고? 출장 스케줄 내가 잡은 것도 아닌데?"

"그건 그쪽 사정인 거고요."

조건의 유효가 얼마 남지 않은 지금이었다. 당장 일주일이 아쉬운 건 재경도 마찬가지였던 터라 부러 티를 내지 않으면서 재경은 고개를 끄덕였다. 어쩔 수 없다는 듯, 못 이기겠다는 듯이 말이다.

"별수 없네, 진짜. 이 작가님이 보기완 달리 굉장히 계산을 정확히 하셔서."

"돌아오자마자 복귀하는 거 잊지 마요. 농땡이 가만 안 둬요."

"네, 네. 그래야죠."

힘을 실어서 고개를 끄덕이는 통에 앞 머리칼이 흔들렸다. 그 반동을 따라 핸들을 꺾은 재경이 살짝 옆을 보며 피식 웃었다. 일주일 동안 마음대로 부릴 사람이 없어지니 심통이 좀 난 모양이다. 불퉁하게 튀어나온 입술이 퍽 귀여워 꼭 한 번 잡고 싶은 욕구를 일으켰다.

"나 가 있는 동안 진지하게 살펴봐."

"뭘요."

"출생의 비밀."

"장난해요?"

"아무래도 곰돌이과야."

대번에 모나게 만드는 눈은 가끔 여우를 닮았지만.

"운전이나 똑바로 해요."

느릿하게 스쳤던 창밖이 병원의 주차장을 온전히 벗어나자 점점 속도가 붙었다. 차 없는 뚜벅이 인생에서 차를 타는 건 고작 택시가 전부였는데 어느새 재경의 차가 마치 제 차라도 된 양 익숙했다. 룸미러에 달랑거리고 있는 작은 양키캔들도, 밤이 되면 노란색으로 빛나는 전화번호 판도, 아무렇게나 굴러다니고 있는 뒷좌석의 책들과 서류봉투 뭉치들도 말이다.

심드렁한 표정으로 재이는 창가에 팔을 접어 올렸다. 졸음이 쏟아지는 게 아닌데도 불구하고 부러 얼굴을 지탱시켜 나른한 자세를 만들었다. 앞으로 일주일. 그 일주일이 얼른 흘러 버렸으면 하는 마음은 대체 왜 자꾸 생기는 걸까.

◆ ◆ ◆

그래프가 급격한 경사를 그리는 어마어마한 상승까진 아니었다지만 어쨌든 상승세에서 하락세론 바뀌어 본 역사가 없었다. 현재까진 그랬다. 여기저기서 들어오는 광고 푸시도 전보다 훨씬 많고 팬카페 회원 수도 늘어나 팬미팅 같은 이벤트를 해야 하는 거 아니냐, 하는 말이 들릴 정도였다. 회차별 별점도 만족스러웠고, 평 또한 괜찮았다. 한마디로 모든 게 순조로워 딱히 신경을 써야 할 문제 같은 게 없는 지금이었다. 그럼에도 불구하고 재이는 뭔가가 불만이었다. 콕 집어 낼 수는 없지만 뭔가가 허전하고 짜증이 났다.

"이건 또 왜 이래."

살면서 전등을 갈아 본 역사가 전무했던 재이였던지라 천장에서 마구 깜빡거리며 요란한 소리를 내고 있는 전등이 매우 생소했다. 당장 어떻게 대처를 해야 할지 몰라 스위치를 잠시 껐다가 켜는 걸 반복해 보았지만 상황이 호전되기는커녕 아까와 비슷하거나 혹은 횟수를 더할수록 더 나빠지고만 있었다. 며칠 전까진 그래도 뒤늦게 정상으로 돌아오곤 했는데 이젠 그마저도 되지 않으려나 보다. 당혹스럽기도 하고 갑작스럽기도 해서 재이는 스위치를 이만 꺼 버리고 스탠드만 밝힌 채 망연하게 자리에 앉았다. 거실도 아니고, 부엌도 아니고 하필 작업실 전등이 나가다니. 짜증 지수가 높아지는 건 순식간이다.

"저걸 어떻게 갈지?"

재이는 가만히 앉아 고개만 꺾어 이제는 제 수명을 다해 버린 전등을 바라보았다. 그러곤 굳이 의자 위를 밟고 서지 않아도 제 팔 길이론 어림없다는 걸 직감했다.

"아……."

이런.

"박재경은 이럴 때 없어, 하필."

박람회 기간 동안 눈코 뜰 새 없이 바쁠 거라고 미리 언질을 줬다지만 휴대폰이 조용해도 너무 조용하다. 이따금 보내 줬던 상하이 사진들도 뜸하고, 제 작품을 읽고 있는 인증샷도 없다. 어딜 가 있든 작품엔 신경을 좀 써 줘야 하는 거 아닌가? 명색이 어시이기도 하지만 제 작품을 담당하는 사람인데 이 정도 성의도 없어서 어째.

"불편해."

스탠드 불만 밝힌 채 작업을 하다가 재이는 이만 펜을 놓았다. 작업실 등이 나가 버린 게 너무 불편해서 견딜 수가 없다.

"고작 이틀 지났잖아."

앞으로 이 상태로 5일을 어떻게 보낸담.

재경은 일순간 통신사에 대고 소송이라도 걸어야 하는 건지 진심으로 고민했다. 데이터 로밍까지 완벽하게 마쳤는데도 불구하고 도무지 데이터가 터지지 않으니 말이다. 그렇다고 제가 무슨 산골 오지에 와 있는 것도 아닌데.

"또 그러고 계세요?"

구식 휴대폰처럼 안테나가 달린 것도 아닌데 하늘 높이 팔을 뻗어 휴대폰을 이리저리로 대 보고 있는 재경을 보며 함께 출장을 온 동료가 말을 걸어왔다.

"답답하잖아요."

"가끔 그런다고 하잖아요. 많이 급하신 거예요?"

아니, 꼭 그런 건 아닌데 연락을 취할 수가 없잖아요, 연락을. 그렇다고 짬이라는 게 원할 때마다 나는 것도 아니고. 지금 도착해서 소화한 일정이라곤 바이어들한테 고작 세 시간 설명하고 그 뒤론 박람회 끝나기가 무섭게 술만 퍼마시면서 딱히 일을 한 것 같지도 않은데 도무지 쉴 틈이란 게 없고 말이에요.

"······박 팀장님?"

"후우, 아닙니다."

그래. 다른 팀 동료가 무슨 죄일까. 재경은 속으로 이너피스를 연신 외치면서 표정을 정돈했다.

"호텔은 와이파이 잘 터지던데. 급하신 거 아니면 나중에 호텔 들어가서 하시죠."

비록 일주일 동안 떨어져 있다고 한들 손안의 세상이라면 아른거리는 얼굴쯤이야 텍스트로라도 잠재울 수 있다고 생각했었다. 그런데 웬걸, 술에 죽고 술에 사는 '주생주사'를 모토로 한 바이어들 때문에 예정에도 없던 술 강행군을 펼쳐 대고 있으니 도무지 재이에게 이렇다 할 연락을 할 틈이 생기질 않는 거다. 붕대 풀고도 괜찮은지, 또 높은 거 신고 다니지는 않는지, 김 대리는 잘 맞춰 주고 있는지, 실시간으로 모든 걸 알아내고 싶은 마음은 굴뚝인데.

"와이파이 터진다고 뭐, 그 와이파이 펑펑 쓸 수 있는 여건은 아니잖아요, 저희가?"

재경의 얼굴도 얼굴이었지만 대화를 섞고 있는 동료의 얼굴도 숙취로 말이 아니었다. 회사에서 그렇게 스마일맨을 자처했던 재경이 이렇게 까칠해지기도 하다니. 동료는 그래도 그 말을 십분 이해한다는 듯 고개를 열심히 끄덕였다.

"대단들 하시죠, 진짜?"

"아, 4일이나 남았습니다, 이 생지옥이."

얼른 내 천국으로 가고 싶은데 말이죠.

8. 이상해

 그냥 한번 흐르듯이 하는 말이 아니라 정말 진심으로 다해 괜찮다는 의중을 전했음에도 불구하고 재경이 없는 동안 그 역할을 대신하겠단 주원이 원고 USB를 직접 받기 위해 재이를 찾았다. 처음 보는 낯에 살짝 어색해하는 재이와는 달리 그는 퍽 살가운 미소와 목소리로 악수를 건네며 인사했다.

 "연재 완전 잘 보고 있습니다, 작가님. 작가님 덕분에 저희 팀 분위기도 얼마나 좋은지 몰라요."

 "아, 메일로 보내 드려도 됐었는데 괜히 번거롭게 만들었네요."

 "아뇨, 뭘요. 직접 와야죠, 제가. 팀장님 돌아오실 때까지 저한테 다 시키세요."

나름 이런 사람, 저런 사람 다 겪어 본 바 있는 주원인지라 딱딱하고 건조한 표정의 재이가 어렵진 않았지만 그렇다고 결코 대하기 쉬운 건 아니었다. 그래도 재경의 명령 아닌 명령이 있었기 때문에 여기까지 직접 왔다 치지만 여기까지 구태여 직접 받으러 온 성의가 있는데 같이 있는 사람마저도 웃음을 잃게 만드는 저 무표정이 좀 당혹스러웠다. 기분이 많이 언짢은가. 웃으면서 말을 하는 제가 마음에 들지 않는가. 그러곤 새삼 재경이 대단하게 느껴졌다. 재이가 걸었던 요상한 조건 때문에 이미 그녀에 관한 얘기는 익히 들었고 그 이미지 또한 숱하게 추정을 했었다. 결론은 까다롭고 독특하나 일은 확실하다, 로 맺음이 되었지만 말이다. 어쨌든 그런 재이를 실제로 접하니 여태껏 재이를 상대하고 비위를 살살 잘 맞추었을 재경의 모습이 절로 그려졌다. 역시 잘나가는 데엔 다 노력이 필요한 거구나, 하면서.

"다음엔 메일로 보내 드릴게요. 이렇게 오실 필요 없어요, 정말."

"네? 아니에요. 안 그럼 저 팀장님한테 혼나요."

땀이 삐질삐질 맺힐 것 같았다. 얼굴은 동그랗고 귀엽게 생겼는데 말투는 아주 시베리아가 따로 없다. 예의상 내미는 주스를 받아 들며 주원이 또 사람 좋게 허허허, 하면서 웃었다. 이걸 얼른 홀라당 마셔 버리고 나가야지, 하는데 눈으로 들어오는 재이의 집 풍경이 낯설지 않았다.

"노트들이 빼곡하네요?"

"네? 아, 네."

무슨 컬렉션이라도 되는 양 비닐도 벗기지 않은 새 노트들이 책장 한편을 차지하고 있었다. 앉은 자리에서 바로 마주 들어오는 부엌의 선반도 노트들과 비슷한 꼴로 머그컵들이 나란히 줄을 지어 공간을 메웠다. 노트들과 머그컵. 이상하게 낯설지 않은 조합이다. 그러니까 이런 걸 꼭 어디서 들어 봤던 것 같은데. 컵을 든 채로 눈을 굴리며 주원은 고개를 갸웃했다.

'먼저 이모티콘 쓰는 걸 아주 병적으로 싫어해야 해요.'

"저기, 혹시……."

"네?"

"이모티콘 쓰는 것에 대해서 어떻게 생각하세요?"

일순간 재이의 미간이 미세하게 일그러졌다. 대뜸 물어 오는 질문의 성질이 너무 뜬금없어서 그런 건지 아니면 제 입에서 튀어나온 '이모티콘'이라는 단어 때문에 그러는 건지는 확실치 않았다.

"별로 안 좋아해요."

"커피는 균형 잡힌 맛을 선호하시나요?"

뭐야, 갑자기 취조하는 것도 아니고 뭘 이런 걸 묻지? 그런 주원이 불쾌한 건 아니었지만 재이의 입장에선 조금 황당하긴 했다.
"뭐, 그렇죠."

'새 노트를 모으는 취미가 있는 여자면 금상첨화겠네요.'
'머그컵이 상당히 많던데, 코스터는 별로 안 보이더라고요.'

퍼즐 조각이 맞춰지는 것처럼 얼마 전 재경이 했던 말 한마디 한마디와 하나씩 짝을 찾아 연결이 되었다.

'짝사랑? 아, 짝사랑이라. 짝사랑까진 거창하고, 그 비슷한 어느 선 정도 될 거예요. 혼자 관심 쏟고 있는 건 맞으니까?'

모든 정황들이 제 앞에 앉은 재이를 가리키고 있었다. 그러니까 박재경의 그 짝사랑 비슷한 어느 선, 혼자 관심을 쏟고 있다는 그녀가 바로.
"작가님이셨군요!"
"……네?"
큰 깨달음이라도 얻은 것처럼 눈을 크게 뜨고 갑자기 목소리까지 높이는데 재이는 아까보다 더한 황당함을 맛보아야 했다. 뭐지, 정말?
"아, 죄송합니다. 제가 잠깐 정신이 없었네요, 하하."

뭐라는 거야, 진짜. 확 박재경한테 다 일러 버릴까 보다.

"주스 잘 마셨습니다, 작가님. 이만 일어나 볼게요."

"아, 네."

히죽이는 입매의 꼬락서니에 기분이 묘해졌다. 그래, 차라리 얼른 가 버리라며 재이는 몸을 일으키는 주원을 따라 저도 같이 일어나 현관까지 함께했다. 주섬주섬 신발을 꿰어 신더니 바로 나갈 생각은 하지 않고 주원은 작게 아, 하는 소리와 동시에 재이를 향해 몸을 틀었다.

"뭐 더 필요하신 거 있으세요? 도와드릴 거라든지."

작업실 전등이 나갔지만 굳이 주원의 도움을 받을 의향도 없었고 설사 더 필요한 게 있다 하더라도 요청할 생각 또한 없었다. 재이는 주원이 말을 마치기가 무섭게 손사래를 하며 고개를 절레절레 저었다. 없어요, 그런 거.

"혹시 이따가 생각나시면 바로 연락 주세요. 편하게요."

지금 이렇게 있는 것만으로도 불편하고 어색해 죽겠는데 '편하게'라니. 부러 속마음을 꺼내진 않고 재이는 그냥 고개를 끄덕이며 대답했다.

"네, 그럴게요."

바쁠 텐데 이만 얼른 최대한 빨리 가 보세요. 재촉하는 것과 비슷한 눈짓으로 있자, 주원이 그제야 현관문의 문고리를 잡아 돌렸다. 마지막으로 허리까지 꾸벅 숙여 인사한 후 그는 완벽하게 사라졌고 재이는 작은 한숨과 함께 앞 머리칼을 쓸어 넘겼다.

"빨리 돌아와라, 진짜."

저런 사람을 대신 보낼 게 아니라 본인이 직접 와서 원고도 가져가고 아직 많이 남아 있는 예가체프도 내려 마시고, 참고 자료도 보기 좋게 스크랩 잘 해 두고, 제 역할을 다한 전구도 좀 갈아 주고.

"……얼마나 바쁜 거야."

학습이란 이래서 무서운 걸까. 아니면 저도 모르게 적응되어 이 시간 때쯤이면 반응하는 무의식인 걸까. 매일 하나의 습관이자 절차라도 되는 것처럼 왔던 재경의 연락이 뜸하니 이상하게 뭔가 어긋난 기분이 들었다. 이모티콘 하나만 보내도 전처럼 질색을 하진 않을 텐데 그마저도 어렵나. 쥐 죽은 듯이 잠잠한 휴대폰이 새삼 적응하기가 힘들다. 편의점에 있을 때는 때마다 나타나는 그가 그렇게나 귀찮고 짜증이 났었는데 이제는 막상 기다려진다니. 이 간극이 그간 뭐 때문에 이렇게 좁혀진 건지 알 수가 없다. 여전히 조용한 휴대폰을 가만히 내려다보다 재이는 이만 그것을 테이블 위에 다시 올렸다. 이제 겨우 나흘이 지났을 뿐이다. 남은 3일은 또 어떻게 버티며 기다릴까.

-네? 직접 오셨다고요?

"네. 근처에 볼일이 있어서 온 김에 들렀어요."

-아, 제가 갔어야 하는데.
"아니에요. 겸사겸사 온 거예요. 지금 로비인데, 여기서 기다리면 될까요?"
-그러시구나. 제가 얼른 내려갈게요. 5분이면 됩니다.
"천천히 오셔도 돼요."
-네, 금방 가겠습니다!

근처에 볼일 같은 건 없었다. 한사코 괜찮다고 했는데도 저쪽에서 생각을 굽힐 기미가 보이지 않아 재이는 그냥 제가 직접 여기까지 온 것이었다. 차라리 이렇게라도 하면 주원이 더 고집을 세우진 않을 것 같아서 말이다. 하루에 꼭 한 번씩 뭐 필요한 거 없느냐, 도와드릴 거 없느냐고 재경 대신에 연락이 오는데 그게 그렇게 부담스러울 수가 없다. 미약하게 에어컨을 가동하기 시작한 건물 로비에 편안하게 자리를 잡고 앉아 재이는 통화를 끝내고 주원을 기다렸다.

"김 대리님한테 들었는데 박 팀장님 뭐, 따로 누구 있으시다나 봐."
"뭐, 진짜?"
"어떤 여자기에 천하의 박재경의 마음을 흔들었을까."
"박 팀장님 은근 철벽 이미지 아녔어?"

으레 저와 같은 직업을 가진 사람은 주변에 아예 무신경하진 않을 거다. 일례로 저는 아이템을 얻기 위해 카페에 앉아 지나다니는 사람을 대놓고 구경하는 경우도 있으니 말이다.

히여 재이는 일부러 귀를 확장시키지 않았음에도 불구하고 자연스레 로비에 지나다니는 사람들을 흘끔흘끔 쳐다보았다. 그러던 중, 귀에 꽂히는 한 이름이 있기에 소리의 근원을 찾아 시선을 고정시켰다. 부산스럽고 분주하진 않았지만 너른 로비를 가르는 사람들은 드문드문 있었다. 그중 아직 줄어들지 않은 테이크아웃 커피를 손에 쥐고 서로를 바라보며 이야기를 나누는 여자 둘이 눈에 띄었다. 바로 제가 꽂힌 대화의 목소리 주인들이었다.
"그러게. 그러니까 더 궁금하단 거야."
"우리 회사 사람인가?"
"혹시 중국 출장 멤버 중에 있는 거 아니야?"
"사내 연애라고?"
"그냥 그렇단 얘기지, 뭐. 하여튼 확실한 정보인 건 맞아. 박 팀장님이 직접 얘기했다고 하니까."
"아, 아깝다 진짜."
약속이라도 한 듯 스트로를 문 채로 사원 게이트를 통과하는 둘을 보며 재이가 옅게 미간을 구겼다. 그러곤 알 수 없는 감정이 제 속에서 소용돌이치기 시작했다. 박재경이 직접 얘기했던 확실한 정보라는 게 뭐, 누구 따로 마음에 품고 있는 여자가 있다는 거고 그게 혹시 사내 연애일 수도 있다는 거다.
"참 나."
그 여자가 대체 누구야? 뭐 좋다고 박재경이랑 그렇고 그런 사이인 거야? 박재경이 딱히 볼 게 뭐 있냐, 이 말이지.

이보다 더 쾌적할 수 없는 온도로 맞춰진 실내에서 재이는 저만 열이 올라가는 걸 느꼈다. 손으로 부채질을 연신 해 보아도 이미 더워진 열기는 쉽게 가라앉지 않았다.

"죄송해요, 작가님. 오래 기다리셨죠? 급히 처리할 게 있어서 그거 하느라 좀 늦었어요."

오랜 상념을 내버려 둘 생각이 없는 건지 그런 재이의 앞으로 불쑥 주원이 나타나 죄송하단 표시로 양손을 착 붙이고 고개까지 숙였다.

"아, 아니에요. 오래 안 기다렸어요. 이번 회차는 메일로 첨부했어요. 확인하셨죠?"

"네. 여기 USB요."

굳이 양손으로 내미는 걸 재이도 덩달아 양손으로 받았다. 이만 볼일이 마무리되어 자연스레 일어나는 분위기가 되었는데, 들썩이던 엉덩이를 별안간 다시 앉히는 재이였다. 그에 주원도 뭐 더 할 말이 있냐는 듯 따라 앉았다.

"저, 그냥 좀 궁금한 게 있는데요."

"네. 말씀하세요."

"그…… 박 팀장님 말이에요. 회사에선 어때요?"

그 질문을 듣자마자 주원은 의미심장한 미소를 잠시잠깐 품었다. 아, 이럴 때 재이에게 제 팀장의 점수를 좀 얻어 놔야겠다. 무려 짝사랑 중이신데 제가 이 정도는 도울 수 있지 않을까. 뭐부터 어떻게 말을 할지 눈을 또르르 굴리며 이내 입술을 열었다.
"저희 팀장님 사내에서 굉장하시죠. 남녀노소 할 것 없이 인기도 많으시고, 그만큼 능력도 좋으시고."
"그래요?"
"네. 젠틀맨 박재경으로 통한다고나 할까요? 늘 웃는 얼굴로 사람들을 대해 주는데 웬만해선 싫어할 사람 잘 없죠."
"아."
"겪어 보셔서 더 잘 알지 않으세요?"
"글쎄요."
제가 겪은 박재경이라 함은 내키는 대로 반말, 존댓말을 오가며 사람 놀리는 걸 취미로 삼으며 되지도 않는 이모티콘을 대화창에 남발하고 제 까다로운 취향을 극구 어필해 대고 들어주지 않으면 말꼬리를 붙잡고 한참이나 툴툴거리는데 젠틀이라니, 박재경이 젠틀이라니? 이거, 이거 완전 겉과 속이 따로 노는 양반이네.
"그리고 외모도 훌륭하시잖아요."
외모도 훌륭해? 아, 그래. 키 크지. 뭐, 얼굴은 날이 선 콧대나 턱 선이라든지 눈동자도 새까맣고 종합해서 퍽 잘생긴 축이긴 하지. 그래서 그렇게 인기가 많나. 여직원들 사이에 오르내릴 정도로?
"외모면 외모, 능력이면 능력, 성격이면 성격. 아, 저희 팀장님 같은 남자도 드물죠."

　주원은 확인사살을 하기 위해 부러 손가락까지 접어 가면서 한껏 재경에 대해 높이 사는 말을 했다. 그런 남자가 그쪽을 무지 관심 있어 하는 중이니 그쪽도 이쪽을 한번 생각해 주십사, 하는 제 마음의 간접적인 전달이기도 했고.

"뭐, 드물기까지야."
"작가님 생각은 어떠세요?"
"네?"
"작가님은 저희 팀장님, 어떻게 생각하세요?"
"아, 저는 그냥……."

　흠. 크게 다치지도 않았는데 지레 걱정하며 병원엘 달려왔고, 괜찮다고 했는데도 불구하고 나을 때까지 온갖 잡일을 다 했고, 대꾸가 많긴 하지만 시키는 일 굳이 안 한 적도 없었고. 어쨌든 이런 건 제 조건이 이유가 됐으니 딱히 어떻게 생각할 겨를이랄 게 있었나. 그냥 귀찮을 정도로 매일 연락이 오다가 출장을 간 이후로 뜸해졌고, 늘 보던 얼굴이 안 보이니 궁금하긴 하고. 내일이면 돌아올 그가 조금 기다려지기도 하고. 뭐, 이 정도?

"그냥 그래요."
"……네?"
"딱히 생각해 본 적이 따로 없어서요."
"아, 그러시군요."

박재경이 그냥 그렇다니. 이 작가님 보기보다 눈이 상당히 높으신 건가. 꽤 긍정적인 대답을 기다렸던 주원이 금세 김빠진 목소리로 고개를 끄덕였다. 저는 그래도 짧은 시간 내에 재경에 대해 콕, 콕 집어서 잘 어필을 한 셈이었는데.
"바쁘실 텐데 들어가 보세요. 저도 이만 가 볼게요."
"네? 아, 네."
주섬주섬 가방을 챙기며 일어나는 재이를 굳이 더 잡아 앉힐 이유가 없었다. 가벼운 묵례를 끝으로 정문을 나서는 걸 물끄러미 보다 주원은 이내 느릿하게 고개를 저었다. 저쪽에서 딱히 생각해 본 적도 없다는데, 우리 팀장님의 짝사랑 어쩌나.

종이 위를 스쳤다가 다시금 손가락 사이를 어지럽게 돌았다가 또다시 종이 위에 소리를 내며 마찰했다가, 하는 것을 너무나 많이 반복해서 펜의 입장이 되면 아마 토기가 올라오고도 남았을 것 같다. 어차피 스토리 윤곽만 있으면 되니 정성 들여서 그릴 생각이 없는 콘티였다지만 그래도 오늘은 좀 심했다. 거의 낙서 수준을 면치 못하고 있으니 말이다. 좀처럼 집중을 할 수 없어 재이는 탁, 소리 나게 들고 있던 펜을 놓았다. 천장에 있는 등이 나갔기 때문에 책상 주변을 제외하고는 컴컴하고 흐릿한 사위였다. 그게 괜히 짜증이 나 재이는 천장을 올려다보며 잔뜩 못마땅한 표정을 지었다. 환한 실내를 원한다면 굳이 작업실이 아니라 노트를 들고 거실로 나가면 될 텐데 일부러 작업실에 꿋꿋이 앉아 제 짜증 지수만 더 높이고 있다. 사실은 지금의 컨디션 난조 이유가 천장 등에 있는 게 아닌데도.

'김 대리님한테 들었는데 박 팀장님 뭐, 따로 누구 있으시다나 봐.'
'저희 팀장님 사내에서 굉장하시죠. 남녀노소 할 것 없이 인기도 많으시고, 그만큼 능력도 좋으시고.'

"아니, 틈새 연애 뭐 그런 거야?"
대체 시간이 어디 있어서?

'혹시 중국 출장 멤버 중에 있는 거 아니야?'

"정말 그런 거 아니야?"
머릿속을 뛰어다니는 목소리들이 기어이 재이의 기분을 더 엉망으로 만들어 버렸다. 당최 박재경의 그녀는 대체 누구란 말인가. 회사에서 그는 어떤지 물어볼 게 아니라 요즘 그와 썸을 타고 있는 그녀를 물을 걸 그랬다.
"아니, 내가 왜?"
그런데 그게 또 이상하다. 회사 일, 제가 건네는 일, 뭐 여남은 일 등등 모든 일에 치여서 아무리 바쁘더라도 그녀를 위해선 시간 정도 낼 수 있겠지. 그게 뭐 잘못된 일이라고 이렇게 열이 나는 건지 모르겠다. 게다가 굳이 상대가 누군지 알아낼 건 또 뭐람. 그걸 왜 물어보냐고 물으면 마땅히 덧붙여야 할 말도 떠오르질 않는데.

"남이야 뭐, 연애를 하든지 말든지. 짝사랑을 하든지 말든지."

고개를 세차게 저으며 이만 침대로 가서 누웠다. 아무래도 다시 작업에 집중하긴 여간 틀려먹은 것 같아서였다. 그러곤 손만 휘적휘적 뻗어서 잡히는 무거운 철 덩어리를 어렵지 않게 손에 쥐었다. 버튼을 조작해 화면을 밝히고 불과 몇 시간 전에 도착했던 재경의 메시지를 다시금 확인했다.

[김 대리가 뭐 불편하게 한 건 없었죠? 내일 봐.]

중국 출장 동안 받았던 몇 안 되는 메시지들 중 가장 마지막 메시지였다. 참 시간이 이렇게도 안 흐를 수 있구나, 느꼈던 일주일이었다. 그냥 여느 날과 다를 것 없이 똑같은 일상을 보내는데 똑같지 않은 것 같은 너무나 허전했던 그런 일주일이 드디어 온전히 저물고 있는 중이었다.

내일 봐.

소풍을 하루 앞두고 괜히 잠을 설치는 꼬마처럼 푸른 새벽이 올 때까지 좀처럼 잠을 이루지 못한 채로 뒤척였다.

◆ ◆ ◆

재경은 술을 즐기긴 했어도 결코 잘하는 편에 속하지는 않았다. 때문에 분위기에 맞춰서 적당히 조절하며 마시곤 했는데 이번 출장은 정말 해도 해도 너무했던 출장이었다. 밤마다 술판 정도가 아니라 거의 술독에 빠져 있다시피 했다. 알코올 홀릭과도 같은 바이어들을 상대하는 게 어찌나 고역이던지. 제가 가장 젊은 축에 속해 있었지만 체력에 있어선 젊다고 손을 들기가 민망할 정도로 그들은 대단했다. 새벽까지 쭉, 쭉 마시고서 아침이 오면 금세 말짱한 차림과 얼굴을 하는데 저는 도무지 그 단계까지 오를 순 없었다.

"박람회는 어떠셨어요, 팀장님?"

"술. 오로지 술이었어요."

게다가 데이터도 잘 안 터지고! 당장 통신사에 항의부터 해야 하는 건지, 원.

"아, 성균 씨한테 들었어요. 굉장한 술고래들이셨다고……."

재경은 더 이상 말하기 지겹다는 듯 팀원에게 힘겹게 고개를 아래위로 끄덕이며 이만 제 방으로 들어섰다. 무려 일주일 동안 쌓인 숙취인데 어제 하룻밤 잤다고 해서 다 풀리진 않았다. 의자에 앉기가 무섭게 책상 위로 엎어지듯 누워 있다 울리는 휴대폰 소리에 재경은 엎드린 채로 웃음이 터졌다. 팔을 길게 뻗어 머리를 베고 목소리도 전달되는 신기한 텍스트를 경험했다.

[농땡이 안 된다고 했어요. 그쪽, 할 일 산더미예요.]

뭘 또 할 일이 산더미씩이나 될까. 주원에게 들으니 딱히 시킨 일 같은 것도 없었다던데 저를 위해 다 모아 두기라도 했다는 건가. 픽, 웃고만 있자 틈을 기다리지 못하고 말풍선 하나가 더 나타났다.

[어물쩍 김 대리님한테 넘길 생각은 말고요.]

"귀엽긴."

피곤에 절어 있어도 퇴근 체크를 하러 가야겠네, 또. 술독에 파묻히고 일에 치여 허덕이던 일주일이었지만 그래도 가장 지배적으로 떠올랐던 건 재이의 얼굴이었다. 새삼 제가 이만큼이나 마음을 쏟고 있나, 놀랐을 만큼 말이다.

[너 높은 거 신었다더라. 딱 걸렸어.]

[5센티 운동화였거든요?]

[땅에 딱 붙어서 다니랬잖아. 게다가 직접 행차하셨다며?]

[근처에 볼일 있어서 들른 거였어요.]

[앞으로도 종종 여기서 볼일 만들어.]

[글쎄요.]

아직 오후도 되지 않은 시간이었다. 못내 보고픈 얼굴이 기다려지는 오늘 하루가 못 보았던 일주일만큼이나 길게 느껴질 것 같다. 재경은 이만 휴대폰을 덮으며 몸을 일으켰다. 최대한 빨리 처리할 수 있는 건 얼른 처리해 버려야겠다, 싶은 조급한 마음에서였다.

손바닥을 펴면 그 안에 들어올 조막만 한 얼굴과 요목조목

조화롭게 잘 붙어 있는 눈, 코, 입이 변함없는 낯으로 그대로 있었다. 아메리칸 마인드로 얼싸안고 포옹이라도 하고 싶은 욕망이 일순간 일어나 저도 모르게 재이를 와락 품으로 끌어당겼다.

"어, 어머! 뭐 하는 거예요!"

품속에 쏙 들어오고도 한참이나 남는 틈에서 억지로 고개를 비집어 빼낸 재이가 힘겹게 입술을 열었다. 아니, 갑자기 이렇게 끌어안을 건 또 뭐람? 괜히 사람 두, 두근거리게.

"미국식 인사야. 내가 외국엘 다녀왔잖아?"

"중국에 다녀왔잖아요."

"미국인들도 많이 만났거든."

"……."

조금은 얼떨떨했던 얼굴이 재경의 말로 인해 황당한 얼굴로 바뀌는 건 순식간이었다. 하여튼 이상한 말재간은 빠지는 법이 없다.

"그나저나 너무하다, 작가님. 난 휴가도 없어?"

핀잔 섞인 투정이 머리 위에서 들려와 재이는 슬쩍 고개를 들었다. 저를 내려다보는 재경의 얼굴에서 지친 기색이 다분히 느껴져 사실 조금 미안하기도 했다. 바빴다고 하던 게 눈으로 반증되는 순간이었다. 어딘가 핼쑥하고 까칠해 보이는 게 그다지 좋은 얼굴은 아니었기 때문이었다. 그런데도 이상한 심리는 그런 재경이라도 너무 반갑다는 것이었다. 앓는 소리를 내놓고 하는 재경의 품에서 빠져나와 재이는 쪼르르 부엌으로 달려갔다.

"커피 내려 줄게요."

"무섭다, 그 말. 일 시키려고 여물부터 주는 것 같아."

"그럼 커피도 주지 말까요?"

"꼭 그런 건 아니고."

재경 전용 원두로 커피를 내려 주자 자동반사로 으음, 하며 향기를 맡고 기분 좋은 표정으로 그것을 들이켰다. 어째서 저런 표정이 나올까. 딱 한 번 예가체프를 내려 마셨는데 저는 도무지 저런 표정이 나오지 않았다. 단번에 모조리 다 싱크대로 쏟아붓기만 했었지.

"출장은 여럿이서 갔어요?"

"그렇지."

"뭐, 누구누구 갔어요?"

그런 척, 그렇지 않은 척 재이는 재경이 함께했던 출장 멤버 중에 여자가 몇이었는지를 추려 보려고 했다.

"누구누구 갔는지 말하면 작가님이 아시려나?"

"그냥 묻는 거죠. 꼭 내가 알아서가 아니라."

뭘 또 이렇게 예민하게 나올 것까지야.

"우리 팀 나 포함 두 명, 홍보랑 마케팅 팀 각 세 명씩. 이름도 일일이 말해 주리?"

"아뇨, 됐어요. 그런 출장은 여자들은 아무래도 좀 불편한 부분도 있을 것 같네요."

"뭐, 그렇지. 바이어가 특히 강행군이면 더 그렇고. 말도 마, 진짜. 술만 퍼마셨다니까. 어찌나 술꾼들이던지."

다시 생각해도 진저리가 나 재경은 고개도 절레절레 저었다.

"그래도 네 웹툰 꼬박 봤고 통계 보고도 메일로 다 받았어."

"당연히 그래야죠. 근데 왜, 왜 그렇게 빤히 봐요?"

이 양반이 카페인에 취하기라도 했나. 팔을 세우고 갑자기 저를 빤히 보는 재경에 재이가 눈을 재차 빠르게 깜빡였다.

"못 봤던 거 좀 보려고."

피곤기가 가득한 눈에 푸석한 피부라 말 그대로 까칠하기 이루 말할 수 없는 얼굴이었지만 그래도 집중을 하려는 것처럼 재이에게서 시선을 놓지 않는 재경이었다. 요목조목 움직이고 있는 눈짓, 입술, 손짓 하나하나가 얼마나 아른아른거리던지.

"아, 맞다. 작가님 통신사 어디야?"

그러던 중 갑자기 무슨 생각이 난 듯 재경이 박수를 탁 치며 물었다.

"통신사요? 통신사는 왜요? 저 C통신사 쓰는데."

"아, 바꾸든지 해야지, 원."

"왜요?"

"데이터 로밍 질이 너무 안 좋아서."

"아."

"그런데 작가님은 출생의 비밀을 좀 파헤쳐 봤나요?"

재경은 컵 밑에 있는 코스터를 콕 집어 가리켰다. 동그란 눈도 가졌고 까맣진 않지만 작은 코도 가졌고 남은 건 예쁜 털옷이려나?

"아, 진짜. 이거 볼 때마다 그 말 할 거예요?"

"애초에 너 닮아서 산 건데."

"커피 너무 오래 마시네요. 일어나요, 할 일 많다고 했잖아요."

하루 중 가장 많은 시간을 할애하는 작업실의 전등이 나갔더랬다. 혹시 몰라 새 전구를 사 두긴 했는데 그걸 갈진 못하고 그냥 두기만 했다고. 여태까지 스탠드 불빛에 의지해 밤샘 작업을 하기까지.

"김 대리를 썼어야지."

"까먹었어요."

"뭐?"

"생각이 안 났다고요. 아, 얼른 갈기나 해요."

주원이 대신해서 해결해 주기보다 그냥 재경이 해 줬으면 좋겠으니 그대로 뒀다. 매일 밤, 불이 들어오지 않는 천장에 대고 갖가지 툴툴거림을 남발하면서 말이다. 생각이 안 났다는 재이의 변명에 그게 말이 되냐며 한숨을 푹 쉰 재경이 이내 갈아야 할 전등의 밑으로 의자를 끌어 가져갔다.

"그렇게 물끄러미 구경만 하고 있을 건 아니죠, 작가님?"

"그럼 뭘 해요?"

"넌 진짜 드라마도 안 봐? 이럴 땐 의자를 잡아 줘야지. 헌 전구도 받아 주고 하면서 말이야."

"아."

"나 여기서 픽, 넘어져서 뇌진탕이라도 걸리면 너한테 산재 보험 청구할 거야."

"지금 잡으러 가고 있잖아요."

위태위태한 시늉을 하면서 정말 넘어지기라도 할 요량인 재경을 보며 재이가 다급하게도 걸음을 놓았다.

"어어!"

하지만 그걸 곧이곧대로 볼 재경이 아니었다. 별로 높지도 않은 의자에서 게다가 무게도 꽤 있어서 의지가 아닌 이상 흔들릴 수가 없는데도 재경은 흔들렸다. 보란 듯이 양팔을 흔들고 나 지금 넘어질 것 같은데! 하는 뉘앙스로 추임새까지 넣으면서. 왜냐고? 그야 이 귀여운 작가님의 당황하는 표정을 보고 싶어서지.

"조심해요!"

살짝 그것도 매우 의도적으로 삐끗하긴 했지만 어쨌든 넘어지진 않았다. 그런데 그 순간 놀란 재이가 재경의 팔을 부축하듯 붙잡더니 이내 끌어안는 형국으로 재경을 멈추게 만들었다. 만약 성말로 넘어질 뻔한 상황이었다면 고작 이렇게 잡아 주는 걸론 의미가 없었을 테고 아마도 같이 바닥으로 고꾸라지지 않았을까.

"뭘 또 이렇게까지."

저를 안고 있는 재이를 재경이 덩달아 끌어안았다.

"날 이렇게 걱정해 준 여자는 작가님이 처음이에요."

괜히 잘못 넘어져서 어디 다치는 건 아닐까, 하며 급하게도 재경을 안았더니 들려오는 건 웃음기가 가득한 능글맞은 목소리였다. 심지어 너무나 멀쩡하게 바닥에 서 있기까지 했다. 재이는 그제야 재경이 일부러 위태로운 상황을 연출한 것임을 깨달았다.

"아, 진짜! 이거 안 풀어요?"

"미안. 내가 미국식에 너무 젖어 있어서."

참 나. 기가 막혀서. 아주 아까부터 상습적으로 사람을 막, 어? 막 이렇게 안고 그래도 되는 거야, 이 양반이? 보아하니 그냥 얼쑤, 끌어안는 건 아무것도 아니구먼? 아니, 이러면 그 여자는 뭐가 돼? 아니지, 내가 뭐가 돼, 내가?

"아이 씨, 비켜요!"

얼굴이 빨개진 채로 미간을 확 구긴 재이가 온 힘을 다해 재경을 밀어냈다.

"아, 작가님, 그렇다고 너무 세게 미는 거 아니에요?"

"어서 갈기나 해요!"

"네, 그럴까요?"

시원시원한 길이는 이런 데서 제 기능을 쉬이 잘 발휘하는 것 같다. 의자 위로 재경이 올라서니 팔이 천장해 닿다 못해 아주 남아돌았다. 왕년에 전구를 좀 갈아 보기라도 한 건지 조명을 만지는 재경의 손은 제법 빠르고 익숙했다. 덕분에 올라간 지 5분도 채 되지 않아 일을 마무리하고 다시금 바닥으로 안착한 재경의 두 다리였다.

중간 새 전구를 전달하고 헌 전구를 받으며 의자를 붙잡고 망연히 재경이 하는 양을 지켜보기만 하던 재이가 재경이 이미 내려왔는데도 불구하고 한참이나 자세를 바꾸지 못했다. 그런 재이가 뒤늦게 스위치를 가리키는 재경 때문에 의자를 감싸고 있던 팔을 풀고 걸음을 옮겼다. 곧바로 스위치를 누르니 환하고 산뜻한 빛이 방 안을 훤하게 밝혔다.

"제대로 됐네."

"그러네요. 한두 번 갈아 본 솜씨가 아니네요."

완벽하게 잘 갈아 줘도 뭐가 불만인 건지 금세 표정이 어둡다. 꼭 따지는 듯한 말투에 의아한 재경이 온 얼굴에 물음표를 달았다. 뭐야, 그 말투는?

"여기 말고 뭐, 다른 데 갈아 준 곳 있어요?"

예를 들면 요즘 핑크빛 기류를 쏟아 내고 있다는 그녀, 라든가.

"내 집 말곤 처음인데."

"그래요? 알았어요."

좀 멋진 모습이었거든. 별생각 없던 사람도 별생각이 들게끔 만들 수도 있겠다, 싶은. 그리고 아까처럼 넘어진다니, 뭐니 하면서 괜히 친밀한 스킨십을 했을지도 모를 일이고 말이지.

"자, 다음은 뭔데?"

의자를 본래의 자리에 가져다놓은 후 재경은 흐트러진 소매의 결을 정돈했다.

"잡지 정리 좀 해 줘요."

"이 정도면 나 따로 시급 받아야 하는 거 아니냐? 뭔 가정부가 따로 없어."

뭐 대단한 일도 아니고 소파 테이블 위 잡지 정돈이라니. 재이더러 들으라는 듯이 툴툴거리며 이만 거실로 나섰다. 몇 권 흐트러지지 않은 채라 정리하는 데 10초도 걸리지 않았다. 각까지 잡아서 반듯하게 두고 재경은 다음은 뭐냐는 듯 눈짓으로 재이에게 물었다.

"궁금한 거 있어요."

일주일 동안 저를 못 부린 게 아까워서 사소하지만 하려고 하면 귀찮은 걸 다 시키려나 보다, 하면서 다음 차례를 기다리고 있는데 뜬금없이 재이는 궁금한 게 있다고 했다. 이런 흐름은 왠지 익숙하다. 동문서답에 동문서문 같은 건 제 전공이었으니 흐름 또한 그러지 말라는 법이 없지. 재경은 제집인 양

소파를 찾아 먼저 앉았다.

"뭔데요? 궁금한 게."

"그러니까……."

"그러니까, 뭐?"

"남는 시간엔 뭐 해요?"

"응?"

"말 그대로예요. 일하고 남는 시간엔 뭐, 누구를 만난다거나 뭘 따로 한다거나 하는 게 있을 것 같아서."

"글쎄. 일하고 남는 시간이랄 게 요즘 있나."

턱을 매만지며 재경은 생각을 해 보는 듯 잠시 조용하나 싶더니 이내 어렵지 않게 답을 찾아 내고 소파에 더 깊이 몸을 묻으며 기댔다.

"다 작가님 만나잖아."

"네?"

"주말에도 네 호출, 요 며칠은 너 발목 다쳐서 계속 여기로 왔었지. 가장 최근 일주일은 출장 다녀왔지. 남는 시간이랄 게 없었지, 아마. 그마저도 어시 생활했다면 모를까?"

이게 다라는 듯 재경은 어깨를 한 번 으쓱했다. 아무리 뒤져서 생각을 해 보아도 누구를 만난다거나 뭘 따로 한다는 게 없었던 요즘이었다. 모조리 재이에게 할애를 했으면 했지 말이다.

"그런데 그건 갑자기 왜?"

"아니, 그냥…… 궁금해서요. 뭐, 따로 집중하는 게 있나, 싶기도 하고."

'박 팀장님 뭐, 따로 누구 있으시다나 봐.'

잊을 만하면 떠오르는 목소리였다. 재이는 금세 표정을 다시 바꾸고 까다롭게 채근이라도 하는 양 앉아 있는 재경을 내려다보았다.
"약속된 기간에 다른 짓은 반칙이에요. 완전, 최선을 다해서 어시 일에만 집중하라고요."
"지금 나 일주일 출장 다녀왔다고 시위하는 거야? 그건 내 마음대로 할 수 있는 게 아니라고요, 작가님."
"여하튼요. 내일도 와요. 할 거 있어요."
"내일?"
"네."
이상하고 고약한 심보였다. 뭐, 어느 틈에 알 수 없는 그녀와 핑크빛 기류를 만들어 간다는 건지 몰랐지만 어쨌든 제가 어시로 잡아 두고 있는 기간만큼은 그 핑크빛 기류를 그냥 둘 수 없다. 누군 핑크빛이고 누군 회색빛이면 안 되니 말이다.
"티저는 좀 해 줘야지. 내일 뭐, 가구 배치를 바꾸겠다, 이러는 거 아니지?"
"아니에요."

"그럼 다행이고."

이만 몸을 일으키는 재경을 현관까지 따라나섰다. 재경의 등 뒤에 있으면 앞이 도통 어떤지 보이지 않아 가끔씩 옆으로 꺾어 앞길을 보아야 했다. 그에 재경이 갑자기 뒤를 돌아보며 소리까지 내면서 웃었다.

"뭐 하는 거야?"

"잘 안 보여서요."

당당하게 앞을 가리키는 재이에 재경이 이번엔 참지 못하고 동그란 정수리 위를 마구 헤집었다. 이마저도 안 하면 양 볼을 쭉, 당겨 꼬집기라도 할까 봐서 말이다. 그 탓에 가지런 했던 머리카락이 엉망이 된 채로 재이가 불만스럽게 재경을 올려다보았다.

"아, 뭐예요!"

"자, 먼저 가. 앞이 안 보이면 먼저 가야지?"

"치사하게 키 가지고."

"왜, 그게 작가님 매력인데."

입매를 말아 올리며 웃던 재경이 한 번 더 재이의 정수리를 헤집었다. 그러곤 재경 본인도 모르게 무의식적으로 '귀여워.'라는 혼잣말을 흘렸는데, 귀를 기울여 듣지 않으면 뭐라고 하는지 알아들을 수 없던 크기의 그 소리가 정확히 재이의 귓전을 울렸다.

귀여워.

이미 재경이 돌아간 지 한참이 지난 와중에도 재이의 정수리에 뜨끈뜨끈하게 남아 맴돌았다. 잔머리칼들이 엉켜 부스스해진 위를 손가락으로 빗어 내리면서도 계속해서 말이다. 그 아무렇지 않은 말이, 작고 올망졸망하게 생겼다는 이유로 28년 숱하게 들어왔던 그 말이 제 정수리뿐만 아니라 가슴께까지 온도를 높였다.

"아, 뭐야."

괜히 남의 머리칼이나 헤집어 놓고.

"이상해, 진짜."

파팟, 듣기 싫지 않은 옅은 소음을 내며 밝혀지는 작업실 등을 눈이 아프지도 않은지 한참 동안 보다 재이는 의자를 찾아 조심스레 엉덩이를 붙이고 앉았다.

이상하다, 이상해. 저만의 익숙한 박재경이 다른 누군가에게도 익숙한 박재경일까. 온 집 안에 재경의 잔상이 맴도는데 다른 누군가에도 맴돌까. 안 그랬으면 좋겠는데. 재미 하나도 없는 박재경의 농담 아닌 농담과 대화를 나누는 것도, 다 큰 어른이 말도 안 되는 이유로 툴툴거리는 것도, 좀 다쳤다고 바로 달려오는 것도, 맛없는 볶음밥을 만들어 내는 것도, 유난스런 이모티콘을 보내는 것도, 실없는 메시지를 빠짐없이 보내는 것도 죄다 저 혼자만 누릴 수 있는 것이었음 좋겠다. 공유하기 싫다. 이런 박재경의 모습을 알고 있는 것이 그냥 저

뿐이면 안 되는 걸까.

"뭐야, 유재이."

이게 대체 무슨 마음인 거지.

 9. 정들지, 안 정들고는 못 배기지

이후로 재이의 호출 아닌 호출이 꽤 촘촘해졌다. 간단한 간식 셔틀도 많아졌고, 오늘처럼 갑자기 밖에서 차를 마시고 싶다며 카페에 불러 앉히기까지 했다. 평일 저녁도 빠짐없이 만나고, 주말은 주말대로 타이핑이니 프린트니 하는 이유로 부르니 보통의 연인들보다 만나는 횟수로만 보면 이들이 그들을 훨씬 능가했다.

"여태까지 누적 통계로만 보면 작가님 실적도 나쁘진 않은데, 좀 기다려 보자. 보통 한 방에 2차로 가는 건 드무니까."

영화나 드라마화가 되는 게 좋은 소식인 건 확실하겠지만 그렇다고 그게 다급하다거나 필수가 되는 건 아니었다. 재경의 회사에서 다른 작가들이 족족 2차 저작물 계약을 터트리고 있는 중이라 재경은 그에 재이가 괜히 신경이 쓰일까 봐 미리 설명을 덧붙이고 있는 중이었다. 누구는 되고 누구는 안 되는 게 이 세계에서는 예민한 부분이니까. 하지만 재이의 귀에는 그런 설명 따윈 제대로 들어오지 않았다.

"일부러 욕심내서 희귀 소재 선택하는 작가들도 더러 있는데 그게 꼭 대박으로 이어지는 보장은 없으니까 그냥 유지만 잘하면 될 것 같아. 홍보도 충분히 잘하고 있는 중이고, 반응도 꾸준히 상승세니까."

새삼 목소리도 좋다. 차분한 어조에 분명한 발음까지.

"다음 주는 작가의 밤 행사도 있으니까 두루두루 선배 작가들 많이 알아 둬도 좋을 거야. 팁도 얻을 수 있고. 이런 행사 참여는 처음이라고 했지?"

말을 할 땐 눈을 진득하게 쳐다보는 습관이 있는데 새까만 눈동자가 꼭 컴컴한 밤을 훔쳐다 입은 것처럼 깊었다. 그 눈에 제 모습이 너무나 선명하게 비칠 정도로 말이다. 그리고 시선의 높이가 불편할까 가끔은 친히 몸을 낮춰 주기도 하는데 그게 또 그렇게 다정하게 느껴지지 않을 수가 없다. 중간중간 부드러운 미소까지.

"듣고 있어?"

아랫입술을 떨어뜨려 턱을 빼지 않은 게 진심으로 다행인 일이었다. 여차하면 침이라도 줄줄 흘렸을지 모를 일이니 말이다. 시선은 분명 재경에게로 향해 있는데 도무지 가타부타

답이 없자 재경은 재이의 눈 바로 앞에 대고 손을 휘휘 저었다. 그제야 재이는 마른 목청을 큼큼 가다듬고 재빨리 제 앞에 놓인 에이드를 한 모금 했다. 잘생겼다, 는 결론이 마침 머지 않았을 때 제 시야를 재경의 손이 휘휘 흔들리며 가로막았다.
"네, 듣고 있어요."
"읊어 봐, 그럼."
"네?"
"듣고 있었다며, 읊어 보라고."

역시 표정은 숨길 수가 없다. 눈을 이리저리 굴리며 제가 했던 말들을 되짚어 보려고 하는 노력이 얼굴에 그대로 드러났다. 재경은 절로 새는 웃음을 참지 않으면서 고개를 작게 절레절레 저었다. 이 작가님은 귀여움 열매를 적당히 복용하지 않은 게 틀림이 없다.

"그러니까, 어……."
"일부러 소리 차단한 건 아니지?"
"아니에요, 그런 거."
"뭔 생각을 그렇게 했던 거야, 대체."

별거 아니라는 듯 작은 손으로 손사래를 몇 번 하더니 이내 입술을 앙다물었다가 떼며 재이는 바로 앞의 재경을 환기시키듯 불렀다.
"저기요."
"왜."

"내 조건 왜 받아들인 거예요? 단순히 나랑 계약이 급해서였던 거예요?"

"그게 이제야 궁금해졌어? 조건 해지 보름도 안 남기고 있는 이 시점에서?"

"이 시점이니까 궁금한 거죠."

어떤 답이 기다려진다거나 꼭 특정한 답을 듣고 싶어서가 아니라 정말 순수하게 우러난 궁금증이었다. 괴롭히겠다는 의도가 다분했던 제 조건을 단 한 번의 협의도 없이 그대로 수용했던 게 정말 실적을 위해서였기도 하겠지만 뭔가 다른 게 있는 건 아닌가, 싶어서. 그리고 막상 질문을 던져 놓고 답을 기다리는 입장이 되니 뭔가 다른 게 있었으면 좋겠다, 하는 마음이 참 간사했다. 두 눈을 크게 뜨고 귀를 한껏 확장시키며 재이는 곧이어 나올 재경의 목소리에 그 어느 때보다 집중을 기울였다.

"정들잖아."

"네?"

"계약 기간 한 달 반에 원고 직접 만나서 인도, 24시간 항시 대기, 소일거리라도 무조건 돕기. 이것들 다 아우르려면 가장 베이스가 뭔 것 같아?"

"뭔데요?"

"계속 얼굴을 본다는 거야. 것도 꽤나 친밀한 간격으로 말이야. 그럼 어떻게 되겠어? 정들지. 안 정들고는 못 배기지,

안 그래?"

웃는 얼굴이 제법 가까웠다. 어디서 비롯되었는지 모를 간지러움 때문에 재이는 괜히 죄 없는 목덜미만 아프지 않게 벅벅 긁었다. 칼라가 둥글게 넓은 블라우스는 어제오늘 입는 옷이 아닌데도 불구하고 오늘은 왠지 목 주위가 까끌까끌한 것처럼 느껴졌다. 그러곤 이번엔 근원이 어디인지 확실한 소음이 오로지 제 귓가에서만 매우 큰 데시벨로 울렸다. 쿵쾅쿵쾅, 그간 심장이 근육 운동을 하지 못해 안달이라도 난 것처럼 계속해서 울려 대는 통에 도무지 가만히 앉아 있을 수가 없었다.

"가, 가야겠어요."

"어?"

"너무 피곤해요. 막 졸음도 쏟아지고 그래요."

살면서 이런 일, 저런 일 다 겪고 이런 사람, 저런 사람 다 겪어 보았다지만 지금과 같은 상황은 또 처음이었다. 그에 재경은 황당함을 감추지 못한 채로 재이를 살폈다. 뜬금없는 걸 묻는 것으로도 모자라 뜬금없이 허둥지둥한 행동을 하는데 그게 그다지 일반적으로 보이진 않으니 말이다.

"왜 갑자기? 뭐 불편해요, 작가님?"

"그냥 말 그대로예요."

그래도 사람이 앞에 앉아 있는데 주섬주섬 제가 가져온 것들을 챙기며 일방적으로 일어나는 건 예의가 아니었다. 그걸 재이 본인도 잘 알았지만 요동치기 시작한 심장을 잠재우려면 일단 벗어나고 봐야 했다.

"알았어, 그럼. 태워다 줄게."

"걸어서 가도 돼요. 바로 앞인데요, 뭐."

뭐지, 진짜? 분주하게 몇 번 움직이더니 벌써 나갈 채비를 완벽히 마친 재이였다.

"혹시 어디 아파?"

이런 말 괜찮을지 모르겠지만 혹시 여자들에게만 국한된다는 그런 애로사항이 발생한 건 아닐까, 재경은 조심스레 유추했다. 하지만 그건 아니라는 듯 재이는 고개를 세차게 가로로 저었다. 그럼 다행이고. 그렇게 대답하며 재경은 저도 옆에 올려 두었던 겉옷을 챙겨 덩달아 일어났다.

"뭔지는 모르겠지만 갑자기 피곤해져서 얼른 쉬어야겠다, 이거지?"

"네."

머리칼이 반동을 못 이겨 어지럽게 파동을 일으킬 정도로 가로로 젓던 고개를 이번엔 아래위로 세차게 끄덕이는 재이다. 제대로 짚었다고, 바로 그거라고. 갑자기 피곤해져서 얼른 쉬어야겠다고.

"그러니까 타고 가. 금방 도착하잖아, 타면."

"……."

"신호도 막 무시해 가면서 달려 줄까?"

정 급하면 말이지.

"아, 아니요."

"그래, 그럼 타."

사람이 너무 간사해졌다. 이 와중에도 침착한 말투를 구사하는 박재경이 새삼 멋져 보이는 거다. 살면서 무엇에 대해 간절히 원하거나 욕심을 부려 본 역사가 전무한데 이 순간, 간절한 하나를 욕심내 보라고 한다면 주저 없이 저는 재경을 선택할 것 같다.

삑. 리모트컨트롤의 버튼을 누르자 약속된 반응이라도 된 듯 헤드라이트가 짧게 반짝였다. 휘적휘적 차를 향해 걸어가는 재경의 뒤에서 우뚝 멈춰 선 재이가 단말마의 한숨과도 같은 소리를 냈다.

"맙소사."

"왜 그래?"

뭐 또 다른 문제가 발생했냐는 듯 비스듬히 몸을 꺾어 재이 쪽을 보는 재경이었다. 그리고 그 순간 재이는 여태껏 제가 휘말렸던 이상한 감정들과 잔상들의 정체를 밝혀낼 수 있었다. 그가 한쪽 손에는 리모트컨트롤을 쥐고 있고 나머지 한쪽 손은 바지 주머니에 넣고 반만 고개를 틀어 저를 보고 있는 이 순간에 말이다. 그러니까 이게 반짝 지나가는 착각에 지나지 않는다면 그렇다면 이건 분명,

"······내가 정말 어떻게 됐나 보다."

저 남자를 좋아하고 있다는 신호였다. 그리고 지금 재경이

관심 있는 상대가 누가 되었든 제 것으로 뺏어 오고 싶다는 웬 악녀의 심보도 함께 터졌다.

"말을 할까, 말까 고민했는데 이제 확실한 것 같다. 너, 그날이지? 나 이제 완전히 너한테 비위 맞춰야 하는 거, 맞지?"

젠장, 이런 박재경을 말이다.

"그런 거 아니거든요."

재경이 없을 때 저를 써먹으라고 했지 재경이 있을 때 저를 써먹으란 말은 없었다. 하여 주원은 지금 연락이 온 당사자가 재이가 맞는지 그녀의 번호와 이름을 세 번씩이나 확인했다. 아니, 왜? 팀장님을 두고 저를 왜?

[네, 작가님!]

갑작스런 연락에 당황했다는 티를 낼 순 없었으므로 주원은 일단 무난하게 답장을 했다. 혹시 재경이 부재중이었던 그때 제가 뭐 따로 재이에게 실수라도 한 게 있었나, 짧은 시간에 최대한 뇌를 굴려서 되돌아보아도 딱히 실례되었던 행동은 없었던 것 같다. 그렇다면 대체 왜? 아무리 생각해도 제게 따로 용건이 없을 재이였기 때문에 물음표를 잔뜩 머리 위에 띄운 채 주원은 그녀의 답을 기다렸다.

[그 제가 어쩌다 듣게 되었는데, 요즘 박 팀장님 관심 있는 분 있으시다고…….]

"얼레?"

이건 또 무슨 상황인 거지? 그게 바로 그쪽인데.

[네. 그렇게 알고 있습니다.]

그래도 대뜸 제가 중간에서 그게 당신이요, 할 수는 없는 노릇이었다. 어쨌든 고백은 본인의 몫이 아니던가.

[어떤 사람인지 혹시 아세요?]

바로 당신이라고요. 아, 형을 형이라 부르지 못하고 아버지를 아버지라 부르지 못하는구나. 주원은 답답한 가슴을 한 번 내리친 후 이내 휴대폰을 고쳐 쥐었다.

[같이 일하고 계신 분인 것 같던데, 왜 그러세요?]

[문득 궁금해서요. 제가 물어봤다는 건 팀장님께 비밀로 해 주실 수 있겠죠?]

비밀로 해 주시겠어요, 도 아니고 있겠죠, 라니.

"뭐야, 진짜. 날로 먹는 거야, 지금?"

[네, 물론이죠, 작가님!]

그 이후로 다시금 답장이 온다거나 하는 건 없었다. 멀뚱멀뚱 아무런 알람도 울리지 않는 화면만 바라보고 있자니 곧 시간이 다해 검게 변하고 말았다. 아닌 밤중에 홍두깨처럼 왔던 연락은 그걸로 정말 끝이었다.

"......이 작가 특이해."

표정뿐만 아니라 메시지 속에서도 알 수 없는 사람이 틀림없다. 이런 작가를 품고 있는 재경이라니. 그는 얼마나 애가 탈까. 오수희 씨는 그래도 좋고 싫음이 얼굴뿐만 아니라 말투에서도 확연히 티가 나는데.

-오늘 저녁은 좀 힘들 것 같은데요, 작가님.
아니, 이게 웬 자다가 봉창 두드리는 소리야!
"납득할 만한 이유를 5초 안에 대요. 일."
-전체 회식이야.
회식이라는 것에 대해선 익히 들을 만큼 들었다. 팀 회식도 아니고 상사들이 전부 함께하는 전체 회식이라는데 그건 납득할 만하다 못해 빼도 박도 못할 이유였다. 그 바람에 제한했던 5초는 1초 만에 상황 종료를 외쳤다.

재이는 이만 휴대폰을 반대쪽 귀로 옮겼다. 회식이라는 말과 동시에 떠오른 건 메시지 하나였는데 그건 바로 어제자로 주원과 주고받았던 메시지였다. 그저 지나가다 들은 얘기밖에 정보가 없으니 그래도 그나마 더 가까운 '그녀'의 정보를 얻을 수 있게끔 떠봤던 그 메시지 말이다. 내용으론 같이 일하고 계신 분인 것 같던데, 라고 했던.

-웬만하면 항시 대기라는 거 알겠는데 예외도 고려해 줘요.
혹여나 조건에 어긋난다니 뭐니 따지는 말을 붙일까 재경 쪽에서 먼저 말을 이었다. 정말 곤란한 목소리를 내면서 말이다.
"별수 없죠."
아, 같이 일한다는 그녀도 회식 자리에 함께하겠지? 갑자기 속에서 부글부글 뭔가가 끓어오르는 것만 같았다. 절대 두 사람이 같이 붙어 있는 시간을 길게 만들 순 없지. 미지의 여인이 누구인지도 모른 채 재이는 일단 그녀를 향해 질투의 열부터 올리고 봤다.

"그럼 회식 끝나고 보면 되겠네요."

2차에서 마무리되면 다행이지만 어쩌다 3차, 4차까지 이어질 경우, 그 시간이 하루를 꼴딱 넘긴 새벽이라는 걸 빤히 알면서도 억지를 부렸다.

-어?

"정리할 게 한두 가지가 아니에요. 그렇다고 미뤄 둘 수도 없고 말이에요. 안 도와줄 거예요? 나 혼자 해요?"

-그럼 상황 봐서 연락하든지 할게. 길게 이어질 수도 있거든.

"……알았어요. 꼭 연락해요."

-그래. 아, 이만 끊어야겠다.

재경을 찾는 다른 목소리가 섞여서 들려왔다. 얼핏 들어선 여자 목소리였던 것 같기도 하고 말이다. 바쁜 듯 먼저 끊기는 전화에 재이는 긴 한숨을 내쉬곤 저도 이만 휴대폰을 내려 두었다.

"이건 불공평해."

저는 온갖 구실을 만들어야 하는 데 반해 재경의 관심 그녀는 굳이 노력 없이도 회식이니 회의니 하면서 늘 얼굴을 부딪칠 수 있지 않은가. 일 이야기를 핑계 삼아 점심을 같이 먹을 수도 있고. 어떻게 생긴 여자일까. 보나 마나 늘씬한 몸매에 긴 머리칼을 찰랑이는 청순 글래머 스타일의 여자일까. 저는 그런 분위기를 흉내 낼 수조차 없는데.

 정신이 다른 곳에 있으니 작업에 집중이 될 리 만무했다. 혹여나 못 들을까 봐 휴대폰 알림 소리를 최대치로 키워 놓고 재이는 제 모든 신경을 오로지 재경에게서 오는 연락에 두었다. 주스를 한 모금 하다가도 흘끔, 펜슬을 들고 휘휘 돌리다가도 흘끔, 액정 위로 채색을 시작하다가도 흘끔.
 Rrrr. Rrrr.
 그리고 드디어 연락이 왔다. 재이는 벨소리가 울리기 무섭게 재경이 발신자인 걸 확인하고 얼른 받아 들었다.
 "네."
 기다리고 있던 건 맞지만 목소리에선 전혀 그런 기색을 비치지 않았다.
 -어, 조금 있으면 출발한다고.
 아직 9시도 되지 않은 시간이었다. 저녁만 먹고 헤어진 건가? 어쨌든 오겠다는 재경의 말에 재이가 손가락을 가만히 두지 못하고 꼼지락거렸다. 괜히 기분이 좋아져서였다. 피실, 피실 입가에 미소가 일어나는 것도 같고.
 "생각보다 빨리 끝났나 봐요?"

길게 이어질 수도 있다더니.

-아니. 여직원 한 명이 취해서 데려다주고 오겠다면서 빠져나왔어.

"……뭐라고요?"

잔망스럽게 움직이던 손가락이 일순간 정지 화면처럼 멈췄다. 엷게 호선을 그리던 입매도 원래 제 위치를 찾아가긴 마찬가지였다.

-어어, 여기 잡아요. 넘어지겠어요.

"뭘 잡는데요? 누가 넘어지는데요?"

-택시! 얼마 안 걸릴 거야. 이따 봐.

통화가 종료된 화면을 재이는 잔뜩 모난 눈으로 노려보았다. 계획적으로 취한 게 틀림없어. 일부러 관심 받으려고 마시지도 못하는 술을 받아 마신 걸 거야. 똑바로 설 수 있으면서 몸을 비틀거리면서 재경이 잡아 주게끔 만들었겠지? 게다가 마지막엔 택시까지 태워 주고!

"허!"

인기가 장난이 아니시라고 하더니 일부러 흘리고 다니고 있고만, 이 양반이! 굳이 자기가 왜, 구태여 직접, 왜 데려다주냐고. 그런 건 다른 사람 시킬 수도 있는 거 아냐?

제가 지금 착각하고 있는 게 아니라면 뭔가가 잔뜩 뒤틀려서 억울하게 그 희생양이 된 듯했다. 저 동그랗고 순한 눈망울 속에 이런 가학심이 있는 줄은 차마 몰랐는데 말이다. 재경은 제 앞에 있는 아주 뜨거운 홍차를 보곤 곤란한 듯 이맛살을 구겼다.

"김이 펄펄 나는데."

희뿌연 연기가 굳이 컵에 가까이 다가가지 않은 채 육안으로도 훤했다. 그런데도 손잡이 없는 컵에 따라 주는 건 대체 무슨 심보인 거지?

"차 달라면서요."

"뭐랄까. 요즘 같은 날씨엔 이렇게 뜨거운 것보단 차가운 걸 내어 주던데, 보통."

그리고 난 홍차 별로 안 좋아하는데…….

"그래서 안 마시겠다고요?"

손잡이 없는 컵은 다분히 의도적이었다. 취한 그녀가 넘어지지 않게끔 잡아 주고 택시까지 태워다 준 재경이 매우 마음에 들지 않았으므로.

"아니, 뭐. 좀 식으면 마실게, 그럼."

전과 같지 않은 분위기 같은 게 묘하게 재이의 등 뒤에서 피어오르고 있었다. 어제부터 이상 행동을 보인 그녀이기에 재이의 '그날'이라는 것에 온 초점을 둔 재경은 뭐가 됐든 무조건 맞춰 줘야겠다는 생각뿐이었다. 그럼에 구태여 괜찮다고, 저는 노래방까지 갈 거라던 이 대리를 억지로 데리고 나왔다. 볼만 발그레해질 뿐 딱히 취하지도 않은 이 대리였다. 입을 열면 어느 정도 술 냄새가 나긴 했는데 그건 몇 잔 걸친 다른 사람들도 마찬가지였을 거다. 그래도 이 대리만 한 타깃은 없었다. 다들 식사와 함께 가볍게 마신 정도라 초전부터 고주망태가 된 사람은 찾기 힘들었다. 재경은 부러 이 대리 옆에 앉아 있다 그녀를 살살 꾀어냈다. 팀원의 사생활엔 1도 관심이 없어 딱히 언급을 한 적이 없었는데도 불구하고 오늘은 그녀의 신혼 생활까지 자처해서 걱정해 주었다. 한창 좋을 땐데 남편 혼자 오래 두면 안 된다면서 말이다.

"뭐, 요즘 잘 안 풀려?"

나름 힘들게 자리를 빠져나왔는데 불구하고 여기서 제게 닥친 상황은 더 힘들었다. 누나나 여동생이 없는 저로서는 사실 여자의 '그날'에 대해 알고 있는 게 많이 없지만 특별히 예민해지고, 뾰족한 이유 없이도 짜증을 낸다는 기본적인 건 알았다. 그런 건 몇 번의 연애로도 터득한 사실이고 말이다.

뭐든 좋으니 일단 말해 보라는 듯 건넨 물음이었지만 재이의 불만 가득한 표정은 조금도 나아짐이 없었다.

"그쪽 말이에요."

"나? 어, 나 왜?"

정말 확실하게 희생양이 되었다. 상대가 재이라면 뭐, 넙죽 엎드려 받아 주겠다지만 그 이유 없는 짜증의 시나리오를 전혀 아는 바가 없으니 사실 좀 두렵긴 했다. 제 물음은 가볍게 먹어 버린 후 저를 가리키는 재이의 말에 재경은 괜히 식은땀이 나는 것 같았다.
"어쩌다 들었는데, 인기가 장난 아니라면서요?"
"뭐, 그렇긴 하지."
자랑이 아니라 그건 사실이니까.
"일부러 뿌리고 다녀서 그런 거 아니에요?"
"뭘 뿌리는데?"
그러니까 그…… 매력 같은 거, 뭐 그런 거.
"괜히 막 챙겨 주고 그러는 거 말예요. 이것저것 먼저 나서서 도와주고."
"내가 원래 한 매너 하거든."
"만인 공통 한 매너는 있느니만 못한 거예요."
"풉, 그래, 알았어. 네 말이 다 맞아."
별 말도 안 되는 것 가지고 트집을 잡아도 재경은 고개를 아래위로 끄덕였다. 이럴 때 괜히 이것저것 따지면 오히려 불난 집에 기름만 붓는 격일 테니 말이다.
"그리고 그렇게 실실 웃는 것도 안 좋아요."
"웃는 건 또 왜?"
설레잖아, 설레잖아! 나만 설레겠냐고! 여자들 눈은 다 똑같아.
"맘에 안 들어요."
"아, 그래?"
이 작가님은 그날이 되면 꽤 요란스럽게 트집을 잡는구나.

"뭐, 따로 먹고 싶은 건 없어?"

화제를 이만 전환하고 혹시 싶어서 손끝으로만 컵을 살짝 만졌는데 웬걸, 아직도 처음처럼 뜨겁다. 아무래도 오늘 안엔 이 차를 마시지 못할 것 같다. 빠른 포기로 재경은 홍차에게 미련을 남기지 않기로 했다.

"갑자기 먹고 싶은 건 왜요?"

"너 예민한 시기잖아."

"네?"

"아, 넌 입맛이 뚝 떨어지는 쪽인가?"

"지금 무슨 말을 하는 건데요?"

"내가 어디서 주워들었거든. 그날에 식욕이 폭발하기도 하고 또 반대로 완전히 떨어지기도 한다고."

그제야 재경이 무슨 말을 하는지 알아들은 재이가 눈꺼풀을 느릿하게 감았다가 들어 올렸다. 분명 아니라고 말을 했는데 어떤 포인트로 인해 제가 '그날'인 것에 확신을 실었는지 도통 모르겠다. 재이는 이와 이를 맞물린 채로 입술을 열었다.

"아니라고 했잖아요."

"아니야?"

모든 정황이 하나같이, 모조리 '그날'을 가리키고 있는데도?

"아니에요."

"진짜?"

"네."

"그렇구나."

그럼 오늘 왜 이렇게 까칠하실까. 손잡이 없는 컵에 뜨거운 차를 부어 주질 않나, 웃는 거 가지고 괜히 트집이나 잡질 않나.

"차 안 마실 거예요?"

짜증스러운 말투를 여과 없이 뿜어내며 재이는 턱 끝으로 재경의 앞에 있는 홍차를 가리켰다. 중간에 온도를 확인한 지 채 3분도 지나지 않았다.

"야, 너 불만이 있으면 말로 해. 일부러 이 컵에 줬지, 어? 저기 손잡이 달리고 두꺼운 컵들이 저렇게 많은데 하필 이 컵에다가 줘?"

그래. 그날이 아니라면 제게 뭔가 쌓인 게 있나 보다. 그냥 말로 하면 될 걸 굳이 이런 식으로 드러낼 건 또 뭐람. 방금 전까지만 해도 다정하게 뭐든 들어줄 듯 착하게 있던 재경이 금세 표정을 바꾼 후 불통한 목소리로 재이의 뒤편에 가지런히 정돈되어 있는 컵들을 가리켰다.

"다도에서 찻상 차림 같은 거 못 봤어요? 거기 컵이 손잡이 있는 게 있던가요? 나름 정통 다도식으로 이 컵에 준 거예요. 아, 왜 줘도 불만이에요?"

그쪽은 죄다 녹차가 아니던가. 게다가 펄펄 끓는 물을 주지도 않던데. 좋아, 변명 같지 않은 변명이지만 넘어가기로 하고. 결정적으로,

"나 홍차 안 좋아해. 작가님은 커피도 그러더니 사람의 기호를 너무 존중하지 않는 경향이 있어. 주기 전에 물었으면 좀 좋아? 홍차가 좋아요, 녹차가 좋아요. 어렵지 않잖아."
"마시기 싫음 말아요. 그냥 내가 마."
 흥, 하는 콧방귀와 함께 재이는 재경의 앞에 있는 걸 제가 가져가려고 손을 쭉 뻗었다. 그러던 찰나 제 손목을 콱, 쥐듯 막아서는 재경의 손이 더 빨랐지만 말이다.
"아직 뜨거워."
 컵에 닿기까지 간격 약 2센티가량을 벌리고 멈춰 선 제 손은 아직도 자의적으로 움직일 수 없을 정도로 재경의 힘에 의해서 잡혀 있는 상태였다. 재경은 재이의 손목을 놓지 않은 채 나머지 손으론 컵받침만 잡고 좀 더 본인 쪽으로 당겨 재이의 손과 컵의 간격을 보다 더 많이 벌렸다. 완벽하게 안전거리가 확보되고 나서야 쥐고 있던 걸 스르르 놓아주었다.
"후후 불어서 내가 마실게."
 개구지게 올라가는 입매가 퍽 귀여운 얼굴을 만들어 냈다. 손목부터 시작해 뜨끈하게 오르는 체온에 재이는 얼굴까지 빨갛게 되는 건 순식간이라고 느꼈다. 고작 이 정도 마찰했다고 심장이 이렇게 빨리 뛸 수가 있는가? 설렘과 긴장이 동시에 들이닥쳐 호흡이 흐트러지다 이내는 딸꾹질이라도 날 것만 같았다. 여전히 홧홧한 제 손목을 다른 손으로 감싸 쥐고 재이는 제 앞의 재경을 보았다. 맙소사, 이 남자가 좋다는 걸 다시 한 번 실감했다.

"으, 근데 여전히 내 입맛엔 별로다. 홍차는 대체 무슨 맛으로 마시는 거야, 어?"

입술을 둥글게 모아 두어 번 후후, 하며 차를 식히더니 아주 조금 한 모금 한 재경이다. 그러곤 오만상을 일그러뜨리며 부산스럽게도 제 타입이 아니라고 연거푸 어필한다.

아, 이런. 뭘 또 이렇게까지 귀엽고 그래?

[어쩌지, 오늘은 정말 어려울 것 같은데요, 작가님.]
"어쩌지이, 오늘은 정말 어려울 것 같은데요?"

남은 지금 널 좋아하는 마음을 인정하는 바람에 이렇게 콩닥콩닥거리고 또한 너한테 이미 회사에 소문도 파다하게 나 있는 '따로', '여자'가 있다는 소리에 손톱이 달달 뜯길 정도로 짜증 아닌 짜증이 나 죽겠는데.

"왜 어려워, 뭐가 어려워."

변명 같지 않은 변명은 있느니만 못했다. 게다가 오늘은 정말로, 진실로 어시가 필요한 날이 아니던가. 여태껏 분량으로 욕을 먹은 적은 없었는데 어느새, 어쩌다 보니 적어진 분량 때문에 심심치 않게 불만의 반응들을 발견한 요즘이었다. 그러니 콘티 작업에 박차를 가하고 회차 분량 확보에 만반을 기울이려면 저를 도울 사람이 필요했고 그게 꼭 재경이어야만 했다. 그런데 어려울 것 같다니. 하, 주말이라고 그간 못했던 데이트라도 몰아서 할 작정인가 보지?

-고객님이 전화를 받을 수 없어…….

"어라?"

팔짱을 꼬고 일전에 그랬던 것처럼 납득이 될 만한 이유를 대 보라고 할 참이었다. 이거 엄연히 근무태만 사항이라고 지적까지 보태려고 했는데 웬걸, 전화를 받을 수 없단다. 재이는 조금 황당한 표정으로 화면을 내려다보았다. 여태껏 단 한 번도 전화를 받을 수 없었던 적은 없었는데.

"……"

가정할 수 있는 상황들은 많았다. 배터리가 부족하다거나, 잠시 휴대폰을 다른 데 두고 바쁜 일을 처리하고 있다거나, 정말 받을 수 없는 상황이라거나. 그도 아니면 전화 따위가 방해할 수 없는 누군가와 함께, 라거나.

"쳇."

한 통 더 걸어 볼까, 하다가 재이는 괜히 애꿎은 휴대폰만 노려보면서 그걸 툭, 하고 던지듯이 책상 저편에 놓았다. 그러고는 누워 있는 펜슬을 들어 형체를 알 수 없는 콘티 작업에 다시 박차를 가했다.

"아니, 근데 생각해 보니까 또 그러네."

겨우 재이의 손에서 일어난 펜슬은 한 컷을 다 그려 내기도 전에 다시금 납작하게 엎드려졌다. 재이는 빈손으로 제 앞 머리칼을 쓸어 넘긴 후 휴대폰을 제 앞으로 가져왔다.

혹여나 만에 하나의 상황을 대비해서 저는 분명 덧달았던 말이 있었다. 약속된 기간엔 제 어시 일에만 전념하기로. 게다가 엄연히 계약된 조항도 있지 않은가? 웬만하면 항시 대기, 로 말이다. 그런데 박재경은 그저 오늘은 어렵다는 메시지를 끝으로 묵묵부답이다. 항시 대기면서 전화를 받을 수 없기까지 하고 말이다.

-고객님이 전화를 받을 수 없어…….

"아니, 글쎄 왜요."

성의 없이 또 같은 멘트만 반복하는 재경의 휴대폰에 대고 불만을 토로했지만 돌아오는 사람의 육성 같은 건 있을 리 만무했다.

[뭐 때문에 바쁜 거예요?]

[오늘 정말 할 일 산더미란 말이에요.]

[대답 안 할 거예요?]

다다다, 연속해서 보낸 게 아니라 나름의 시간차를 두고 보낸 메시지였지만 '읽음' 표시조차 되지 않았다. 당최 뭐 하느라 연락이 이렇게나 안 되는 건지. 죄 없는 펜슬을 들어 하얀 종이 위로 점만 무수히 찍어 보아도 여전히 재경에게선 묵묵부답이었다.

"너무하잖아, 진짜."

계약 만료 얼마 안 남았다고 이러긴가. 아니면 누구와 달달한 시간을 보낸다고 제 연락은 아예 받지도 않는 건가?

Trrrr. Trrrr.

쉴 새 없는 진동 세례 때문에 재경의 휴대폰은 이미 무음으로 바뀐 지 오래였다. 제아무리 능수능란하게 사회생활을 하지만 상사를 앞에 두고, 그것도 꽤 높은 상사를 앞에 두고 긴장을 하지 않을 수는 없었다. 하지만 그 긴장을 꽤 오래 하고 있으니 온 근육들이 이제 좀 자세를 바꾸면 안 되느냐고 아우성을 치고 있었다.

"제일 실적이 좋더라고, 2팀. 박람회 성과도 좋고."

칭찬할 건 칭찬하고 분발할 건 좀 분발하자, 하는 자리를 분기마다 꼭 마련하는 이사님이셨는데 그 자리를 주말에 마련하는 게 문제라면 문제였다. 게다가 사설이 어찌나 긴지 자기 때는 시장이 빈약해서 어쩌고저쩌고, 이만큼 콘텐츠가 발전이 되려면 어쩌고저쩌고, 늘 같은 말을 토씨 하나 틀리지 않고 하는 바람에 결국 잘해 줘서 든든하다, 라는 결론에 도달하기까지가 두 시간은 족히 걸렸다.

"박 팀장, 내가 눈여겨보고 있는 거 명심해."

"네, 이사님."

드디어 재경의 순서가 지났다. 그리고 남은 건 마케팅 팀 하나였다. 맛있는 점심 한 번 사겠다며 마련한 자리는 이미 저녁으로 치닫고 있는 중이었다.

이미 집중력을 잃은 지는 한참이었다. 재이는 휴대폰만 손에 들고 거실을 어지럽게 서성였다. 언젠가 연락을 확인하면 답신이 오든, 전화가 오든 하겠지, 하며 제 할 일을 하면 그뿐인데 그게 생각처럼 쉽지가 않아서였다. 대체 어디서 무얼 하기에 하루 온종일 연락이 닿질 않는 건지.

—고객님이 전화를 받을 수 없어…….

또다, 또. 벌써 여섯 통째 고객님께선 전화를 받을 수 없다는 말을 반복한다, 이분이.

[**이러기예요, 진짜? 나 아파요. 두통도 심하고 열도 있는 것 같아요. 해열제라도 좀 사다 줘야 하는 거 아니에요? 작가 건강, 건강 할 때는 언제고.**]

뭐 이런 같잖은 구실이 떠오른 건지 모르겠지만 이미 제 손가락은 돌이킬 수 없는 메시지를 전송한 후였다. 치사하게 아프다는 거짓말이 왜 나오니, 정말.

"아무렴."

아프다는데 이것도 나 몰라라, 하진 않겠지.

"아, 이사님 오늘도 연설 기셨어. 어이, 박 팀장, 우리끼리 소주나 한잔 걸칠까, 어때?"

"그래. 오랜만에 팀장들끼리, 어?"

밥을 먹으러 간 자리에서 다들 혼이 나간 것처럼 홀쭉한 채로 식당을 나섰다. 이사님이 먼저 뜨자 해산하는 분위기였지만 그래도 아쉬운지 홍보팀에서 2차 제안을 해 왔다. 재경은 그 말을 듣는 둥 마는 둥 하다가 점심부터 울렸던 휴대폰을 이제야 확인했다. 부재중 전화 12통, 읽지 않은 메시지 8통에서 재이의 전화가 8통에, 읽지 않은 메시지는 총 4통이었다. 서둘러 대화창을 켜 재이의 메시지를 읽는데 가장 마지막으로 온 메시지를 확인하자마자 재경은 주차된 제 차로 달렸다.
"어, 박 팀장! 먼저 가는 거야? 어?"

 간다는 말도 없이 재킷 자락이 휘날려라 달려가는 재경을 동료들이 뭐냐는 듯 불러 보았지만 듣기 싫은 바퀴 굉음만 남긴 채 재경은 자리를 떠났다.

 주말이라고 도로가 한산할 리는 만무했다. 저녁을 넘긴 시간이기 때문에 교외로 나갔다가 돌아오는 차량들과 맞물려서 그 체증은 평소의 배면 배였지 절대 덜하진 않았다. 핸들을 잡고 나머지 손으로 클랙슨을 울리는 재경의 표정이 심상치 않았다. 대체 일을 얼마나 몰두해서 했으면 두통이 도져서 열까지 날까. 환절기라 면역력도 약해지는 요즘인데, 감기 기운이라도 있는 건 아닐까. 왜 오늘 같은 날 이사님은 사람을 불러 가지고, 진짜. 웬만해선 입 안이 바싹 마르지가 않는데 재이의 마지막 메시지 때문에 재경의 입 안은 수분기 하나 없이 가뭄이 찾아들었다. 차가 재이의 동네로 진입할 때까지 머리를 넘나드는 재이에 대한 걱정 때문에 온통 재경의 신경을 곤두서게 만들어 잠재울 줄을 몰랐다.

완성되지 않은 콘티를 심드렁하게 내려다보며 손가락 사이에서 펜을 이리로 돌렸다가, 저리로 돌렸다가 하는 것을 반복하고 있을 쯤, 차임벨이 울림과 동시에 둔탁하게 현관문을 탕탕, 두드리는 소리가 소란스럽게 온 집 안을 울렸다.

"어?"

걸음을 서둘러 화면을 확인하니 제가 오늘 온종일 기다리던 재경이었다. 재이는 그럼 그렇지, 아무래도 아프다는 메시지가 좀 강하긴 했나 보다, 하면서 표정을 새침하게 만들었다. 문을 열어 주면서 종일 대체 뭘 했기에 이렇게 연락이 안 되느냐고 그를 타박하기 위함이었는데,

"보자. 열이 얼마나 나는 거야? 어? 아, 미안. 내가 이렇다. 해열제 사 온다는 걸 그만 깜빡한 거 있지. 아, 정신이 없었어."

문을 열자마자 들이닥친 재경이 대뜸 한 팔로 재이를 꽉 붙잡고 나머지 한 팔론 그녀의 이마를 어루만졌다. 그러곤 이리저리 안색을 살피다가 갑자기 표정을 확 구기면서 한숨을 길게 내쉬었다.

"미안, 정말 미안."

딱 보기에도 정신이 없어 보였다. 처음엔 영문을 몰라 재경이 하는 양에 휩쓸려 있던 재이가 그제야 약을 사 와 달라고 했던 제 메시지를 떠올리곤 아, 하는 소리를 냈다.

"괘, 괜찮아졌어요. 열은."

잔뜩 모난 얼굴을 하고 다다다, 쏘려고 했던 말들이 그만 쏙 들어가 버렸다.
"진짜 괜찮아? 병원 가 봐야 하는 건 아니고?"
"네. 그냥 좀 머리가 아팠던 것뿐이에요. 그…… 어, 그렇지. 좀 잤더니 개운해졌어요."
"그래도 혹시 모르니까 약이라도 사 두자. 기다려, 얼른 갔다 올게."
 현관에서부터 저를 살피는 재경 때문에 재이 또한 실내화를 신은 채 아직 현관을 벗어나지 못한 상태였다. 약을 사겠다며 다시금 뒤를 돌아 나가려던 재경을 겨우 붙잡은 재이가 진짜 괜찮다는 말과 함께 고개를 절레절레 저었다.
"아, 미안. 이사님 회동만 아니었어도 메시지 연락 바로바로 확인했었을 텐데."
 한사코 괜찮다는 말을 했음에도 불구하고 심각한 표정을 좀처럼 풀지 않는 재경이었다. 그는 진심으로 제때 제 메시지를 보지 못한 것에 대해 미안해하고 있었다.
"이사님 회동이요?"
"어. 그래서 연락 못 받았어."
 세상에. 그런 줄은 꿈에도 모르고 일부러 피한다느니, 밀려둔 데이트를 한다느니, 그런 망상만 키우고 있었다.
"저, 저는 진짜 괜찮으니까 일단 들어와요. 네? 여기서 이렇게 서 있지 말고요."

지어낸 거짓말에 급하게 달려온 티가 팍팍 나는 재경을 보며 미안해 죽을 것 같으면서도 한편으론 이보다 더 설렐 수는 없었다. 거실에서 마주 앉아 있는 와중에도 여전히 굳은 표정으로 제 이마의 열을 체크하는데 그 손이 어찌나 따뜻하고 섬세한지.

"아, 정말 열은 내려갔나 보네. 얼마나 놀랬는지, 진짜."

"미안해요. 그냥 미열 가지고 괜히 짜증 낸 거였어요. 연락도 종일 안 되고 해서……."

제가 아프다는 말 한마디에 이렇게 부리나케 올 정도면 마음에 있다는 그녀가 아프다면 어떨까. 방금까지 재경의 모습에 설레다가도 금세 미지의 그녀에게 알 수 없는 질투가 샘솟는 재이다.

"그러게 먹는 것 좀 제발 잘 챙겨. 커피 줄이고, 어? 면 음식 같은 것도 간단하다고 주구장창 먹고 그러지 말고."

"왜 또 잔소리예요."

"다 병을 키우고 있는 거잖아, 작가님 네가. 하여튼 틈을 줄 수가 없어요, 틈을."

"아, 앞으론 재깍재깍 연락 받아요."

"물론이지. 아, 다행이다, 그래도. 많이 아픈 거 아니라서."

재경은 그제야 미간에 주름을 풀고 옅은 숨을 내뱉었다. 꼭 발목이 다쳤을 때 그때처럼 지나가는 혼잣말을 하듯 걱정과 다정이 깃든 그런 숨을 말이다.

아, 이 남자를 정말 어쩌면 좋을까.

♦ ♦ ♦

작가들의 밤 행사는 M소프트 내에서 자체적으로 주최하는 행사였다. 참석 여부는 자유였지만 인맥을 넓힌다거나 정보 공유를 위해 초대된 작가들은 대부분 참석하는 추세였다. 작업을 함에 있어서 실질적으로 오고 가는 선배들의 팁은 어디 다른 곳에서 얻을 수 없는 굉장한 정보였지만 그보다도 재이는 오늘 재경이 '같이 일하는 사람'을 물색하는 목적이 더 강했다. 발목 때문에 며칠간 신지 못했던 힐에 어김없이 탑승을 하고 옷도 그리 과하진 않지만 그래도 영 무난하지만은 않게 차려입었다. 웬만한 일이 아니면 뿌리지도 않던 향수도 두어 번, 아니 서너 번은 칙칙 뿌리고 왔더니 걸음마다마다 잔향이 맴돌아 한껏 자신감을 업그레이드시켜 주는 것만 같았다.

"오셨네요, 작가님. 이쪽으로 앉으시겠어요?"

사측에서 작가들에게 전하는 감사의 행사였지 풀코스로 제공되는 화려한 파티 격은 아니었다. 전달이 좀 이상하게 되었나? 누가 봐도 나 한껏 힘 줬어요, 하는 차림새로 등장한 재이를 보며 주원이 살짝 놀란 제 심정을 숨기며 그녀를 안으로 안내했다. 그냥 곁에서 자리만 지정해 줬을 뿐인데도 불구하고 코끝까지 장미 향 비슷한 게 맴돌아 머리가 약간 어지러웠다.

"못 알아볼 뻔했네요."

메뉴를 한 번 더 확인하고 인원을 체크하고 전체 사항을 점검받던 재경이 재이의 옆으로 불쑥 나타났다.

"아, 그냥 초면인 자리라 예의를 갖출 겸해서요."

난 누구도 의식하지 않고 그 어떤 신경도 쓰지 않고 나왔다, 하는 뉘앙스를 강하게 풍기며 재이는 가볍게 대꾸했다. 먼저 도착한 다른 사람들을 아무리 둘러보아도 저처럼 '치장'을 하고 나온 사람들은 극히 드물었다. 그래도 저는 당당했다. 여기 오는 어느 누구한테라도 꿀리면 안 되니 말이다.

"기어이 신고 왔구먼?"

의자 밑으로 가지런히 놓인 두 발목 아래가 아찔하다. 발목 라인이 아찔하다는 게 아니라 구두의 굽이 너무 높아서 아찔하단 뜻이다. 보는 것만으로도 없던 현기증이 날 것도 같다. 이런 위험한 신발 때문에 얼마 전엔 다치기도 했으면서 또다시 이런 걸 신고 나타나다니. 재경은 인상을 팍 구기면서 재이의 구두를 못마땅한 듯 가리켰다. 하지만 재이에게 이것은 하나의 생명이었고 저를 위한 갑옷이기도 했다. 무슨 일이 있어도 절대로 포기할 수 없는 아이템이었다. 상관하지 말라는 듯 재이는 재경의 검지를 툭, 건드리며 치워 냈다.

"충분히 조심할 거니까 걱정 마요. 박 팀장님은 근데 어디 앉아요?"

"저쪽이 내 자리예요."

"왜 같은 테이블이 아니에요?"

명색이 내 어시며 내 담당인데.

"여긴 작가들 자리니까요. 나중에 저쪽에도 놀러 와요."

소곤소곤 말을 남긴 재경이 이만 자리를 떠났다. 그를 따라 재이의 시선도 자석이라도 붙인 듯 나란히 옮겨졌다. 여기저기 불려가 인사를 나누고 또 회사 사람들과 가볍게 이야기를 하며 이것저것 지시도 하는 게 여태 제가 보았던 모습은 아닌지라 조금 색다르게 보였다. 그마저도 너무 멋져서 탈이었지만.

"실물은 처음이네요. 인터뷰 같은 것도 안 하셔서 얼굴은 몰랐어요."

자리의 앞으론 작게 이름표가 있었던지라 이름표를 보면 그 작가가 누군지 알 수 있었다. 마침 맞은편에 의자를 빼서 앉던 다른 작가가 재이를 알아보며 그녀에게 살갑게 말을 붙여 왔다. 그 때문에 열심히 시선을 따라 옮기던 것도 관두어야 했다.

"네, 안녕하세요? 아, '오늘도 파랑' 저도 열심히 보고 있어요, 윤 작가님."

인사치레와도 비슷한 각자의 작품 추켜세워 주기를 시작으로 하나둘 자리를 채우는 작가들과의 수다 타임이 시작되었다. 선배 작가들은 회사 풀네임을 알려 줄 순 없다며 단단히 못을 박듯 서두를 뗐음에도 불구하고 나중엔 어디랑 절대 계약하지 마라, 하는 등 결국 블랙리스트를 여과 없이 읊었다. 사교성이 짙은 성격이 아닌 재이는 이런 자리가 사실 편하진 않았다. 대부분이 말이 많은 건 아니어서 말을 하는 사람들은 정해져 있었는데 그들의 입이 쉬지 않는 게 문제이긴 했다. 재이는 고개를 대충 끄덕이며 할 게 없으니 앞에 있는 술과 음료만 번갈아 가며 마셔 댔다.

"근데 담당 잘 만나는 것도 복이에요."

"맞아요."

"여기에 마이너스의 손이 있다는 거 알고 있죠?"

"마이너스의 손이요?"

화기애애하게 떠들던 테이블이 약간 눈치를 보는 듯 목소리를 낮췄다.

"3팀 서 팀장님이요."

"아, 서 팀장님."

"강 작가님 그래서 불참하신 거예요? 지난번까지는 계속 오셨던 것 같은데."

"그러니까 말이에요."

"참, 유 작가님은 박 팀장님이랑 작업하고 계시죠?"

다들 재계약을 거치면서 꽤 M소프트와 오래 일을 해 본 모양이었다. 하지만 재이는 신인축이기도 했고 M소프트는 이번이 처음이었던지라 이런 대화엔 끼어들 틈이 없었다. 아까와 별반 달라질 것 없이 조용히 자리를 지키면서 재경의 근처에 어떤 여직원들이 스치는지 예의주시하고 있는 와중에 틈새 질문이 들이닥쳤다.
"네? 아, 네."
"괜찮죠? 피드백도 확실하시고, 항상 공손하고 친절하셔서 전 되게 좋았거든요."
항상 공손하고 친절, 은 잘 모르겠던데.
"네, 괜찮아요."
"그리고 훈훈하잖아요."
"아, 뭐, 그렇죠."
"처음 미팅 때 보고 완전 반할 뻔했어요, 전. 그때 약혼자만 아니었어도 어떻게 해 보는 거였는데. 아, 물론 농담이에요. 그만큼 매력 있다고요, 박 팀장님."
사내에서만 인기 많은 게 아니잖아. 진짜 여기저기서 난리네, 난리. 몹시 묘한 눈빛으로 재경 쪽을 보는 작가를 보며 재이는 홀짝홀짝 마시던 술을 벌컥 들이켰다.
"어어, 정 대리, 너무 빨리 마시네요. 그러다가 취하겠어요."
작정하고 마시는 건지 아니면 일부러 그러는 건지 재경의 근처에 있는 여직원이 아까부터 어마어마한 속도로 잔을 비워 냈다. 별 얘기가 아니고서야 시선이 제가 앉은 테이블보단 재경이 있는 쪽에 늘 있던 재이였기 때문에 그걸 발견하는 건 별로 어렵지 않았다. 게다가 그녀를 만류하는 재경의 목소리며 손짓까지도 말이다. 다분히 자상하고 다정한 목소리와 눈빛이었다. 그걸 보니 속에 불을 지핀 것처럼 이글이글 타올랐다. 저 여자인가?

"앞치마 좀 가져다줄게요."

급기야 하얀색 블라우스를 입은 다른 여직원을 위해 자리에서 일어났다. 앞치마를 건네받은 그녀의 얼굴이 복사꽃처럼 붉었다. 그렇다면 저 여자인가?

"팀장님, 저희 팀 회식은 언제 해요?"

"맞아요, 전체회식 말고 저희 팀끼리만 따로 자리 가질 때도 됐잖아요."

눈매가 여우의 그것처럼 찢어져서 올라가 있다. 자세히 보니 의상도 회사원치고는 너무 과감하다. 그리고 그걸 꼭 제 옷처럼 소화해 내는 풍성한 볼륨감이며 기나긴 목선까지. 어머나, 머릿결까지 비단처럼 찰랑거린다.

"……에이 씨."

저 여자는 진짜 아니었으면 좋겠는데. 풍성한 볼륨감과 기나긴 목선 따위는 제가 지금 당장 어떻게 해결할 수 없는 문제다.

옆얼굴이 어디선가 전해져 오는 따가운 시선으로 인해 화상이라도 입을 듯 뜨거웠다. 하지만 그 시선은 곧 시선뿐만 아니라 온연한 형체가 되어 재경의 앞으로 나타났다.

완벽하게 뒤섞였다는 표현은 좀 과했고 무르익는 분위기에 자리들이 두어 번 이동되긴 했다. 요지부동 제자리에 앉아 있는 사람들이 있는 반면 얼굴을 익히며 간단한 인사를 하느라 잔을 들고 움직이는 이들도 있었다. 하지만 재경의 테이블에 난입하듯 나타난 재이는 딱히 얼굴을 익히거나 간단한 인사를 하기 위해 자리를 옮긴 건 아닌 것 같았다.

"아, 인사들 해요. 지금 현재 인기 순위를 달리고 있는 웹툰 '그저 그런 평범한' 시리즈의 유재이 작가님."

진득한 알코올 냄새가 날숨으로도 충분히 다른 사람을 취하게 만들 수 있을 것처럼 느껴졌다. 게다가 향수라도 뿌린 건지 장미 향 비슷한 냄새도 섞여서 퍼지는데 그게 그렇게 유쾌하진 않았다. 코를 찌르는 술 냄새와 향수 냄새를 애써 모른 척하며 재경이 재이를 마주 앉은 사람들에게 소개했다. 이미 술은 여기서도 한차례 거나하게 마신 후라 그런지 완전 맨정신으로 허리를 세우고 있는 사람은 재경을 포함해 극히 드물었다. 그들은 재이의 소개가 마쳐지자마자 약속이라도 한 듯 우르르 그녀에 대한 칭찬을 쏟아 냈다. 하고 있는 일이 일인지라 다들 작가들은 꽤 상대해 봤기에 거의 학습이 된 거나 마찬가지였다. 작가님 연재 잘 보고 있어요, 작가님 최고, 앞으로 이대로만 쭉 달려 주세요, 등등. 개중엔 도무지 뭐라고 하는지 알아들을 수 없는 발음을 구사하는 사람도 포함됐다.

"작가님 오늘 기분 좋으셨던가 보네."

언제 이렇게 마셨데? 앉아 있는 것도 힘들어 헤롱헤롱하고 있는 재이의 팔을 붙잡은 재경이 그녀의 앞으로 차가운 물을 따라 주었다.

"마셔요. 좀 나아질 거예요."

각이 참 잘 떨어진 슈트였다. 처음 딱 재경을 보았을 때부터 그렇게 느꼈다. 음식들을 먹느라 소매를 걷어붙여 팔엔 주름이 지긴 했지만 그마저도 한데 어우러지듯 위화감이 전혀 없었다. 뭘 걸쳐 놔도 작품이 될 것만 같은 허우대 때문인 건가?

"안 마셔요?"

팔을 세우고 그 위로 얼굴을 괸 채 재이는 재경을 뚫어져라 쳐다보았다. 제 앞으로 내밀어지는 차가운 물은 이미 뒷전이었다.

날카로운 콧날, 도톰하지도 딱히 얇지도 않은 알맞은 두께의 입술, 차분한 목소리, 남자다운 선. 슈트발이라도 제대로 받을 것처럼 꼭 어울리는 셔츠와 타이. 그리고 공평하게 모두에게 웃어 주는 이 다정한 미소. 아주 그냥 매력덩어리가 따로 없구먼?

"이봐요, 어시 박."

잇새로 엇나가는 공기들이 그 발음의 수위를 마치 흔한 욕설 중 하나와 비슷하게 맞춰 주고 있었다. 픽, 웃은 재경이 그걸 교정해 주기 위해 재이의 귀에 대고 일부러 또박또박 느리게 말을 했다.

"발음이 꽤 위험한데요? 여기 사람도 많은데 강세 조절 잘

해 주세요. 어시, 완벽하게 띄우고 박. 아님 반대도 괜찮겠네요."

박 어시, 이렇게.

"참 나, 언제 꼬박꼬박 존대했다고. 완전 가식적이야."

"이거나 마셔요, 자."

취한 와중에 그게 또 불만인 건지 정처를 잃은 손가락이 어지럽게 왔다 갔다 하는 것을 반복했다. 아마 힘을 제대로 줬었다면 정확히 재경을 콕, 콕 가리켰을 텐데 말이다.

자발적으론 도무지 물을 마실 것 같지 않아 재경은 친히 재이의 어깨에 어깨동무하듯 손을 올리고 아기 어르듯 달래며 컵을 입술 사이에 가져다 댔다. 그러자 본능적으로 입 안으로 흘러들어 오는 물을 꿀꺽꿀꺽 잘도 받아 마시는 재이다. 아이, 착하다.

"내가 쭉 지켜봤는데 말이에요."

입가의 물기를 대충 닦아 낸 재이가 눈에 잔뜩 힘을 준 채로 재경을 응시했다.

"네, 그런데요?"

"웃음이 너무 헤퍼."

"풉, 뭐라고요?"

재이는 검지를 들어 재경의 웃는 입매를 가리키려고 애썼다.

"그렇게 웃으면 다들 좋아하잖아."

안 좋아하려고 해도 좋아질걸?

재경은 일부러 몸을 재이 쪽으로 틀었다. 저만 재이의 표정을 볼 수 있고, 저만 재이의 목소리를 선명하게 들을 수 있게끔 말이다. 그리고 재이의 화각에도 재경이 거의 전부였다. 시끌시끌한 분위기 속에서도 공간이 차단된 듯 아늑한 느낌마저 들었다.

"그럼 작가님은 어때요?"

"뭐가."

"작가님도 내가 웃으면 좋아요?"

원래 나 되게 재수 없어 했잖아.

"차암 나."

이미 두 볼이 화끈거리고 있는 와중인데 더욱 뜨거워졌다. 재이는 괜히 시선을 다른 데로 두면서 테이블에 있는 아무 잔이나 가져왔다. 술, 술이 좀 더 필요하다. 하지만 그마저도 제 의지대로 되진 못했다.

"됐어, 그만."

"왜에, 내가 마실 거라는데."

반쯤 남아 있는 맥주병과 잔을 재이에게서 멀찍이 치워 두고 재경은 틀었던 몸을 다시 바로 만들었다.

"저희 작가님이 많이 취하셔서 먼저 일어나 봐야겠네요. 전 유 작가님 주소 아니까 데려다줄게요."

"아니요, 전 더 있을 건데요?"

어차피 지루해졌던 참이었다. 했던 얘기를 또 반복해 대는 기승전도돌이표 자리에서 재경은 미련 없이 엉덩이를 뗐지만 웬 고집인지 재이는 움직이지 않았다.

"다들 적당히 하고 내일 봅시다."

"아, 팀장님, 저희 2차 가야죠."

"맞아요, 2차!"

"이 대리, 이 대리는 집에 일찍 들어가야죠. 전화 아까부터 계속 오던데."

아주 마시면 끝장을 보려고 해서 탈이네. 결혼하기 전에도 그러더니.

"백 주임이 이따 취한 사람들 택시 좀 태워 줘."

"네, 알겠습니다."

재킷을 챙겨 와 재경이 제대로 몸을 가누지 못하는 재이를 조심스럽게 일으켰다. 제 고집상 앉아 있어야 맞는 건데 일으키면 일으키는 대로 움직이는 제 몸이 못내 불만인 재이가 놓으란 듯이 팔을 버둥거렸지만 아주 짧은 반항에 그쳤다. 몇 번 버둥거리니 힘이 빠졌기 때문이었다.

"발, 발. 취한 상태라서 네 무게 장난 아니거든? 걸으려고 노력해 봐."

쪼그만 게 대체 그 많은 술을 어디로 다 마신 거야.

"이봐, 이봐. 반말한다, 지금. 어? 저 안에서는 가식 떨어 놓고."

"뭘 가식을 얼마나 떨었다고."

꼬박꼬박 존칭 써 가면서 작가님, 작가님, 한 거밖에 더 있던가?

"자주 얼굴 봐서 정들면 저 사람들이랑은 뭐, 영혼의 맹세라도 할 건가?"

고집스런 검지는 아까부터 자꾸만 재경의 눈앞을 아른아른거렸다. 검지로 누굴 콕, 가리킨다는 건 다분히 의도적인 무언가가 있다는 거다. 여태 제게 따로 쌓인 불평불만이 이렇게 터지는 건가? 어제 홍차도 그렇고. 그간 제가 뭘 그렇게 밉보였다고.

재경은 천천히 재이를 부축하며 대꾸는 꼬박꼬박 해 줬다. 입을 꾹 닫고 차까지 가면 그보다 금상첨화는 없겠다만 그러기엔 이 작가님이 벌써부터 비협조적이다.

"영혼의 맹세까진 아니고, 경조사 꼬박꼬박 가는 정도?"

"이거 봐, 이거 봐. 여기도 흘리고, 저기도 흘리고."

"뭔 소리야, 대체."

풍선 인형처럼 팔랑팔랑 춤을 추는 꼴로 있는 재이의 허리를 꼭 부여잡고 차 문을 겨우 열었다. 머리까지 구겨 꼼꼼히 의자에 앉혀 제가 운전석으로 가는 동안 꼼짝하지 못하도록 안전벨트까지 매어 둔 후 재경은 한껏 굽었던 제 등을 제대로 펼 수 있었다. 그새를 못 참고 얄미운 검지는 자꾸만 재경을 쫓으며 가리켰지만 말이다.

"작가님 주사 보통이 아니네요."

고개를 절레절레 저으며 이만 시동을 걸었다. 여전히 모난 눈을 풀지 않은 채로 저를 보고 있는 재이 쪽을 흘끔 본 재경이 피식, 웃자 그걸 또 귀신같이 캐치해선 또 꼬투리를 잡는 재이다.

"웃어? 지금 웃었어요?"

"왜, 웃으면 안 돼?"

"여기저기 막 뿌리는 것처럼 웃네."

"뭘 뿌려, 내가."

"여기저기 막 뿌렸잖아요. 막 이렇게, 어? 눈도 이렇게 접어 가면서."

"아, 술 냄새."

동선이 안전벨트로 인해 저지되는 게 그나마 다행이었다. 몸을 최대한 재경 쪽으로 튼 재이는 차가 주행 중이든 말든 신경 쓰지 않은 채 오로지 제 말을 하기 바빴다.

"내가 가만 보니까 한둘이 아냐, 한둘이. 저 여자인가, 싶다가도 또 다른 여자가 나타나, 막. 그래서 이번엔 확실한가, 했더니 또 나타나, 또!"

자꾸만 제 쪽으로 넘어오려는 재이를 중간중간 재경이 검지로 그녀의 이마를 꾹 누르며 저지했다. 뭐가 그렇게 억울한지 정면을 보면서 따지고 싶은가 보다. 그리고 신호를 받은 차에 재경은 재이 쪽을 보면서 농담 삼아 질문을 하나 던

졌다. 들자 하니,

"그러는 작가님은 그걸 왜 세고 계셨대?"

꼭 여자들 경계하는 것처럼. 듣는 누구 착각하고 오해하기 쉽도록.

"박 기사."

"……뭐?"

"일단 운전이나 해!"

"이봐. 자기는 대답 안 하면서 지금 나만 취조하세요?"

"앞 보라고, 앞. 저거 초록색!"

"와, 너 진짜 내일 일어나면 숙취 말이 아닐 거다."

"지금 나에게 와 말해 줘, 우리에게 내일은 없어."

"풉, 뭐?"

이것도 하나의 주사인 건지 대뜸 재이는 아무런 반주도 없이 노래를 흥얼거리기 시작했다. 그것도 음치, 박치 티를 가감 없이 드러내며 말이다.

"망설이지 마, 더 늦기 전에 나우. 더 멀리 더 멀리 날 밀어내지 마알고."

참으려고 해도 자꾸만 웃음이 터졌다. 저 혼자 소울에 심취해 흥얼거리는데 듣는 사람이 아주 고역이었다. 이런 면이 있었나, 싶은 생각에 하는 행동이 그저 귀엽다가도 말도 안 되는 바이브레이션을 넣을 때면 재경도 사람인지라 절로 미간이 일그러졌다.

"2차 안 가길 정말 잘했다. 말려도 노래 불렀을 것 같아, 너."
 진심으로 고개를 절레절레 저었다. 꼭 마이크 붙잡고 절대 안 놔주는 노래방 민폐를 어렵지 않게 경험할 뻔했다.

 몇 소절 부르더니 진이 빠진 건지 아니면 취기에 지쳐 드디어 졸음이 쏟아진 건지 몰랐지만 다행히 그 후론 잠잠했다. 덕분에 재이의 집으로 도착하기 약 15분 정도는 고롱고롱 옅게 코를 고는 비교적 작은 소리만이 차내를 에워싸 나름 운전에 집중을 할 수가 있었다.
 "아."
 그런데 문제는 지금부터였다. 어찌어찌 차에서 내려 또 어찌어찌 엘리베이터를 타고 올라왔건만 집 앞에 다다라선 집 안으로 들어갈 수가 없었다. 재이의 집을 드나든 게 너무 익숙하다고 하지만 그렇다고 그녀의 집 비밀번호까지 알고 있는 건 아니었다. 제게 모든 무게를 지탱한 채 기댄 재이는 제가 조금이라도 방심했다간 지체 없이 바닥에 온몸을 맡길 태세였다.
 "손 줘 봐, 손."
 "싫은데?"
 지문 인식을 위해 손을 가져가려 하자 언제 눈을 반쯤 감고 있었냐는 듯 금세 제 손을 획 뒤로 감췄다. 이런 식의 실랑이가 영 싫은 건 아니었지만 그래도 집 앞은 너무했다. 게다가 무겁기도 무거웠고 말이다.

"작가님, 들어가셔야지요."

"안 들어가면 어쩔 건데?"

"그럴 일은 없죠."

거의 안다시피 재이를 확 당긴 후 재경은 그녀의 한 손을 확 잡아채 잽싸게 지문 인식기에 인식시켰다. 몇 초 지나지 않아 록이 풀리는 청아한 음이 마치 구원처럼 귓전을 울렸다. 와, 드디어.

"조심, 조심."

무기 같은 신발은 좀 어떻게 할 수가 없나. 온전히 제 힘으로 바닥을 딛게 했다간 구두에 온 체중이 쏠려 넘어질 것만 같았다. 재경은 마지막까지도 들다시피 재이를 안으로 옮겼다.

"와, 좀 쉬자."

일단 급한 대로 가장 눈에 먼저 들어오는 소파에 재이를 눕히고 재경은 쓰러지듯 바닥에 앉아 목에 걸고 있던 재이의 핸드백을 벗었다. 가방은 작은데 안에 뭘 그렇게 넣은 건지 목 언저리가 미친 듯이 뻐근했다.

"이봐, 어시 박."

차라리 그냥 잠들어 버리지 이렇게 중간중간 깨는 게 더 힘들었다. 뒤에서 들려오는 잔뜩 꼬인 발음의 기척에 재경은 부러 고개를 돌리지 않으며 손을 흔들었다.

"발음 주의한다, 발음. 아니면 지금 취기를 빙자해 욕하는 거야?"

"누군지 말해 봐."

"뭐?"

"대체 누군지 내가 알아볼 수가 있어야 말이지."

"뭘, 누구를 알아보는데."

하는 수 없이 몸을 트는 노력을 할 수밖에 없었다. 간혹 앞뒤 다 떼어 먹은 문장을 읊어 대는데 얼굴이라도 봐야 그 의미를 조금이라도 알 수 있지 않을까.

두 볼이 발갛게 물들어 가지고 입술 새론 여전히 다 날아가지 않은 알코올 냄새가 풍겼다. 분명 반듯하게 몸을 뉘어 줬는데 어느새 구겨진 모양으로 만들어선 머리칼이 아주 엉망이었다. 그런 와중에도 재이의 시선은 정확하게 재경을 향했다. 굉장히 불만이 가득 서린 채로 말이다.

"아니면 오늘 안 왔나? 내가 뭐, 그쪽 회사 다 뒤져 봐?"

"누구 찾는 사람이라도 있어?"

차라리 그냥 이름을 말해. 내가 대신 찾아 줄게.

"하여튼 남자들은 다 똑같아."

"갑자기 화제가 바뀐 거야?"

"죄다 쭉쭉빵빵들뿐이잖아. 뭘 누구를 어떻게 상대하겠어, 내가? 뭐로 밀어붙이면 될까. 말해 봐, 어서."

어지러운 와중에 아무리 전 상황을 되짚고 재경과 다정해 보였던 여자들을 하나둘 밀어 올려 봐도 좀 만만한 상대가 없었다. 재이는 그게 제일 짜증스러웠다. 이 회사는 여자 직원들을 고용할 때 죄다 매력으로 뽑나, 할 만큼 뭐 어디 모델 대회에 당장 나가도 손색이 없을 정도였다.

취기가 잔뜩 올라서 이미 제 제어를 벗어난 몸인 것 같았지만 억지로 가누려고 애쓰며 재이는 채근하듯 재경의 어깨를 툭, 툭 쳤다. 어디 한번 말해 봐. 내가 뭐로 밀어붙이면 당신이 나한테로 관심을 돌릴까, 응?

"왜 뭐 때문에 밀어붙이는데, 네가?"

소파의 빈 공간 위로 팔을 괸 재경의 시선이 몹시 다정했다. 무슨 얘기라도 다 들어 주겠다는 듯 귀를 기울이고 있는 세심한 눈의 깊이는 꼭 빨려 들어갈 것만 같았다. 재이는 심호흡인 것처럼 짧게 볼을 부풀려 바람을 빼내듯 푸우, 푸우 하는 소리를 두어 번 반복했다. 그 바람을 따라 알코올도 몸에서 빠져나가는 착각이 들었다.

"떠올랐어."

주제가 무엇이며 대화가 어느 방향으로 흐르는지, 아니 대화가 지금 되고 있는지조차 몰랐다. 아까 전에는 누구를 그렇게 애타게 찾더니 이내 남자들은 다 똑같다고 하고 또 좀 전엔 뭘 상대하려고 밀어붙인다고 하고 급기야 방금은 떠올랐다고 한다. 기승전결이 하나도 없이 이랬다가, 저랬다가 뒤죽박죽인 채였지만 재경은 때마다 답을 해 주었다. 이러면 이렇게, 저러면 저렇게 말이다. 사실 이런 재이의 모습을 구경하는 재미가 꽤 쏠쏠해서 은근히 즐기고 있는 중이기도 했다.

"그래? 잘됐네, 그거."

자꾸만 뒤로 늘어지려고 하던 몸이 이럴 때는 웬일인지 가벼웠다. 목을 긁어 대듯 타던 갈증도 이 순간엔 눈치껏 제 본능을 죽였다. 널브러지듯 구겨져 있던 몸을 일으켜 재이는 망설임 없이 재경의 타이를 제 쪽으로 끌어당겼다. 설마하니 제 타이가 누군가에 의해 당겨질 것이라곤 꿈에도 그리지 못했던 재경인지라 재이의 작은 힘에도 방심한 목이 그대로 타이가 당겨진 방향을 따라 이끌렸다. 차마 이게 무슨 상황인지 눈을 굴려 생각을 할 수 없도록 재이는 재경의 입술 위로 제 입술을 꾹 내리눌렀다. 파르르 떨리는 재이의 속눈썹이 속절없이 떨리는 심장의 반동을 가감 없이 표현해 주고 있었다. 그리고 얼마 지나지 않아 서서히 간격을 벌린 후 재경을 향해 꽤 단호하게 한마디를 내뱉었다.

"도장."

내가 먼저 찜.

10. 사이 갱신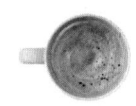

 안 그래도 주사가 굉장히 버라이어티해서 그 장단을 맞추기 위해서 꽤나 노력을 쏟고 있는 와중이었다. 그런데 그에 화룡점정을 찍을 것처럼 다가온 입술의 촉감은 그야말로 전혀 예상에 없던 시나리오라 재경은 잠시 놀란 눈으로 재이를 마주보았다. 여태까지 유재이에게 이런 면이 있었어, 하는 것과는 비교조차 되지 않았다. 게다가 제법 박력 있게 제 타이를 끌어당겨 입술을 부딪치기까지.
 "너 이거 대단히 위험한 주사다."
 만에 하나 그럴 일은 없었겠지만 어쨌든 일어나지 않은 상황이니 마음 놓고 가정을 좀 해 보자면 이 자리에 있는 게 저 말고 다른 사람일 수도 있었다. 제가 눈코 뜰 새 없이 바빠 여기저기 신경을 쓰느라 재이를 대신 데려다 달라고 충분히 부탁을 해 볼 수도 있었을 테니 말이다. 누구라고 꼭 단정 지을 수 없지만 어쨌든 제가 부탁을 했던 다른 누군가가 여기에 있었다면? 그렇다면 어땠을까. 방금처럼 그 사람의 타이도 끌어당겨 친히 제 입을 맞추었을까? 여기까지 생각이 닿자 몹시 진지해지고 심각해진 재경이다. 잠시 닿았던 그 부드러운 촉감이 입술에서 채 가시기도 전에 재경은 짐짓 엄포라도 놓는 것처럼 표정을 굳혔다. 하지만 이미 풀어진 재이의 눈은 재경이 무슨 말을 하든지 상관없다는 듯 헤실헤실 웃고 있었다. 아, 진짜. 뭘 믿고 이렇게 귀여워?

"어디 가?"

그래도 일단 재우는 게 우선이니 제대로 된 문책은 맨 정신 때 하도록 하자. 잠시 아찔했던 정신을 붙잡고 재경이 이만 앉아 있던 몸을 일으키기 위해 방향을 틀자, 발음부터 예사롭지 않게 꼬불거리는 재이의 목소리가 번뜩 들렸다.

"내가 도장 찍었는데 어딜 가려고 그래?"

"아서라, 진짜. 취해서 유혹하고 그럼 못써."

방금도 얼마나 아찔했는데.

"아직 안 끝났어."

쭉쭉빵빵 여자들이 잘나 봐야 쭉쭉빵빵이겠지만 그래도 키스라면 한번 붙어 볼 만했다. 이 정도 스킬을 쓸 수 있을 만큼 다수의 연애가 바탕이 되었다는 건 맹세코 아니고 그냥 좀 습득이 빨랐고 그만큼 응용을 하는 능력이 좀 탁월하다고 치자. 제정신 3할에 취기 7할로 재이는 제 안에 꿈틀거리던 과감함을 기어이 끄집어냈다. 이래서 주량을 넘기면 안 되는데, 분명 다음 날 정신을 차리면 제 모습을 떠올리곤 후회에 몸부림칠 게 뻔했다. 그럼에도 불구하고 충동은 자취를 감출 줄을 모르고 자꾸만 제 몸집을 불렸다.

타이가 끌려가던 건 전초전에 불과했다. 양팔을 재경의 목 뒤로 두른 재이는 아직 안 끝났다는 말을 반증이라도 할 태세로 그대로 재경에게 직진했다.

"너 지금 뭐 하는……."

말소리는 지겹다는 듯 재경의 목소리를 한 번에 끊어 내고 뜨끈하고 말캉한 혀가 마치 요염한 뱀의 놀림처럼 입술을 가르고 들어왔다. 침범한 재이의 혀가 고르게 자리한 치열을 그 끝을 세워 일부러 놀리듯이 천천히 훑으니 그 움직임에 따라 재경의 혀도 움찔움찔 반응했다. 그와 동시에 재경은 제가 붙잡고 있는 이성의 끈이 투둑, 투둑 소리를 내며 점차 힘을 잃어 가는 걸 느꼈다. 삽시간에 얽혀드는 혀를 타고 누구의 것인지 모를 타액이 입 안을 자유롭게 넘나들었다. 진득함을 넘어서 찐득하게 이어지는 입술의 감촉도 잠시, 곧이어 재이의 손이 재경의 어깨를 쓸어내리듯 잡았고 재경은 저도 모르게 재이의 손목을 탁, 붙잡았다가 이내 다른 손으로 그녀의 목을 좀 더 제게로 당겼다. 이미 엉켜서 호흡이 엉망이 되어 버렸는데 목까지 붙잡아 더욱 사이를 좁히니 자연히 입술의 온도는 올라갈 수밖에 없었다. 고개를 왼쪽으로 틀었다, 오른쪽으로 틀었다 떨어지면 큰일이라도 날 것처럼 정신없이 혀를 섞고 있었을까. 재경은 순간 희미하게 날아드는 이성이란 볼 때문에 만취하듯 감고 있던 눈을 이만 번쩍 떴다.

"하아, 그만."

이대로 있다간 정말 이성의 끈이고 뭐고 다 놓칠 것 같다는 생각에 재경은 온 힘을 다해 저를 제어했다. 고집스럽게 제 뒷목을 감고 놓아주질 않는 재이의 양팔을 억지로 풀어내고 재경은 고개를 절레절레 저었다. 아무렴. 취한 사람을 데리고는 할 짓이 아니다. 인간과 짐승을 나누는 차이가 뭔데. 바로 이성이지. 저는 잘 배운 사람이었고, 달아오르는 몸의 욕정에 본능대로 패할 사람이 아니다. 스스로를 초인적인 힘으로 합리화시키며 재경은 엇박자로 내쉬고 있는 제 호흡을 빠르게 정돈하려 애썼다.

"왜에?"

"뭐?"

"왜 멈추는데에, 응?"

이것 봐라.

"취해서 유혹하고 그럼 못쓴다고 그랬잖아, 내가."

조명을 받은 재이의 입술이 침으로 인해 번들번들거렸다. 일부러 작정을 하고 말꼬리를 늘이는 건지 아니면 그 죽일 놈이자 매우 고마운 알코올 때문에 발음이 길어지는지 분간해 낼 수는 없었지만 그 때문에 입술 모양이 더 농염하게 느껴졌다. 저는 절대 애국하지 않는 사람은 아니다. 하지만 시도 때도 없이 애국을 외칠 만큼 정열적인 애국자도 아니다. 그런데 이대로 있다간 영락없이 애국가를 부르며 격하게 애국하는 밤을 보내야 할 것 같다.

진득하게도 제게 달라붙으려는 재이의 손을 쳐 내며 재경은 앉은 자리에서 드디어 온전하게 몸을 일으켰다. 관계의 정의가 확실해지지도 않은 지금은 매우 위험하고 그저 주사인지 아니면 의도인지 모를 저 애매한 사람의 유혹도 사절이다.

"아닌데에?"

"아니긴 뭐가 아니야."

네가 이렇게 먼저 달려들 타입은 아니었지, 평소에.

어느 틈에 비척비척 재경을 따라 일어선 재이가 뭘 조르는 것처럼 재경의 앞에서 앙탈을 부리는 양으로 고개를 들고 몸을 이리저리 흔들었다. 이 장관을 대체 어찌하면 좋을지 몰라 재경은 벌써 애국가의 첫 마디가 뭐였는지 더듬더듬 제 기억을 헤매기 시작했다. 그게 동해물이었나, 서해물이었나, 남해물이었나.

"그 여자가 대체 누구야!"

"아, 깜짝이야."

긴 속눈썹을 한껏 과시하며 대놓고 느릿하게 깜빡일 땐 언제고 대뜸 화가 난 양으로 이맛살을 구긴 재이다. 게다가 그 여자라니, 아까부터 누굴 이렇게 찾는 건데, 진짜.

"아, 답답해. 누구, 어? 누굴 찾는데?"

"이 대리야? 이 대리가 그쪽 맘에 쏙 들어?"

"뭔 소리야. 이 대리 유부녀야. 아무리 취했다손 치더라도 큰일 날 소리 하지 마."

아, 그래?

"그러면 정 대리야? 어? 정 대리가 요즘 관심사야?"

"정 대리 완전 내 타입 아니야."

이 대리도 정 대리도 아니야?

"하, 그러면 역시 그 쭉빵, 오…… 오, 오 뭐더라. 오!"

"오?"

"그래, 오!"

"설마 오수희 씨? 오수희 씨 같은 스타일도 난 별로야."

쭉빵도 아니야? 그럼 또 누가 있었지…….

"회사엔 내 마음에 드는 사람이라든지 요즘의 관심사라든지 하는 사람 없는데."

"뭐?"

"이걸 근데 왜 알아내려고 하는데? 이 대리, 정 대리 밑밥까지 뿌려 가면서. 이러면 내가 진짜 내 식대로 오해하고 결론 짓는 수가 있다고."

"지피지기."

"지피지기?"

"힌트라도 줘 봐. 어떤 여잔데? 어떤 여자가 박재경 관심을 받고 있는데? 말해 봐."

와, 이건 강제로 진심을 고백하기라도 하란 거야, 뭐야. 재경은 진심으로 이 흐름이 어리둥절했다. 도장이니 하면서 뽀뽀하고, 목에 팔을 감아 키스까지 퍼붓더니 이젠 내가 관심 있는 사람은 너야, 라고 넙죽 마음까지 까발리게 만들려고?

"너는 왜 이래, 나한테?"

아무리 그래도 이렇게 근사하지 않은 상황에서 근사하지 않은 방법으로 알려 줄 순 없지.

"응?"

"나 왜 꼬시냐고, 이렇게."

"말하면 나한테 넘어올 거야?"

이미 넘어갔는데 뭘 어딜 얼마나 더 넘어갈까. 아, 진짜 미치겠네, 유재이.

"그래, 넘어갈게."

"좋으니까."

"뭐?"

"박재경이 좋아졌어. 말했으니까 이제 나한테 넘어오는 거야?"

맙소사. 지금 내가 좋다고 말한 건가? 재경은 눈을 동그랗게 뜨고 상황을 판단하기 위해 재차 깜빡였다. 취중에 아무 말이나 쏟아 내고 있는 건지, 아닌지 그걸 구분해 내야 했다. 왜냐면 저는 100퍼센트 진심이니까.

"싫어요?"

세상에. 그냥 싫어? 라고 물은 것도 아니고 무려 싫어요? 라고 했다. 꼬부랑꼬부랑 혀와 몸을 비비 꼬아 대며 말꼬리를 잘라먹을 땐 언제고 금세 '요'를 붙이다니. 알고 보면 숙달된 팜므파탈이라도 되는 거 아닐까. 동그랗게 귀여웠던 눈동자가 촉촉하다. 눈물로 촉촉한 게 아니라 게슴츠레 습기를 머금은 것처럼 촉촉하다. 그걸 내려다보고 있자니 피가 어디론가 자꾸만 몰려들고 있었다.

좀처럼 대답 없이 가만히 서 있는 재경에게 급기야 재이가 한 발짝 더 가까워졌다. 그마저도 비틀거려서 재경이 얼른 붙들어야 했지만 말이다.

"나 지금 사람 착각하는 거 아니에요."

고개를 꺾은 시선이 재경의 시선마저 옭아매려고 열심히 두 눈동자를 좇았다.

"내가 가라는 말도 안 했잖아. 이렇게 불복하기야? 나 유재이는 갑이고, 그쪽 박재경은 을이다. 잊었어?"

어쭈? 엄연히 월권행사다, 이건. 갑의 아주 달콤하고도 아찔한 횡포라고 해야 하나. 이런 갑질은 언제든 환영이다마는.

"진짜 싫어? 왜 대답이 없어."

"너 내가 무슨 짓을 할 줄 알고 이러는 거야?"

이 대범하고 위험한 거리는 까딱 마음만 먹으면 초를 세지 않고서도 단번에 좁힐 수 있었다. 재경은 한 손으론 재이를 붙들고 나머지 한 손으론 괴로운 성불이라도 하는 것처럼 제 머리칼을 쓸어 올렸다. 단언컨대, 이건 고행 중의 최고 고행이었다. 아무리 마음을 엿봤다 하더라도 이렇게 시작을 하는 건 좀 아닌 것 같으니 말이다.

"다른 거 말고 싫어, 안 싫어. 그것만 대답해 봐요, 응?"

저를 빤히 올려다보고 있는 눈꺼풀이 느리게 닫혔다가, 열렸다가 하는 것을 두어 번 반복했다. 재경은 잇새로 짓이기듯 숨을 내쉬었다. 그러곤 그저 넘어지지 못하게끔 붙잡고 있던 재이의 허리를 좀 더 힘을 주어 제 쪽으로 당겨 감쌌다.

"싫을 리가."

어렵사리 붙잡고 있던 퓨즈는 그렇게 타닥, 소리를 내며 끊겨 버렸다. 그래, 이런 시작이면 좀 어때.

여태까지 재이가 하는 양에 받아 주기만 하면서 있었던 재경이었다. 하지만 판도가 완전히 바뀌어 버렸다. 거세게 몰아치듯 돌진하는 재경의 키스는 여태까지 재이가 퍼붓던 것과는 차원이 달랐다. 중간중간 간헐적으로 내쉬어지는 호흡마저 모조리 앗아 갈 정도로 밀어붙이는데 버거움마저 느껴질 정도였다. 단내가 엉켜듦과 동시에 가슴께가 무서운 속도로 불규칙해졌다. 일말의 숨통을 좀 열어 보고자 입술을 벌리며 고개를 다른 쪽으로 꺾으면 그마저도 못 두고 보겠다는 태세로 금세 재경의 입술이 재이를 쫓아왔다. 조금만 봐달라는 것처럼 어깨를 살짝 밀어도 보았지만 그런 얕은 손길이 재경에게 통할 리 없었다.

"딱 봐, 작가님. 지금 내가 누구야?"

그러던 중 드디어 재이의 숨구멍이 열렸다. 웬일인지 하던 것을 멈추고 입술을 떼어 낸 재경 때문이었다. 고작 몇 초 숨이 트이는 걸로는 현저히 부족했다. 저는 이렇게 버거워서 머리칼이며 입술이며 씨근덕거리는 호흡마저 엉망인데 반면 재경은 방금 무슨 일이 있기라도 했냐는 듯 차분했다. 다만, 이글이글 타오르는 눈빛만큼은 야수의 그것을 넘어서는 것도 같았다.

타액이 오가고 입술이 마찰을 일으키던 민망한 소음 외의 목소리가 갑자기 귓전을 울리자 재이는 단번에 그것을 따라가지 못하고 잠시 동안 문장을 곱씹었다. 방금까지는 입술을 피하는 것도 못 참아서 그렇게 끈질기게 쪽쪽거리더니 가만히 대답을 기다리는 인내가 몹시 낯설었다.

"누구긴 누구야. 내 을, 박재경이지."

대답을 마치고 재이가 부드럽게 입술을 말아 올렸다. 사람 착각하는 거 아니래도 그러네. 제대로 알고 있다고, 당신 박재경이라는 거.

"취해서 몰랐다, 기억 안 난다, 변명 안 통해."

그게 제일 비겁한 변명이야. 취해서 기억이 안 나요, 그때 술을 너무 많이 마셔서 잘 모르겠어요, 등등. 하여튼 '음주'가 변명인 건 모두 가중처벌을 받아야 한다. 암, 그렇고말고.

 마지막까지 번뇌를 하듯 내뱉어지는 작은 한숨이었지만 이내 재경은 재킷 안쪽에 자리한 지갑을 꺼냈다. 앞으로 있을 일에 값을 치르겠다는 그런 저열한 생각으로 말미암은 행동이 아니라 그저 어쩌다 보니 들고 다니게 된, 유비무환이 아닌 그냥 정말 어쩌다 보니 들고 다니게 된 피임 도구를 꺼내기 위함이었다.

 언젠가 제 팀원 중 하나가 다양한 종류의 그것들이 묶음으로 된 걸 주문한 적이 있었는데 모르고 주소를 바꾸지 않아 이전 배송지였던 사무실로 택배가 왔었다. 물론 본인에게 도착한 것이었으니 모르고 넘어갈 수도 있었지만 이름도 확인하지 않은 채 바뀐 박스를 제 것인 줄 착각하고 동료가 택배 박스를 개봉해 버리는 참사가 일어났었다. 그야말로 사무실이 발칵 뒤집어지는 해프닝이었지만 팀원은 제 뜨거운 연애를 당당하게 밝히며 저를 포함한 남자들에게 그것을 하나씩 나눠 줬었다. 구태여 손사래까지 하며 피할 필요는 없는지라 웃으면서 하나 받아 뒀던 게 이런 데서 쓰일 줄이야. 넣어 뒀던 그대로 본래 자리에 잘 있는 그것을 꺼내며 재경은 마저 말을 이었다.

"그리고 나도 실수 아니야."

예의상 분위기를 맞추며 맥주 반잔을 받아 마시긴 했다지만 혈중 알코올 농도 0.0001도 안 나올 거다. 그렇게 말을 마침과 동시에 재경은 타이를 풀어 던지고 제 윗옷 단추를 하나둘 끌렀다. 맹세하지만 저는 정말 참으려고 노력했다. 이런 식으로 진도를 먼저 뺀 후 사실은 너를 좋아하고 있었어, 하는 건 정말이지 제 스타일이 아니었지만 별수 있나. 남아 있는 셔츠 아래의 단추들이 하얗고 작은 다른 손에 의해서 풀러지고 있는 지금인데. 아, 진짜. 이런 면이 있었냐고, 유재이.

"힘들어?"

 피부에 있는 온 감각이란 감각들은 죄다 예민하게 쭈뼛쭈뼛 서 있는 것 같았다. 이러다가 자칫 스파크라도 일어나면 어쩌나, 싶을 정도로 말이다. 매만지는 곳곳마다 미끄러질 듯 매끈한 살결 때문에 재경은 제 속도가 어떤지 차마 생각조차 못 하고 있었다. 마치 넝마가 된 듯 잔뜩 구겨진 채로 침대 아래에 떨어진 재이의 옷이며 속옷가지들이 그것들을 벗겨 낼 때의 손길이 절대 부드럽거나 조심스러웠다는 걸 말해 주진 않았다. 이곳저곳 빠짐없이 입술을 내리며 있던 재경이 문득 가팔라지는 재이의 호흡에 모든 걸 멈추고 표정을 살폈다. 저는 지금 당장 마라톤을 완주하라고 해도 거뜬한 상태였지만 재이는 달랐다. 그놈의 알코올. 죽일 듯이 밉기도 하다만 고마움도 조금 섞인 알코올 때문에.

화마를 삼킨 것처럼 온몸에 뜨거운 열이 올라 달뜬 숨이 좀처럼 평정을 찾기 어려웠다. 축축 늘어지는 게 힘이 없는 것 같다가도 이내 자극을 주면 저도 모르게 움찔움찔거리는 게 절대 재경의 물음처럼 힘들어선 아니었다. 재이는 작게 고개를 절레절레 저었다. 그러고는 의도하지 않은 비음 섞인 민망한 목소리가 입술을 타는 것도 모른 채 말을 했다.
"계속…… 계속해요."
타이를 당겨 뽀뽀를 하거나 목덜미에 팔을 둘러 대범하게 키스를 하던 건 부러 목적을 겨냥한 짓이었다지만 방금은 맹세코 한 톨의 의도도 들어가 있지 않았다. 그럼에도 불구하고 벌어지는 입술의 모양과 흐트러지며 갈라지는 목소리가 꼭 도발의 불씨를 당기는 것처럼 그랬다. 제가 듣기에도 좀 놀라울 정도로 말이다. 그와 동시에 이미 제 눈 속에 있던 재경의 눈이 더 검은빛을 내며 짙어졌다. 탕탕, 질주를 알리는 신호탄의 총성이 귓가에 어른어른 들린 것도 같다. 몸에 닿아 오는 손의 온도가 점차 높아지기 시작했다.
"읏……."
이제 와 뭐가 부끄러워 숨기겠다는 건지 입술을 말아 물며 신음을 참고 있는 표정이 더 애간장을 녹이는 것 같았다. 발갛게 홍조를 띠고 있는 양 볼이 수줍은 듯하면서 또한 뇌쇄적이라 재경은 더 이상 제 속도를 늦출 수가 없었다. 온 중심에 모인 피 때문에 아래가 팽팽해져 얼얼하게 당겨 왔다. 그래도 일말의 배려라는 게 욕정이 치솟는 와중에도 남아 있는지라 곧이곧대로 몸을 열고 들어가진 않았다. 재이의 머리칼을 쓸어내리며 목덜미에 깊게 입을 맞춘 후 서서히 조금씩 서로를 맞물리게 만들었다. 때마다 숨기지 못하고 움찔움찔 굽어지는 곡선이 계속해서 제 인내를 시험했지만 무리하게 끌고 가고 싶지 않아 잠시였지만 엄청난 심혈을 기울였다.

"아앗!"

끝내 선단의 뿌리까지 완벽하게 맞물릴 즈음, 괴로움과 동시에 짜릿한 교성이 달뜬 열기 속을 훅하고 파고들었다. 그러고는 서서히 땀으로 젖어 가는 짙고 낮은 재경의 숨소리가 재이의 귓가에 가까워졌다, 멀어졌다 하는 것을 반복했다.

국한된 장소에서만 일어나는 먼지들의 이동이 습기에 눅눅해지는 것은 순식간이었다. 소중한 것을 고이 다루는 재이의 몸 위 부드러운 손길과 입술이 흔적을 남기듯 여기저기 꽃을 피워 냈다. 그러면서도 이따금씩 저를 통제하지 못해 앙 날개뼈가 돋아날 때면 저도 하얗게 질린 손끝으로 그것들을 부여잡았다. 강하게 밀고 오는 통에 그마저도 하지 않으면 정말 몸이 산산조각이 날 것만 같아서였다.

저 깊숙한 곳으로부터 말미암아 머리 꼭대기까지 이어지는 전율이 제 감각들을 모조리 지배했다. 그러지 않으려 해도 열 발가락은 자꾸만 안쪽을 찾아 스스로를 웅크렸다. 달콤하게 달아오르는 기분에 못 이겨 눈이 저절로 감겨질 때면 꼭 재경의 입술이 닿아 와 다시금 눈꺼풀을 들어 올릴 수밖에 없었다. 그러면 여지없이 저를 강렬하게 훑고 있는 그 눈빛이 움직이는 와중에도 곳곳에 닿아 와 더욱 뜨겁게 만들었다.

언제가 시작이었는지도 모를 한껏 진해진 공기의 농도는 옅어질 줄도 모른 채 자꾸만 짙어졌다. 한데 어울려 뒤척이는 바람에 반듯했던 시트는 본디 제 모양이 무엇이었는지를 잊을 정도로 구겨졌지만 그 위로 포개어지는 땀의 흔적은 조금도 그런 사정을 염려하지 않았다. 구름 위에 걸쳐진 달의 빛이 희미해져 끝내는 푸르스름한 빛이 온 하늘을 물들일 때까지 섞인 두 사람이 만들어 내는 온도는 식어 갈 줄을 몰랐다.

여전히 캄캄한 어둠이 눈을 뜬 와중에도 어김없이 저를 반겼다. 암막커튼이 제 역할을 아주 충실히 해내고 있기 때문이었다. 빛이 완벽히 차단된 창을 찌푸린 눈으로 보았다가 받은 숨을 후우, 하고 내쉬었다. 손가락 하나 까딱할 힘이 없을 정도로 추욱, 늘어져 재이는 감히 지금이 몇 시인지 확인해 볼 생각조차 하지 못했다. 온몸은 여기저기 욱신거리고 머리는 지끈거려 이미 익숙해진 사위를 한참이나 살폈다.

"아……."

웬 쇳소리 비슷한 목소리가 터져 눈이 반자동으로 깜빡여졌다. 소리를 다시금 가다듬기 위해 큼큼거리니 이내 목구멍 깊숙한 곳에부터 뭔가가 긁히는 듯 따가웠다.

"이게 대체……."

 순간이었다. 그 어떤 외부의 충격이 없었는데도 불구하고 찌릿, 하는 느낌이 뇌리를 관통하더니 낯설면서도 너무나 익숙한, 차마 제가 외쳤던 대사라고 생각할 수 없는 목소리들이 뒤죽박죽 귓전을 울려 댔다.

'으읏…….'
'하아, 하…….'
'으응…… 좋아요.'

"그만!"

 좋아요? 좋아요, 라니! 게다가 다시금 따라 하기에도 민망한 교성들이 제 음색을 입고 적나라하게 반복되었다. 교성뿐만 아니라 스멀스멀 발가락에서부터 전해지는 촉감들도 더해져서 말이다. 얼굴이 화끈 달아올라 재이는 제 귀를 양손으로 틀어막았다. 그런다고 기억들이 모조리 모습을 감추진 않았다. 한번 떠올리니 이내 생생한 장면으로 눈앞에 좌악 펼쳐지는데 뭐부터 되짚어 봐야 하는지 어지러웠다. 어디까지 거슬러 올라가야 이 상황들이 납득이 될까.

'내가 도장 찍었는데 어딜 가려고 그래?'

"맙소사."

술 몇 잔 마셨더니 이성을 안드로메다로 날려 버린 게 틀림이 없다. 생각으로만 그쳐야 될 걸 곧이곧대로 행동으로 옮기고 말았다. 늘 자신을 키스의 달인, 이라고 뿌듯해하던 게 이런 문제를 야기하게 될 줄이야. 대단히 미치지 않고서야 어찌 그런…….

'좋으니까.'
'박재경이 좋아졌어. 말했으니까 이제 나한테 넘어오는 거야?'

"오, 마이, 갓."

'다른 거 말고 싫어, 안 싫어. 그것만 대답해 봐요, 응?'

더 이상 가만히 누워 있을 수만은 없었다. 눈을 질끈 감았다 뜨며 재이는 몸을 벌떡 일으켰다. 예고 없는 갑작스런 움직임에 근육들이 놀라 아우성이었지만 그런 건 잠시 인상을 찌푸리기만 할 뿐, 안중에도 없었다.
"물. 차가운 물."
그래, 일단은 갈증도 해소할 겸 정신을 완벽하고 깨끗하게 일깨울 만한 차가운 게 필요하다. 재이는 얼른 부엌으로 가 생수병 뚜껑을 열자마자 그것을 어디 따르지도 않고 병째로 벌컥벌컥 들이켰다. 콧대부터 눈까지 찌르르한 한기가 느껴질 즈음에서야 기울이던 병을 본래의 각도로 되돌려놓았다.
"에이, 설마."
 가끔은 현실같이 생생한 꿈을 꿀 때도 있지 않던가. 그런 경험을 한 거라고 치자. 제가 알몸인 것도 인지하지 못한 채 재이는 손톱을 물어뜯어 가며 부엌을 어지럽게도 서성였다. 이리저리 저를 뒤따르는 형상들 때문에 가만히 멈춰 있을 수가 없었다.

 '딱 봐, 작가님. 지금 내가 누구야?'
 '그리고 나도 실수 아니야.'

"꿈일 거야. 이건 꿈이어야만 해."
 벽에다 대고 머리를 쿵쿵 찧었다. 안 그래도 두통이 있던 와중이었는데 그렇게 물리적인 충격을 가하니 더할 나위 없이 머리가 아프면서 세상이 핑글핑글 도는 느낌이었다. 차라리 아픔에 취하고 싶었다. 이렇게 해서 모든 것들이 백지화되고 꿈은 꿈대로 흘려보낸 후 현실로 돌아오면 된다. 하지만 그마저도 더 할 수 없었다. 빨갛게 된 이마를 문지르며 다시금 생수병을 찾으려 했는데 테이블 위에 네모난 종이가 제 시선을 먼저 앗아 갔다.
 쿵쾅쿵쾅 심장이 미친 듯이 요동쳤다. 저게 뭐지? 저는 메모를 해서 여기저기 널어놓을 사람이 아니다. 특히나 무심한 듯하지만 철저히 관심을 요하듯이 저렇게 테이블 위에 불쑥 올려놓을 사람은 더더욱 아니고 말이다. 재이는 덜덜 떨리는 손길로 그것을 집어 들었다. 언젠가 보았던 익숙한 필체가 알아보기 쉬운 크기로 매우 정갈한 간격을 유지하며 메모지 위에 쓰여 있었다.

꿈 아니야. 전화해요, 작가님. -박재경

툭. 우아한 곡선을 그리며 얇고도 가벼운 메모지가 재이의 손끝에서 미끄러져 아래로 떨어졌다. 발치에 그것이 치이며 드디어 눈이 자신의 지금 행색을 천천히 훑어보았다. 맨발, 맨다리, 맨허리, 맨가슴, 이윽고 맨…… 몸.
"아…… 으아아아악!"
누가 이건 현실이 아니라고 해 줘어어어어어!

피곤기가 사라지지 않아 책상 위에는 오전 일찍 비운 머그컵 하나와 점심 식사를 마치고 급히 공수해 온 에스프레소 테이크아웃 컵 하나가 나란히 놓여 있었다. 보고받은 차트 위의 커서는 일정한 간격으로 깜빡이는 중이었고, 그보다는 좀 더 느린 속도로 마우스를 빗겨난 검지가 패드 위에서 탁, 탁, 탁 소리를 내며 부딪치고 있었다.

"흐음."

긴 숨과 함께 재경은 왼손에 감긴 시계를 시선만 내려 확인했다. 시침이 3시에서 4시로 넘어가기 딱 17분 전. 사람이 세상모르고 늘어져 잠을 잔다고 해도 이만큼은 너무했다. 그리고 휴대폰은 여전히 조용했다. 특정한 누군가로부터 메시지나 통화 따위가 오늘은 단 하나도 없는 것이다. 그러니까 이건 한마디로 다분히 의도적인,

"묵비권을 행사하시겠다?"

완전히 다른 사람이 되어서 저를 홀라당 홀릴 때는 언제고 오늘은 금세 새침해져서 먼저 연락 한 통 없다니. 갑갑해진 타이를 조금 끌러 내린 후 재경은 이만 휴대폰을 들어 특정한 누군가에게 직접 전화를 걸었다. 설마하니 전화도 피할까, 싶었지만 지루하고도 긴 연결음 끝에 어딘가 기어들어 가는 목소리가 수화구를 타고 들려왔다.

-여보세요?

얼씨구. 언제 여보세요 하면서 전화를 받았다고. 저번처럼 친구의 음성이 결코 아니란 건 확실했다. 입매 끝으로 픽 웃은 후 통화를 하기 쉽도록 휴대폰을 좀 더 반듯하게 고쳐 쥐었다.

"언제 일어났어요?"

-네?

"언제 깼냐고요."

-그…… 좀 전에요.

재이는 아무래도 연기에는 소질이 없나 보다. 그 좀 전이라고 말을 하는 게 영락없는 거짓말이라는 걸 바보가 아닌 이상 알 것 같았다. 일단 재경은 고개를 끄덕였다. 재이에게 보일 리는 없지만 어쨌든 그렇게 알고 넘어가 주겠다는 뉘앙스였다. 그러곤 본론의 서두를 떼기 위해 가장 일반적인 말을 골라 목소리를 냈다.
 "속은 좀 어때?"
 몸은 좀 어때, 라는 의미가 함께 내포된 물음이었다. 간밤이 격렬했다면 워낙 격렬했던지라. 하지만 건너편에선 엉뚱한 대답이 들려왔다.
 ―아, 너무 많이 마셨나 봐요. 어제 저 뭐…… 실수한 건 없었죠?
 방금 뭐라고 그랬지? 제 귀가 잘못된 게 아니라면 분명 재이의 입에서 '실수'라는 단어가 나왔다. 미간이 절로 일그러졌다. 재경은 짧게 숨을 고른 뒤 다시 한 번 더 확인차 되물었다.
 "뭐라고요?"
 ―수, 술이 너무 과해서 뭐, 실수한 건 없었나 하고요.
 "아."
 오호라. 역시 잘못 들었던 게 아니었다. 실수, 시일수우? 이런, 이런. 이건 분명 지루한 레퍼토리의 서막을 알리는 말이었다. 뭐부터 어떻게 대응을 시도해야 할까. 저쪽에서 철판을 깔겠다는 것 같은데 말이다. 재경은 등받이에 등을 깊숙이 기대고 피로가 묻어나는 눈언저리를 손으로 가볍게 문질렀다.

"실수라고 했지, 지금?"

-네? 아, 네.

"알려 줄게. 물었으니까 대답을 해 줘야 하는데 알다시피 지금 통화를 오래 할 수가 없네."

-아니, 뭐 굳이 안 알려 줘도…….

"좀 봐."

-오늘 저녁이요?

"네, 오늘 저녁이요."

-그, 글쎄요. 오늘은 좀 바쁜데.

이 시간까지 묵비권을 행사하더니 이젠 얼굴도 안 비칠 모양이었다. 그래, 오케이. 하루 정도는 뭐 심호흡도 하고 생각도 좀 가다듬고 말을 고를 시간도 필요하겠지. 재경은 의외로 순순히 고개를 끄덕였다.

"알았어. 마무리되면 연락해."

-그래요. 그럴게요.

"근데."

-네?

"피하는 건 아니겠죠, 작가님?"

-피, 피하긴 내가 왜요?

"믿어 줄게."

일단은.

"믿어 준다는 게 뭔 말이야. 믿어 준다니?"

재이는 휴대폰을 꽉 쥐었다가 이만 그것을 힘없이 내려 두었다. 집 안은 대체적으로 흐트러짐 없이 깔끔한 것 같았지만 그 위로는 후끈했던 그림들이 군데군데 선명하게 그려졌다. 조금이라도 흐릿했던 기억이라면 정말로 미간을 좁혀 가며 퍼즐을 맞추려 하겠지만 이건 뭐, 굳이 그러한 노력이 없이도 너무나 또렷하게 기억 속에 자리해 있었다.

"어떡해. 어떡하니, 진짜."

발을 동동 구르며 오만상을 하고 거실을 누벼 봐야 이미 일어난 일은 일어난 일이었으니 되돌아갈 수도 없는 노릇이었다. 저를 뭐라고 생각할까. 어쩌면 그런 상황에서 좋아한다는 말을 꺼낸 건지.

"미쳤어. 미치지 않고서야."

대범하고 과감한 그림의 주인공을 스스로 만들어 버렸다. 당초 입술부터 부딪치고 보자는 생각이었지만 입술을 부딪치니 자연스런 수순인 것처럼 몸이 동하는 게 아닌가. 게슴츠레 눈을 뜨고 되지도 않는 아양을 떨어 가며 재경더러 정말 갈 거냐고 물었던 저였다.

"으아악!"

이미 여러 차 뜯었던 머리를 다시금 양쪽으로 움켜쥐고 흔들었다. 애꿎은 머리카락들만 손아귀 힘에 못 이겨 손가락 사이사이에 장렬하게 전사해 있었다.

역시 술은 원수가 틀림이 없다. 그러지 않고서야 맨 정신에는 제 스스로 달려드는 양으로 그렇게 돌격을 할 수가 없기 때문이다.

아, 유재이. 너를 어쩌면 좋니.

부끄러워 견딜 수가 없다. 얼굴이 너무나 화끈거려 베개며 쿠션이며 묻을 수 있는 것들은 죄 찾아 묻었지만 화끈거리는 열은 그럴 때마다 점점 오르기만 할 뿐 내려가질 않았다.

◆ ◆ ◆

하루는 그럴 수 있다손 치고 넘어갔다. 이틀까지도 뭐, 심적인 회복이 조금 더딘가 보다, 하며 넘어갔다. 그러나 오늘까지 3일째. 3일째의 미온적인 태도는 어떻게 해석을 해야 좋을까.

"피하는 거지, 이건."

재경은 제 인내까진 재이를 배려했다고 생각하고 들고 있던 펜을 놓았다. 마지막으로 도착했던 메시지는 참신함이라곤 1도 찾아볼 수 없게끔 일관성 있게 '바빠요.'였다.

—여보세요?

"오늘도 바쁘고 또 내일도 바쁘고 모레도 바쁘다고 하지그래?"

이런 식이면 아주 영영 바쁠 기세다.

—안 그러거든요?

"평소엔 어시, 어시 잘만 부리더니 바쁘다면서 왜 호출은 안 하셔?"

-그냥…… 그렇게 뭐, 복잡한 작업이 아니라 간단한 거라 혼자서도 충분할 것 같아서 그러는 거예요.

그럴싸하면서도 좀 극적으로 둘러대면 아, 정말 그렇구나, 믿겠지만 도무지 들어 줄 수가 없는 어정쩡한 변명에 재경은 고개를 절레절레 저었다. 이렇게 고집 세워 봐야 좋을 게 하나도 없을 텐데.

"7시까지 집 앞 카페로 갈 테니 나와."

-네?

"안 나오면 집으로 직접 갈 거예요. 그럼 끊습니다, 작가님."

멀어져 가는 수화구에선 다급하게 저를 찾는 목소리가 들렸지만 재경은 아랑곳하지 않고 빨간 버튼 위에 손가락을 올렸다. 정전식 터치의 기능을 훌륭하게 자랑하는 휴대폰이라 그런지 터치의 반응 속도는 모자람 없이 완벽했다. 통화 종료.

다리를 떠는 버릇이 있었던가? 아니, 제가 여태껏 가장 가까이서 그것도 거의 매일을 지켜본 유재이에겐 다리를 떤다거나 손톱을 깨무는 등의 버릇은 없었다. 테이블 아래에서 굽이 빠른 박자로 부딪치고 있어 소란한 소음이 났다. 게다가 손가락을 꼼지락꼼지락. 주위를 자꾸 쭈뼛쭈뼛. 눈동자를 이리 뒀다가, 저리 뒀다가. 한숨을 쉬었다가 말았다가. 무려 '그 밤'

이 있고 3일 만에 보는 재이는 한마디로 평소완 다르게 매우 산만하고 어지러운 동작들을 번갈아서 구사하고 있는 중이었다. 이내는 마주 앉은 사람마저 불안한 상태로 만들어 버릴 것처럼 뜯어 대고 있는 손톱에 절로 이맛살이 구겨졌다. 하는 수 없이 재경은 이미 비워진 재이의 물 잔 대신 여전히 수위를 줄이지 않은 제 잔을 그녀의 앞으로 내밀었다.

"뭘 그리 긴장해?"

"긴장은 무슨."

빤히 보이는 거짓말을 뭘 이렇게 진지하게 해. 처음엔 이걸 왜 저한테 내미느냐는 듯 재경을 쳐다보다 이내 재이는 물이 든 잔을 제 입가로 가져갔다. 그제야 손톱은 때아닌 학대에서 벗어날 수 있었다.

"내가 메모 남겨 놨는데."

그에 대한 언급은 여태 일언반구도 없었지, 아마?

눈알이 또르르 굴러가는 소리가 여기까지 들릴 것 같다. 새까맣고 동그란 눈동자가 어떤 대답을 할지 고민을 하는 듯 정처를 잠시간 찾지 못했다.

"그, 그랬어요?"

고역도 이런 고역이 없었다. 아무렇지 않은 척하자, 아무 일도 없었던 것처럼 굴자, 일단 모르쇠로 밀고 나가자, 제게 최면을 걸 듯 반복해서 왼 말이었는데도 불구하고 재경의 얼굴을 보자마자 그것들이 와르르 무너졌다. 아직 마음의 준비가 채 되지 않은 상태여서 더욱 그랬다. 물 두 잔을 단숨에 비워 내고도 갈증이 또다시 엄습하듯 저를 찾아왔다. 아, 목이 탄다, 목이 타. 하지만 재이를 뚫어져라 보는 재경의 시선은 한 치의 흔들림도 없었다.

"딱 보이는 곳에 뒀는데."

"아, 난 못 봤는데요? 메모 같은 거."

"그래? 못 봤어?"

양손을 깍지 낀 채로 그 위에 턱을 괴곤 보다 흥미로운 목소리를 내는 재경이다. 방어태세를 전혀 갖추지 못하고 있는 사이 가까워진 거리 덕에 그의 까만 눈동자가 보다 더 빤히 보였다. 그리고 재이는 의도하지 않게 열락에 짙었던 재경의 눈빛을 그 위로 떠올리게 되었다. 목 끝까지 단정하게 채워진 셔츠 속의 그 잔근육들도. 심지어는 저를 어떻게 하지 못해 안달하던 그 목소리와 숨소리들도 적나라하게 말이다.

깍지를 낀 손을 따라 시계를 찬 손목이 두드러지게 눈에 들어왔다. 저 안엔 분명 힘을 주면 돋아날 힘줄이 있을 테지. 그리고 깍지 위에 얹어진 턱, 그보다 더 높이 위치해 있는 입술. 달콤하고 촉촉한 느낌이 나던.

젠장, 젠장, 젠장. 지금 무슨 생각하는 거야, 유재이! 정신 차려!

"네. 못 봤어요."

잠시 흐트러질 뻔했던 정신줄을 꽉 붙잡은 재이가 엉덩이를 들썩이며 정자세를 취했다.

"잡아떼려거든 좀 더 그럴듯하게 해."

그렇게 다 티 나게 연기하기도 참 힘들 것 같다.

"저 정말 못 봤어요."

"봤다, 에 지금 내 전 재산이랑 왼 손목을 걸지."

"……."

이번 표정은 다 티 나는 진심이었다. 진심으로 어이를 상실해서 어떤 답을 해 줘야 하는지 모르겠다는 듯한. 잘 나가다 삐걱한 재경이 괜히 목소리를 한 번 큼큼 가다듬었다.

"무책임하게 나 몰라라 하는 거 별로 안 좋아."

시간도 넉넉히 줬잖아.

"도통 무슨 소리를 하시는 건지 잘……. 그날 무슨 일이 있었나 보죠? 너무 취해서 기억이 안 나요."

아, 실수 다음엔 기억상실. 재경은 어금니를 깨물 듯 입을 다물며 잠시 고개를 아래로 떨어뜨렸다. 게다가 그냥 기억이 안 나는 것도 아니라 취해서 기억이 안 난단다. 가중처벌이 몹시 필요한 저 뻔뻔한 변명.

후우, 얕은 한숨과 함께 재경은 억울한 표정을 장착하곤 이만 고개를 다시 들어 올렸다. 여전히 모르쇠로 나오겠다는 듯이 꼿꼿하게 허리를 세운 채 앉아 있는 재이가 있다.

"너무하시네요, 작가님."

"뭐, 뭐가요?"

"날 그렇게 가져 놓고."

"네에?"

가지다니? 무슨 단어 선택을 그렇게!

"가겠다고, 가겠다고 하는 사람 기어이 가지 말라고, 가지 말라고 붙잡아서는."

"제, 제가요?"

재이는 검지를 세워 조금 떨리는 목소리로 본인을 가리켜 물었다.

"그래, 네가요."

"아까도 말했지만 전 기억이 없어서 잘 모르겠네요."

아, 이런 식으로 나오시겠다?

"정말 하나도 기억이 안 나시나 봐요?"

"네. 정말 하나도 기억이 없어요, 저는."

두 번 물어도, 세 번 물어도 같은 답을 반복할 뿐이고.

"이렇게 막 내 타이를 끌어당겨 가지고선 도장을 찍는다니, 뭐니 하면서 멋대로 사전 동의도 없이 내 입술에 강제로 뽀뽀한 것도요?"

"푸프흐흡!"

주변에 사람이 있든, 없든 저는 재연에 모든 열정을 다할 양으로 재경은 스스로 타이를 끌어당겨 어젯밤 재이가 제게 그랬던 것처럼 입술을 쭉 내밀었다. 그런 재경의 행동에 당황한 재이가 물 대신으로 겨우 들이켜던 커피를 분무기처럼 뱉어

냈다. 티슈를 찾아 서둘러 입가며 테이블을 정리한 채 지금 뭐 하는 짓이냐는 듯 재경을 올려다보았다.

"기억 안 나세요?"

당혹감에 커피까지 뿜었으면서 무슨 고집인 건지 재이는 표정을 다시 고치곤 여전히 모르는 척을 했다. 정말 그게 뭘 뜻하는지 모르겠다는 의미로 눈을 질끈 감았다 뜨면서 어깨를 한 번 으쓱, 했다.

"글쎄요. 도통 모르겠네요."

"그렇다면 어쩔 수 없네요."

"왜, 왜 갑자기 일어나요?"

타이는 재경표 열연의 서막에 불과했다. 하는 수 없다는 듯 재경은 별안간 의자를 밀고 일어나더니 일단 타이를 먼저 풀었다.

"지금 뭐 하는 거예요?"

이 양반이 사람 많은 곳에서 대체 뭔 생각으로!

"기억이 안 난다고 하셔서."

"그래서요?"

"나게 해 드리려고요."

"여기서요?"

"안 돼요?"

지금 당장 미니 스트립쇼라도 벌이겠다는 작정인지 그의 손은 셔츠의 깃으로 점차 향하고 있는 중이었다.

"아, 앉아요. 그냥 앉아서 얘기하면 되잖아요."

워워. 재이는 양손을 들어 재경에게 얼른 다시 앉기를 종용하듯 상하로 빠르게 펄럭거렸다. 그리고 눈으론 얼른 주위를 한 번 훑어보았다. 다행히도 아직까진 저와 재경의 테이블에 꽂힌 시선이 없었다. 하지만 재경이 여기서 무슨 짓을 더 할지 모르기 때문에 경계를 단 1초도 늦추면 안 되었다.

"혹시 모르잖아요. 상기를 시켜 주면 안 나던 기억이 다시 돌아올지."

"미쳤어요?"

"내가 뭔 짓을 할 줄 알고 벌써 그렇게 험한 말을."

"앉아요. 앉아요, 제발."

다급한 목소리가 조금 떨리는 것도 같았다. 이러면서 기억이 안 난다느니 하는 건 어불성설이 아니던가. 빤히 다음 순서를 예측하고 있는 것처럼 보이는데, 뭘.

"났어요, 났으니까 그 손 다시 내리고 어서 앉아요."

"……진짜?"

"그래요!"

또다시 모르쇠로 나올지 누가 어떻게 장담해. 더 이상은 두고 못 보겠는지라 양손을 들고 백기를 자처한 재이였지만 재경은 쉬이 원하는 대로 앉아 주지 않았다.

"못 믿겠는데요, 나는?"

물을 때마다 무슨 일이 있기라도 했느냐는 듯 발뺌을 하는데 그 말을 어떻게 단번에 믿겠어요? 안 그래요?

"꿈 아니야. 전화해요, 작가님. 됐죠? 이러다가 사람들 다 쳐다보겠어요. 빨리 앉아요, 네?"

이럴 줄 알았지. 봤다, 에 내가 전 재산이랑 왼 손목을 건다니까. 씩, 웃으며 그제야 재경은 셔츠의 깃을 구김 없이 정돈한 채 의자를 끌어당겨 앉았다. 자, 그럼 이제부터 심문을 제대로 시작해 볼까나.

"연기를 할 거라면 좀 더 제대로 해. 발연기도 작가님 연기보다는 더 그럴듯하겠어."

녹다 만 얼음이 찰랑거리는 아이스티를 스트로 대신 그냥 컵째로 한 번 마신 후 재경이 입을 열었다. 그는 재이의 형편없는 모르쇠 연기에 진심으로 안타까워하며 고개도 절레절레 저었다. 그런 건 정말 상대방이 깜빡 속아 넘어갈 수 있게끔 해야지, 라는 말도 덧붙이면서.

일촉즉발의 상황을 무마하기 위해 이실직고를 했다지만 재이는 그 순간부터 머릿속이 새하얀 백지 상태가 되는 것 같았다. 저 혼자서도 머리를 벽이며 탁자에 콩콩 찧으며 괴로움과 부끄러움에 허덕이던 기억인데 그걸 기어이 재경의 앞에서 다시금 떠올려야 한다는 게 죽을 맛이었기 때문이다. 술 마시면 무턱대고 입술을 쭉 내밀며 달려드는 밝히는 여자쯤으로 저를 생각하면 어쩌나, 앞뒤 계산 없이 몸부터 들이밀고 나중엔 진심으로 좋아해서 그랬다, 하는 말도 안 되는 변명을 늘어놓는다 생각하면 또 어쩌나. 걱정이 도통 이만저만이 아니었다.

"실수라고 했던 건 맞아요."

결국 내린 결론이었다. 시간을 되돌려 제 행동들을 리셋시킬 수만 있다면 더 바랄 게 없겠다지만 지금 당장 무마할 수 있는 남은 변명은 '실수'밖에 없었다. 기억을 못 한다느니, 하는 건 더 이상 안 먹히니 말이다.

"그럼 단순한 주사였다?"

"아니, 제 주사가 그런 건 아닌데……."

"난 분명 여러 차 확인했었어. 방금처럼 기억 못 한다느니, 실수였다느니 하는 말이 나올까 봐서."

'취해서 몰랐다, 기억 안 난다, 변명 안 통해.'

그래, 분명 그랬었지. 재이는 고개를 푹 숙였다. 제발 그냥 잊어 주면 안 되나요? 저는 원래 그런 여자가 아니에요. 좀 더 산뜻한 방향이, 좀 더 괜찮고 우아한 방법이 그때는 차마 떠올려지지가 않아서.

"마지막으로 물을게. 그냥 취기에 휩쓸린 실수였어? 내가 마침 앞에 있으니까?"

마침 앞에 있으니까 막 작가님도 모르게 본능이 폭발해서 그렇게 대놓고 날 홀리고 유혹하고 못 가게 만들고 그랬던 건가, 어?

"마, 마침 앞에 있으니까 그런 건 아니고. 그냥…… 어, 그러니까……."

"설마, 내가 너무 별로였어?"

그래서 좋아한다는 말을 철회하고 싶은 건가, 지금? 재경은 여기까진 전혀 생각하지 못했다. 불현듯 그저 부끄러워서가 아니라 저와의 그 밤이 마음에 들지 않아서 기억이 안 난다느니, 실수라느니 하고 있는 게 아닐까?

"아니, 그런 건 아니고요."

"솔직하게 말해도 돼."

"아, 정말 그런 건 아니에요. 좋았어요. 어, 되게 좋았어요."

"그럼 이유가 뭐야. 아예 진심이 아니었어?"

"그냥 좀 넘어가 주면 안 돼요? 내가 부끄러워서 그래요!"

얼굴이 화르르 달아올라 죽겠는데 그걸 기어이 걸고 넘어져야겠는지 말이다. 사람들 얘기 속에 박재경은 신사도 그런 신사가 없다더니 순 엉터리다. 묻지 말아 달라고 할 땐 좀 묻지 말고 넘어가 주고 그럴 줄도 알아야지.

"내 대답은 아직 안 들었잖아. 난 대답하고 싶은데."

미리 말을 해 두는데, 절대 우리가 하룻밤을 같이 보냈다고 해서 내 마음이 이렇다, 하는 건 아니고.

"책임을 지라는 둥 그런 건 안 해요. 그러니까 괜히 오지랖 발휘해서 수습하려는 거면 안 해도 돼요."

"순서는 바로 짚자."

"무슨 순서요."

"내가 먼저지, 알바 네가 먼저는 아닐 테니까."

애꿎은 손가락만 만지작만지작거리고 있는 재이를 물끄러미 바라보며 재경이 제법 진지한 목소리를 냈다. 제 작업 프로세스에서 현저히 어긋난 상태이지만 뭐, 이미 일어난 일이니 돌이킬 수는 없지.

"네? 뭐가 먼전데요?"

"그 전에, 확인 하나 확실히 하자. 나 좋아한다고 했던 말, 그거 진심이야?"

아, 진짜. 고백을 왜 그런 식으로 했냐고, 유재이. 눈을 질끈 감았다 뜨면서 재이는 느릿하게 고개를 주억거렸다. 좋아진 걸 어떡해, 그럼. 좋아하는 걸 안 좋아한다고 할 순 없잖아?

"거봐. 정들었지? 안 정들고는 못 배기지, 그렇지?"

"지금 뭐 하자는 거예요?"

이 양반은 지금 제가 진심이라고 하는데도 그걸 가지고 놀려 먹는 건가? 도무지 제가 알아들을 수 없는 말을 하는 재경을 보고 재이는 인상을 팍 구겼다.

"내가 너 작업했으니까."

"……네?"

"네가 그날 밤, 취해서 애타게 찾던 여자 그게 바로 너야."

'그 여자가 대체 누구야!'

'힌트라도 줘 봐. 어떤 여잔데? 어떤 여자가 박재경 관심을 받고 있는데? 말해 봐.'

재이는 눈만 멀뚱멀뚱한 채로 몇 분 가만히 침묵을 지켰다. 그러다가 이내는 검지를 들어 본인의 방향을 가리키곤 목소리를 내 물었다.

"나, 나라고요?"

"어, 너."

"정말 나였단 말이에요?"

"알아. 변명같이 들리지? 이럴까 봐 내가 애국가 부르려고 했던 거야. 타이밍이 이상하니까. 난 진짠데 상황 때문에 꼭 왜곡될 것 같은 느낌이었거든. 그런데 진짜, 진짜 100퍼센트 결백해."

혹여나 일말의 의심이라도 있을까 재경은 먼저 양 손바닥을 훤히 드러내 보이며 한 치의 거짓도 없음을 증명하는 제스처를 취했다. 재이의 눈이 다시 또르르 굴러간다. 무슨 생각을 하는 건지 도통 알 수 없게끔 이리로, 저리로.

"언제부터요?"

"네 나이가 28살이라는 걸 안 직후?"

"네?"

"알바에서 작가님으로 변한 딱 그 즈음."

그럼 처음부터잖아?

"왜, 왜, 말 안 했어요?"

"중간에 말해서 차이면 어쩌라고. 계약 기간도 채워야 하는데 데면데면하게 보라고? 일이 얽혀 있음 복잡해진다고. 기간 만료되면 근사하게 말하려고 했지. 근사한 장소에서, 옷도 좀 좋은 거 입고. 이거보다 훨씬 멋진 걸로다가. 그리고 전형적으로 맛있는 거 먹으면서 꽃도 함께, 음악도 함께."

다시금 입술이 다물린다. 네 맘이 내 맘과 같고, 내 맘이 네 맘과 같은데 오래 생각할 게 뭐가 있는 거지? 재경은 그래도 가만히 재이 쪽에서 무슨 말이 나올 때까지 기다렸다.

"내가 어디가 어떻게 좋은데요?"

시간을 재 보진 않아서 모르겠지만 약 3분 정도 오가는 말 없이 정적이 흘렀던 것 같다. 5분을 다 채우지 않고 그 정적을 깬 재이가 대뜸 물어 오는 게 저거다. 3분 동안 본인 어디가 어떻게 좋은지에 대해서 고민했던 건가? 의외의 물음에 재경의 입새론 작게 실소가 터졌다.

"풉, 뭐?"

"말해 봐요, 빨리."

"글쎄. 굳이 그렇게 구체적으론 생각해 본 적이 없는데. 흠……."

"생각해 내서 길게 대답해요."

"길게?"

"네."

"그냥 처음 보는 순간부터 눈에 밟혔는데."

"길게요, 길게."

어느새 양손을 가지런히 모은 재이가 잔뜩 기대에 찬 눈으로 재경의 시선을 좇았다.

"귀엽게 생겼는데 불친절하고, 어울리지도 않게 높은 구두 신고 다니고, 아기자기할 것 같은데 심플하고."

"또요, 또."

많이 까다롭네, 이 작가님이.

"또…… 흠. 아니, 그냥 내 타입이야, 네가. 이걸 어떻게 풀어서 말해?"

의자 아래로 늘어뜨린 재이의 발이 발목 운동을 하듯 쭉 폈다, 접었다 하는 것을 반복하다 이내 팔랑팔랑 흔들렸다. 발끝에서부터 간지러움이 피어오르는데 그걸 어떻게 해야 할지 몰라 흔들기로 한 것이다.

"그럼 진작 말 좀 하지 그랬어요!"

괜히 내가 먼저 입술 도장이니 뭐니 그런 거 하기 전에!

"순서를 가로챈 건 너야. 난 억울해. 이것보다 더 근사한 남자라고, 나는."

지금도 충분히 근사한데, 뭘. 제 눈에 콩깍지가 아주 제대로 씐 모양인지 재이는 재경의 모든 게 멋져 보였다. 그러곤 저도 모르게 자꾸 웃음이 터졌다. 너무 오랜만에 느껴 보는 이 찌르르한 기분이 저로 하여금 의도하지 않아도 자꾸만 미소를 짓게 한다.

"자, 이제 사이 갱신을 해 보자."

"사이 갱신이요?"

"편의점 알바와 손님, 작가와 담당자, 조건 속 갑과 을에서 좀 더 본격적인 사이를 맺어야지, 이젠."

설탕 없이도 달달하게끔, 깨소금이 없어도 고소하게끔, 전분 없이도 걸쭉하게끔 우리 이제 그런 사이로, 오케이?

# 11. 비밀번호 283

 원래 영원한 비밀이라는 건 없다고 했다. 때문에 주원은 이따금씩 혼자만 알고 있는 비밀 때문에 입술이 근질거리기도 하고, 마음속으로만 읊었던 말이 실제로 옮겨질까 입을 헙, 하고 틀어막은 적도 있었다. 이게 모두 말하고 싶은 어떠한 비밀에 의해 비롯된 것이다.
 "돈 쓰는 건 나인데 왜 김 대리가 안 내키는 것처럼 깨작깨작 먹어요?"
 수저를 놀리는 게 평소 같지 않다. 음식에 영 손을 대지도 않고. 그럼에 양이 처음과 별반 차이가 없었다. 보다 못한 재경이 물 한 모금을 하며 주원의 앞에 있는 식사를 가리켰다. 이왕 돈 쓰는 건데 맛있게 먹어 줘야 쓰는 사람 기분도 좋지. 입맛이 없나? 뭐 따로 신경 쓰는 일이라도 있는 건가. 그도 아니면 요즘 오수희 씨와의 연애 사업이 신통치가 않은 건가. 얼마 전만 해도 데이트 신청 받아 줬다고 환호성이라도 지를 태세더니.

"아, 먹고 있습니다."

"데이트가 잘 안 됐나요?"

"네? 저요?"

주원은 진심으로 당혹스런 눈을 했다. 저는 지금 아주 순조로운 항해 중인 데 반해 재경이 그렇질 못하고 있으면서 누가 누구에게 그런 질문을 하냔 식이었다.

"전 전혀 문제없습니다, 팀장님."

문제라면 팀장님께 있지 않을까요?

"그럼 다행이고요."

"저기, 팀장님."

"네."

"데이트 얘기가 나와서 말인데요."

사실 팀장님의 그녀 유 작가도 팀장님께 아주 관심이 많은 것 같습니다. 그러지 않고서야 그런 메시지를 제게 보냈을 리가 없죠. 게다가 작가의 밤 행사 때는 일부러 팀장님 옆자리까지 옮겨 가던데. 서로 마음 확인의 자리라도 따로 마련해 보거나 하는 건 어떠세요? 하는 긴말들이 속사포처럼 나올 준비를 마쳤다.

"네."
"그 짝사랑 중이신 그분 말입니다."
"아, 이제 짝사랑 아니에요."
"네?"
설마, 차이기라도 한 건가? 아닐 텐데.
"사귀기 시작했거든요."
"……네에?"
대박. 언제 그렇게 됐대? 연애 사업은 역시 주원 쪽이 좀 더 걱정하고 고민할 문제였다. 고작 데이트 한 번 했다고 제가 재경을 걱정할 입장은 아니었던 거다.
"사내 연애 반대는 안 하는데 업무에 지장을 주거나 하진 마요, 김 대리."
"……네."
저는 아직 연애 단계까진 아니라 시무룩하지만.

낯간지러운 말이라든지, 티가 팍팍 나는 핑크빛 기류라든지 그런 건 딱 질색이었지만 그래도 재경이 원한다면 어느 정도 타협을 할 용의는 있었다. 정말 딱 '용의'만 있는 거지 곧이곧대로 실천할 생각은 거의 없었지만 말이다.
"뭘, 굳이."
커플 아이템이야말로 커플들만이 누릴 수 있는 가장 기본적인 특권이 아닌가? 재경은 고르고 골라서 내민 슬립온 운동화를 단칼에 거절당하자 곧 시무룩한 표정을 지었다.

"굳이, 라니. 어디 놀러 갈 때 같이 신으면 좋잖아."

"꼭 이렇게 티를 내야 해요? 것도 이렇게 낮은 걸 신고?"

낮은 굽은 굽만 낮아지는 게 아니라 자존감까지 낮아진다고 몇 번을 말해야 하는 거지, 대체? 이건 꽤 예민한 사안이라고요.

"그럼 휴대폰 케이스?"

"그다지."

"시계."

"글쎄요."

"반지."

"좀 더 생각해 볼게요."

"속옷."

"장난해요?"

"속옷은 티 안 나잖아. 서로만 알 수 있고. 딱 좋네."

더할 나위 없는 아이디어가 탄생했다는 듯 이내 눈을 반짝였다. 어째 그게 순수하게만 보이지 않아 재이는 그냥 고르라면 가장 처음 운동화가 낫겠다, 싶었다. 케이스는 그냥 딱 카드 하나만 들어가는 그런 케이스가 좋고, 시계는 뭐 잘 하고 다니지도 않을뿐더러 거추장스럽기만 하고, 반지는 정말 좀 더 생각해 보고 좀 더 의미 있는 날에 하고 싶고, 속옷…… 은 특별한 날 특별한 장소면 좋겠으니까.

"운동화 해요. 이거, 바닐라색 괜찮네요."
"발 사이즈는 뭔데?"
재경은 제 검지와 엄지 사이를 벌려서 재이의 발 길이를 직접 가늠해 보았다.
"225예요."
"애기 발이네."
"애기 발 225 되기 힘들어요."
어쩜 이렇게 생긴 대로 놀지 않을까. 그게 특유의 귀여움을 더 배가시키긴 한다만.
"참."
디자인도 골랐고 색깔도 정했으며 사이즈도 알았으니 더 이상 결제를 늦출 이유는 없었다. 쇼핑 어플을 통해 그 자리에서 빠르게 결제까지 마친 재경이 꽤 만족스런 미소를 지었다. SNS를 하는 취미는 없었지만 커플 신발을 신고 대문사진에 걸어 놓고 그런 건 꼭 하고 싶다. 유치하다고 타박하는 소리가 벌써부터 들리지만 말이다.
커플 아이템엔 별 관심도 없고 흥미도 없던 재이가 뭔가 생각났다는 듯 작게 짝, 하고 손뼉을 쳤다.
"왜?"
"당부할 거 있어요."
"뭐?"
꿰뚫을 것처럼 다정하게 맞춰 오는 눈이 참 좋다. 새까만 눈동자에 저를 빤히 비춰 보다가 재이는 뭔가 마음에 차지 않는다는 듯 인상을 구겼다. 사람의 눈동자를 뚫어져라 보면서 집중을 하는 재경의 대화 습관은 꼭 제게만 국한된 사안이 아니기 때문에 확실히 짚고 넘어가야 했다. 그야 당연히 이런 식이면 안 넘어갈 여자가 드물 테니 말이다.
"그렇게 쳐다보는 거, 그거 바꿔요."
"어?"
"빤히 보는 거 말이에요, 빠안히."
그랬던가. 상대방에게 집중을 잘한다는 소리는 여러 번 들어 봤어도 재이가 따라 하는 것처럼 '빠안히' 본다는 건 또 처음인데.
"그럼 어떻게 봐."
"그냥 적당히 봐요. 주변도 좀 봐 가면서, 적당히."
"그래, 알았어."
계약 관계에서만 갑이 아니라 계약 관계를 넘어선 관계에서도 재이는 여전히 재경에게 갑이었다. 갑님께서 그러라는데 뭐, 그래야지 별수 있나.
"자주 웃는 것도 안 좋아요."
"웃는 것도?"
"내가 말은 안 했는데 얼마나 불안한지 알아요? 회사에 일일이 감시카메라를 달아 놓을 수도 없는 노릇이고 말이에요. 인기 많은 거 그거 진짜 마음에 안 들어요. 매너 좋은 것도 별로인 건 마찬가지고요."
"아, 작가님 너무 구속한다. 우리 이제 시작하는 사이인데."
하는 거 보면 집착이니 구속이니 하는 건 전혀 없을 것 같은데. 양파녀도 아니고 까도, 까도 새로운 매력을 발산하니 이걸 또 어쩌나, 정말.
"그래서 지금 싫다는 거예요?"
재이는 심각한 목소리를 내면서 재경을 노려봤다.
"싫다는 말은 안 했어."
"약속 지켜요. 그냥 아무 표정 없이 대하는 거예요. 특히, 여자 직원들한테. 남자 직원들은 논외로 하고요. 그럴 수 있죠?"
"물론, 그래야지."
어떠한 누구의 소속이 되어 보는 건 재경에게도 참 오랜만에 있는 일이었다. 그간 제 스타일의 여성이 나타나지 않았기도 했고, 뻔한 변명이지만 바빠서 따로 누군가를 만날 여유나 마음이라는 게 없기도 했고 말이다.
재경은 보다 더 적극적으로 고개를 끄덕이며 재이의 말에 무조건 그러겠노라, 했다. 그렇다고 진짜로 무표정으로 대한다거나 하겠다는 건 아니고. 그래도 사회생활 하는 사람이고 팀장급이라는 위치에 있는데 어느 정도 에티튜드는 필요하니까 적정선을 지키겠다는 거다.
"그럼 이제 내 차례인가?"
안심이 되진 않지만 일단 믿어 보기로 하고 재이는 아까부터 한 입도 대지 않은 마카롱을 이제야 한 입 하려고 했다. 이 카페 마카롱은 둘이 먹다가 하나 죽어도 모를 만큼 맛있다고 하던데 직접 평가해 주마, 하면서. 그런데 그걸 입가로 가져가기도 전에 갑자기 차례를 넘겨받은 재경이 별안간 휴대용 메모지 하나와 펜을 꺼냈다.

"뭐 하는 거예요?"

물음을 던져 놓고 재이는 입가에 있던 걸 베어 물었다.

"갑의 조건이 있으면 을의 조건도 있어야지."

"네?"

웬 을의 조건? 반달 모양의 잇자국이 선명한 파스타치오 맛 마카롱을 마저 한입에 털어 넣고 재이는 재경이 하는 양을 지켜보았다. 오물거리고 있는 입 안엔 마카롱 특유의 단맛이 가득 퍼졌다. 아, 소문처럼 둘이 먹다가 하나 죽을 맛 정도는 아닌 것 같고 좀 맛있는 정도에 그치는 마카롱이다.

"첫째, 연락은 꼬박꼬박."

"그거야 뭐."

쉽지.

"둘째, 하루에 네 번 사랑을 말하고 여덟 번 웃고 여섯 번 키스하기. 너한테만 말해 주는데, 이거 내 비밀번호야."

"언제 적 노래 가사를 가져와요?"

"그래서 비밀번호 안 풀겠다고?"

아, 생각보다 소녀 감성 같은 게 있는 건가, 박재경한테?

"비밀번호 486 말고, 그럼 181로 해요."
"에이, 너무 짜다."
"000으로 할까요?"
"386."
"283."
"봐줬다, 283."

그래도 키스가 사랑을 말하는 것보다 하나 더 많다. 못내 아쉽지만 더 갔다간 정말 000으로 굳히기를 들어갈까 봐서 이만 꼬리를 내렸다.

"마지막. 이거 되게 중요한 거야."
"그게 뭔데요?"
"주량 지키기. 아, 나랑 단둘이 있을 땐 주량 넘어가도 돼."
"아."

사이를 가속화시켰던 문제의 주량. 재이는 불현듯 스쳐 지나가는 제 모습에 고개를 풀썩 숙이고 서둘러 물 잔을 찾았다. 하여간 잊을 만하다가도 이 얘기만 나오면 없던 갈증도 생겨나서 자연스레 목이 탄다.

"상당히 위험한 주사를 가지고 있어서 단속을 좀 해야겠어."

입술 도장이니 하는 건 어디서 그렇게 배워 가지고 말이야. 사람 혼을 쏙 빼놓고. 나 외에 엄한 데 쓰거나 그러면 안 되지.

"주사 아니라니까요."
"어쨌든."

"아, 알았어요. 지킬게요, 됐죠?"

혹여나 더 말꼬리를 물고 늘어질까 재이는 재경의 필체가 선명히 자리한 메모지를 얼른 본인 쪽으로 뺏듯이 가져왔다.

"말 나온 김에 오늘 한잔할까? 코 삐뚤어지게 주량 막 넘어가면서."

금세 음흉하게 입매를 올린 재경이 부러 느릿한 시선으로 재이를 쳐다보았다. 손등 듬성듬성 솟아나 있는 핏줄을 보며 마음이 저도 모르게 동하다가도 재이는 절도 있게 고개를 절레절레 저었다. 그도 모자란 모양인지 손바닥을 펴서 확실한 제스처를 취하기도 했다.

"요즘 분량 적다고 난리란 말이에요."

독자들은 정말이지 속일 수가 없다. 마주 보고 앉아 있는 누구 때문에 한동안 정신을 다른 곳에 좀 쏟아서인지 스크롤 크기가 좀처럼 작은 회차가 나오질 않았다. 재이는 나머지 마카롱 두 개도 얼른 해치워 당분을 충전해야 했다. 그리고 있는 아이템 없는 아이템 죄다 쏟아 가면서 코가 삐뚤어지게, 가 아니라 코에서 코피가 철철 나올 정도로 분량 확보를 해야 했다. 어쨌든 인기로 먹고사는 게 바로 제 직업이니 말이다. 본능은 조금 참아 두는 걸로.

"난 잘 모르겠던데."

"왜 몰라요, 작가인 내가 딱 알겠는데."

"좀 적으면 어때. 적을 때가 있으면 많을 때가 있는 거지."

"그러니까요. 적을 때가 있었으니까 이제 많을 때가 있어야 할 차례예요."

이런 말 하면 저급해 보일지 모르겠지만 어쨌든 솔직하게 제 상황을 좀 털어놔 보자면 그냥 얼굴을 보는 것만으로도 몸이 달아 미칠 지경이었다. 아니 굳이, 꼭, 침대까지 가는 그런 그림이 없더라도 입술만 쪽쪽거린다든지, 그도 아니면 한참을 안고 있다든지 하는 가벼운 스킨십이라도 원하게 된다. 마음도 확인받았겠다, 사이 갱신도 제대로 했겠다, 이제 더 질척일 이유는 없으니 말이다. 그럼에도 불구하고 프로인 유재이는 제 일을 앞세워 본능을 잘 조절하는 것 같다. 저도 나름 제 필드에서 프로라지만 몸이 달으면 앞뒤 전후 따질 수가 없는데.

단호하게 말을 맺고 마카롱 두 개를 양 볼 가득 우걱우걱 씹는 재이를 보며 재경이 아쉬운 듯 입술을 내밀었다.

"그렇게 귀엽게 먹지라도 말든지."

"네?"

"희망 고문하는 것도 아니고."

"왜 먹는 거 가지고 그래요. 서럽게."

본래의 형체를 알아볼 수 없을 정도로 처참히 뭉개진 마카롱이 입 안 가득이었지만 별로 볼썽사납지 않았다. 그래, 유재이의 영원한 넘버 원 수식, 귀엽다면 모를까.

"미안, 미안. 서러울 것까지야. 더 사다 줘?"

"포장해 줘요. 가서도 중간중간 집어 먹게."

"네, 알았어요."

"피스타치오는 별로예요. 산딸기 맛이랑, 얼그레이 맛이랑, 카푸치노 맛이 맛있는 것 같아요. 이렇게만 사 줘요."

"네, 그럴게요."

여부가 있겠습니까.

"아니, 무슨 팬 사인회를 중국에서 합니까?"

평소 같았으면 빙그르르, 부드럽게 돌던 의자가 오늘은 각도까지 절도 있게 딱 떨어지게끔 백 주임을 향했다.

"네?"

"그렇잖아요. 뭘 구태여 직접, 어? 작가가 참여하는 행사를 거기까지 가서 하느냐, 이 말입니다."

"아, 그게 곧 번역해서 연재 들어갈 거니까 미리 현지 인지도 상승도 할 겸, 팬 서비스도 실행할 겸 중국 연재 포털 쪽에서 요청을 한 거라서요. 아무래도 초반에 잘 깔아 놔야 나중이 편하니까요."

그 이유는 본인이 더 잘 알지 않을까. 출장까지 가서는 그 건을 성사시킨 게 다른 누구도 아닌 본인이면서 왜 모르는 척, 이 무슨 날벼락이라도 되는 양 눈을 저렇게 키우고 단 한 번도 높아진 적 없었던 언성을 높이는 거지? 전혀 예상하지 못한 재경의 반응에 백 주임은 도리어 제가 무슨 큰 잘못이라도 한 것처럼 무안해졌다.

"아니, 아무리 그래도 현지에서 팬 사인회를 하다니요? 무려 일주일씩이나 일정을 잡아 가지고 말이에요. 백 주임은 이게 납득이 됩니까?"

그 일주일이 어떤 일주일이냐. 하필 제가 다른 작가의 단행본 출간 일정 때문에 출장 스케줄을 스위치할 수 없는 일주일이 아니던가. 한마디로 제가 동행하지 못하는 재이의 팬 사인회였다. 그것도 해외로 떠나는. 그러니 납득이 안 된단 말이지, 납득이.

"네? 저, 아니 그게……."

재이에겐 확실히 잘된 일이었다. 현재보다 더 기반을 다질 수도 있고, 앞으로 수익도 어마어마할 거다. 보통 기성 작가들도 해외 진출은 매끄럽지 않은데 이런 기회가 어디 흔할까. 그래, 다 잘 알겠다.

"날짜 조율 다시 해 봐요. 이거 일정이 영 이상하잖아요."

잘 알겠지만 일정이 해도, 해도 너무하지 않은가. 제가 따라붙을 수 없는 스케줄은 재이에게 있느니만 못한 거지.

아쉬운 건 재경과 저의 회사 쪽이지 바이어 쪽이 아니었다. 그런데 무슨 배짱으로 저쪽에서 요구한 스케줄을 변경하란 건지 모르겠다. 그걸 저보다도 더 잘 알 만한 양반이 말이다. 백 주임이 애꿎은 제 귀 옆머리만 왼쪽, 오른쪽 알맞게 번갈아 가며 연거푸 쓸어 넘겼다.

"저, 팀장님? 이게 저희 쪽에서 결정할 사안이 아닌지라…….."
뭐 잘못 먹기라도 했니? 갑자기 왜 이러세요, 박 팀장님.
"그럼 여기 앞에다가, 숫자 '1'만 더 붙이는 쪽으로 해 봐요."
날짜 8 앞에 1을 더 붙인다는 건 곧 10일을 뒤로 미루는 걸 의미했다. 장난을 하자는 것도 아니고 이 무슨 허무맹랑한 짓인 건지 백 주임은 급기야 미간을 구겼다.
"네?"
"후우…… 알았어요. 저쪽에 알겠다고 해요."
억지라는 걸 본인도 잘 알았다. 중국어 좀 잘한다고 백 주임을 잡아 두고 저쪽에 이렇게 전하라니, 저렇게 전하라니 하는 게 그저 통역으로만 가능하지 않다는 것 또한 잘 알았다. 작은 한숨을 내쉬며 재경은 힘없이 손바닥을 휘휘 저었다. 이만 나가 봐도 좋다는 뜻이었다. 백 주임은 그제야 구겨져 있던 얼굴을 펴면서 이보다 더 빠를 순 없다는 속도로 거의 도망을 놓듯 팀장실을 나갔다.
"아, 왜 하필."
공은 공이고 사는 사 아니던가. 뚫어져라 달력을 쳐다보아도 이미 잡힌 제 일정엔 변동이 없었다.

중국 팬 사인회 일정 때문에 처음으로 부득이하게 '휴재'를 선언한 재이였다. 여태 지각 한 번 없이―노파심으로 중간에 업데이트 담당자를 닦달해 가면서―칼 업데이트 연재를 해 와서 그런지 '괜찮습니다, 작가님', '잘 다녀오세요, 작가님' 등등 휴재 공지에 다들 관대한 분위기였다. 당 회차 연재분 업데이트를 한 지 1분도 채 안 된 시간이었지만 별점 평균은 매겨져 있었고 댓글 중엔 베스트 댓글도 몇 개 선정되어 있었다. 휴재에 대한 반응도 살피고, 당 회 에피소드에 대한 반응도 볼 겸 숫자 몇 개가 금방금방 늘어나는 댓글 페이지를 나름 노력해서 정독하던 중, 개중에서 유독 엄지가 아래로 향하는 모양의 반대수가 많은 댓글 하나를 발견하게 되었다.

[너무하네요, 작가님. 중국까지나 가시다니. 것도 일주일씩이나 자리 비워 가면서 말이에요.]

"픕."

그 밑에 덧달린 댓글에선 반대를 표하는 것뿐만 아니라 각종 비난들이 난무했다.

└RE: 독자 맞음? 작가님 잘돼서 가는 건데 뭘 너무해.

└RE: 여태껏 지각 한 번 없으셨던 분이에요. 휴재 한 번 할 수 있는 것 가지고.

└RE: 꼭 이런 사람들 있다니까.

└RE: 지능형 안티인가, 이분?

아이디와 동일한 닉네임은 단순한 영어와 숫자의 조합이었지만 재이는 왠지 그 사람이 누구인지 쉽게 유추해 낼 수 있을 것 같았다. 전 아이디 하나를 만들 때에도 그냥 만들지 않고 독일어며 이탈리아어며 그럴싸하면서도 괜찮은 뜻을 가진 단어를 찾아서 만드는데 이 사람은 그다지 그런 것엔 뜻이 없어 보였다. pjk5401. 딱 봐도 이니셜과 전화번호 뒷자리의 조합이다. 공교롭게도 현재 재경의 휴대폰 가장 마지막 번호 네 자리가 5401이다.

"아주 본인이라고 광고를 하지."

불과 몇 시간 전 주고받은 통화에 비하면 이건 식스센스 급까진 아니지만 어쨌든 반전이며 솔직한 속내였다. 현지 업체에게 잘 전달해 놓았으니 공식 일정을 소화 후 어차피 해외까지 나갔으니 상하이 야경 사진도 찍고, 맛있는 것도 많이 먹고, 이곳저곳 구경도 많이 하고 오라던 재경이었다. 덧붙여 웹투니스트로 반경을 넓혀 가는 것에 대한 축하의 말도 해 가면서 말이다. 저도 제 나름 스케줄이 있으니 이것저것 하다 보면 일주일 금방이라고 올 때 기념품이나 잊지 말고 사 오라며 통화를 마무리했었는데.

재이는 고개를 작게 절레절레 저으며 pjk5401 유력 용의자에게로 전화를 걸었다. 저에겐 투정 아닌 투정이며 귀여운 투덜거림인데 독자들에겐 본의 아니게 공격의 대상이 되어 압도적으로 반대표를 받고 있어 야식을 먹지 않아도 배가 부르겠다, 싶다.

-어. 방금 오늘 분 봤어.

"저도 방금 뭣 좀 봤어요."

-뭘 봤는데?

"pjk5401이요."

-와, 어떻게? 엄청 빠른 속도로 묻혔는데.

"눈에 확 들어오던데요? 사람들이 엄청 싫어해요."

컴퓨터 앞에서 일어나 재이는 폭신한 소파를 찾아 자리를 옮겼다. 거실에 문을 열어 두었더니 금세 선선한 밤바람이 커튼을 둥글게 커다란 풍선처럼 부풀렸다가, 다시금 납작하게 만들었다가, 하는 것을 반복하고 있었다. 좀 더 창가 가까이에 다가가기 위해 소파 끝자리에 엉덩이를 붙였다. 앞 머리칼이 들어오는 바람을 따라 옅게 흩날리는 건 순식간이었다.

-내 말이. 아니, 다 그럴싸하긴 한데 지능형 안티, 는 좀 심했지 않아? 지능형 애인이면 또 모를까. 안티는 아니지, 확실히.

"참 나. 아깐 혼자 멋진 척 엄청 쿨하고 사무적인 척, 일주일 금방 간다고 했잖아요."

-뭐, 그랬었지.

"박재경 팀장님 말이 진심이에요, 아니면 아이디이자 닉네임 pjk5401 님 말이 진심이에요?"

-둘 다 진심이야. 유재이 작가님 작품을 담당하는 입장에선 당연히 중국이 아니라 어디든 진출시켜야지. 작가가 직접 나서게끔 해서 홍보 효과도 높이고 말이야. 그런데 유재이 애인 입장에선 아쉽지. 제때제때 비밀번호도 못 타 먹고.

"그게 본심이네요, 딱 들어 보니까."

─그렇잖아. 두 번 사랑한다고 말하고 여덟 번 웃고 그런 건 통화로도 가능하지만 마지막이 키포인트인데. 세 번 키스는 어떻게 해, 어? 네가 내 입장 돼 봐. 아깝나, 안 아깝나.

아오, 이 양반을 그냥. 잘 나가다가도 이렇게 삐끗한다니까. 재이는 휴대폰을 다른 쪽 귀로 옮기면서 옅게 한숨을 쉬었다. 그 와중에 웃음이 삐져나오는 건 또 어쩔 수 없다만.

"일정 연장은 안 된다고 해요? 대륙이 괜히 대륙일까. 어마어마하게 구경할 거 많을 텐데. 휴재도 했겠다, 한 보름 넘게 놀다 오고 싶은데."

─안타깝게도 그건 안 돼. 내 승인이 떨어져야 가능한데 난 그런 걸 제의하지도 않을 거고, 혹여 그런 제의가 온다고 해도 거절할 거거든.

"갑은 난데 왜 을이 횡포를 부려요?"

─요즘 슈퍼 을이 대세야.

하여간 말로는 절대 이겨 먹을 수가 없지.

"모아 놔요. 한꺼번에 해 줄 테니까요."

─진짜?

"싫으면 말고요."

─싫은 것보다 반은 미리 받고 싶은데.

"네?"

─웬만하면 지금.

뭐, 스피커에 대고 쪽쪽 소리라도 내 달라는 건가. 바람에

날려 시야를 가르던 앞 머리칼을 뒤로 쓸어 넘기며 잠시 고민했다. 전화기에 대고 쪽쪽 소리 내는 연인들을 보면 왜 저러나, 싶었던 게 제 마음이었는데 결국 저도 그와 같은 장면을 연출하게 되는 건가 싶다. 역시 연애를 하면 다 비슷비슷해지는구나.

"알았어요."

-오케이, 문 열어 줘.

"문이요?"

갑자기 웬 문 타령이지?

-어, 이거. 현관문.

"우리 집 현관문이요?"

-그럼 작가님 집 현관문이지. 설마 내 집 문 열어 달라고 조를까, 내가?

온다는 말도 없이 왔단 말이야? 재이는 반신반의하는 눈으로 통화를 끊지 않은 채 현관으로 향했다. 보조 걸쇠를 걸어 내고, 손잡이를 아래로 내려 밀자 자동으로 록이 풀리며 무거운 쇳덩이 문이 틈을 벌리고 또 다른 바깥바람을 쏟아 냈다. 그러곤 훅, 익숙한 향과 함께 익숙한 얼굴이 짜잔, 하는 소리를 내며 불쑥 나타났다.

"어머, 언제 왔어요?"

편안한 차림의 재경이 들고 있던 휴대폰을 제 바지 주머니에 쏙 넣고 자유로워진 양팔 가득 재이를 끌어안았다. 그 바람에 문고리를 놓치게 되었고 벌어진 틈은 재경과 재이가 온전히 안으로 들어감과 동시에 스르르 닫혔다. 곧 재경의 뒤로 록이 걸리는 알림음이 들려왔다.

"한 10분 전? 진동으로 안 해 놨으면 바로 집 앞인 거 들킬 뻔했어. 엘리베이터에서 내리자마자 네 전화 울렸던 거 알아? 타이밍 한번 기막히게."

재경은 안은 팔을 풀지 않으며 신발을 벗고 실내화로 갈아신었다. 본의 아니게 재경의 품속에 파묻히게 된 재이는 안에서 바르작거리며 제 시야를 확보하려고 애를 썼다. 그러면 그럴수록 장난을 거는 듯 더 세게 안아 왔지만 말이다.

"놀랬어?"

재경이 품을 벌리자 드디어 재이의 얼굴 위로 시원한 공기가 닿아 왔다. 그에 엉망이 된 머리칼을 서둘러 정돈하고 재이가 고개를 끄덕였다. 이렇게 갑자기 아무런 연락도 없이 올 줄은 생각도 하지 못했다.

"왜 왔어요?"

재경의 집과 재이의 집은 단숨에 거리를 좁히기엔 그래도 어느 정도 시간이 필요했다. 차가 안 막힌다면 한 40분 정도? 두 사람의 집이 그리 가깝진 않은지라 재이는 눈을 동그랗게 뜨고 정말 순수하게 '왜'를 묻는 듯 보였다. 재경은 그런 재이의 이마를 검지로 꾹 눌렀다. 안 그래도 작고 쪼그만데 검지로 누르기까지 하니 더 작아 보이는 착시 현상을 나타냈다.

"보고 싶어서 왔지. 무드 없게."

"아."

금세 심장이 콩닥콩닥 소리를 낸다. 수줍게 볼을 붉힌 재이가 살짝 고개를 숙였다. 뭘 또 이 밤에 보고 싶다고 달려올 것까지야. 내일 출근도 해야 할 양반이. 괜히 사람 설레고 기분 좋아지게.

"그리고 미리 받을 거도 생겼고."

또다시 재이의 얼굴이 재경의 품에 묻힐 것처럼 단숨에 가까워졌다. 긴 속눈썹 아래에 일렁이고 있는 새까만 눈동자가 저를 말갛게 쳐다보고 있으면 정말 어찌할 바를 모르겠다. 여전히 살랑살랑 안으로 들어오는 바람에 이번엔 재이의 머리칼뿐만 아니라 재경의 머리칼도 흔들렸다. 그럼에도 올곧은 시선이 재이를 놓치지 않고 담아내고 있다. 부드럽게 호선을 그리며 올라가는 입매가 곧이어 근사한 얼굴을 장식했다. 재이는 그에 양발을 세워 끝에 힘을 준 후 턱을 들어 올렸다. 촉촉한 입술이 금방이었다.

"이왕 미리 받는 건데, 좀 진하게는 안 될까요, 작가님?"

재이의 어깨 아래 손을 집어넣은 재경이 웃샤, 하며 그녀를 가볍게 안아 올렸다. 덕분에 고개가 뒤로 꺾이는 수고가 덜어지고 재이의 시선의 각도도 아래를 향하게끔 만들어졌다.

"하여튼 너무 엉큼해."

이 속엔 늑대 몇 마리가 사는 거예요, 대체.

"엉큼한 게 아니라 건강한 거."

"말이나 못하면."

반박하지 못하겠다는 듯 재경이 눈을 접으며 웃었다. 아, 콩깍지 정말 단단히 씌었구나, 유재이. 이 얼굴이 사랑스러워 미칠 지경이니.

재이는 양손으로 재경의 얼굴을 붙잡은 후 천진하게 휘어진 눈꼬리를 기점으로 천천히 입술을 내렸다. 머리칼을 간지럽게 날리던 바람이 마음에도 들어찬 듯 살랑살랑 심장을 간질였다. 이내 포개어지는 입술에도 찌르르 간지러움이 피어나 절로 웃음이 터졌다. 매끄럽게 올라가는 모양이 입술에 너무나 선명했다.

"진짜 순수하게 하는 말인데."

"뭔데요."

"다리가 아파서."

"그래서요?"

"누워서 계속하면 안 될까?"

이미 재경의 발걸음은 재이를 단단히 안은 채 침대로 향하고 있는 와중이었다. 작은 주먹이 아프지 않게 재경의 어깨를 내리쳤다.

"내일 출근도 해야 하잖아요."

"차에 항상 여벌 싣고 다녀."

"처음부터 이럴 생각으로 온 거죠?"

"거짓말은 못하겠다."

향긋한 섬유 냄새를 머금은 시트의 감촉이 재이의 등 뒤로 느껴졌다.

"말릴 수가 없네요, 정말."

"자, 하던 건 마저 해야지?"

둥글게 말아 내미는 입술에 웃음을 터뜨린 재이가 손가락으로 그걸 꾹 밀었다. 하지만 그럴수록 입술은 점점 더 가까워졌다. 개구지게 우, 하는 소리까지 내는데 그게 또 그렇게 귀여울 수가 없다.

"손은 왜 이리로 올라와요?"

"둘 곳이 따로 없어서."

"변명다운 변명을 해요."

"그래. 변명도 못하겠다."

인정할게. 자, 그럼 하던 거 멈추지 말고 계속 진행할까?

스멀스멀 말려 올라가는 티셔츠 아래로 재경의 감촉이 느껴졌다. 온몸의 세포들이 찌릿찌릿 제 감각을 세워 반응을 해서 허리가 약간 휘자 그 틈을 놓치지 않고 맨살 위로 입술을 내리는 재경이다.

"앗, 간지러워요."

"간지러우라고 하는 거야."

달달한 솜사탕을 먹는 것처럼 혀를 내어 몸을 핥는 느낌이 적나라했다. 그에 재이의 손이 견디지 못하겠다는 듯 재경의 어깨 위로 올라갔다가 시트로 내려와 사정없이 그걸 구겼다.
"하아……."
 달짝지근한 숨소리가 옅게 터지니 재경의 입술도 호선을 그리며 말려 올라갔다. 아, 불태워야 할 시간이 유한한 이 밤이 왜 이렇게 싫은지 모르겠다. 까짓 거 보내지 말아 버릴까? 아프다거나 갑자기 급한 일이 생겼다는 변명 아닌 변명으로 일정을 모조리 취소해 버리든가 하면서 말이다. 아, 정말 계약은 누가 이렇게 성공적으로 체결해선 제 달달한 연애를 훼방하는 건지 도통 모르겠네.

 에필로그 하나. 그 전 이야기

"뭐…… 따로 사 가지고 가실 건 없으세요?"
 미리 종합을 해 보자면 꽤 식은땀을 흘렸던 출장이었던 것 같다. 처음 한국에서 출발을 할 때부터 그랬다.
 2시 정각에 떠야 할 비행기가 처음엔 10분, 20분 그럴 수도 있지, 하면서 제법 견딜 만한 시간으로 연착이 되었다. 다시 한 번 강조하는데 그쯤은 정말 견딜 만하고 가벼웠다. 하지만 이내 말수도 별로 없는, 표정 또한 제대로 감별하기 어려운 게다가 이젠 팀장님의 그녀가 되어 버려 작가로 대하기도 힘들었는데 상사의 애인이라 대하기가 더 힘들어진 재이와 꼼짝 없이 죽음의 두 시간을 보냈었다. 탑승을 시작하겠다던 승무원의 목소리가 하늘에서 들려오는 구원의 종소리와도 흡사한 착각마저 일었었다. 그런데 엎친 데 덮친 격으로 도착을 해서 입국 수속을 밟기까진 두 시간도 더 걸렸다. 혼자서 이런 말, 저런 말 붙이면 곧이곧대로 대답은 들려왔다지만 어쨌든 편해 보이진 않았다. 괜히 비행기의 연착이 제 탓 같고, 어마어마하게 늘어선 입국심사 줄마저 본인의 탓 같았다.

그렇게 어찌어찌 상하이에 도착을 해서는 시간이 빠르게 흘러갔다. 중간중간 따로 재경에게 재이에 관한 사항을 보고해가기도 하면서 말이다. 경험상 출국심사도 꽤 시간이 소요되기에 출발 이틀 전부터 재이에게 준비를 서둘러야 된다고 당부를 했었다.

그리고 바야흐로 한국으로 돌아가는 오늘. 꼭두새벽부터 재이의 방으로 모닝콜을 넣어 서두르게 했건만 중국 출장은 끝까지 저를 도와주지 않을 요량인지 오늘따라 출국심사는 매우 빠르게 줄이 줄어들어 비행기 탑승 시간까지 무려 세 시간을 남기게 되었다. 새벽부터 서두른 탓에 잠을 다 못 잔 재이의 눈 밑은 어둡기가 이루 말로 할 수가 없었다. 그럼에 주원은 떨리는 목소리로 너른 면세점을 가리켰다.

"글쎄요."

면세점 쇼핑이라면 인천에서도 질리도록 하지 않았던가. 재이는 정말 순수하게 대답했지만 듣는 주원의 입장에선 전혀 그렇지 않았다. 순전히 제 식으로 해석하자면, 너 때문에 새벽부터 서둘렀더니 이게 뭐냐. 이럴 줄 알았으면 잠이라도 푹

자고 나올 걸 그러지 않았느냐. 너 내가 누군지 알고 이러냐. 나 유재이다. 박재경 팀장과 그렇고 그런 사이인 유재이, 라는 맥락이었다.

'아, 유 작가. 왜 그렇게들 표정이 없다고 하는지 나는 도통 모르겠어요.'
'네?'
'김 대리 이번에 같이 출장 가니까 자세히 살펴봐요. 같이 있다 보면 표정 같은 거 단번에 읽을 수 있을 테니까요.'
'정말요?'
'생각보다 그렇게 까칠한 타입이 아닌데.'

그건 박재경 본인 생각이고. 일주일 내내 살펴봐도 표정 같은 거 단번에 읽을 수도 없다. 거의 무표정에 툭, 잘라지는 대답. 방금 '글쎄요.'도 그러지 않았나. 주원은 그래도 넉살 좋은 미소를 하며 한 번 더 말을 붙였다.
"그, 뭐 누구 선물이라도 한번 보세요."
'누구'는 굳이 대명사를 언급하지 않아도 주원과 재이 사이에서 지칭이 가능한 인물이었다. 인천에서도 주구장창 구경만 했지 뭘 구매한다거나 하진 않던데. 아, 그렇다고 제가 스토커처럼 뒤에 찰싹 달라붙어 있었단 건 아니고 그저 흘끔흘끔 보기만 했을 때 말이다. 하지만 이내 재이는 손사래를 했다.

"선물은 이미 준비한 게 있어서."

당최 어느 틈에?

"아…… 그러시구나."

그렇게 제안이 뭉개지는 건 순식간이었다. 쇼핑몰을 향해 뻗어졌던 주원의 손이 무안함에 다시 거둬졌다. 출장을 그것도 해외까지 나와서 돌아갈 비행기를 탈 땐 괜히 아쉽고 좀 더 있다 가면 좋겠다, 는 생각이 항상 지배적이었는데 이번만큼은 예외로 꼽고 싶다. 쾌적한 공항의 온도에도 셔츠가 등짝에 짝, 짝 달라붙듯이 자꾸만 식은땀이 났다.

"뭐, 어떤 걸로 준비하셨어요?"

그래도 멀뚱멀뚱 앉아 있는 것보단 말이라도 몇 마디 더 섞는 게 좋을 것 같아 주원은 포기하지 않고 목소리를 냈다.

"네? 아, 그냥……."

별로 얘기하고 싶지 않은가 보구나. 고개를 끄덕이며 이만 시선을 거둬 냈다. 탑승 시간이 서둘러 오길 바라며 주원은 미친 듯이 고국이 그리워졌다.

◆ ◆ ◆

해외에 다녀왔으니 특산품이라든지 그 나라에서만 구할 수 있는 무엇이라든지 하는 것들로 선물을 추정하기 마련이었다. 하지만 대뜸 재이가 내민 박스는 '선물'이라기엔 조금 무리가 있어 보였다. 아니, 이런 선물은 좀 특별하다고 해야 맞는 표현일까.

"기념 선물은 아니고, 문득 생각이 나서 준비한 거예요."

"그래?"

상표가 적나라하게 프린팅되어 있는 박스는 안에 내용물을 바꾼 흔적조차도 보이지 않았다. 그렇다면 개봉하지 않아도 바깥 상표만으로 안에 있는 걸 추정이 아니라 거의 확신할 수 있었다. 설마, 정말로 과자 봉지 한 박스를 저한테 문득 생각이 나서 준비했을까.

재경은 미소를 띤 채 고개만 갸웃하며 박스를 건네받았다.

"내가 새삼 너무 무심했던 거 있죠."

"응?"

미소가 자리해 있는 재이의 얼굴은 제가 한 일에 대해서 이보다 더 뿌듯한 표정일 수가 없었다.

"이거 되게 좋아하잖아요. 그래서 아예 박스로 사 왔어요. 인기가 전만 하지는 못하더라도 아직 박스로 구하긴 좀 힘들더라고요. 그래도 구해 왔어요. 봉지 몇 개 가져오기엔 손이 너무 허전하잖아요."

사인회를 떠나기 전에 번뜩 들던 생각이었다. 새삼스런 깨달음에 가장 기본적으로 재경이 갈망했던 걸 여태 잊고 있었다니 이보다 무심한 여자 친구가 대체 어디 있을까, 하며 스스로 머리를 콩 쥐어박기까지 했다. 유사 성분들이 들어가거나 그보다 좀 더 특별한 것을 첨가해 비슷한 상품들이 판을 치면서 늘어났지만 그래도 원조만은 못했다. 저와 재경에겐 원조만이 의미가 있고 말이다.

대형마트를 가도 최고 많이 구할 수 있던 게 3봉지 남짓이었는데, 그것보단 차라리 박스가 나왔다. 박스째로 줘야 주는 마음도 좋고, 받는 마음도 더 좋을 테니. 때문에 재인은 편의점 젊은 점주, 세인에게 생전 하지도 않던 요상한 부탁을 해 뒀다. 박스째로 좀 맡아 달라고. 한때는 꿀버터 과자에 열광해서 저를 매일같이 괴롭히던 누구지만 이제는 그마저도 사랑스러운 모습으로 자리한 누구를 위해서 말이다.

"안에 전부 다, 이거야?"

"그럼요. 아예 새건데요?"

아, 이번은 일어나지 않았다. 너무나 솔직하게 '나는 꿀버터 과자로 가득 차 있습니다.' 하고 외치는 과자 박스를 재경은 마뜩찮은 손길로 뜯어냈다. 딱히 대단한 선물을 기대했다는 건 아니라지만 조금 당혹스러운 건 사실이었다. 일주일 만에 돌아온 여자 친구에게서 받는 게 과자 한 박스라니. 일반적인 사례는 아니니까.

"와."

빵빵한 질소 충전으로 인해 흐트러짐 없는 모양으로 정렬이 된 채 있는 과자 봉지들을 내려다보며 재이는 양어깨를 반쯤 들어 올리며 싱긋, 웃었다. 쓰담쓰담이라도 바라는 것처럼 두 눈도 함께 반짝였다.

"세상에, 이걸 까먹고 있던 거 있죠. 쌓아 두고 먹어요. 한 봉지, 두 봉지 이렇게는 감질나잖아요."

"그러게. 좀처럼 빨리 없앤다든지 그런 건 없겠다."

"반응이 왜 이렇게 미지근해요?"

까무러칠 정도로 기뻐하는 그림까진 아니더라도 그 비슷한 어느 선에는 다다라야 하는 거 아닌가? 스스로 평가하기에도 대단한 아이디어라고 생각했는데 어째 돌아오는 반응이 영 시원찮다. 고작 과자라 이건가?

"아니, 사실 나 과자 같은 거 별로 안 좋아하거든."

"네? 이건 그냥 과자가 아니라 꿀버터 과자예요."

이거 사려고 무려 한 달 반 동안이나 그 난동 아닌 난동을 매일같이 부려 놓고서 대체 뭔 소리래?

재이는 박스 안에서 봉지 하나를 꺼내 들고 흔들었다. 잘 좀 봐. 없어서 못 팔던 바로 그 대란의 과자라고.

"그래, 뭐가 됐든."

"아니, 어째서요?"

납득이 안 되잖아요, 납득이.

"아직도 그 모습을 잊을 수가 없는데요, 나는? 이것 때문에 앞 머리칼까지 휘날리면서 볼썽사나운 모습으로 들이닥쳤던 그 진상 손님, 박재경의 모습을 말이에요."

"음…… 어디서부터 시작해야 할까."

"네?"

"결론부터 말하면 난 진짜 과자 안 좋아해. 바사삭거리는 식감을 가진 이와 같은 과자라면 더더욱."

"네에?"

"그래도 성의가 있으니 기념으로 간직하곤 싶어. 정말이야. 아, 원한다면 언제든 꺼내 먹어도 되고."

"무슨 소리예요, 당최?"

"그러니까 말이지."

이제야 이런 진실을 밝히게 될 줄은 몰랐지만 어쨌든 시간을 좀 거슬러 올라가 보자.

♦ ♦ ♦

"품귀 현상?"

그것도 고작 과자 하나에?

인터넷 뉴스를 보다 재경이 혀를 내둘렀다. '대란'이라는 수식이 설마 과자 앞에 붙게 될 줄은 꿈에도 몰랐다. 당최 과자 하나가 뭐라고 매일같이 이 난리들인지 이해할 수가 없다. 그까짓 거 다른 맛을 먹든가 그냥 안 먹으면 그만일 것을 암표를 사듯 가격까지 불려 가며 거래를 해 대는지, 원.

"안 뜯을 거예요, 이거."

인터넷 기사들을 장식하며 가는 곳곳마다 이슈가 되는 것이 회사라고 예외일 수는 없었다. 기어이 화제가 된 과자는 제 팀원들 사이에서도 굉장한 존재감으로 화젯거리에 올랐다. 그중에서는 어쩌다 얻어 걸린 격으로 한 봉지를 구했다는 사원 영환이 단연 오늘의 주인공이었다.

"영환 씨 왜 그래? 다 먹겠다는 것도 아니고 그냥 하나씩 맛만 보자, 맛만."

"그래. 왜 그렇게 떠들썩한지 궁금해서 그래."

어쩌다 케이크 하나를 얻게 되어 탕비실에 두어도 다들 몇 입 하고 말 뿐 한 판을 비우질 못했다. 게다가 선반 한편에는 입이 궁금하거나 졸음을 깨우는 용으로 사다 둔 비스킷이나 소프트쿠키, 스낵 같은 유의 과자들도 아직 개체수를 줄이지 못하고 있는 마당이었다. 이렇듯 디저트나 간식에 크게 열을 올리는 팀원들이 아닌데도 불구하고 그놈의 이슈가 뭔지 다들 영환의 품속의 과자에만 혈안이었다. 수희 씨의 말이 맞았다. 그저 왜 그렇게 떠들썩한지, 왜 이리 난리들인지 그냥 단순하게 맛만 보겠다는 것이었다.

"딱, 하나. 어? 따악, 하나."

"아니요. 거절하겠습니다."

얼굴이 못 볼 거라도 본 양, 듣지 않아야 될 거라도 들은 양, 파란 낯으로 질려 있었다. 팀 막내 주제에 저렇게 표정을 굳히고 오는 손길들을 질색하면서 거둬 내면 나중에 그 후한을 어찌 감당하려고. 하지만 그에겐 마치 훈장이며 엄청난 방패처럼 자리한 요주의 인물도 아닌 요주의 과자가 있었다.

"야, 유영환, 따지고 보면 그거 네 거 아니야."

웬만해선 개봉을 할 것 같지 않자, 끼고 있던 팔짱을 풀고 주원이 괜히 무거운 목소리를 내면서 훈수를 두듯 튀어나왔다.

"자, 들어 봐라. 그거 준 아주머니가 어떤 아주머니야? 우리 회사 아주머니지? 게다가, 하필 우리 층 담당 아주머니지? 그리고 또 하필 우리 사무실을 유달리 깨끗하게 관리해 주시는 분 아니냐. 그럼 그분이 그걸 너한테만 준 거겠어? 아니지. 우리 팀 모두에게 준 거나 마찬가지야. 내 말이 틀려, 어?"

틀리냐고? 아이고, 참 나. 재경이 듣기론 틀린 것투성이에다가 억지성이 해도, 해도 너무한 주원의 말이었다.

"딱 저한테만 주신 거 맞아요."

정해진 출근 시간은 오전 9시가 맞았지만 불편한 진실로, 누가 9시 정각을 딱 맞춰서 출근을 할까? 쟁쟁한 경쟁에 엄청난 문턱을 넘어가며 바늘구멍을 겨우겨우 뚫어 들어온 회사는 온통 정답과 어긋난 것들이 만무했다. 출근 시간 오전 9시는 사실 8시 30분이었고 그마저도 막내는 선배님들 하나하나 올 때마다 고개를 숙여야 했으니 보다 30분을 더 앞당긴 8시가 맞았다. 게다가 6시 땡, 하면 위에선 모두 하나같이 하던 것들 다 접고 퇴근을 하라지만 막상 저보다 높은 사람이 손이 느려 느릿느릿 가방을 챙긴다면 엉덩이를 달싹하는 것조차 힘들었다. 그러면서 먼저 들어가도 괜찮다는 모순이 가득

한 대사는 왜 자꾸 남발하는 건지 도통 모르겠다. 그리고 어쩌다 다 같이 점심을 먹게 되었을 때는 먹고 싶은 거 시키라고 해 놓고 이거 아니면 저거 딱 두 가지 선택지만이 제시되었으며 그마저도 그냥 한 가지로 통일이 되는 경우가 부지기수였다. 업무를 볼 때는 또 어떤가. 조금 미흡하긴 할지언정 어긋나 본 적은 없다. 그렇게 저는 손가락 위에 돋아난 솜털 하나까지도 예민하게 세워서 섬세하게 일을 처리한 반면 제 윗사람들은 가끔 실수를 저질렀다. 그렇게 한 번 보고, 두 번 보고, 세 번 보면서 올린 파일이라도 그들의 손에 넘어가 양념칠을 엉망으로 하면 좋게 완성이 될 수가 없었고 그 원망은 희한하게 죄다 제게로 돌아왔다. 한마디로 사회는 모순덩어리에 탈출구가 없는 뫼비우스 띠였고 그 무게는 모조리 막내가 짊어지게 되어 있었다. 제 밑에 누군가 들어오지 않는 이상 저는 쳇바퀴 돌 듯 그 신세를 면하지 못하는 건 자명한 사실이었다.

그런데 오늘 아침 무슨 일이 있었느냐. 이 모든 것들을 잘 알고 있다는 듯 항상 마주치는 청소 아주머니께서 막내 총각 과자 좋아하느냐며 대뜸 꿀버터 과자를 내미시는 게 아닌가. 영환은 그 순간 눈물이 주르륵 흘렀다. 어제 야근을 하는 바람에 채 다섯 시간도 자지 못하고 1등으로 출근을 했더니 이런 일도 생기는구나, 하면서. 아무도 몰라준다고 생각했지만 역시 세상은 저를 등지지 않았구나.

사설이 길었지만 어쨌든 이건 그냥, 단순한 과자가 아니었다. 또한 주원의 말처럼 모두의 과자도 아니었다. 8시에 출근을 할 수밖에 없었던 팀 막내의 서러움이 응집된 보상과도 같은 선물이었다. 그러니 다 같이 나눠 먹자고 하느니, 한 번 맛만 보자고 하느니 하는 말도 안 되는 소리를 들어줄 순 없다.

"과자 하나에 왜 그래, 진짜?"

백 주임이 답답한 목소리를 냈지만 시선은 영환의 품에 있는 그것에 꽂혀 있었다. 그러면서 덧붙인다는 말이,

"그냥 과자잖아. 까서 하나씩 집어 먹으면 되지, 뭘 그렇게 까다롭게 굴어?"

결론은 저도 하나 먹어 보고 싶다, 이 뜻이었다. 그러면 그럴수록 영환은 고개를 세차게 저었다.

"아뇨. 전 안 뜯을 겁니다. 적어도 여기선 더더욱 말이에요."

"그럼 뭐, 모셔 두기라도 하겠다는 거예요?"

"네."

"유영환 너 사람 좋게 봤는데, 진짜."

"본인이 그러고 싶다는데 내버려 둬요. 저게 그렇게 구하기 어려워요?"

보다 못한 재경이 다 비운 커피 컵을 내려 두며 고개를 절레절레 저었다. 아이디어 회의 할 때 이렇게 열정적이며 적극적으로 목소리를 좀 내시지들.

"없어서 못 판다고 하잖아요, 팀장님."

그 없어서 못 판다는 게 고작 과자라는 건 너무하지 않나. 저

는 죽었다 깨나도 이 사태를 이해할 수 없었다. 아직도 미련이 남는 건지 영환이 가진 과자를 손가락으로 콕, 가리키는 백 주임에 재경은 맛이 어느 정도기에 그러느냐, 뭐가 차별화되어 있느냐, 하는 것보단 가장 상업적인 시각을 보탰다.

"인기가 이 정도니 저거 개발자는 그야말로 대박 났겠네요."

그래도 한다는 생각이 재경은 맛이 궁금하다, 보단 역시 개발자가 취할 어마어마한 이득이 먼저였다. 진짜 저런 대박이 여기서도 하나 터져야 할 텐데, 하면서.

막내 영환은 종일 과자 하나를 사수하느라 혈안이었었다. 안 그래도 피곤한 일과가 평소의 한 세 배 정도로 피곤했을 것 같다. 득시글득시글 제 편 하나 없이 눈을 반짝이며 먹이를 쫓는 하이에나들처럼 작은 빈틈을 노리는 팀원들 사이에서 말이다.

집으로 돌아가며 재경은 종일 있었던 영환의 사수 작전을 떠올리며 힘없이 픽, 하고 웃었다. 당최 과자 하나가 뭐라고. 게다가 엘리베이터에서 들었던 동료들의 대화도 죄다 그것에 관한 것이었다.

"뭔 맛인데 그래, 진짜."

그저 맥주 캔이나 하나 살까, 하면서 간 편의점에서 재경은 주류 쪽 냉장고보다 먼저 과자 진열대로 걸음을 옮겼다. 워낙 이런 걸 둘러본 역사가 희미하다 보니 어디부터 훑어야 하는지 어지러웠다. 박스 과자는 아니니까 거들떠볼 필요도 없고, 그렇다면 주 공략은 봉지 과자였다. 그냥 딱 봐도 요즘 인기 상품인 그 과자는 자취를 감춘 채 없었다. 그러던 중, 엘리베이터에서 섞여 들었던 대화들이 선명하게 귓전을 울렸다.

'어디서 봤는데 간혹, 아주 간혹 구석까지 뒤지다 보면 나오는 경우가 있대요. 진열할 때 잘못 섞여 들어갔거나 할 때가 있어서 말이죠.'
'진짜? 그거 찾으면 대박이겠다.'
'보물찾기에서 승리한 느낌이 들지 않을까요?'
'그러니까. 땡잡은 거지.'

오케이, 그렇다면 나도 한 번.
열을 맞춰 잘 정돈되어 있는 그것들을 고민도 없이 헤집기 시작했다. 구태여 엉망으로 만들 생각은 없었지만 작정을 하고 막무가내로 침범하는 손길에 가벼운 과자들이 제자리에서 버티고 있기란 어려운 일이었다. 우수수, 재경의 힘에 딸려 나가며 열을 이탈한 과자들이 순서 없이 아래로 떨어져 내렸다.
"지금 뭐…… 하세요?"
툭. 떨어진 과자들 틈새에 자리한 운동화 앞코가 재경의 시야에 들어찼다.
"어디서 봤는데 이렇게 구석까지 열심히 뒤지다 보면 간혹 하나씩 나오는 경우가 있다고 하더라고요."

"……꿀버터 과자 찾으시는 거예요?"

"네."

저 구석 끝까지 유심히 살펴보았지만 제가 찾는 그것은 나오지 않았다. 아쉬운 손길을 거두며 재경은 이만 구부정하게 굽히고 있었던 허리를 폈다. 그리고 그저 신발 앞코로만 보았던 사람을 정식으로 마주했다. 아니, 마주했다는 표현은 좀 그렇고 허리 대신 시선을 좀 아래로 많이 내렸다고 해야 하나. 머리칼을 한 묶음으로 질끈 묶어서인지 머리가 더더욱 동그랗게 도드라져 보였다. 참 예쁜 두상을 가졌네?

"그게 지금까지 있을 리가 없잖아요. 그리고 상품들을 이렇게 헤집어 놓으시면 어떡해요? 손님이 다 정리할 것도 아니잖아요."

목소리는 또 어떻고. 자세히 들여다본 알바는 머리만 동그란 게 아니라 얼굴도 동그랗고 눈도 동그랗다. 그런데 모난 표정은 전혀 동그랗지 않다. 손가락도 제법 절도 있는 모양으로 강조를 하듯 널브러진 과자들을 가리키고 있었고. 어쭈, 이 알바가 귀엽게 생겨선 꽤 성깔이 있나 보다.

확실히 뭐 하나 짚고 넘어가자면 저는 사실 제가 저지른 짓에 대해서 책임을 질 생각이었다. 아니, 그건 당연했다. 이렇게 엉망으로 만들어 놓았으니 당연 뒤처리도 깔끔하게 해 주어야 매너고 도리이지 않은가. 그럼에도 불구하고 언젠가 제 안에 숨겨 놓았던 장난기가 고개를 들고 스멀스멀 존재감을 과시할 준비를 했다.

"아, 그러네."

그러곤 일말의 망설임 없이 형체로 드러냈다. 마치 혼잣말처럼 흘린 말인 것 같았지만 엄연히 상대를 염두에 두고 꺼낸 말이었다. 그럼에 알바는 잠시 정적을 지키다가 이내 노려보듯이 저를 쳐다보며 낮게 추궁하듯 물었다.

"……그게 끝이에요?"

"그러면요?"

그렇게 말을 마치자, 보다 더 팍 구겨지는 얼굴이다. 생각하고 느끼는 게 표정에 훤했다. 구태여 말로 하지 않아도 지금 황당함과 짜증을 동시에 가지고 있다는 게 다 드러났다. 쿡, 하고 웃음이 터질 것 같았다. 뭐지, 이 알바? 쪼끄만 게 너무 귀엽잖아.

그날 이후 재경에겐 하루를 마감하는 작은 활력소가 생겼다. 동네 꼬마를 놀리는 게 뭐 그리 재미있다고 서른하나 먹은 어른이 매일같이 편의점을 드나드나 하겠지만, 통통 튀는 반응이 얼마나 귀여운지 알고 나면 아마 제게 그런 소리들을 못할 거다.

"여기 뭐가 유명한대?"

은근 미식가 기질이 있는 재경의 친구 창수였다. 그는 술자리를 정할 때 그 집의 분위기나 가격보다는 무조건 안주를 맛있게 하는 집이 최우선 순위였다. 메뉴에 있는 모든 안주가 다 맛있으면 거긴 단골이 될 확률이 거의 99.9퍼센트 유력했고 말이다.

일단 재경이 오라는 곳으로 달려온 창수는 의자를 빼내 앉기가 무섭게 메뉴판을 들었다. 여느 술집과 다름없는 기본 안주들로부터 시작해 몇 가지 요리들이 차례차례 적혀 있었다. 하지만 재경은 아무거나 대충 시키라는 뉘앙스였다. 안주가 다 거기서 거기지, 뭐.

"너도 처음이냐, 여기?"

지금 검증도 안 된 곳으로 나를 불렀단 말이야? 하는 눈빛을 보내며 창수는 꽤 불퉁한 목소리를 냈다.

"당분간은 여기서 마시자."

"그러니까, 여기 뭐가 유명하냐고. 어묵탕? 해물전골? 두루치기?"

두루치기는 뭐 제가 그리 즐기는 음식은 아니라지만 여기서 그게 주력 메뉴라면 시킬 의향이 있었다.

아무거나 대충 시키면 될 걸 뭘 이렇게 까다롭게 구는지. 뭐 하나를 집어 주지 않으면 아마 계속 메뉴판을 붙잡고 저를 채근할 창수였다. 재경은 제 손가락이 어딜 향하는지 확인하지도 않고 그냥 메뉴판 위를 성의 없이 짚었다.

"모둠 소시지?"

"어, 어, 그거."

"수제 소시지냐, 여기? 그럼 맥주를 시켜야겠네."

"그래, 맥주 시켜."

맥주든, 소주든, 그냥 음료수든 뭐 아무거나 네가 마음에 드는 걸로 해. 재경은 실상 이 술자리엔 그다지 흥미가 없었던지라 테이블 위에 어떤 메뉴가 나오든 상관없었다.

"시계는 왜 그렇게 자주 봐?"

창수가 입이 심심하지 않도록 기본으로 내어 주는 오징어채를 하나 뜯으며 물었다.

"물건 들어오는 시간 알아냈거든. 10시 반에 들어온대."

"어떤 물건?"

"꿀버터 과자 있잖아. 요즘 한창 난리난 거."

"너 과자 안 좋아하잖아."

"안 좋아하지."

그래도 유명하니까 한번 맛보고 싶은 그런 심리인 건가.

"뭘 그걸 시간까지 체크하면서 구하냐. 언젠가는 물량 풀리겠지."

그래. 언젠가는 풀리겠지. 하지만 저 편의점을 습격할 구실 중에 제일이 그거거든.

"알바가 귀여워."

바로 대각선에 위치한 편의점을 가리키며 말했다. 창수는 오징어채를 질겅질겅 씹고 있는 채로 재경의 손가락을 따라 시선을 옮겼다.

"그래서 그 귀여운 알바가 뭐, 과자 하나라도 맡아 준다 그러디?"
"아니."
"그럼?"
"눈을 쫙 찢어 가면서 노려보는데 그게 그렇게 재미있을 수가 없다."
"뭐?"

도통 무슨 소리를 하느냐는 듯 창수가 기어이 씹고 있던 채를 아예 입에서 거둬 냈다. 잇자국이 선명해 너덜너덜해진 그것이 시야에 그대로 드러나자 재경이 못 볼 걸 본 것처럼 금세 인상을 구겼다. 차라리 한입에 다 넣어 버리지 그걸 다시 꺼내는 건 무슨 심보야, 대체.

"너 그럼 그 귀여운 알바 놀려 먹으려고 편의점에 간다, 이 소리야?"

시간까지 그렇게 확인해 가면서, 의도적으로?

"어."
"와, 박재경."
"한 15분 후? 다녀올 텐데 너 뭐 필요한 거 있냐?"
"이 또라이가 진짜 또라이 기질 제대로 발휘한다."

똘끼 충만 박재경은 실로 오랜만에 보는 모습이었다. 창수는 고개를 절레절레 저으면서 마침 나온 500㏄ 맥주잔을 서둘러 입가로 가져갔다. 한데 꽂히면 끝장을 보는 저 똘끼는 자주 보는 모습은 아니었다.

"쪼그만 게 얼마나 불친절한지 아냐, 너?"

"쪼그만 게?"

"키도 작고, 얼굴도 작고, 손도 작아. 눈은 진짜 동그랗게 생겼다? 꼭 인형같이. 고딩이 이 밤에 밤잠까지 설쳐 가며 고생하는 것 같아서 좀 안쓰럽기도 해."

편의점 알바가 그리 쉬운 일은 아니잖아. 안 그래?

"고딩?"

"어, 딱 봐도 고등학생인 것 같던데?"

뭘 그렇게 눈까지 키우고 쳐다보냐는 듯 재경도 이만 제 앞의 잔을 입으로 가져갔다. 시원한 온도의 그것이 식도를 쓸고 위장의 온도까지 깔끔하게 낮춰 주는 것 같았다. 으, 시원하다 못해 춥다. 그래도 아직은 꽃샘추위다, 뭐다 해서 쌀쌀한데.

"너 그거 위험한 취향 아니냐?"

창수는 진심으로 재경이 염려된다는 듯 퍽 진지한 목소리를 냈다. 이 자식이 연애를 하도 오래 쉬더니만 결국!

"뭔 소리야?"

"철컹철컹 감이라고, 인마."

창수는 제 양 손목을 모아서 재경 보라는 듯이 내밀었다. 흡사 수갑이 채워지는 양으로 말이다.

"야, 말 가려서 해라? 뭔 상상을 하기에."

하여간 뭐 눈엔 뭐만 보이는 법이지.

"여기 모둠 소시지 나왔습니다."

윤기가 좌르르 흐르는 소시지 조각 중에 하나를 포크로 콕 찍어 재경은 그걸 제 입 대신 창수의 입 안으로 넣었다. 이상한 상상을 하며 말도 안 되는 소리 말고 그냥 조용히 하란 뜻과도 같았다.

"고딩이라면서. 야, 설마 남자는 아니지?"

반대하는 건 아니라지만 그래도 그건 보다 더 위험한 취향이 될 수도 있다. 창수는 억지로 우겨넣어진 소시지를 제대로 입 안에 넣고 우물우물 씹었다. 맥주와 더할 나위 없는 조합으로 짭짤한 맛이 곧이어 입 안 가득히 퍼졌다. 오! 이 집 소시지 맛있네, 진짜?

"일절만 하라고, 일절만."

"대체 왜, 무슨 이유야."

"바락바락 제 할 말 다 하는 그런 맹랑한 꼬맹이들 있잖아, 어? 그런 애들이랑 비슷해. 그거 놀리는 재미가 얼마나 쏠쏠한데."

"변태 새끼."

걘 얼마나 괴롭겠어. 박재경이 작정하고 빙글빙글 웃으면서 똘끼를 발휘하면 일단 말이 통하질 않는다. 그게 얼마나 얄미운지 저 또한 잘 알고 있다. 창수는 그 그림이 벌써 그려지는 모양인지 지겹다는 듯 고개를 절레절레 저었다. 반반한 얼굴로 마음만 먹으면 꽤 그럴싸한 이미지메이킹이 된다지만 알고 있는 사람들은 잘 안다. 논리가 통하지 않는 말꼬리 물기에 이상한 자기 합리화.

"아니라고."

어? 시간 다 됐다. 휴대폰 액정으로 시계를 확인한 재경이 안주 한 점도 집어 먹지 않은 채 엉덩이를 털고 일어났다.

"진짜 가?"

"잠시 갔다 오는 거야."

그 알바가 귀여우면 얼마나 귀엽다고 이제 막 벌어진 술판을 뒤로한 채 시간까지 지켜 가면서 일어나, 대체?

"근데 10시 반이라고 하지 않았어? 벌써 11시 다 돼 가는데?"

"나도 알아."

"아까부터 시간 체크하더니만?"

"일부러 늦게 가는 거야."

"왜?"

"시간 맞춰 갔는데 진짜 궁극의 그 과자가 있으면 어떡해?"

별로 원하지 않는 재수야, 그건.

"……뭐?"

"놀리는 재미가 없어지잖아. 섞을 말도 별로 없고."

그러니까 일부러 물건 다 떨어졌을 즈음 가는 거야. 물론 듣기론 5분도 채 되지 않아 전량 품절 사태가 일어난다지만 그래도 만에 하나의 경우에 대비해서 넉넉하게 30분은 넘겨 줘야지 않겠어?

"와, 또라이."

"그건 인정하고."

창수가 저를 진정 이 시대의 미친놈으로 보거나 말거나 재경은 별로 멀지도 않은 거리를 달리기 위해 휴대폰을 꼭 고쳐 잡았다. 헐거운 주머니에 잘못 넣었다간 저도 모르는 사이 떨어져 아스팔트 위를 험난한 꼴로 뒹굴 것이기 때문이었다. 신형으로 교체한 지 아직 채 5개월도 안 되었기 때문에 무시할 수 없는 금액의 할부금이 남아 있다. 괜히 조심성 없이 엉망으로 만들면 안 되지. 암, 그렇고말고.

"아, 편의점 관리 너무 안 되어 있는 거 아니냐?"

일부러 표정을 준비라도 하는 건지 아니면 그 짧은 새에 자동반사로 만들어지는 건지 모르겠지만 어쨌든 동그란 눈이 오늘도 역삼각형 모양으로 각을 세우고 있다. 그래 봐야 무섭지도 않고 기분이 나쁘지도 않은데 말이다.

"트집도 정도껏 잡아요."

하얀 바닥 때문에 너저분한 것이 하나라도 있으면 그게 크게 부각이 되기 마련이다. 마침 누가 흘리고 간 스트로 하나를 발견한 재경이 오케이 잘됐다, 싶어서 그걸 연거푸 가리켜 댔다. 딱 봐도 쓰레기통에 버리려다가 밀려 나온 것처럼 떨어져 있었다.

"이 봐라, 이 봐. 쓰레기도 재깍재깍 안 치우고."

그제야 목석처럼 한 자세만 고수하던 알바가 고개를 길게 뺄어 재경이 가리킨 방향을 확인했다.

"이따가 치울 거예요."

"왜 지금 안 치우고?"

"안 가요?"

"네가 전세 냈어, 이 편의점?"

그렇게 말을 마치니 소리로 내진 않았지만 입 모양으로 유추해 보아 분명 알바는 '헐.'이라고 한 것 같았다. 그러더니 이내 귀찮다는 듯 손바닥을 휘휘 젓더니 고집스레 출입문 쪽을 가리켰다.

"살 거 없으면 그냥 나가요. 괜히 이것저것 트집 잡지 말고요."

아니, 트집을 안 잡고 배겨? 네가 이렇게 재미나게 나오는데?

"살 거 있는지, 없는지 네가 어떻게 알아. 나 살 거 있어."

"그럼 빨리 사고 가세요."

"늦게 살 수도 있는 거지 너 지금 손님 내쫓는 거야?"

더운 한숨이 작은 입술 새로 뻗어졌다. 아, 귀엽네, 진짜. 재경은 빙긋 웃으면서 천천히 편의점 구경을 시작했다. 아무 생각 없이 제일 만만한 스낵코너로 가려고 하자, 지켜보고 있었다는 듯 뒤통수로 날카로운 목소리가 넘어온다.

"뒤져 봐도 없어요. 엉망으로 만들기만 해 봐요!"

아하, 꿀버터 과자. 말하지 않았지만 요즘 난리인 그 과자가 어떤 맛일지 그런 거 따위 사실 관심도 없어, 나는.

"난 구경할 자유도 없어?"

"구경만 하라고요. 사지도 않을 거면서 막 뒤죽박죽 섞어 놓지 말고요."

부러 시늉을 해 줄 요량으로 손을 교차해 어지르는 흉내를 낸다. 쿡, 하고 웃음이 터지는 걸 참지 않았다. 아, 오늘은 더 귀엽네. 너 때문에 내가 편의점을 끊질 못해요.

"에이, 그건 내 맘이지."

"아이 씨, 진짜. 왜 날마다 와서는 난린데요, 대체!"

왜긴, 너 때문이래도.

◆ ◆ ◆

"……미쳤어요?"

식스센스 급의 반전이라는 걸 굳이 다른 데서 찾아보지 않아도 될 것 같았다. 어디에 한 대 맞은 것처럼 얼얼한 머리를 붙들고 있던 재이가 뒤늦게 재경을 노려보며 꽤 살벌한 말을 했다. 별로 관심도 없던 그 과자를 빌미로 그렇게 들락거린 게 인연의 시작이면 시작인지라 재경은 나름 즐겁게 설명을 했는데 모든 자초지종을 알게 된 재이는 그게 즐겁지만은 않은 모양이었다. 표정을 굳히고 있는 재이를 보며 재경이 도통 영문을 모르겠다는 눈으로 이유를 물었다.

"왜, 왜 뭐가, 뭐 때문에?"

"분명 그때 나 고등학생으로 알고 있지 않았어요?"

"어, 그랬지."

유재이 작가님이 좀 동안이셔야 말이에요. 별 어렵지도 않은 질문이기에 순수하게 수긍을 하며 고개를 끄덕이다 문득 재경이 어떤 포인트에서 재이가 저렇게 가자미눈을 뜨며 미쳤다, 라는 표현을 쓴 건지 깨달았다.

"야, 야, 아니야. 네가 생각하는 그거, 절대 아니야."

재경은 어지럽게도 여러 번 손을 저어 댔다. 저는 재이가 미쳤다고 생각하는 그 근처에도 가지 않았다. 명백하게, 진심으로.

"아니에요?"

"내가 뭐라고 했어? 어? 흑심을 품은 건 딱, 네가 스물여덟이라는 걸 알고부터라니까?"

와, 나 이거 정말 억울하네. 그 전엔 그냥 귀여웠다고. 동네 편의점에 재미있는 알바 하나가 알바를 하고 있구나, 했을 뿐이라고.

"그래요, 알았어요. 넘어가 줄게요."

굉장히 찜찜한 구석이 있었지만 본인이 격하게 아니라고 하니까 재이는 더 이상 걸고넘어지지 않기로 했다.

"근데, 넌 그때 나 되게 재수 없어 했지?"

"그때뿐이겠어요?"

"뭐? 그럼 언제까지 재수 없어 했는데?"

"일단 계약할 때까진 확실히 그랬죠."

"하긴, 조건들만 봐도 딱 그렇더라. 네 셈이 훤했어, 아주 투명한 물처럼 훤했다고."

너 한번 죽어 봐라, 하는 것들이었지. 빼도 박도 못하게 계약으로 꽁꽁 묶어 가지고 말이야.

"그래도 하겠다고 했잖아요."

"당연하지. 굴러들어 온 복을 발로 찰 바보가 어디 있겠어?"

치. 뭘 또 그렇게 말을 하고 그래, 멋있게. 재이가 괜히 팔꿈치로 재경을 쿡 찔렀다.

"아, 그런데 계약 기간은 왜 한 달 반이었어?"

한 달도 아니고 두 달도 아닌 것이 어정쩡하게.

"아, 왜냐면 알바 대 손님일 때 손님께서 주구장창 들락거리면서 얄미움을 차곡차곡 쌓아 올린 기간이 딱 한 달 반이었거든요."

"뭐?"

"그래서 똑같이 당해 보라고 한 달 반으로 했어요. 그 안에 내가 홀라당 넘어갈 줄은 또 모르고."

진짜 누가 감히 예측이나 했을까. 지겹도록 울리던 그 딸랑, 거리던 편의점 종소리가 이젠 보기만 해도 기분이 좋아지는 하트 꽃을 피워 내는 사랑의 종소리로 변할 줄을 말이다.
"이거 봐. 은근 지능적이라니까."
"그래서. 싫다고요?"
"아니, 좋다고. 좋아 죽겠다고."
 보란 듯이 입을 삐죽 내미는 재이에게 쪽, 소리 나게 입을 맞춘 재경이 으스러질 듯 재이를 꽉 껴안고 흔들었다. 네가 스물여덟인 게 최근에 일어난 일들 중에 가장 다행인 일이야, 유재이.

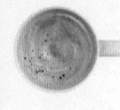 에필로그 둘. 그 후 이야기

  사건은 대개 어쩌면 묻히기 쉬운 일상에서 일어나는 그 흔하디흔한 일들 중 아주 작고 사소한 동기로 인해 그 몸집을 불려 구체화된 형체로 일어난다. 여기서 사소한 동기란 말 그대로 정말 사소해서 그냥 지나가다 발에 치이는 돌을 보고서도 동기로 작용할 수 있다. 이따금씩 시야에 들어온 굴러다니는 캔을 깡, 소리 나게 발로 찬다거나 하는 일들도 왕왕 있지 않은가. 속이 텅텅 빈 채로 길거리를 뒹굴뒹굴 구르는 신세도 서러워 죽겠는데 옆구리마저 얻어맞은 캔은 보통 스스로의 의지가 아니라 타인에 의해 자리를 옮겨 간다. 정말 재수가 좋으면 저와 비슷한 부류들이 한데 섞여 있는 쓰레기통에 안착하기도 하고 말이다. 그러나 보통의 경우를 없애고 포물선을

그리며 정착을 원하는 그 캔이 또다시 바닥에 나뒹굴기보다는 누군가의 머리를 맞히기도 하는데 그다음은 어떻게 될까?

일단 첫 번째, 순정만화의 한 클리셰처럼 날아든 캔에 머리를 얻어맞은 '누군가'는 평생을 기다려 왔던 운명적인 만남을 가장해 남은 인생의 '동반자'가 된다. 이건 정말 가장 이상적이며 로맨틱한 수순이지 않나, 싶다. 두 번째, 재수 지지리도 옴 붙은 날엔 그 '누군가'는 하필 직장 상사여서 안 그래도 지옥 같던 회사생활에 차라리 죽는 게 더 나을 수 있겠다, 싶은 지옥의 문이 열린다. 세 번째, 그냥 지나가는 행인. 아무런 연고도 없는 생판 남. 하지만 캔을 발로 찬 걸 들키게 된 순간부터 그 누군가에게 멱살을 내어 주게 되어 오늘 이보다 더 미워할 수 없는 증오의 대상으로 변하기도 한다. 네 번째, 다섯 번째, 는 가져다 붙이기만 하면 수도 없이 늘어날 수 있다. 이렇듯 그저 길거리에 있던 캔을 발로 찬 사소한 일이 제법 여러 가지 사건들을 만들 수 있다는 거다.

사건이 발생하기 전, 더 정확히는 재경에게 어떠한 동기가 작용하기 전, 재경과 재이도 그저 남들과 다를 것 없이 평범한 일상을 보내던 중이었다.

"맛있어?"

와삭, 하고 잘 깎인 사과 한 조각을 베어 무는 소리가 바로 옆에 앉은 재경에게도 선명했다. 꼭 제가 뭐 하나 베어 물었다는 착각이 들 정도로 말이다.

"맛있어요. 좀 먹을래요?"

 연한 연두색 빛을 발하는 그것이 어느새 반만 동강이 난 채로 포크에 매달려 있다. 부피를 줄이기 위해 열심히 오물오물거리니 입 안엔 금세 자리가 났다. 망설이지 않고 나머지 반 조각도 마저 입 안에 감춘 재이가 새로 한 조각을 푹, 소리 나게 찍었다. 그러고는 제 입에 가져가는 대신 재경의 앞으로 내밀었다. 하지만 재경은 재이의 손을 잡아 재이 쪽으로 넘길 뿐 저는 고개를 절레절레 저었다.

"아니. 난 풋사과는 별로야."

 빨갛게 잘 익어서 속이 노오란 그런 사과라면 또 모를까. 그런 거 있잖아, 왜. 꿀사과. 난 그런 게 좋더라고.

"맛만 좋은데."

 이게 왜 별로라고 그러지? 이해할 수 없다는 듯 입을 삐죽이다 재이는 권하는 걸 쉽게 포기했다. 별로라고 하는데 억지로 먹어 보라고 들이밀고 싶은 마음은 없어서였다. 싫다고 하니 제가 다 해치우는 수밖에.

"하나 더 깎아 줄까? 네 속도 보니까 모자랄 것 같아."

 여섯 개로 시작했던 사과 조각이었건만 줄고 줄어서 접시 위론 어느새 달랑 두 개만을 남겨 두고 있었다. 그중에 하나는 방금 포크로 찍은 탓에 이젠 마지막 하나가 되는 순서가 머지않았다.

"네. 하나 더 먹을래요."

 과일 중에 뭐가 제일 좋으냐고 물었더니 과일이라면 딱히 가리는 것도 없고, 가장 좋아하는 것도 없다고 답했던 재이였다. 하지만 뭐니 뭐니 해도 과일은 제철에 먹는 제철과일이 제일 맛있는 법이었다. 여름에서 가을의 길목으로 향하는 이 때가 아니면 잘 볼 수 없는 청량한 연두색의 풋사과도 그러했고 말이다.

 웃차. 거의 파묻혀 있듯이 앉아 있던 소파에서 몸을 일으킨 재경이 빠른 걸음으로 가 부엌에 있는 냉장고를 열어 풋사과 낱개 하나를 더 꺼내왔다. 넣어 둔 지 얼마 되지도 않은 것 같은데 금세 차가워져 있다. 치우지 않은 쟁반 한편에 있는 과도를 들어 가볍게 톡, 하고 한 번 쳤더니 이내 껍질보다 더 옅은 제 속살을 보이는 사과다. 과일을 깎으면서 껍질이 끊기는지, 끊기지 않는지 부러 신경을 써 본 적은 없다지만 대체로 제가 과일을 깎으면 껍질은 돌돌돌 길게 이어진 채로 떨어졌다. 일정한 폭과 아주 얇은 두께를 자랑하는 연두색 껍질이 오늘도 재경의 손놀림에 달팽이집처럼 회오리를 그리며 아래로, 아래로 떨어졌다. 나머지 한 조각도 마저 해치운 재이가 물끄러미 재경이 과일을 깎는 양을 지켜보다 이내 우와, 하는 감탄사를 내뱉었다. 길쭉한 손이 과일을 들고 이렇게 섬세하게 껍질을 깎으니 무슨 예술 작품이 하나 탄생하는 느낌이었다.

"어쩜 과일을 이렇게 예쁘게 깎아요? 이거 봐요. 껍질도 되게 얇아요."

 고루고루 집 안 전체에 에어컨의 차가운 공기가 잘 전달될 수 있게끔 가동한 회전 선풍기가 방향을 틀다 때마침 재이가 들고 있는 과일 껍질도 펄럭이게 만들었다. 덕분에 집어 든 그게 얼마나 얇은지 한 번 더 증명할 수 있게 되었다.
"그런가."
 내세우기 좋아하는 박재경이 고개를 갸웃, 할 때는 정말로 그런 건지 본인은 잘 모르겠다는 뜻이었다. 딱히 과일 예쁘게 깎기, 껍질 얇게 깎기 등에 대한 애착이라든지 하는 게 없는 모양이다. 이렇게 잘 깎으면서.
"내가 깎으면 과일이 남아나질 않아요."
"어쩌다가."
"껍질에 살 엄청, 엄청 붙여서 깎거든요. 표면도 울퉁불퉁 제멋대로."
"픕. 진짜 잘 어울린다, 너랑."
 과일 하나를 들고 씨름할 모습을 생각하니 벌써부터 귀여워 죽겠다. 저도 모르게 소리 내어서 웃은 재경이 다음엔 제가 좋아하는 걸 사다가 한번 깎는 모습을 지켜봐야겠다고 생각했다. 손도 작아 가지고 얼마나 귀여울까. 땀까지 삐질삐질 흘리면서.
"그게 왜 나랑 어울려요?"
"낑낑대는 그림이 나오잖아."

"네?"

"과일 하나 붙잡고 막, 이렇게."

이왕 그림 한번 제대로 그려 보게 지금 깎아 보라 그럴까? 갑자기 눈을 반짝이는 재경을 알아챈 재이가 작게 고개를 절레절레 저었다.

"……하여튼 틈을 보이면 안 돼요, 틈을."

금방 또 이렇게 말도 안 되게 꼬리를 잡고 늘어지니, 원. 재이는 밉지 않게 재경을 흘겨본 후 들고 있던 껍질을 내려 두었다. 어느새 재경의 손에서 동그랗게 알몸을 보인 풋사과가 재이의 다음 타깃이 되어 순서를 기다리고 있었다.

"어? 이거 재방송하네요."

조각이 되어 나오는 사과를 또 하나 날름 집은 재이가 그것을 베어 물곤 리모컨으로 TV의 채널을 옮기던 와중이었다. 그러다 마음에 드는 프로를 발견했는지 어지럽게 화면을 바꾸던 걸 멈추고 이만 음량을 더 높였다.

"뭐, 재밌는 거야?"

과일을 씹는 소리가 이렇게 맛있게 들리기도 참 힘들 것 같다. 게다가 제가 별로 선호하지도 않는 풋사과인데도. 하도 옆에서 맛있게 냠냠 먹으니 없던 식욕도 되살아나는 것 같았다. 마침 심심해지는 입 안에 재경도 조각을 내고 앙상해진 몸통을 조금 베어 물었다. 그러곤 재이를 따라 TV로 시선을 옮겼다. 협찬이라든지 홍보라든지 하는 것 때문에 거의 의무적으로 요즘 잘나가는 셀럽들이나 트렌드를 파악하는 용도로만 보는 TV라 그런지 사실 뉴스 외엔 TV에 대해서 별로 친숙한 게 없는 재경이었다.

"요즘은 어딜 돌려도 이런 프로가 대세예요."

본인이 연재 중인 '그저 그런 평범한' 자체가 일반적인 일상에서 소재를 가져오는 거라 작정을 하고 아이템을 얻기 위해 주변 사람들을 관찰하는 재이였다. 그게 일종의 습관이자 버릇이 된 건지 시답잖은 패션 잡지를 보아도 뭔가를 뚫어져라 정독했다. 그러한 뚫어져라 보기, 가 TV라고 예외일 수는 없었다. 곧장 TV 속으로 빨려들어 간다고 해도 믿길 정도로 집중력을 발휘하는 그녀의 옆얼굴이 퍽 귀여워 재경은 소파 테이블 위에 올려 둔 제 휴대폰을 찾았다. 콧등을 타고 밀려 내려온 안경을 올리는 이 시점. 아, 유재이는 정말 이게 제일 귀엽지. 동그랗고 두꺼운 알 안경이 본인의 한 부분인 듯 자연스럽다.

"실물이 더 귀엽긴 하지만, 뭐."

만족스러운 샷을 하나 건졌다. 이따가 메신저 프로필에 업로드한다고 하면 또 난리를 피우겠지? 당분간은 소장용으로만 보는 걸로 하고 휴대폰은 이만 제자리에 올려 두었다. 그러곤 또다시 재이가 보고 있는 화면으로 시선을 옮기곤 아까 채 묻지 않았던 물음을 뒤늦게 터뜨렸다.

"대세? 뭐, 어떤 프론데."

"요리요, 요리."

"아."

유명 셰프들과 패널들이 각자 팀을 정해서 요리 대결을 펼치는 프로그램이었다. 재경에겐 이런 프로는 별 흥미를 끌어내지 못한 채 금방 식상해졌다. 그저 아, 저 셰프는 다른 방송에서도 본 것 같은데 여기도 나오는구나, 하며 유명세를 실감하거나 아, 저런 요리도 있구나, 하는 게 다였다.

"와, 저거 봐요."

하지만 재이는 아닌가 보다. 빈 포크를 내려 두고 재경의 허벅지를 탁, 탁 치면서 제가 꽂힌 장면에 함께 꽂히길 권했다. 그에 재경도 하는 수 없이 현란한 불 쇼와도 비슷한 그것을 보며 영혼 없는 리액션을 해 줘야 했다. 와, 시선을 압도한다.

"그래. 볶음밥은 불 맛이지."

그것도 저렇게 중식으로 볶아 내는 거면 더더욱.

"밥 말고요."

"그럼?"

갖가지 재료들과 함께 밥알이 공중으로 치솟았다가 내려갔다가 하는 걸 반복 중인데? 저게 밥이 아니면 뭐야?

"프라이팬을 저렇게 휘두르는 것 좀 봐요. 막 한 손으로."

"……응?"

화르르 타올랐던 불도 이만 잦아들었겠다, 적당히 마무리하면 될 걸 또다시 육중해 보이는 프라이팬을 들고 렌지 위를 요리조리 움직이는 셰프다. 저게 뭐, 막 한 손으로 흔드는 저게 왜.

"멋있지 않아요? 와, 양념 붓는 것도 봐요."

아니, 저 사람들은 저렇게 하는 게 본인의 직업이잖아. 당연 프로 정신이 배어 있으니 안 멋있을 수가 없지. 그리고 매일 하는 일이 뭐겠어? 늘 저렇게 지지고 볶고 썰고 하는 거 아니겠어? 그걸 왜 굳이 특별하게 '멋있다.'는 수식까지 붙여 가면서 찬탄해야 하는데, 왜.

"셰프잖아, 셰프."

어느새 심드렁한 표정과 목소리로 꽤 퉁명스레 대답을 한 재경이었다. 하지만 그런 재경의 분위기는 전혀 눈치채지 못한 재이가 한 번 더 허벅지를 두드리며 화면에 더 집중할 것을 권했다.

"우와, 봤어요? 달걀 한 손으로 까는 거?"
"저 사람들한테 저런 건 껌일 거 아냐."
"껌이라도 멋있어 보이잖아요. 요즘 괜히 요섹남이란 말이 나오는 게 아니에요."
"뭐, 요섹남?"
"알잖아요, 요섹남."

뭘 볼 때 집중을 한다는 건 알고 있었지만 어째 오늘은 그 집중을 하는 모습이 참 마뜩찮게 느껴지는 재경이다. 게다가 남자 셰프들이 제 기술과 실력을 뽐내고 있는 저 화면에 꽂혀 있는 건 더더욱. 그리고 방금은 또 뭐라고 했더라? 요섹남?

"그래서, 뭐. 너도 그렇다는 거야 지금?"

"싫진 않죠, 당연히."

저것 좀 봐요. 저렇게 막 땀도 흘려 가면서 하나의 작품을 만들어 낸다고요. 저 모습이 어떻게 섹시하지 않을 수 있겠어요?

"저렇게 프라이팬 흔들고 하는 건 나도 해."

왕년에 달걀프라이 좀 뒤집어 본 사람이라고 내가.

"맛도 있어야죠."

"뭐?"

"눈도 즐겁고, 입도 즐겁고, 아니겠어요?"

"난 과일 잘 깎잖아."

그거로는 어떻게 안 되겠니? 선풍기 바람에 휘날릴 정도로 얇게 깎은 껍질 보면서 우와, 라고 했었잖아. 10분도 지나지 않았어.

"과일은 과일이고요."

김치볶음밥을 참기름볶음밥으로 만들어 낸 요리계의 이단아 재경을 부러 깎아내리고자 한 말은 절대 아니었다. 그저 프로그램 속 셰프들이 너무나 멋져 보이고 그들이 만들어 낸 음식이 절로 군침을 돋게 만드니까 한 얘기였다. 그냥 단순한 의견이었고 소감에 불과했다. 요리 대결 프로그램이 끝난 후 드라마나 다른 시사 프로그램이 나온다면 또 그와 관련된 얘기를 하게 되겠지. 마치 스쳐 지나가듯이 말이다. 하지만 그 사소한 말 한마디는 어느 사내의 가슴에 강렬한 스파크를 일으키고 말았다.

"요섹남?"

차암 나, 요섹나암?

그렇게 사건은 예기치 않은 사소하고 가벼운 말 한마디로 인해 일어나고야 말았다. 세상에 멋있다는 수식은 죄다 제 것이어야만 하는 완벽주의자는 아니었지만 그래도 제가 애정을 쏟고 있는 누군가에게서 가져와야 할 수식이라면 다른 얘기였다. 재이의 입에서 나올 요리하는 섹시한 남자, 는 오로지 온리 원. 단 한 명, 바로 박재경이 되어야 마땅했다.

"이게 다 사용하는 것들이에요?"

바빠 죽겠다, 라는 말이 그저 과장이 아닌 일상에서 시간을 내기란 좀처럼 쉬운 일이 아니었음에도 불구하고 남자의 의지는 꺾일 수가 없었다. 시간 단축을 위해 회사에서 가장 가까운 요리학원을 등록하고 재경은 일을 마치자마자 서둘러 달려왔다. 이 시대의 요섹남이 뭔지 보여 주겠다, 라는 의지로 두 눈이 불꽃으로 붉게 타오른 상태였다. 하지만 들어서자마자 반기는 낯선 도구들에 불꽃은 그 크기를 키우지 못한 채 금세 사그라지고 말았다.

"네, 물론입니다."

"오늘 주제는 닭볶음탕으로 알고 있는데."

그럼 닭이랑 양념할 것들만 있으면 되는 거 아니야? 대충 닭을 썰 칼이랑, 양념을 만들 숟가락이랑.

"네, 그런데요?"

"아니, 그러니까…… 아직 뭐가 뭔지 잘 몰라서요."

낯설고 생경한 도구들이 비슷비슷한 생김새로 재경을 맞이했다. 당최 어디에 쓰는 물건들인고?

"숟가락이 너무 많은 거 아닌가요?"

하나만 있어도 될 것 같은데.

"아, 숟가락……. 음, 일단 초보니까 양념 만들 때 계량스푼은 필수예요."

"네?"

"하하, 천천히 따라 하시면 돼요. 어려울 거 하나 없답니다."

어려울 거 하나 없다더니 온통 어려운 것투성이였다. 공부를 할 때도 그렇고 하물며 게임을 새로 시작할 때도 재경은 빠른 습득과 응용을 자랑했었다. 남들은 한 달이나 걸릴 것을 저는 일주일 만에 클리어한다거나. 하지만 그게 과목 불문, 장르 불문 모든 것들에 통용이 되는 건 아니었다. 특히나 제 인생 31년에서 '요리'만큼은 눈곱 크기의 관심도 없었던 터라 등지고 살아온 세월이 확연히 드러났다.

"파는 어슷썰기로 썰어 주세요."

생전 처음 만져 본 대파의 촉감은 양파의 그것만큼이나 낯설었다. 정확히 23살부터 자취를 시작했으니 자취 경력 8년 차를 넘기고 있었지만 요리의 능력이나 시도 횟수가 자취의 햇수와 비례할 리는 만무했다. 심지어 집에 있는 주방도구들도 어디에 무엇이 있는지 알 길이 없다. 그만큼 부엌과 담을 쌓고 지냈으니 말이다. 그럼에 재경은 파를 도마 위에 올려 두고 '어슷썰기'라는 것에 대해 심각한 고뇌를 해야 했다. 어슷썰기가 대체 무엇인가. 그냥 마음대로 적당한 크기로 썰면 되는 거 아닌가? 여태까진 그래도 시범을 보여 줘서 어찌어찌 따라가고 있었다지만 갑자기 자리에서 벗어나 주변을 둘러보며 다음 순서만 일러 준 강사 탓에 재경은 그만 일시 정지가 되어 버렸다.

"저기요."

아무것도 하기 싫어서 아무것도 하지 않는 게 아니라 무엇을 해야 할지 몰라서 아무것도 못하고 있던 재경에게 들려온 구원의 목소리였다.

"네?"

"이렇게 써는 거예요. 비스듬히. 마름모 모양처럼 말이에요."

옆자리에 있던 수강생이 친히 제가 하는 양을 보라고 탁, 탁, 탁 파를 썰었다. 그 또한 초보인지라 칼을 잡고 있는 손과 파를 잡고 있는 손이 어설프기 그지없었지만 그래도 재경보다는 한 수 위인 건 거부할 수 없는 사실이었다.

"아, 고맙습니다."

그제야 멈춰 있던 재경의 손이 움직이기 시작했고 도마 위에 무안하게 자리해 있던 파가 조각나기 시작했다.

"어려운 건 없죠?"

때마침 재경의 자리까지 온 강사였다.

"궁금한 게 있는데요."

각양각색까지는 아니었고 그냥 크기나 단면의 각도가 조금 제멋대로이긴 했다. 그래도 나름 심혈을 기울이며 파를 썰어내다가 문득 궁금해진 것이었다. 이걸 굳이 왜 이런 방식으로 썰어야 하는 건지. 그럼에 재경은 다른 자리로 넘어가려는 강사를 붙들었다.

"네?"

"이걸 왜 어슷썰기로 썰어야 하는 거죠?"

아무렇게나 썰어 넣으면 되는 거 아닌가요? 아까부터 정말 천진하게 빛이 나고 있는 재경의 눈이었다. 딴죽을 걸고 싶어서 묻는 게 아니라는 걸 그의 표정으로도 쉽게 알 수 있었다.

"아, 단순히 미관 때문인 것만은 아니에요. 대파를 음식에 사용하는 건 대파 특유의 향 때문이기도 한데요, 잘린 단면이 넓을수록 향기가 더 강해져요."

"아."

"단순히 면적을 넓히자고 이렇게 크게, 크게 썰면 먹기가 불편하잖아요? 그래서 단면적이 넓게 나오도록 써는 방법이 어슷썰기예요. 색깔 때문에 요리가 완성되었을 때 나름 포인트가 되기도 한답니다."

단순한 재료 손질에서도 엄청난 철학이라는 게 들어가 있구나. 생경하게 접한 지식에 재경은 정말로 감탄한 듯 고개를 끄덕였다.

"저, 그리고 또 하나 더 있는데요."

"네. 뭔데요?"

"막 불이 이렇게 올라오고 그러던데. 그런 건 언제 해요?"

파를 제대로 썰지도 못하면서 불이라니. 강사는 그러면 안 된다는 걸 알면서도 진실로 실소가 터질 뻔했던 걸 간신히 참아 냈다. 그럴 수 있다. 단순히 멋져 보인다는 이유만으로 요리를 배우는 사람들도 꽤 있으니 말이다. 하지만 그 경지까지 이르려면 턱없이 부족한 정도가 아니라 거의 황무지와도 같은 격인 재경이었다. 강사는 천천히 재경의 옆으로 가서 그의 어깨를 두어 번 두드렸다.

"나중에요."

"네?"

"아주 천천히, 나아중에요."

우리 느리게, 느리게 기본부터 충실히 쌓아 가면서 서두르지 않고 가도록 해요. 오케이?

"어제 잠 못 주무셨어요?"

야근을 했다손 치더라도 박재경은 언제나 말끔하게 오전

업무에 임하지 않았던가. 자양강장제를 들이부어 가면서까지 일말의 졸음이라는 걸 오지 못하게 스스로를 엄격하게 관리하면서 말이다. 그런데 웬일인지 짙어진 다크써클과 함께 연거푸 하품을 해 대는 재경을 보며 주원이 조심스레 물었다. 어제는 딱히 업무가 많지도 않았고, 요즘은 무조건 칼퇴의 정석을 찍고 있던 팀장님인데 구태여 잠을 못 잘 이유가 뭐가 있을까. 감히 하나 연상해 보기로는 '연인'이 있어서 그런 게 아닐까.

"네, 뭘 좀 배우느라."

"배워요?"

불타는 연애 때문이라고 혼자 결론을 내리고 마음속으로 음흉한 미소를 짓고 있었는데 뭘 배운다는 의외의 대답에 주원이 궁금한 듯 되물었다. 아니, 그 유명한 자기개발? 당최 부족한 게 뭐가 있어서 또 배우러 다닌다는 말일까. 역시 사람은 모든 분야에서 끊임없이 노력을 해야 하나 보다. 그렇다면 대체 저는 어디에 멈춰 있는 걸까. 하아, 또 대리겠지. 언제 승진을 하나.

갑자기 자책과 반성의 시간이 함께 찾아와 고개가 절로 아래로 떨어졌다. 저런 사람들도 끊임없이 움직이고 있는 마당에 여태 뭐 했니, 김주원.

"요리학원 등록했거든요."

"네?"

중국으로 출장이 잦아지면서 중국어를 제대로 구사하지 못하는 것에 대해 힘들어하더니 중국어학원이라도 등록한 줄 알았다. 그런데 재경에게서 들려온 답은 전혀 예상하지 못한 바운더리였다. 요리? 갑자기 웬 요리?

"요리엔 재주가 없거든요. 김 대리는 요리 좀 해요?"

"그냥 뭐, 잘하는 건 아니고 할 줄 아는 거 몇 개는 있어요."

"오, 몇 개씩이나 돼요? 뭐, 뭐 있는데요?"

"그냥 간단한 거요. 김치찌개나 파스타, 제육볶음 이런 것들이요. 혼자 살다 보니 점차 늘게 되더라고요. 바깥 음식 질릴 때 있잖아요. 요즘은 블로그나 이런 데 레시피도 상세하게 잘돼 있어서 따라 하기도 쉽고요."

딱히 정말로 주원이 요리를 잘하거나 하는 게 궁금해서 물은 게 아니라 대화의 흐름이 그리로 가서 한번 물음을 던져 본 것이었다. 그러나 김치찌개니 파스타니 하면서 술술 터지는 주원의 대답에 재경은 문화충격이라도 받은 사람처럼 기대어 있던 등을 서서히 바로 만들었다. 김 대리한테 이런 면이 있었단 말이야? 요리를 좀 한단 말이지? 게다가 혼자 살다 보니 점차 늘게 되더란다. 아니, 혼자 살면 그냥 다들 기본 정도는 한다, 이 소린가? 그리고 바깥 음식이 질릴 때가 있다고? 저는 살면서 바깥 음식이 질려 본 적이 단 한 번도 없다. 종류별로 도시락도 얼마나 잘되어 있는데. 메뉴를 매일 바꿔도 또 새로운 음식점이 생기는 와중에 질릴 틈이라는 게 있나?

"누구 초대해서 먹여 본 적 있어요?"

"가끔 친구들 놀러 오죠."

"맛있다고 해요?"

"네, 뭐. 잘 먹더라고요."

굳이 생색을 내자는 게 아니라 정말 별거 아니라는 듯이 가볍게 끄덕이는 고개였다. 그걸 보고 재경은 작게 고개를 절레절레 저었다. 여태 헛살았던 건가, 나는.

"김 대리가 나보단 낫네요. 혹시 어슷썰기 이런 것도 알아요?"

"당연하죠."

"왜 어슷썰기를 하는지 그 이유도 알고 있어요?"

"단면적 넓히려고 하는 거 아니에요?"

"어떻게 학원도 안 다니고 그런 걸 다 알고 있어요?"

세상에. 나만 몰랐어, 나만.

"아니, 굳이 뭐 학원을 다녀서 아는 게 아니라 아까 말씀드렸다시피 인터넷에 워낙 정보가 잘돼 있잖아요. 그러니까 그냥 검색만 하면 충분히."

재경은 더 이상 듣기를 원하지 않는다는 듯 손바닥을 딱 들어 올려 주원의 말허리를 강제로 잘랐다. 티는 정말 내기 싫지만 살짝 자존심이 상해 왔다. 저는 인터넷 검색만으론 충분히 따라갈 수 없었을 거다. 학원을 다녀도 이 모양이니. 아, 요리와 저는 정말 상극인 걸까?

'껍이라도 멋있어 보이잖아요. 요즘 괜히 요섹남이란 말이 나오는 게 아니에요.'

하, 그래. 이대로 멈출 순 없지.

[어쩌지? 처리해야 할 일이 좀 많아서 안 될 것 같은데.]

답장이 왔다는 짧은 알림음에 양쪽 입매를 한껏 올리고 메시지를 읽었건만 내용을 보니 금방 시무룩해지는 재이였다.

"아니, 자기만 직원이야, 뭐야. 있는 일, 없는 일 아주 일이란 일은 혼자서 다 해요, 다 해."

그래도 회사 일이라는데 거기에 대고 딴죽을 건다든지, 괜히 투정을 부릴 수는 없는 노릇이라 재이는 자연스레 터지는 섭섭한 한숨과 함께 이만 휴대폰을 손에서 놓았다. 새로운 프로젝트라도 있는 건지 요 며칠간 재경의 얼굴 보기가 하늘의 별 따기보다 더 어려운 것 같다. 야근이다, 부장님 호출이 있다, 처리해야 할 일이 많다, PT 준비가 있다, 등등의 이유로 매번 거절을 통보하니 말이다.

"치, 자기만 바쁘냐, 뭐. 나도 바쁘다 이거야."

의자를 좀 더 책상 쪽으로 바짝 당겨 앉아선 잠시 놓았던 펜을 다시금 고쳐 쥐었다. 태블릿 위를 현란하게 요리조리 움직이다가도 문득 생각이 나는 얼굴에 좀처럼 집중을 하는 게 쉽지가 않았다. 일은 일대로 잘하고, 연애는 연애대로 잘하는 세

포는 타고난 걸까? 저는 이렇게 보고 싶어지면 하던 일도 제대로 할 수가 없고, 계속해서 산만하게 이것저것 들춰보게 되거나 작은 알람 소리에도 깜짝깜짝 놀라는데 말이다.

열혈 장학생이라도 되는 것처럼 재경의 요리 수첩은 온갖 레시피와 주의 사항, 그리고 강사가 알려 준 팁으로 빼곡했다. 그리고 난생처음으로 재경은 제집 부엌에서 식칼이라는 것과 도마, 그리고 냄비를 찾아냈다.
"뭐, 있긴 있었네."
없으면 새로 주문이라도 해야 하는 거 아닌가, 했지만 출생 연도를 알 수 없는 프라이팬과 냄비, 그리고 식칼과 과도 정도는 갖추고 있었다.
"흠, 보자보자."
오늘의 도전 요리는 '오므라이스'였다. 강사도 가장 쉬운 자취 요리라고 했고 웬만해선 실패할 확률도 작다고 하지 않았던가.
재경은 꼼꼼하게 기록한 레시피를 조리할 때마다 확인하기 쉽도록 자석으로 렌지후드에 고정시킨 후 장을 봐 온 것들을 하나둘 조리대 위로 꺼냈다.
"당근, 애호박, 양파, 베이컨, 마늘, 파프리카, 양송이버섯, 케첩, 굴소스, 후추, 달걀, 마요네즈, 올리고당, 돈가스소스."
대형마트를 이용하긴 한다만 이렇게 봉투 가득 다듬어지지 않은 날것 그대로의 '순' 재료들을 사기는 또 처음 있는 일이었다. 그래도 학원을 좀 다녔다고 익숙한 생채소들이 이제는 제법 눈에도 익고, 손에도 익었다.

"일단 채소 손질부터."

닭볶음탕을 배울 때 파를 어슷썰기 하는 것에 대해 놀라워했더라면 오므라이스를 할 때 채소들을 잘게 '다지기'에 대해서도 놀라움을 금치 못했다. 메뉴마다 들어가는 채소의 모양들이 가지각색으로 바뀌니 그게 나름 흥미롭기도 했다. 흐르는 물에 잘 씻은 채소들을 적당량으로 조각을 낸 후, 필요한 만큼 잘게 다지기에 돌입했다. 타닥타닥 도마에 부딪치는 칼의 소리가 고요했던 공간을 적막하지 않게 채웠다. 아마 처음으로 부엌에서 칼로 무엇을 썰어 내는 소리가 울려 퍼지고 있지 않나, 싶다.

"아, 밥."

학원에서처럼 필요한 모든 도구들이나 전자기기들이 있는 건 아니지만 그래도 가장 기본은 갖추고 있는 재경의 집이었다. 그건 전기밥솥도 마찬가지였는데 중요한 건 그에 들어갈 쌀이 없었다. 물론 저걸 언제 사용해 봤나, 싶을 정도로 기기는 사람의 손길이 전혀 닿지 않은 공장의 것 그대로였다. 하여 재경은 그래도 제가 이 부엌에서 가장 빈번하게 사용했던 전자레인지로 걸음을 옮겼다. 즉석 밥을 데우는 것쯤은 눈을 감고도 가능한 일이다.

"기름을 두르고 예열을 한다."

프라이팬에 무엇을 요리할 때 가장 처음으로 할 게 바로 '예열'이라는 것이었다. 프라이팬 위로 손바닥을 대었을 때 어느 정도 열기가 온다 싶으면 적당하다는 깨알 메모도 옆에 자리해 있었다.

"후우."

다음엔 이렇게 하세요, 너무 많이 넣으시면 안 돼요, 손질을 이렇게 하면 안 돼요, 등등의 강사의 목소리나 보살핌 없이 스스로 직접 시도를 하려니 뭔가가 어색하고 불안하고 또 어려웠다. 하지만 언젠가 재이의 앞에서 프라이팬을 한 손으로 들고 재료들을 척, 척 볶는 모습을 보여야 하니 이건 거쳐 가는 관문에 불과했다. 요리를 시작한 지 얼마 되지도 않았는데도 불구하고 삐질삐질 삐져나오는 이마의 땀을 손등으로 훔치며 재경은 다시금 천천히 신중하게 레시피를 따라 해 나갔다.

"오, 비주얼은 나쁘지 않은데? 냄새도 괜찮고."

갖가지 채소들이 한데 어우러져 있는 색감이 참 예뻤다. 게다가 그 위로 시판 소스까지 부어서 볶았으니 냄새도 그럴싸하게 제법 괜찮았다. 고작 여기까지 해 놓고도 재경은 만족스러운 미소를 지었다. 그간 시간과 돈을 투자했던 게 이렇게 보상을 받는 건가, 싶기도 하고 말이다.

"밥은 뭉치지 않도록."

주의 사항들을 꼼꼼히 확인해 가면서 밥을 넣고 채소와 볶아 냈다. 지글지글 볶아지는 소리에 제 귀도 즐거웠다.

"아, 이게 하이라이트구나. 달걀지단."

오목한 공기를 찾아 채소와 함께 볶은 밥을 덜어내 놓고 재경은 달걀을 풀어 오므라이스의 꽃과도 같은 달걀지단 붙이기를 앞두고 있었다. 본래는 깨끗한 새 프라이팬을 사용하면 좋다고 했지만 제게 프라이팬이 두 개나 있을 리는 만무했다. 때문에 잘 닦아 내고 마치 새것처럼 만든 후 재사용하기로 했다.

"최대한 얇게, 얇게."

이게 뭐라고 손이 덜덜 떨리고 심장이 쿵쾅거리는지 모르겠다. 어차피 연습 요리인데 좀 실패를 하면 어때서. 달걀 물이 담긴 그릇을 들고 프라이팬에 퍼트릴 생각은 하지 않은 채 공중에서 각도만 이리 기울였다, 저리 기울였다, 하는 것만 여러 번 반복하는 재경이었다. 그러다가 이내 결심을 한 듯 심호흡을 한 번 하고 드디어 그릇 밖으로 노란 물이 새 나가도록 기울였다.

"아, 젠장."

제가 생각했던 대로라면 노랗고 얇은 예쁜 달걀옷이 만들어져야 하는데 실상은 그러질 못했다. 붓자마자 익어 버린 탓에 달걀 물이 프라이팬 전체에 퍼질 틈도 없었다. 그냥 프라이였다, 달걀프라이. 밥을 감쌀 수 있을 정도의 면적이 확보되는 건 그야말로 어불성설이었다.
"이게 뭐가 간단하단 거야."

'재료가 이렇게 많이 들어가는데 어렵지 않은가요?'
'아니에요. 굉장히 간단한 요리예요.'
'정말요?'
'네, 그럼요. 잘만 따라 하시면 그냥 한 끼 때우는 식이 아니라 오므라이스 가게도 차릴 수 있을 거예요. 절 한번 믿어 보세요!'

용기를 북돋아 주다 못해 헛바람까지 잔뜩 넣어 주었던 말이 틀림없다. 하는 수 없이 볶아 낸 밥 위에 이불처럼 달걀을 덮고 그 위에 케첩을 투척했다.
"뭐, 모양은 좀 별로라도 맛이 있으면 성공한 거지."
하아. 긴장된 한숨을 내쉬며 숟가락을 들고 푹, 쑤셨다. 김이 막 퍼지기 시작하면서 차르르 채소와 밥의 윤기도 군침을 돌아 내듯 저를 유혹하고 있었다. 재경은 망설이지 않고 그걸 제 입으로 가져갔다. 난생처음 도전했던 오므라이스. 과연, 그 맛은?
"……맛도 없잖아."
재료가 아까워서라도 다 먹으려고 했지만 참고, 참아도 세 숟갈 이상은 먹기 어려웠다.
"심하다, 심해."

눈물을 머금고 재경은 모든 것들을 음식쓰레기통으로 투하했다. 아, 이래서 언제 재이의 앞에서 유명 셰프가 그랬던 것처럼 현란한 불 쇼를 할 수가 있을까.

무려 한 달이란 시간이 넘게 재경은 몸이 열 개여도 부족한 시간을 보냈다. 주중엔 업무와 요리학원을 병행하고 주말엔 주중에 잔뜩 삐쳐 있고 섭섭함이 가득한 재이를 어르고 달래며 보내다 보니 시간이 당최 어떻게 흐르는지조차 인지하지 못했다. 그리고 오늘 드디어 일이 터지고야 말았다.
"티, 팀장님, 코에 피나요!"
"네? 코에 무슨……."
손으로 제 코를 훔치자 손가락에 선명하게 붉은 선혈이 자리해 있다. 아, 코에서 피가 나는구나, 하는 것을 인지함과 동시에 보다 더한 증명을 해 줄 요량으로 코피는 방울져서 스크랩 인쇄지 위로 뚝, 뚝 떨어졌다.
"아, 거기 휴지 좀 줄래요?"
회의 테이블에 동그랗게 앉아 있던 터라 다들 놀란 표정으로 재경을 살폈지만 정작 당사자인 재경은 그리 놀라거나 호들갑을 떨지 않았다. 살다가 코피가 나는 경험쯤이야 다들 한 번씩은 있지 않나? 오늘도 그런 날이라고 보자.
"여기요, 휴지!"
어찌나 많이도 뽑아 왔는지 두께가 수건의 그것을 능가하는 것 같았다. 이렇게 많이는 필요할 것 같지 않은데. 재경은 그것을 받아 들고 계속해서 피가 흘러내리는 콧구멍을 막고 목을 뒤로 비스듬히 꺾었다. 잠을 제대로 못 잔 게 누적이 된 모양이다.

"괜찮으세요, 팀장님?"
"그럼요. 괜찮죠. 조금 있으면 멎을 테니까 하던 거 계속⋯⋯."
"팀장님!"
"어머, 팀장님!"

저는 괜찮으니 놀란 눈들 이만 접고 하던 회의나 마저 이어 가자는 식으로 말을 맺으려던 재경은 끝내 그러질 못하고 테이블 위로 그대로 쿵, 하고 고꾸라졌다.

"별거 아닌데 뭐하러 여기까지 왔어."
"별거 아니긴요! 회사에서 쓰러졌다면서요? 세상에, 안 그래도 요즘 얼굴 까칠해졌다고 생각했는데 근래에 너무 무리한 거 아니에요?"
"김 대리가 연락했구나."
"누가 연락한 게 뭐가 중요해요. 얼른 다시 누워요."

아연실색이 된 재이의 얼굴이었다. 갑자기 사람이 쓰러졌다는데 놀라지 않을 이가 대체 몇이나 될까. 병원이 어디냐고 병원으로 바로 달려가겠다고 했지만 링거를 다 맞은 재경이 계속 입원을 해 있는 대신 그냥 반차를 내고 집으로 갔다고 전했다. 사실 링거를 다 맞자마자 다시 회사로 돌아가겠다고 했지만 팀원들이 다들 나서서 말리는 통에 반차도 억지로, 억지로 낸 것이었다. 요즘 거의 매일을 일에 빠져 살다시피 하더니 기어이 사달이 났나 보다. 무쇠 체력, 강철 체력이라도 그렇게 버티는 건 아무래도 무리였다.

"링거 맞고 왔더니 괜찮아. 호들갑 떨 정도 아니야."

입술에 각질이 금세 일어나 있는데도 뭐가 괜찮다는 건지 모르겠다. 침대로 가서 누우라고 하는데도 재경은 힘없는 손길로 몇 번 손사래를 하곤 거실 소파를 찾아 앉았다. 하는 수 없이 재이도 그 옆에 따라 앉았다.

"건강도 챙기면서 해야죠. 약 같은 건 받아 왔어요? 아, 정신없이 오느라 죽도 못 사 왔네. 뭐 먹은 건 있어요?"

"하나씩 천천히 물어. 정신없어."

쫑알쫑알거리는 게 귀엽긴 하다만 지금 상태가 상태인지라 조금 어지러운 건 사실이었다.

"뭐 좀 먹어야죠. 죽 사 올게요. 어떤 죽 좋아해요?"

"아냐, 안 먹어도 돼."

"고집 부리지 말고 말 들어요. 아니다, 그냥 내가 알아서 사 올게요."

옆에 따라 앉은 지 1분도 채 지나지 않아 재이는 다시 제 가방을 챙겨서 일어났다. 하지만 이내 제 손목을 붙잡고 아래로 끌어 내리는 재경 때문에 그마저도 쉽지 않았다.

"괜찮대도 그러네. 잠시 이렇게 좀 있자. 이 시간에 이렇게 있기 힘들잖아."

상큼한 공기 같은 게 재이의 곁에 머무는 착각이 들었다. 창문은 손가락 마디 하나 정도밖에 열어 놓지 않았는데도 불구하고 웬 신선하고 청량한 바람이 제 머리칼을 간질이는 것 같아 재경은 아이처럼 재이의 어깨에 제 이마를 문질렀다. 그간 너무 무리했던 건 정말 사실이다. 아, 탈이 안 나려야 안 날 수가 없는 것 같다.

"알았어요. 잠깐 이렇게 있어요. 열은 안 나요?"

재이는 재경이 좀 더 제 어깨에 기대기 쉽게 몸을 재경에게로 더 밀착시킨 후 손바닥으로 재경의 이마를 짚었다.

"하나도."

그냥 피로가 누적된 것뿐이야.

"쉬엄쉬엄해요. 팀장급이면 일 팀원들한테 좀 나눠 주고 그래도 되잖아요. 그러라고 높이 앉아 있는 거 아니에요?"

요즘 계속 일이 많다, 일이 많다, 죄 그 말뿐이었잖아요.

"재이야."

"네?"

"오므라이스 먹을래?"

"오므라이스 먹고 싶어요?"

"아니, 내가 해 줄게."

"네에?"

아니, 아픈 사람이 지금 뭘 한다고. 굽혀 있었던 몸을 바로 펴서 퍼뜩 일어나려는 재경을 이번엔 재이가 말렸다.

"맛이 없을까 봐서 그래?"

"그런 게 아니라 지금 아프잖아요. 다음에 해 줘요, 다음에. 네?"

"아냐. 지금이 딱 적당해. 재료도 마침 다 있거든."

"또 쓰러지려고 그래요?"

"이제 멀쩡하대도 그러네. 그러지 말고, 자, 이리로. 이리로 와 봐."

한 번 쓰러졌더니 정신도 어디 쓰러뜨리고 온 참일까. 웬만해선 고집이 쉽게 꺾이지 않았다. 기어이 재이를 일으켜 부엌에 있는 바 앞에 앉힌 후 재경은 에이프런을 깜찍하게 두르고 양팔을 걷어붙였다.

"그럼 차라리 내가 할게요. 여기에 앉아요."

"아니. 있어 보래도?"

뭔가에 홀린 사람처럼 재경은 분주하게 부엌에서 움직였다. 익숙한 손길로 채소 손질을 시작하고 꽤 능숙한 스냅으로 기름을 두르고 이내 그것들을 한데 볶기 시작했다. 언젠가 보았던 김치볶음밥을 만들 때와는 확연히 다른 모습이었다. 아픈 사람이 움직여서 처음엔 걱정스런 얼굴로 보고만 있다가 이내 재이의 입에선 저도 모르게 '우와.' 하는 작은 탄성이 터졌다. 박재경이 원래 요리를 좀 하는 사람이었던가? 아닌데?

"와, 맛있는 냄새."

프라이팬을 들고 달달 볶는 손놀림이 예사롭지 않다. 전문가의 그 모습 저리 가라, 였다. 양손을 꽃받침을 만들고 그걸 한참이나 지켜보고 있자니 코끝을 자극하는 고소하고 맛있는 냄새가 퍼졌다.

"어머, 달걀을 어쩜 그렇게 얇게 펴요?"

숟가락을 몇 번 휘휘 저어 달걀 물을 만들던 건 전초에 불과했다. 부드럽게 그릇을 기울여 그것을 프라이팬에 펼치는데 얇고 고운 지단이 만들어졌다. 그리고 그 위에 볶음밥을 얹더니 요리 책자에 나오는 오므라이스 모양으로 감싸 넓은 접시에 덜어 내었다. 노란 달걀옷이 심심하지 않도록 위에 케첩으로 장식을 하기까지.

"우와."

정말 그야말로 후딱 오므라이스 하나를 완성해 낸 셈이었다.

"자, 숟가락."

귀도 즐겁고, 눈도 즐겁고 심지어는 코도 즐거웠다. 이제는 입이 즐거울 차례만을 남겨 두고 있었다. 재경은 어느새 재이의 앞에 자리를 잡고 앉아 그녀의 반응에 온 이목을 집중시켰다.

"어때?"

"어머."

"별로야?"

"내 눈으로 보고도 믿기지 않아요."

"왜?"

"맛있어요. 그것도 엄청!"

세상에, 김치로 참기름볶음밥을 만들어 내던 박재경은 어디로 간 거지? 재이는 정말로 동공을 커다랗게 키우며 믿을 수 없다는 눈을 했다. 숟가락이 자꾸만 푹, 푹 밥을 찾았다.

"하, 드디어!"

그리고 재경은 양팔을 높이 들어 흡사 '만세'를 외치는 모양을 만들었다. 새벽까지 죽어라 하나만 판 보람이 드디어 느껴지는 순간이었다. 방금 전까지 머리를 짓누르던 미약한 두통도 언제 그랬냐는 듯 말끔하게 걷어졌다. 우걱우걱 양 볼을 부풀려 가며 사과를 먹던 모양처럼 밥을 없애는 재이를 보며 재경은 질문 하나를 던졌다.

"어땠어? 내 모습? 어? 요리하는 내 모습."

"요섹남이 따로 없있어요."

"그렇지, 어? 어? 그렇지, 맞지?"

"와, 그런데 뭐예요, 진짜? 달걀은 어떻게 그렇게 얇게 부치는 거예요? 심지어 채소 크기도 일정해요."

"그냥, 뭐. 간단한 거라 만들다 보니까."

사건은 아주 사소한 동기로 일어나고 그 결과가 나쁠지, 좋을지 알 수 없다. 인생은 그러한 사건의 연속이고 그건 다양한 모습으로 나타난다.

"아, 제가 어제 아이템 수집하다가 우연히 클래식 프로를 봤는데, 그 피아니스트 K 있죠? 와, 되게 멋있더라고요."

"……뭐?"

"이제 다시 클래식이 대세로 떠오르는 거 같죠? 아, 음악 안 좋아한다고 그랬었죠, 저번에?"

"아니, 뭐, 이제부터 좋아할 수도 있는 거고."

"그럼 악기는요?"

"아까 누구라고? 피아니스트?"

그리고 어쩌면 지금부터 새로운 사건이 일어날지도 모르겠다.

마침

작가 후기

'갑의 조건'이 엮어져 책으로 나올 수 있게 도와주신 손도영 과장님을 비롯한 마야마루 출판사 관계자분들에게 고맙다는 인사 전합니다.^^

유난히 더웠던 여름이 언제 그랬었냐는 듯 훌쩍 흘러가 벌써 쌀쌀한 가을의 기운이 완연합니다. 이렇게 곧 겨울이 오겠죠? 김이 모락모락 피어나는 따뜻한 차와 함께 소소하면서도 웃음이 번지는 사랑 이야기를 나눠 주셨으면 좋겠습니다. 기다려 주시고 늘 찾아 주시는 독자 여러분들, 진심으로 감사합니다.

-라임별 올림